本书获重庆市社会科学规划培育项目"抗战时期西方视域中的'陪都形象'研究"（批准号：2016PY75）和西南大学中央高校基本科研业务费专项资金资助项目"美国左翼文学中的'红色中国'形象研究"（批准号：SWU1509407）资助

美国左翼作家笔下的
"红色中国"
形 象

1925—1949

黄静 著

九州出版社｜全国百佳图书出版单位
JIUZHOUPRESS

图书在版编目（CIP）数据

美国左翼作家笔下的"红色中国"形象：1925—1949／黄静著．—北京：九州出版社，2021. 2

ISBN 978-7-5108-9897-6

Ⅰ．①美…　Ⅱ．①黄…　Ⅲ．①史沫特莱（Smedley，Agnes 1892-1950）—文学研究②斯特朗（Strong，Anna Louise 1885-1970）—文学研究③斯诺（Snow，Edgar Parks 1905-1972）—文学研究④中国历史—研究—1925-1949　Ⅳ．①I712.065②K260.7

中国版本图书馆 CIP 数据核字（2020）第 238002 号

美国左翼作家笔下的"红色中国"形象：1925—1949

作　　者	黄　静　著
责任编辑	姬登杰
出版发行	九州出版社
地　　址	北京市西城区阜外大街甲 35 号（100037）
发行电话	（010）68992190/3/5/6
网　　址	www.jiuzhoupress.com
印　　刷	三河国新印装有限公司
开　　本	710 毫米×1000 毫米　　16 开
印　　张	18.5
字　　数	326 千字
版　　次	2021 年 2 月第 1 版
印　　次	2021 年 2 月第 1 次印刷
书　　号	ISBN 978-7-5108-9897-6
定　　价	88.00 元

序

　　《美国左翼作家笔下的"红色中国"形象：1925—1949》是黄静的处女作。我是她的博士学位指导老师，她希望我为这本书写上几句，当然是义不容辞的。

　　20 世纪 30 年代，世界兴起一股左翼文化思潮，一批怀有革命理想的外国左翼作家来到了中国，并以自己的眼光观察中国社会的种种景象。《美国左翼作家笔下的"红色中国"形象：1925—1949》选取美国记者、作家艾格尼丝·史沫特莱（Agnes Smedley）、安娜·路易斯·斯特朗（Anna Louise Strong）和埃德加·斯诺（Edgar Snow）等在中国的感受和记忆的文字作为研究对象，讨论他们书写的"红色中国"形象，分析他们创造的关于"红色中国"的叙事话语及影响。著作主要围绕美国左翼作家建构红色中国形象的缘由、过程、方式及其影响，首先结合 20 世纪二三十年代中国社会历史背景，讨论西方记者来华潮流与美国左翼作家对"红色中国"的发现，其次重点分析美国左翼作家所建构"红色中国"形象的主要内容及其差异性，再次分析"红色中国"形象的生成原因，梳理美国左翼作家之创作在中国和美国不同时期的历史命运，最后讨论其文体形式和艺术方式。

　　西方作家眼中的中国形象研究是近年来国内学术界的热点问题，该论题极具学术价值，也有现实意义，它有助于人们全面而丰富地认识人们心目中"中国形象"的建构史，在比较文学与比较文化研究领域都具有重要的开拓价值。著作特色和创新主要体现在：一是构思严谨，结构合理。它对红色中国形象建构历史语境、主体内容、生成原因、接受影响和艺术文体等问题，都有整体而全方位的讨论，体现了作者思维的严密。二是文献丰富，学风朴实。作者翻阅了大量的中外文献资料，立论皆有根有据，如对"红色中国"观念的考察，对美国左翼作家作品的接受和影响的讨论，都建立在翔实的历史报刊资料之上,体现了作者严谨务实的学术态度。三是眼界开阔,思维辩证,立论有新意。"红色中国"有别于"遥远的天朝"形象,作者也跳出东西"二元对立"和后殖民理论研究范式,不同于单纯的历史学、国际关系和传播学研究视角,而是回到历史现场,注重历史细节和文本细读,同时在整体把握和典型案例的分析基础上,紧扣"红色中国"形象的丰富性和复杂性,特别围绕政治、军事和文化形象的建构展开讨论,开合自如,析论精当。就具体问题而言,作者对左翼作家与美国传统文化和"红色三十年代"激进思潮关系的分析;对美国左翼作家写作中的身份矛盾,特别是在建构"红色中国"形象过程中呈现的情感变化都有非常精当而深入的分析;对"红色中国"形象建构过程中的差异性和局限性也提出了不少富有启发性的观点,超越了片面的思维眼光,而从文学史和文化史角度进行综合讨论。当然,该作也还存在有待完善和改进的地方,如对文体特征与作家意识形态关系的讨论,对个别代表性事件和文本的分析也还可更加深入和细致。

黄静写作此书用时 6 年,为此,她还赴美国大学访学,查阅资料,完善思路,此书可谓用功用心颇深之作。黄静的本科、硕士和博士所学专业为英语语言文学和比较文学与世界文学,这为她的学术选题研究奠定了坚实的知识基础和敏锐的思维眼光。她长期在大学从事外语教学,热爱学术研究,做事认真,为人真诚,读书勤勉。此论题为她博士论文选题,虽然已有不少基础,但毕竟是一个历史化和比较性论题,需要在材料收集、问题拿捏、现场体验上有更加艰辛的努力。她没有退缩,而是迎难而上,一头扎进文献中去,遇见了疑问就找我讨论,步步为营,逐步推进,一个一个问题解决下来,最终顺利写出论文,并获得外审和答辩专家的普遍赞誉,圆满获得博士学位。

黄静已有一个良好的学术开端,祝愿她今后在比较文学与世界文学研究的长途上步伐更加稳当坚实。我相信,只要持之以恒,终会有所成,何况已有所成了呢,那就要追求大成。

王本朝

2020 年 11 月 20 日

于重庆北碚嘉陵江畔

前　言

　　在 20 世纪"红色三十年代"的世界左翼思潮中,一大批进步的、怀有革命理想的美国激进作家来到中国,观察中国从旧社会迈入新社会的历史进程。本书主要选取了他们中的佼佼者,美国著名记者、作家艾格尼丝·史沫特莱、安娜·路易斯·斯特朗和埃德加·斯诺("三 S")以他们的创作为研究对象,考察这三位左翼作家笔下的中国形象。他们在 20 世纪三四十年代建构的"红色中国"形象是民主的、自由的、美好的,是对世纪初西方人眼中"黄祸""鸦片鬼""苦力"等负面形象的颠覆。他们的作品在西方广泛传播,缔结了"红色中国"的神话,开启了"红色中国"的话语模式,让世界了解到中国共产党领导的工农革命如何从不起眼的"红星"一步步登上中国政治、历史大舞台,直至在世界发出璀璨的光芒。

　　本书的逻辑理路是"三 S"建构的"红色中国"形象是对以往中国形象类型的突破,而这一文学形象反映了国际左翼知识分子对中国左翼文化的建构。围绕"红色中国"形象的生成语境和内容,本书主要讨论"三 S"建构该形象的缘由、过程、方式及影响。

　　第一章讨论"红色中国"形象诞生的历史语境。结合 20 世纪二三十年代中国复杂的历史背景,讨论西方记者来华的潮流与"三 S"对"红色中国"的发现,以及"红色中国"形象在发生阶段产生的历史缘由和基本含义。

　　第二章重点分析"三 S"经典文本中对"红色中国"形象建构的主要内容。针对"三 S"书写中国的共同方面,也是最重要的方面,即中国共产党领导的工农大众革命,中国共产党人、政治和军事领袖、红军、红区的人们和中国左翼作家等方面进行分析,对红区的社会结构与社会关系所反映出的人民生存状态与精神面貌进行探究。同时,比较"三S"在书写这些内容上的共性和差异性以及与其他西方作家的不同。

第三章综合分析"三S"的"红色中国"形象的生成原因。结合中美激进文化与历史来讨论"三S"中国观的变化、他们向左转的原因以及对他们写作立场的影响。具体包含以下因素:"三S"与美国传统文化和美国"红色三十年代"激进思潮的关系;来中国受到的左翼影响;中国人民当时极度贫困、极度悲惨的生活对他们的影响;国民党的腐败和特权生活;日本法西斯对中国的强占以及世界战争格局的变化。讨论他们在描写"红色中国"过程中的精神、心理、态度的变化和跨文化写作中存在的身份矛盾;对比分析他们在建构"红色中国"过程中对美国的情感与对中国情感变化的历程;考察他们对中国的认识是如何随着中美政治时局的变化和个人境遇的不同而变化的。

第四章分析"三S"作品的文体形式与艺术表达。探究"三S"作品的文体特征,他们采用的报告文学为主的纪实文体在欧美和中国的时代语境;报告文学体与左翼政治观表达之间的关系。

第五章梳理"三S"作品的接受与影响。"三S"作品在中美两国不同时期的接受命运;挖掘其在政治上对中美外交关系的影响,在文化上对中美人民交流的意义,在文学上对中美现当代左翼作家的中国观和文学创作的影响;评价"红色中国"形象的文学价值、影响和局限性。

在本书写作期间,我去美国纽约边的小城纽瓦克著名的公立大学——罗格斯大学(Rutgers, the State University of New Jersey)访学一年,合作导师是英文系的杰出教授芭芭拉·弗莱(Barbara Foley)。她不仅是一位治学严谨的学者,更是积极投身于美国当代左翼文化事业的活动家。在学术上,对我有极高的期待,在我告知她已经收集到作家们的大部分资料的情况下,仍然建议我去查阅他们的档案,仔细翻阅手稿。由于时间的关系,虽然未能成行,但是这种尊重学术、一丝不苟的精神深深地打动着我。在纽约的各大图书馆,我查阅了有关这三位左翼作家的资料,以及同时期其他作家的资料。有些20世纪20年代的书籍泛着淡淡的黄色,纸张发脆,这些历史典籍立即带我回到了当时那个火热的年代。前期在国内的资料准备,再加上美国外文资料的进一步补充,在我的博士导师和美国导师的共同指导下,完成了本书的写作。

　　在"中国三S研究会"成立之时,"三S"被誉为"美国人民和一切关心中国人民事业的外国朋友的优秀代表"。今日,在我们中国文化自信增强,向全球展现中国魅力的时候,重读他们的作品既是对这些致力于中美文化沟通事业的友好使者的缅怀,也是对他们80年前一直所期盼的那个充满光明的、美好的、未来的中国的一个见证。

　　由于学识所限,书中难免有疏漏和不妥之处,请广大读者和专家学者不吝赐教。

黄　静
2020年10月

目　录

绪　论

一、选题背景及缘由

在全球一体化日盛一日的当今社会,中国在各个领域、各个方面不同程度地与世界携手,共创人类命运共同体。随着中国"一带一路"倡议的提出和实践,"中国文化走出去""讲好中国故事"也在探索现实路径,这一趋势彰显出 21 世纪中国文化自信、自主、自觉意识的增强。在制定文化发展战略或解决文化出路等问题的考量中,提升中国国家形象自然是终极目标。这便回到了"如何认识自己"的原初哲学问题。本选题从比较文学形象学出发,不仅专注知识层面形象本身的发现,更从他国、他者视角深层挖掘构筑形象的生成心理、文化语境和演变规律,既为认识现代中国提供了参照,也为认清他者文化提供了路径,从而促进异质文化之间的互融共通。现代中国文化的建立离不开西方文化冲击,但现代文化自信则需要主体性的建构,"那么中国现代性文化自觉与文化重建就与这个现代历史经验息息相关。因此,要建立对中国现代性文化的主体性认同,对于现代中国历史经验的认识才是关键"①。相对于中国漫长文明史而言,现代中国,或是说中国现代性的启蒙阶段,是认识当今中国的源头,追根溯源,我们既有自己对这段历史的记载和表征体系,也需要参照西方的言说,这样才能搭建世界语境下中国现

---

① 王晓平:《"以中国形象为方法"的方法论问题——评周宁跨文化研究系列论著》,《文艺研究》2012 年第 10 期。

代性文化认同语系。研究西方的"红色中国"形象便是在这样的背景下提出的。

西方对现代中国发生兴趣，以中国为述说对象是值得研究和关注的文化现象。自 1840 年中国被迫向西方全面开放，领土主权一点点被蚕食，国际地位每况愈下，沦为西方列强的半殖民地，直至新中国成立终结了中华民族危亡的绝境，踏上了复兴之路。中国共产党 1949 年登上历史舞台被认为是改变现代世界的重大事件之一，它的意义可以与 1789 年的法国大革命和 1917 年的俄国布尔什维克革命相媲美。在这个转型期的百年间，中国发生了翻天覆地的变革，新旧文化更替，军阀混战，内战外侵，同时也迎来了史上最大规模的中西文化交流。大批作家、思想家、学者纷纷来到中国，如英国思想家罗素、戏剧家萧伯纳、诗人奥登、小说家毛姆，法国作家谢葛兰，印度诗人泰戈尔，瑞典作家斯文·赫定，美国小说家海明威、作家项美丽和赛珍珠，还有一大批来华的西方记者，他们居住在中国的时间长短不一。他们带着双重的文化视野在著作中或报刊上挥洒着对中国的认识，以小说、诗歌、游记、札记、散文、报道等形式，从不同层面介绍中国的风土人情、社会百态、时局、重大历史事件以及表达对母国对华政策的看法。在所有的这些有关中国的文本材料中，西方记者对中国的关注是持续的、深入的。由于工作的关系，他们常年入驻中国，进行观察，及时向西方媒体报道中国正在发生的重大事件。与虚构作品相比，他们的创作更具写实特点，但同时也表达着他们的立场和情感。

在浩若繁星、充满历史细节、左右或影响中国形象的文本中，本课题择取了 20 世纪三四十年代，从西方记者、作家的视角来把握这个历程中最重要阶段的历史状貌。他们的作品记述了处在多重力量牵制和斗争、新旧交替蜕变下的中国。拨开层层浮萍，就可以看到一个"另类的中国"，一个与当时国民党官方报道和西方大多数观察家笔下不一样的中国，这个中国就是"红色中国"。他们中的杰出人物有尼姆·威尔斯（N. Wales）、哈里森·福尔曼（H. Forman）、埃文斯·卡尔逊（E.F. Carlson）、马礼逊（R. Morrison）、克里尔曼（J. Creelman）、密勒（T. Millard）、莫理循（G. M. Morrison）、端纳（W. H. Donald）、鲍威尔（J. B. Powell & J. W. Powell）、白修德（T.H. White）、爱泼斯坦(I. Epstein)、网瑟·斯坦因(G. Stein)等一批当时在中国叱咤风云的外国人物①。本书选取了他们中最耀眼的三位，美国著名记者埃德加·斯诺、艾格尼丝·史沫特莱和安娜·路易斯·斯特朗，考察他们笔下的中国形象。他们的作品在西方的广泛传播，缔结了"红色中国"的神话，开启了"红色中国"的话语模式，让世界了解到中国共产党人领导的工农革命如何从不起眼的"红星"一步步登上中国政治、历史大舞台，直至在世界发出璀璨的光芒。

　　"红色中国"形象不仅是中国自身在 20 世纪新旧文化更替中最显见的特点，也是西方参与建构与传播，并使其更加深刻、内涵更加丰富的结果。与前面数个世纪来华的西方观察家们不同，他们的目光不再仅仅对准有光环的大人物，也注重表现普罗大众。怀着对人类进步事业的热爱，他们的左翼立场契合了中国左翼革命与左翼文化，并架设了"红色中国"与世界左翼文学团体沟通和互助的友谊之桥。在世界文化和文学交流史上，"他们真正是国际新闻界中普罗米修斯式的英雄"，"在黑暗的中国点燃起信息的火炬，而这火炬又曾得到广泛的传播"②。

　　为什么要选择这三位作为研究对象呢？首先是因为他们的报告文学作品在新闻界和文学界赢得了美誉，"不仅具有重要的文学价值，而且史料丰富，被誉为研究中国革命和建设的'经典的百科全书'"③，对"红色中国"的书写是那个时代的缩影和代表。与同类作家比较，他们不仅多产，在国内外都具有超凡的影响力。有过从军经历、有着革命情结的著名作家孟伟哉表示，他们应被"载入中国现代革命史，理所当然更应在中国现代文学史拥有光荣的席位"④。而且，他们处在中、美左翼文化运动的关节点上，经历了中

---

　　①　他们的代表作有：威尔斯《续西行漫记》(1938)，贝尔登《华北前线》(1939)与《中国震撼世界》(1949)，爱泼斯坦《人民之战》(1939)与《中国未完成的革命》(1947)，卡尔逊《中国的双星》(1940)，福尔曼《北行漫记》(1945)，班威廉和克兰《新西行漫记》(1948)，斯坦因《红色中国的挑战》，白修德和贾安娜《中国的惊雷》，韩丁《翻身》(1948)。

　　②　［美］艾格尼丝·史沫特莱：《中国的战歌》前言，《史沫特莱文集 1》，袁文等译，北京：新华出版社，1985 年，第 11 页。

　　③　［美］埃德加·斯诺：《复始之旅》前言，《斯诺文集 I》，宋久等译，北京：新华出版社，1984 年，第 4—5 页。

　　④　孟伟哉：《史沫特莱与中国作家》，《出版史料》2007 年第 2 期。

国红色革命从萌芽阶段、发展壮大到建立政权的整个过程,浓缩了20世纪上半叶的一批左翼知识分子在国际共产主义运动中的思想轨迹。1984年9月20日,在北京成立了有关他们的研究团体——史沫特莱、斯特朗、斯诺研究会(英文名是The Smedley-Strong-Snow Society of China,简称"中国三S研究会",SSS Society,1991年更名为"中国国际友人研究会"),这是综合性的学术研究和人民友好团体,并于1985年6月25日发行了"中国人民之友"纪念邮票。该研究会在"研究'三S'生平及其著作,介绍'三S'事迹,发扬光大'三S'精神;促进中外新闻界和人民的相互了解和友谊,维护世界和平"①的宗旨指导下,在北京、武汉、重庆、西安等大城市都建立了分会,收集了他们的资料,多次举办周年纪念会,出版论文集,并与海外的研究会和专家建立了长期的学术往来。不过,除了在历史和政治上来突出"三S"的贡献,更重要的是应对他们的创作进行学理研究,从文学角度讨论他们对"红色中国"意义生成的贡献是一个有很大阐释空间的话题。此外,对"三S"做整体研究而没有就其中一个进行专题研究,是考虑到"红色中国"本身就是20世纪显在的文化形象,而非单个作家所建构,故而考察三位有影响力的作家有助于揭示形象的丰富和立体,也能通过比较三位作家在建构这一形象中的"同"与"异"以及背后的深层原因,使研究的深度和广度同时得以兼顾。研究"三S"并不是机械地研究他们作为一个团体的存在,况且这个团体不是他们生前所认同并自愿地结合,而是从学理上来说,他们代表了现代史上一个重要的现象,并影响至今。这个现象涵括多方面的意义,文学、文化、历史、国际关系、新闻学、传播学、形象学、社会学等学科,任何一个领域都可以衍生出很多的学术话题。

他们在创作上都是极为多产,题材和体裁也是极为多样的。斯特朗创作了57本报告文学集和旅行游记,6本诗歌集和小说,5本宗教与社会服务类书籍,自传2部。其中,有17本关于中国的书和通讯集,收入3卷本《斯特朗文集》的有6本。倘若不是1949年卷入"间谍案"的"丑闻",斯特朗很有

---

① 中国三S研究会编:《敬礼,三S》,北京:中国新闻出版社,1985年,第27页。

可能荣获美国普利策奖①。史沫特莱在左翼文坛成名比斯特朗和斯诺早。她的半自传性长篇小说《大地的女儿》是"红色三十年代"美国文学里程碑式著作。史沫特莱因此书在美国文坛站稳脚跟,被称为美国左翼文学之母,更被尊为美国女性文学的先驱,在文学界的影响最大。她有 7 本著作,关于中国的有 6 本,收录到 4 卷本文集中。她的《中国的战歌》被称为第二次世界大战期间最好的报告文学。斯诺写了 11 本书,有 9 本关于中国,其中有 6 本被收录到 4 卷本的文集中。《红星照耀中国》是他的惊世之作,至今没有任何书能超越这本书中他对中国共产党的发现。他与成功塑造中国大地上农民形象的美国作家赛珍珠一道被称为 20 世纪 30 年代最懂中国的两位美国作家。

(一) 斯特朗的中国之行与中国书写

"三 S"中年龄最长的斯特朗,1885 年 11 月 24 日出生于美国内布拉斯加州小城费伦德城的一个传道士家庭,1908 年获得芝加哥大学哲学博士后,到西雅图负责儿童福利展览工作,进入学校董事会。长期生活在资产阶级中上层的斯特朗,看清资本主义本质、运作手段和残酷性后,思想上对底层人民产生了同情,向美国左翼社会党靠拢,为工人运动做了不少贡献。遭受挫折后,她渐渐认清在美国资本主义体系框架下的反抗,始终无法从内部打破,于是她前往苏联,以苏联为家,热情关注世界革命,去过撒马尔罕、西班牙、越南、朝鲜、柬埔寨、墨西哥、巴西、波兰等爆发革命的地方。

她 6 次来华。第一次来中国就马上报道正在发生的历史上最大规模的工人罢工运动。这次运动正好处在军阀混战、国共合作北伐时期,她逐一访问了这些军阀,并用讥讽、犀利的文字揭露了他们的自私和贪婪。当时斯特朗认为最具革命希望的是孙中山所创建的南方革命政府。1927 年,她从广州沿长江溯流而上到了汉口,见证了"红色汉口"国民党改组、共产党加入,

---

① 斯特朗曾被美国共产党的《每日工人报》提名入选普利策奖,本·列文提议:"安娜·路易斯·斯特朗早该因报道外国新闻而获得普利策奖,如果该奖委员会不是考虑政治因素的话。"*New Republic*.Vol. 120 Issue 12, p.21.

国共携手创办民主政府的辉煌时期,她访问了武汉国民革命政府。不过好景不长,随后她目睹了国共第一次合作关系破裂、国民党右翼对孙中山倡导的国共合作的背叛和大规模血腥镇压工农。她不得不和孙中山聘请的苏联头号顾问鲍罗廷一起逃离中国。在第一次国共合作破裂后,为了追逐革命的浪潮,她还去了"最红"的革命之地——湖南,从坊间传闻、从作战兵士的口中,了解到中国工农群众中兴起的新力量将会有极大潜力改变中国未来的命运。也是在那里,她听闻了毛泽东的《湖南农民运动考察报告》。在武汉国民革命政府垮台后,她有 10 年没有来过中国。她认为中国真正的革命时机还未到来,南京的国民党政权不过是大革命前中国军阀统治的翻版,先后投靠过许多帝国主义国家;而中国的一些"苏维埃"根据地虽然在涌现,但是外国人无法去访问,在中国革命沉寂的表象下,她暂时选择了报道世界其他地方的革命。

后来,她间接了解到在毛泽东领导下,中国红军已经取得长征的伟大胜利,顺利地把根据地从南方转移到西北。西北像是一座灯塔,照亮整个中国的革命事业。遗憾的是,她错过共产党与国民党建立统一战线,共产党取得合法地位的历史时刻。1937 年夏,斯特朗到了武汉,乘坐阎锡山的专车到了八路军司令部。她领略了共产党打仗的战略战术,看到军队不仅赢得了农民的全力支持,还尊重农民,帮助他们收割,教育农民参加战斗。她从正面报道了统一战线中国民党领袖和军队对日抗战的态度。1940 年,她乘飞机从阿拉木图到重庆,访问了蒋介石和周恩来。从周恩来处,她了解到国民党背叛国共合作的一些细节,并获得详细的证明材料——国民党从后方进攻共产党军队,还有部分军队投降日军,成了伪军,而重庆国民政府对此叛国行径并未深究。日本投降后,直到 1946 年 6 月,斯特朗第 5 次访华,才第一次进入延安。1947 年,斯特朗乘美国最后一架飞机离开延安。

第 6 次访华时间距离斯特朗预定的时间晚了整整 10 年。1948 年 9 月,她计划访问苏联后来华,突然被苏联拘留 5 日并遭到秘密审判,被诬蔑为间谍,遣送回美国。美国没有一个共产党人愿意跟她交往。6 年后,苏联在《真理报》上澄清了这一指控,可是美国国务院仍然拒绝颁发护照,理由是斯特朗自始至终都一贯是"献身国际共产主义阴谋的一分子",为此她进行长达 3

年的申诉。获胜后，终于在 1958 年到达北京，将人生最后的 12 年留在中国的大地上。她激情满怀地创办《中国通讯》，主持编写了 69 篇文章，反映中国社会主义革命和建设的新成就，向世界人民告知新中国取得的成功。直到 1970 年 3 月 29 日在北京逝世。

斯特朗的写作生涯远远早于史沫特莱和斯诺，是美国知名的社会活动家和苏联专家，但真正在文坛赢得国际声誉在三人中较晚。她十几岁就开始写诗，二十多岁就出版了三部诗集和一部诗剧。1919 年，美国历史上第一次总罢工，斯特朗担任劳工领袖之一，并以"安妮丝"为名在《西雅图工会记录》上开辟了一个打油诗专栏，每天发表一首她的诗，用诗谈论政治、讽刺社会不公和激励青年，两年间共写了六百多首，发表了一大批笔锋犀利的社论。这些诗被传抄到美国内外，影响广泛。她以下书籍最著名：《城市之歌》（诗丛，1906）；《走上灰色帕米尔高原的大道》（1930）；《我的改变：一个美国人的转变》（自传，1935）；《苏联人民早料到了》（1941）；《澎湃的河流》（小说，1943）；《我看到了新的波澜》（1946）。其中尤以她的自传轰动一时。该书对斯特朗 1935 年以前的世界观的形成历程做了详细介绍，讲述了她怎样从基督教的人生观转变到唯物主义的人生观。该书被视为美国知识分子向左转的理性之作的代表，是斯特朗最具影响力的书，曾对追求理想的美国青年起了很大作用。该书被收入《斯特朗文集》第 1 卷。

《千千万万的中国人》（又名《中国的大众》）最早向全世界报道了中国大革命真相。该书 1935 年的增订版与《我为什么七十二岁来到中国》一起被收入《斯特朗文集》第 2 卷。《千千万万的中国人》详细讲述了 1927 年—1935 年的中国革命历史，主要内容有三个方面：1925 年省港大罢工实况、罢工领导人苏兆征和中国工会发展的情况；1927 年武汉革命政府蜕变为反动的军事独裁政府，中国人民在国民党白色恐怖下的斗争，红色政权崛起时期的遭遇；她与苏联顾问鲍罗廷在大革命失败后驱车三千公里，横跨大西北和蒙古，回到莫斯科一路上的见闻。《我为什么七十二岁来到中国》讲述的是斯特朗 1947 年离开延安到 1958 年重返中国的经历。主要披露 1949 年在波兰被捕的"间谍案"的始末，回美国后与美共的嫌隙，她与美国政府为获得来中国签证的抗争历程，以及实现来华的夙愿。

《斯特朗文集》第 3 卷收录了《人类的五分之一》和《中国人征服中国》。《人类的五分之一》是斯特朗 1937 年来华后描写中国军民同仇敌忾、英勇抗击日本法西斯的壮丽史诗。《中国人征服中国》是反映国共内战的力作,根据斯特朗 1946 年 6 月到 1947 年 3 月在延安、陕甘宁边区、晋察冀边区及东北解放区的采访而写作的。斯特朗披露了美国在中国内战中的不光彩行为。马歇尔以调停为名促进国共合作,表面提议共建联合政府,暗地里却支持蒋介石,竭力想把共产党从日本手里夺来的土地交接给国民党。此时,共产党的解放区从长江流域到西北和东北,除了被日军和伪军占领的几条铁路干线外,已经连成一片。蒋介石命令他的部队继续反共,美国空军把蒋介石的官兵运到北方城市,去占领和接管日军投降的地区。她表达了对共产党在国共决战中必胜的信心,向世界介绍了毛泽东的"帝国主义和一切反动派都是纸老虎"的著名论断,称赞这一论断"照亮了世界大事的进程""是现代的伟大真理"。

斯特朗有三个历史时期在国际上对宣传"红色中国"起到了重大作用。第一个时期是 1941 年回美国迅速地在纽约各报以大字标题发文、到各地演讲、展开辩论等方式,揭露了国民党破坏统一战线的真相,在美国和全世界引起了极大反响。第二个时期是 1947 年向西方世界发表了毛泽东"帝国主义和一切反动派都是纸老虎"的著名论断,为此她也被戏称为"纸老虎女士",是西方将毛泽东思想理论化的第一人。她总结毛泽东思想的理论化突出两点:一是把农民划入马克思主义的无产阶级队伍,反对外国资本的压迫和本国中世纪的残余;二是与各阶级的团结和斗争,毛泽东主张劳资合作,马克思著作中没有合作,列宁提及过,但是反对合作。第三个时期是 20 世纪 60 年代初中期,她在创办的《中国通讯》中介绍中国社会主义建设的成就和文化的发展,成为封闭时期外界了解中国的最主要的来源,也是美国白宫 60 年代了解中国的必读刊物。

(二)史沫特莱的中国之行与中国书写

斯诺和史沫特莱在 1928 年先后来到中国,在整个 20 世纪 30 年代以中国为据点,间或去苏联或其他革命勃发的国家。史沫特莱 1892 年 2 月 23 日生在美国密苏里州北部沙利文县奥斯古德镇坎普格龙德村的一个贫苦家庭，后随父母迁往科罗拉多州东南部的矿区。在三人中间，史沫特莱的出身最为贫苦，从小就为生计奔波，当过洗衣工、女仆、速记员、女教师等，没有受过中学以上的正规教育。颠沛流离的贫苦生活孕育了她朴素的阶级意识，而母亲、姨母和矿区女性沦为生育机器和生活奴隶的唯一道路促使她选择读书与受教育来摆脱农村妇女的宿命。尽管没有像斯特朗那样接受系统的教育，但她在 1911 年到 1917 年间，曾先后在亚利桑那州的坦佩师范学院、南加利福尼亚的圣地亚哥师范学院、纽约大学求学，因经费的原因没有正式毕业。1920 年，史沫特莱前往欧洲，在德国侨居 8 年。在 1926 年到 1927 年侨居柏林期间，到柏林大学攻读印度历史方向的博士，但因语言问题搁置了。早在 1925 年，在加利福尼亚大学求学期间，她就撰文批驳种族论，论述中国文明对世界的贡献。1928 年，她任《法兰克福日报》的特派记者，经苏联从"满洲国"来到内陆。在中国内战的炮火纷飞中进入中国共产党领导下的解放区，投身于中国革命和宣传工作，直到 1941 年 9 月才因病经中国香港回到美国。1945 年夏，史沫特莱从纽约来到萨拉托加休养区的雅度庄园，正式开始写作朱德的传记《伟大的道路》。

1949 年 3 月，当中国革命即将取得全国解放的伟大胜利时，史沫特莱为中国人民的胜利欢欣鼓舞，并给予了高度评价和赞扬。1949 年 10 月，当史沫特莱从广播里听到新中国成立的消息时，她激动地给朱德同志写信，表达了由衷的喜悦。正是因为与中共的密切关系，她遭到了当时正在势头上的美国麦卡锡反动势力的仇视和迫害，被他们告上陆军法庭，罪名是"特务、间谍、共产党奸细"，使她的写作和演讲活动受到极大阻挠。她原本计划来中国，因身份问题拿不到签证。1949 年秋，史沫特莱被迫离开美国，打算从英国借道来华。无奈多年的旧疾胃溃疡症加重，她只得暂缓行程，借住在伦敦一个朋友家里，继续全力从事《伟大的道路》一书的修订工作。因病情恶化，1950 年 5 月 6 日，史沫特莱在英国牛津逝世。她要求把骨灰安葬在她所热爱的中国大地上。最终她的遗愿得以实现，她的骨灰与无数为中国革命牺牲的先烈安置在北京八宝山革命公墓。墓碑上，有史沫特莱最喜欢的红军领袖朱德的亲笔题词。虽然史沫特莱在中国只度过了 12 年的时间，但她人生的 22 年以写作和斗争的方式完全献给了中国。

史沫特莱因报道"西安事变"在中国和世界成名。1936 年秋，她从上海到达西安，正巧目击了全过程，并向世界进行了实时广播。不久，她于 1937 年 1 月中旬到达延安，随同红军进行抗日宣传，呼吁上海驻华记者亲自到那里看看红军的真实情况，被日本特务机关列入黑名单。到达延安的当晚，史沫特莱就拜望了朱德，以后又多次访问，为后来写作《伟大的道路》收集了丰富的素材和大量感人的资料。她还将 3 月 1 日与毛泽东的谈话公之于众，其中包括"五项要求"和"四项保证"，展示了中共中央为巩固"西安事变"后的国内形势，促进抗日民族统一战线的诚意和决心。抗战时期，史沫特莱担任红十字会的国际委员，积极为中国呼吁外国医疗援助。在她的协助下，白求恩和几位西方医生顺利来华，印度派来了五位医生并提供了医疗用品，中国红十字会得以建立。

《大地的女儿》以极为生动感人的笔触描绘了荒漠凄凉的美国西部地区一户矿区人家的悲惨命运。一名叫玛丽的女孩在幼年和青年时期经历了贫困的生活、贫瘠的家庭教育、恶劣的社会环境，但顽强生长，奋力反抗，靠近社会主义思想，参加工人运动，后又经过刻苦求学，成为一名作家和新闻记者。

自《大地的女儿》之后，史沫特莱的大部分活动和主要传世之作，都与中国社会、中国人民和中国革命相关。她一来到中国就马上与中国左翼文坛打得火热，认识很多左翼人士和高层中共领导，在她的举荐下，有一批外国记者和作家得以与中共联系，其中包括斯诺，连斯特朗都有点羡慕她的外交才能。第一本关于中国的短篇小说集《中国人的命运》(1933) 向全世界揭露封建旧礼制和国民党白色恐怖的黑暗统治对人民的残酷压迫，反映了 20 世纪 20 年代末和 30 年代初期中国动荡的社会生活、阶级矛盾和风起云涌的革命斗争。其中不少篇幅是以中国女性为题材的。《中国红军在前进》(1934) 堪称最早向世界介绍中国苏维埃共和国和中国红军的书，是史沫特莱在上海时期接触从苏区出来的共产党员，根据从事地下工作的同志所提供的资料而创作的，反映了红军在反围剿战中的英勇形象。1937 年抗日战争爆发后，史沫特莱跟随山西五台山区的八路军。她一方面在山西前线做战地救护工作;另一方面在抗日战争的烽火中继续对朱德同志进行采访观察。她与八路军共同生活了将近 3 年,背着打字机,转战华北、中南和华东,写通讯报道和参加战地医疗工作。采用日记体的形式写成了反映当时华北地区抗日的政治和军事形势的书——《中国在反击》(1937)(副标题是"一个美国妇女和八路军在一起")。回到美国后,史沫特莱将她在中国的经历写成半自传体《中国的战歌》(1943),再次引起轰动,达到写作生涯上的又一次高峰。该书生动地向世界人民介绍了中国人民解放斗争的真实情况,被认为是第二次世界大战中最好的战地报道。她的遗作《伟大的道路》(1956)以精细的文笔刻画出红军领袖朱德农民军事家的形象,以朱德 60 岁以前走过的革命探索道路为线索,生动地展现出中国从太平天国运动走向新民主主义革命的一幅壮丽多姿的革命历史画卷。同斯诺的《西行漫记》一样,该书成了有关中国革命史的名著。在创作期间,史沫特莱还到美国的许多城市宣讲中国共产党的抗日战争。

1985 年,新华出版社出版了 4 卷本的《史沫特莱文集》:第 1 卷为《中国的战歌》;第 2 卷收录《中国红军在前进》和《大地的女儿》两部著作;《伟大的道路》被编为《史沫特莱文集》第 3 卷;《中国人的命运》和《中国在反击》被收录到《史沫特莱文集》第 4 卷。

史沫特莱有影响力的作品还有她的传记作家麦金农夫妇选编的《中国革命妇女素描》(1976),中文版译为《革命时期的中国人》(1984),由中国展望出版社出版。以中国妇女形象为主题,从《中国人民的命运》《中国红军在前进》《中国在反攻》《中国的战歌》等几部作品中选取了 18 篇短文,主要反映中国革命早期三种妇女形象:进步女青年的英雄形象、旧中国妇女受压迫的悲惨形象和少数背叛革命的堕落者形象。编者在序言中提到中国妇女解放斗争的痛苦和牺牲为西方的妇女运动寻找方向,对发现妇女运动与政治运动之间的联系,有莫大的启示和教益。

(三)斯诺的中国之行与中国书写

斯诺 1905 年 7 月 19 日出生在堪萨斯城一个小印刷主家庭,为他接触记者行业奠定了一定的基础。与史沫特莱幼小就担负生计不一样,斯诺青少年时到农场帮工、当铁路工人和印刷工人等活动纯粹是为了体验生活。他青年时期在密苏里大学接受新闻教育，在堪萨斯城的《星报》和纽约的《太阳报》初露头角，没有正式毕业，便到纽约哥伦比亚大学新闻系继续深造，因冒险的念头太盛而跳上来东方的油轮。

1928 年来到上海的斯诺并未打算长待，准备领略完"东方风情"就离开，无意间担任了《密勒氏评论报》的助理编辑，并为纽约《太阳报》和伦敦《每日先驱报》写特约通讯。抗日战争开始以后，他担任英美报纸的驻华战地记者。1930 年，斯诺为采集新闻走遍了中国内地主要城市和省份。斯诺目睹"九一八事变"、1932 年的淞沪抗战和 1933 年的热河抗战。斯诺在上海时结识了史沫特莱、鲁迅、宋庆龄以及一些中共地下党员。

1936 年，爱冒险的斯诺收集了无数个关于中国革命与战争的问题，从北平出发，经过西安，冒着生命危险，进入西北红区，到了当时苏区的临时指挥中心保安。他冲破了国民党和西方报刊的新闻封锁，成为第一个正式在红区采访的西方新闻记者，成为第一个采访毛泽东的人，收集了大量关于二万五千里长征的第一手资料。回到北京后，他先后为英美报刊写了大量通讯报道，轰动一时，然后汇编成书《红星照耀中国》(中文版名《西行漫记》)，向世界介绍了另一个中国，使中国人民争取解放和进步的斗争博得了世界的钦佩与同情。斯诺因此一举成名。

1939 年 9 月下旬，因国民党政府加紧封锁陕甘宁抗日根据地，斯诺以"工合"国际委员会代表的身份，去视察由孔祥熙亲自批准在延安建立的军需工厂。在斯诺访问延安后，再也没有其他外国记者获准前往。重庆不承认"边区政府"的合法性，准备掀起新的反共高潮。除了军事和经济封锁，还实行了严厉的新闻封锁，不允许任何新闻记者去陕北。1941 年，斯诺因对"皖南事变"做了如实的报道而受到国民党的限制和驱逐，被迫离开中国。1942 年到 1943 年间，他短暂地来过中国一次。在麦卡锡主义时期，他被美国联邦调查局严密监控，文章被报刊拒绝，由于生计问题，不得不迁居瑞士。

新中国成立后，斯诺又 3 次来华。1960 年 6 月，他得到我国领事馆的单独签证，以作家身份而不是记者身份第一次来到 1949 年后的中国，也是唯一一位来中国访问的外国记者，和毛泽东、周恩来进行了会谈。1964 年到 1965

年重访中国,与毛泽东进行4个小时的谈话,打破了毛泽东自1959年后没有与任何作家交谈的惯例。1970年斯诺最后一次来到中国,被邀请到天安门城楼参加国庆节观礼。1970年12月18日,他和毛泽东进行了最后一次长时间的谈话。1971年冬,斯诺患了癌症,回到瑞士后,已经动笔写《漫长的革命》一书,由于身体的原因,还未做最后的审定。1972年2月,美国乒乓球队作为尼克松访华的先声来华,奏响了中美友好的新篇章。斯诺准备以特邀记者的身份,在尼克松总统来华期间继续发挥他的桥梁作用。事实上,他已经再次成为美国报界和官方追捧的传奇人物。遗憾的是,由于病情加重,他的愿望没有实现。1972年2月15日,距离尼克松总统来北京的6天前,斯诺与世长辞。1973年10月19日,斯诺的部分骨灰安葬在北京大学(斯诺就教时的燕京大学)的未名湖畔,周恩来参加了安葬仪式。

斯诺最重要的著作无疑是《红星照耀中国》,因其对现代中国的发现意义空前,被称为"二十世纪的马可·波罗"。他一生写过许多文学报道,编辑成书的共有11部,其中绝大部分是和中国有关的:《远东前线》(1933)、《活的中国》(1936)、《西行漫记》(1937)、《为亚洲而战》(1941)、《人民在我们一边》(1944)、《苏联力量的格局》(1945)、《斯大林需要和平》(1947)、《红色中国杂记》(1957)、《复始之旅》(1959)、《今日红色中国》(又名《大河彼岸》,1962)、《漫长的革命》(1972)。

斯诺的第一本书《远东前线》对"九一八"事变和"一·二八"事变进行了详细的报道,揭露了日本帝国主义侵华的野心,表达了对国民党政府与日本侵略者签下《华北停战协定》的不满以及支持中国革命的态度。关于中国共产党和红军革命的传闻只占到一小部分。

译著《活的中国》率先将鲁迅和一批左翼小说家介绍到西方,是介绍中国新文学的最早选集之一。这本书向国外介绍了中国左翼作家和他们的思想,里面收录了当时风行一时的短篇小说,主要是鲁迅、茅盾、巴金、柔石、沈从文、郭沫若、郁达夫、萧乾、张天翼、沙汀等人的作品。

《为亚洲而战》和《人民在我们一边》基本上都是从反法西斯的立场出发,反映了中国和世界人民反对帝国主义斗争的历程。《为亚洲而战》将"卢沟桥事变""八一三"事变、南京大屠杀等日本发动全面侵华的斑斑劣迹昭告于世。国民党政府实行不抵抗或消极抗战政策,甚至压制抗日民主运动,破坏统一战线,致使武汉、广州沦陷,重庆遭受轰炸。与之相反,中国共产党坚持抗日,成立新四军和动员根据地人民对日作战。书中还描写了斯诺1939年延安访问的所见所闻,工业合作社运动的兴起和发展以及自己为工业合作社争取合法运作所参与的工作,如到印尼华侨中大力宣传、募捐,对扩大抗战影响和增强中国抗战经济实力方面都有实际效果。书的最后,他重申了中国必胜的信心在于民主和自由。《人民在我们一边》谈及自珍珠港事件之后,斯诺去印度、苏联和国民党统治区访问的情况,综合回顾了甘地领导的争取印度独立的非暴力抗英运动和斯大林领导的反法西斯斗争取得的伟大胜利,同时批评了蒋介石的著作《中国之命运》,揭露了国民党政府的腐败堕落。

《复始之旅》是斯诺的个人生活自传,包括四个阶段:婚前的流浪生活,到北京后开始关注并支持中国人民的抗日战争,"皖南事变"后被迫离开中国,深受美国麦卡锡运动的迫害,最后被迫在瑞士过着寄寓他乡的寂寞生活。

《今日红色中国》和《漫长的革命》都是根据中华人民共和国成立后访华的经历写就的。《今日红色中国》是对新中国进行第一次访问的见闻录,热情颂扬了中国人民在中国共产党领导下取得的建设和成就,讨论了美、日、苏同中国之间的关系,表达了希望美国不再采取敌视中国的政策,美中两国的关系能够缓和。在《漫长的革命》中,斯诺回顾了中国共产党领导的社会主义革命的全历程,尤其重现了斯诺与毛泽东、周恩来等中共领导人的重要谈话。

1984年,新华出版社出版的4卷本《斯诺文集》中译本基本上保持了原作的风格和内容,将《复始之旅》编为《斯诺文集》第1卷,《红星照耀中国》为第2卷,《为亚洲而战》为第3卷,《大河彼岸》为第4卷。

二、文献综述

(一)关于"中国形象"的研究

中国形象,从西方的汉学研究扩展至比较文学领域,自 20 世纪 80 年代后期在法、德文学研究界兴起以来,日益成为跨文化研究的热门话题。"中国形象"成为中西比较文学和文化学研究的重要母题。从学科建制来说,它是中外文学关系研究的一个子话题①,由于其涉及中西文化和文学的交流与融合现象,随着中西往来的频繁而成为一门显学。起初被众多在海外高等学府留学的中国学生所探究,他们也成为中国早期研究这个领域的专家。1931 年,方重在斯坦福大学的博士论文《十八世纪英国文学中的中国》是开山之作。1937 年,钱钟书以《十七、十八世纪英国文学中的中国》为题完成牛津大学的学士学位,从文学影响研究的角度讨论特定时期的中国物象。而"中国形象"也受到西方高等学府学生的关注,约翰·福斯特于 1952 年在伊利诺伊大学的博士论文《美国文学中的中国和中国人:1850—1950》讨论美国人百年间撰写的有代表性的诗歌、戏剧、小说作品中所描述的中国。1979 年,伍家球于密执安大学的博士论文《"黄祸":美国小说中的美籍华人,1850—1940 年》探究美国主流社会所塑造的美籍华人付满洲和陈查理的形象,发现"黄祸主题"贯穿了美国的小说。1990 年,梅隆大学的伊丽莎白·安德森的博士论文《1927—1950 年间美国人的中国形象》研究在中国生活的众多基督教传教士所撰写的书信、日记和札记,揭示了基督教视野下的中国形象。此外,纽约大学布法罗分校孙荣光的博士论文《对亚裔美国人"模仿少数民族"和"黄祸"的形象评估》(1999)、伊利诺伊大学香槟分校加里·托德

---

①　葛桂录在其专著《跨文化语境中的中外文学关系研究》中,将"中外文学与文化关系史"的研究对象分为四个方面:中外双方早期文学、文化交往史实;中国文学和文化在外国的流播与评价,外国文学在中国文化语境里的译介与评价;外国作家笔下的中国题材及其中国形象的塑造,中国作家眼里的外国印象;中外作家之间的交往,外国作家在中国(中国作家在外国)的生活工作、游历冒险等。见该书的第 23 页。

的博士论文《美国人所看到的中国：1840—1860 年》(1987)、芝加哥大学西比尔·弗里茨的论文《叙述中国：鸦片战争之后在中国的西方旅行者》(1995)都从不同的视角分析了不同文本、不同时段美国人心目中的中国形象。

西方汉学家的研究成果也为传播中国形象做出了贡献。为了解西方对中国的认识，在 20 世纪 90 年代末，时事出版社译介了一批西方汉学的经典著述，命名为《西方视野里的中国形象》。该丛书综合记述了来华外国人在 19 世纪中国国门被打开后对中国社会政治制度、物质生活、民族性格等宏观方面的印象。随后，山东画报出版社的《发现中国丛书》、中华书局的《中外关系史译丛》、大象出版社的《西方早期汉学经典译丛》等相继面世。还有美国的乔舒亚·库伯·雷默的《中国形象：外国学者眼中的中国》(2006)、切斯特·何尔康比的《中国人的德性》(2007)等从宏观的政治、经济、体制到微观的社会生活、习俗等各个层面论说不同时期中国的社会风貌。这些汉学著作对中国认识自我有着重要的意义，对中国学者的研究也提供了可靠的文本和信息资源。在汉学家中，最有学术影响的是美国著名汉学家史景迁。他的《文化类同和文化利用》(1989)系列演讲在梳理了西方史上近 5 个世纪的学术理论著作和文学虚构作品中的中国形象之后，指出异质文化间交流的本质在于"利用"。不过，他后期的观点偏向于多元文化的融合和理解。他在著作《大汗之国：西方眼中的中国》(2013)中指出："西方人在处理中国现象时，无论知识上还是情感上，都有非常多样的态度。而本书，正是为此多样性寻求一个解释。"①德国汉学家顾彬《关于"异"的研究》(1997)的系列演讲从美学角度来看待"异"，认为中国形象为"异"是因为"异国情调"。

美国注重特定时间内的思想演变史和辩证逻辑的演绎，带有强烈的实证特点。哈罗德·伊罗生《美国的中国形象》(1999，中译本)以访谈的方式调查人们对中国的印象，将美国人心目中的"中国形象"做一个编年史的分期，从 18 世纪到 1949 年之后分为六个时期：18 世纪的崇敬、鸦片战争到清

① ［美］史景迁：《大汗之国：西方眼中的中国》导论，阮叔梅译，桂林：广西师范大学出版社，2013 年，第 7 页。

朝覆灭期的蔑视、民国时期的仁慈、抗日战争时期的钦佩、国共内战时期的幻灭和新中国时期的敌视。斯蒂文·莫舍尔的《被误解的中国：美国的幻觉与中国的现实》（1990，中译本）续写了这个编年史，将 1949 年之后的中国形象又分为四个时期：新中国到中美建交阶段的敌视、1972—1977 年的二次钦佩、1977—1980 年的二次幻灭和 1980—1989 年的二次仁慈。T. C. 杰斯普森的《美国的中国形象：1931—1949》（2010，中译本）则做断代史研究，选取了传教士、卢斯公司的新闻媒体、赛珍珠的小说和宋美龄的美国演讲为研究对象，分析美国公众心目中的中国形象如何被一步步美化，最后成为幻象的。他犀利地指出这种幻象映射的是美国人对自身文化的认同，背后表达的是美国人的希望和梦想。

总的来说，"中国形象"已经幻化为一个巨大的口袋，里面盛装着各种具象，与其说是一个个特定的形象，不如说是纷繁芜杂的现象。外国学者对各种中国现象的分期和究因，其实是围绕着这些不断变化的现象，找到其变化的依据，从而完成对本民族和国家认识的一次次解构与再构。

国内研究西方的"中国形象"的主要范式有三个：（1）对整个西方的中国形象史的流变进行梳理，根据对典型形象表述的套话语系来进行分期，并总结西方言说中国的历史规律。代表人物周宁、姜智芹。（2）对西方某个时期的中国形象进行专题研究，一般来说，考察某个作家作品中的中国书写的话语特点，研究影响作家表达的深层原因，或者以某个杂志或媒介为文本对象，研究某个时期的作家们对中国的表述、态度以及原因。通过阅读思考这些书籍和论文对英国文学中的中国形象的述评，我们感到除了进行或分阶段或贯通的资料整理工作外，在论述西方的中国形象时，大都采用二元对立的方法，认为西方人将中国或者理想化，或者妖魔化，中国在他们眼中不是天堂就是地狱。这种看法以周宁为代表，有一批认同者，如金秀敏，她发表在《文化研究》2002 年第 7 期上的文章《"理想化"与"妖魔化"——西方人眼中的中国形象》，张隆溪在《非我的神话》中也说道："西方心目中的中国形象是在历史过程中形成的形象，代表着不同于西方的价值，这不同可以是好，也可以是坏。在不同时期，中国、印度、非洲和中东都起过对称西方的作用，或者是作为理想化的乌托邦、诱人和充满异国风味的梦境，或者作为永远停滞、精神上盲目无知的国土。"①(3)对西方的中国观的认识。从史学梳理的角度,最具开拓性的论著当数忻剑飞的《世界的中国观》,将西方自公元前6世纪到19世纪对中国的社会、政治、经济、文化、宗教、哲学、语言、文学等方面的认识进行梳理和概括。

最近20年,关于西方的中国形象研究,成果最丰硕的学者是周宁教授。在发表《西方看中国》(上下卷,1999)、《中西最初的遭遇和冲突》(2000)和《永远的乌托邦》(2000)之后,2004年推出《中国形象:西方的学说与传说》8卷本,专题讨论西方7个世纪以来的中国形象的生成和演变,是近年来中国学者研究西方的中国形象领域最厚重的一套著作。该丛书汇集了大量的文献资料,广泛考察了游记、史志、书简、通商指南、诗歌小说、研究著述等材料中的中国形象话语分布,全面地破解了西方构筑中国的话语表述体系。在理论层面,他深受赛义德《东方学》、福柯的话语理论和萨特的二元本体论的启发,开创性地提出"跨文化形象学"的理论创见。姜智芹教授从美学角度总结中国形象在英国文学中变化的规律。她的《文化想象与文化利用——英国文学中的中国形象》(2005)结合英国社会文化语境和深层文化结构,分析了英国文学中中国形象的乌托邦和异域之美,发现英国作者对中国形象的利用。其专著《付满洲与陈查理:美国大众文化中的中国形象》(2007)选择美国大众传媒中的当代个案,从跨文化角度思考了当代中国文化在西方的传播问题。

进入21世纪以来,"中国形象"热度丝毫没有减退,反而愈演愈烈。从历年出版的著作和博士论文可见其受追捧的程度。2002年宋伟杰《中国·文学·美国:美国小说戏剧中的中国形象》分析了美国小说和戏剧中关于中国形象的塑造和演变。2004年有解放军外国语学院潘志高的《纽约时报上的中国形象:政治、历史、文化成因》,复旦大学何英的博士论文《冷战后美国媒体对华负面报道的建构分析》。2005年有3篇博士论文,复旦大学姚京明的《中国镜像的明与暗——葡萄牙16—19世纪文学中的中国形象》、四川大学姜源的《异国形象研究:清朝中晚期中美形象的彼此建构》和四川大学杜

---

① 张隆溪:《中西文化研究十论》,上海:复旦大学出版社,2005年,第35页。

平的《英国文学中的异国情调和东方形象研究》。同年还有高鸿的专著《跨文化的中国叙事——以赛珍珠、林语堂、汤亭亭为中心的讨论》探讨异国形象的创造与文化身份、叙事策略的互动关系。此后,以"形象"为话题的研究层出不穷,如 2006 年苏州大学南平的《永远的"他者":跨文化视野中的金山客形象》;2007 年暨南大学詹乔的博士论文《论华裔美国英语叙事文本中的中国形象》,当代中国出版社出版郑曦原编的《帝国的回忆:〈纽约时报〉晚清观察记(1854—1911)》;2011 年北京师范大学出版集团出版了杨松芳的《美国媒体中的中国文化形象建构》;2012 年山东大学杨华的博士论文《二十世纪美国华人文学中的中国形象》。而以"中国形象"为话题的硕士论文和单篇论文更是层出不穷,在此不一一列举。这些有关形象研究的著作和论文在不同的领域取得成功,可见该研究在我国所呈现的多学科特点,在实际操作中的全面展开和逐渐深化。

尽管有上述丰硕成果,但形象学研究本身就是一个多话题的领域,它可以进行史学的梳理、断代的考证,也可以研究不同国别、不同学科中的形象,还可以使用新的理论和方法解读文本,这些因素使得它蕴藏着巨大的阐释空间。而本书从个案考察和个别课题的切入来揭示之前被忽略的丰富的文学与文化现象是选择对"红色中国"形象进行专题研究的出发点之一。

(二)关于"三 S"的译介与研究

自创作发表以来,"三 S"的作品在历史上的传播和讨论有两个繁荣期。第一个时期是 20 世纪 20 年代,从军阀混战开始,一直到中华人民共和国成立后。他们的作品在 20 世纪三四十年代受到热烈追捧,是基于特殊的新闻题材,对现代中国历史事件、社会事件的即时报道,对社会问题和中西古今文明的对比与评论,为世界民主革命和反法西斯革命注入了一股新的力量。特别是中国作为亚洲的反法西斯中坚力量,中国内部的政治格局、人民的生活状况、神秘的东方文明在战争中的遭遇和突变都强烈地吸引着世界的目光。而自 20 世纪 50 年代起,随着东西冷战的开始,反共运动愈演愈烈,他们的作品受到以美国为首的西方国家的抵制,无处发表,他们的人身安全遭到威胁,遭受调查、栽赃和迫害。第二个时期是 20 世纪 80 年代,中国文化界对

"三S"的中国活动和有关中国题材的写作非常重视。1984 年新华出版社推出 4 卷本的《斯诺文集》,1985 年出版 4 卷本的《史沫特莱文集》,1988 年出版 3 卷本的《斯特朗文集》。1987 年—1988 年新华出版社推出"外国人看中国抗战"的丛书(共 10 册),主要基于两点来选择他们的作品:一是为新闻工作者提供参考资料,学习外国同行表现重大事件的经验,促进相对滞后的新闻事业的发展。二是从史学角度来重印和翻译这些资料,为了中共党史、现代史工作提供参考资料。1992 年重庆出版社推出的《中国解放区文学书系》包含 2 卷本的"外国人士作品编",收编了 4 篇史沫特莱、3 篇斯诺和 4 篇斯特朗的文章。2002 年解放军文艺出版社推出了"外国人笔下的红色中国"丛书,对斯诺的《西行漫记》做了重版。此外,中国的新媒体持续对他们进行宣传和报道,2009 年凤凰卫视推出"红色中国的外国人士",2011 年央视推出纪录片"外国人眼中的红色中国",在不断对历史重要事件回顾的同时,又有新的视角和话题加入进来,常说常新。

在美国,在他们作品发表的年代,《新群众》《新共和》《民族》《星期六评论》《美亚》《新观点》等报纸杂志上出现几百篇书评,之后陆续有 150 多篇学位论文从汉学、历史学、新闻学、女权主义、激进文学等角度来解读。自 20 世纪 80 年代起,陆续有史学家为他们作传。关于斯诺,有 3 本代表性的人物传记。汉密尔顿所著的《埃德加·斯诺传》(1988)是最经典的,将斯诺的政治观、历史观、哲学观、社会观及其形成和变化的过程,蕴藏在理想主义和"眼见为实"的现实主义之间的冲突与妥协的逻辑主线下,为展现斯诺性格和思想,提供了现实而最有说服力的依据。该书具有强烈的批判意识,不乏真知灼见,但历史资料没有引文,显得不够严谨。该书一以贯之的观点是斯诺一直是基于事实去全力理解中国,而不是简单地评判。法恩斯沃思的《从流浪汉到记者——斯诺在亚洲 1928—1941》(1996)以斯诺和海伦·斯诺的私人信件、日记和手稿为资料来源,描述斯诺在亚洲的经历。他认为斯诺在冷战期间多次访问中国,在一定程度上担任中美关系沟通的使者。不过,该书以写史为主,缺乏深入的剖析。托马斯的《冒险的岁月——埃德加·斯诺在中国》(1996)则以斯诺日记为史料,表现斯诺在旧中国的历险和情感生活,新中国成立后的经历描写较少。关于史沫特莱的传记有 2 本。斯·麦金农和简·麦金农夫妇的《艾格尼丝·史沫特莱：一位美国激进分子的生活和时代》（1988）挖掘了大量关于史沫特莱的珍贵史料，突出史沫特莱对中国革命的贡献。鲁思的《史沫特莱的人生》（2005）大量解密了苏联和美国档案资料以及史沫特莱的信件，注重史沫特莱的思想变化历程和身份的解密。斯特朗的侄孙特雷西·斯特朗与他的妻子海伦·凯瑟合写的《纯正的心灵——安娜·路易斯·斯特朗的一生》论述斯特朗在世界各地执着地追求理想的社会形态和纯真的信念的历程，特别是她为了追随世界上最民主和平等的社会，辗转于美、苏、中三种政治体制、文化完全不同的社会。

　　美国还有三位作家的档案研究中心①，收集了他们的著作和书信，还有大量珍贵的照片资料。斯诺的生前好友戴蒙德夫妇成立了埃德加·斯诺纪念基金会，并设有斯诺阅览室，组织和资助中美学者相互间的访问与交流。美国史学家肯尼思·休梅克（Kenneth E. Shewmaker）是最先研究亲历中国的美国记者的。他的著作《美国人与中国共产党人》（1971）成为中外学者重要的参考资料。该书以美国和其他西方国家来华亲历者的个人经历、口述和笔述材料为对象，讨论1925年—1945年发生在中国的重大政治事件、国共两党不同的政治信仰、重要政策、意识形态和两党关系、中美和中苏关系，史料丰富，观点新颖，有力地破除了所谓共产党的"阴谋论"。彼得·兰德《走进中国——美国记者的冒险与磨难》（1995）以猎奇和戏谑的文笔生动地描写这些记者的驻华生活；保罗·法兰奇《镜里看中国：从鸦片战争到毛泽东时代的驻华外国记者》（2009）系统、生动地描述了中国历史变革背景下西方记者在华的社会活动和工作以及他们的情感生活。这些研究自然涵括了"三S"，也为查看"三S"的生活轨迹和时代抉择提供了参照。还有从左翼女性文学研究视角来考量的，如在美国颇有影响的《红色写作：1930—1940年美国妇女文学选集》（1978），由夏洛特·尼克拉（Charlotte Nekola）和葆拉·拉比诺维茨（Paula Rabinowitz）主编。拉比诺维茨继续专注于女性群体，在

---

　　①　斯诺档案馆位于美国堪萨斯市密苏里大学，1986年由斯诺的遗孀捐献而建；史沫特莱档案馆位于美国亚利桑那州立大学图书馆；斯特朗档案馆位于华盛顿大学图书馆。

《劳动与欲望:美国大萧条中的妇女革命小说》(1991)中研究艾格尼丝·史沫特莱、玛丽·麦卡锡(Mary McCarthy)、伊·哈德威克(Elizabeth Hardwick)、埃莉诺·克拉拉(Eleanor Clark)等女性作家的文本,运用叙事学和性别理论,对迷惘一代的女性作家进行研究,构建大萧条时期的女作家的主体意识。史沫特莱的自传体小说《大地的女儿》(1929)被从女权主义视角进行充分的讨论。还有一些单篇论文或书评,以介绍作家的经历、创作为主,缺乏有分量的、深入的研究。

相比而言,在中国,"三S"的影响还是要大得多。自20世纪80年代开始设立专门的研究机构,推出以作家名字命名的文集,开专门的纪念会和研讨会讨论他们的作品与生平事迹。

(1)纪念会和研讨会。对斯诺和《西行漫记》的研究:1982年中国人民对外友协在北京大学举办"纪念埃德加·斯诺逝世10周年大会",在武汉举行"斯诺学术研讨会";1988年开展了纪念《西行漫记》发表50周年学术讨论会,发表论文集《〈西行漫记〉和我》;1997年举办"纪念《西行漫记》发表60周年国际学术会议",对《西行漫记》与斯诺的探讨已由新闻和文学的传统研究层面,开始向历史学、比较文学、社会学、版本学、国际关系学等领域拓展以及多学科交叉渗透;2005年到2007年,北京、上海、福州、西安多地举办了埃德加·斯诺和海伦·斯诺百年诞辰学术研讨会;2005年北京大学举办"让世界了解中国——斯诺百年纪念"国际研讨会,结集《百年斯诺》,围绕"斯诺与中国""斯诺与新闻教育和业务""斯诺与跨文化传播与国际传播"等进行新的分析和阐释,对斯诺的多种解读和多元评价代表了目前研究斯诺最前沿的成果。对史沫特莱的研究:1984年召开了"史沫特莱在中国"大型学术研讨会;1987年出版《纪念史沫特莱》的册子。

(2)翻译与结集。1984年出版了国内第一部论文集《纪念埃德加·斯诺》[①],20世纪80年代中后期全面翻译了"三S"关于中国的作品,以文集的

---

① 所选文章主要包括:中央领导同志及斯诺亲友在北京大学纪念斯诺逝世10周年大会上的发言;全国主要报刊发表的有关纪念斯诺的文章;提交在武汉大学召开的我国首次纪念斯诺学术讨论会的部分论文;斯诺的生前好友专为该纪念文集撰写的文章;还有十多篇国内外学者对斯诺和斯诺作品的研究论文。

形式出版;译介了国外一些学者回忆或研究他们生平的著述;译介了国外史学家为他们所写的传记;中国作家自 80 年代起陆续为他们写传记;大批学者发表文章,赞扬他们对中国革命、中国文化事业的贡献。这一时期的"三 S"研究,以译介为主,强调他们中国作品的写实性,注重生平与史实的研究,肯定他们与左翼人士的交往,挖掘他们与以鲁迅为首的中国左翼作家相互影响的事实,高度评价了他们对促进中美左翼文化交流所起的作用。在 90 年代,中国国际友人研究会组织译介包括"三 S"在内的"国际友人丛书"60 多种图书和画册。2003 年起,该会编辑出版总题为《中国之光》的英文版国际友人丛书,第一批共 26 部著作,并同美国斯诺纪念基金会交换访问学者,每两年在对方城市举办斯诺研讨会,迄今已举办了 14 届。

(3)研究专著。张功臣率先展开了对来华记者的研究,他的《外国记者与近代中国 1840—1949》(1997)是国内首部系统描写包括"三 S"在内的外国记者在近代中国活动的研究著作。李辉《在历史现场——换一个角度的叙述》(2005)借助西方记者、传教士、外交家、探险家的回忆录来讲述中国的近代史上发生的历史故事和精彩细节,趣味有余,但学术性不强。《史沫特莱与中国左翼文化》(2012)以史沫特莱的中国写作为研究对象,是国内第一本研究史沫特莱的专著。该书把握住史沫特莱著作中的中国和中国人的阶段性特点,分析了影响史沫特莱创作的各种因素,而且阐述了史沫特莱在中、美左翼文化运动中的思想变化历程。"更为可贵的是,在讨论史沫特莱的中国写作时,作者能跳出以政治为导向、以中国为本位的研究模式,将其写作视为以中国、中国人为对象的话语实践活动,在具体的历史情境中考察其意义生成过程,为国内的史沫特莱研究打开了新局面。"[①]因而,这部著作以文本为基础,在史实和文本之间找到完美的契合,具有划时代意义。尤其是书中部分章节对比分析了史沫特莱笔下的"红色中国"与"白色中国",借此来观察史沫特莱在不同时期的身份建构。可以说,史沫特莱的身份是得到了充分而深入的讨论,而"红色中国"形象并不是其论述的重点。此外,在

---

① 傅美蓉:《"发现"史沫特莱——评〈史沫特莱与中国左翼文化〉》,《中国图书评论》2013 年第 5 期。

做"中国形象"史梳理的过程中，周宁也在著作和论文中提到过"红色圣地"形象，并征引埃德加·斯诺《红星照耀中国》中的材料为例。但它不过是西方的中国形象史的庞大体系中的一个阶段，周宁注重的是从哲学、美学层面做现象的规律抽拔和定性，并未有深入的文本分析。总的来说，单就某个作家来讨论一个传播面广、影响大的"红色中国"形象，缺乏参照物，难以从整体上来把握。"红色中国"形象的建构并产生世界影响与"三S"的创作是分不开的。

（4）论文与硕博选题。从 2006 年到 2018 年，已有 30 多篇研究西方记者来华的新闻活动或者报道的硕博士论文。有从历史学、国际关系史、新闻传播学等视角来整体讨论抗战时期西方左翼记者和国际友人的在华活动、对中共的报道与宣传、对陕甘宁边区的报道以及国共两党关系研究的硕士论文①。此外，还有选择单个作家进行专题研究的硕博士论文②。可供借鉴的是，已经开始了从形象学角度来解读斯诺的作品③。特别是刊载在《延边大学学报》2007 年第 6 期的《〈红星照耀中国〉中的"红色中国"》，围绕着"红色"意义的生成过程，结合斯诺在白区和红区的经历、见闻、感受，对比讨论"红色"是如何从意识形态的消极含义转向以积极乐观为主的意义，"红色中国"形象在融入了原有的神秘、传奇性质的同时，还实现了"妖魔化"到"神

---

① 韩伟：《抗战时期外国友人对陕甘宁边区的考察研究》（硕士论文，2013）；张钰：《抗战时期美方人士对中国共产党的报道和宣传》（硕士论文，2010）；赵玉岗：《抗战时期外国记者在华新闻活动研究》（硕士论文，2007）；高月波：《他者的观察——抗战期间海外人士及国内民主人士眼中的陕甘宁边区》（硕士论文，2007）等。

② 《史沫特莱新闻精神研究》（硕士论文，2013）；《史沫特莱与中国共产党关系研究》（博士论文，2015）；《埃德加·斯诺在华新闻活动及影响的研究》（硕士论文，2012）；《埃德加·斯诺在华新闻活动研究》（硕士论文，2013）；《斯特朗在华新闻活动研究——以抗战前后美国左翼记者群体为考察视角》（硕士论文，2014）等。

③ 杨蓉：《埃德加·斯诺笔下的中国形象》（硕士论文，2013），认为斯诺塑造的中国形象打破了世界主流文化对中国的"刻板印象"，构建出一个异于世界主流"集体想象物"的中国形象来，他对中国形象的塑造介于意识形态和乌托邦之间。李嘉树：《西方人眼中的红色中国——访问延安的欧美人士对中共和根据地的报道》（1936—1946）（硕士论文，2011），分析了西方人对中共领袖的报道、对根据地军民的报道、对"红色中国"生活的报道，从新闻传播学的角度得出的结论是中共对外宣传的技巧让西方来访者产生好感，因此他们大力宣传"红色中国"。

化"的翻转。这篇文章对斯诺研究很有启发,打破了原来的研究范式,从新的角度来阐释斯诺,史料和文本结合,层层推进。但是,从文学与文化角度来整体考察三位作家的"红色中国"形象建构的硕博士论文没有。从目前发表的单篇论文来看,对材料的把握和分析需要细致,阐述视角需要更新,对问题的论述需要深入。

　　整体而言,"三S"的研究在新闻学和国际关系学领域专注于研究他们报道的真实性、作为新闻工作者优秀的品质和传播上的成功因素以及对中美关系的影响;在历史学领域专注于查看中共党史、根据地建设、国共关系;在比较文学形象学方向上开启了探讨,但目前只有单篇论文或单个作家作品的研究,已有的对西方来华人士的整体研究又显得面太宽而研究深度不够。因此,研究"三S"作品对"红色中国"形象的建构依然有很大的阐释空间,他们的作品从共时和历时的角度搭建了"红色中国"的历史状貌。本书试图弥补目前学术界对现代中国"红色中国"形象的疏略,将西方的中国形象学研究继续向前推进和深化。

三、主要内容及方法

　　在漫长的历史时期,东方一直是遥远的"他者",西方凭借着对中国的碎片式的资料,编织着对中华帝国的丰富物产和乌托邦式的德治的想象。随着西方现代意识的崛起,西方哲学家借着美化中国古文明进行思想界形而上的变革。而当现代西方国家明显优于中国之后,又极尽贬损和鄙夷。"红色中国"形象终结了晚清"东亚病夫"的懦弱形象。"红色中国"在国民党的"自由中国"的压制夹缝中求生,从起初意义的不确定性和模糊性到赢得世界的同情与赞赏,最终成为世界有意味的符指。它并非先验地存在,其意义的生成是基于中国共产党带领中国大众走出封建泥沼,摆脱帝国殖民,击败法西斯侵略,赢取国共内战等一系列历史事件,也有以"三S"为代表的西方记者参与和积极建构,在世界范围内宣传和传播的贡献。他们并非简单的历史记录者,在他们的作品中,时时发出超越时代的预言,流露出由衷的赞美。正是他们的作品,最终成就了表征"红色中国"话语的仪式性或套语性,至今仍广泛地影响着世界。

"三S"有关中国的创作以报告文学为主,兼及日记、速写、传记、散文和社论,其中大部分的内容是作家根据现场所见的第一手材料而写的,也有根据当事人的转述而作,还有对中国历史、文化、战争时局和中外关系而发的评论。

从作品内容而言,他们描写的是一个现代历史进程中的中国,时间跨度大,内容丰富。他们笔下的中国跨越了大革命时期、国共合作、抗日战争、国共内战以及新中国成立和建设社会主义的起步阶段,从 20 世纪 20 年代中后期一直到 70 年代,将近半个世纪的时间。本书主要考察的是他们发现"红色中国",粉碎国内外各种谣言和猜忌,建构其正面意义的时期,即中华人民共和国诞生之前的"红色中国"在意义生成阶段中形象演变的过程。在新中国成立之后,史沫特莱 1950 年在伦敦去世,斯特朗自 1958 年起定居北京,斯诺迁居瑞士后于 1960、1964、1970 年 3 次来华。他们三人不可能再像三四十年代那样,从不同层面、不同时段共绘"红色中国"的图景。而且,今日中国已非昨日中国,不仅是中国的内部发生了翻天覆地的变化,且"红色中国"形象在国际上从正面转向负面,他们的作品在冷战时期被西方封禁,相比前一个阶段所产生的影响就要有限得多。因而,本书把他们在新中国时期的创作作为辅助材料,不是研究的重点。

本书借助比较文学形象学理论和赛义德的文化理论对文本进行思考。需要说明的是,对赛义德理论的运用,主要是看重他对西方表述东方问题的反思性态度,而不是采用他的结论来套用文本材料。本书注重文本内部分析,进一步挖掘文学与历史、政治、文化之间的关系,充分揭示"红色中国"形象内容的丰富性和阐释他们写作中思想的矛盾性。在重新解读与发掘新的史料基础上,引入形象学的理论进行分析,抽剥出"国际左翼看中国左翼"的隐性视角和"红白二元对立叙事模式"的显性线索,重构和凸显文学史料的历史图景与现代价值,将对材料的研究推向新的深度。

本书主要遵循的方法是:第一,采用比较研究的方法,将"红色中国"形象置于世界左翼思潮的大背景下,比较"三S"之间以及他们与其他同时期作家书写中国的"同"与"异",探寻其中的规律;第二,坚持以历史唯物主义的观点和方法为指导,采用文献研究与文本研究相结合的策略,突出"三S"创作中的历史、文化、政治因素对创作的整体影响;第三,采取整体综合分析与典型个案剖析相结合的方法,对文本进行细致入微的阐发。在梳理文本中塑造"红色中国"形象上的互文性、关联性和影响性的同时,也凸显他们与同时代作家以及他们相互之间的独特性。

在研究内容上,主要围绕着"红色中国"形象的生成语境、具体内容,"三S"为什么要建构这一形象、他们是怎样建构的、他们所建构的"红色中国"形象产生了什么影响等一系列问题展开的。

第一章讨论"红色中国"形象诞生的历史语境。结合 20 世纪 20、30、40年代中国复杂的历史背景,"三S"的成长经历、中国之行和作品,讨论"红色中国"形象在发生阶段的历史原因和基本含义。

第二章分析"三S"经典文本中对"红色中国"形象建构的主要内容。针对"三S"书写中国的共同方面,也是最重要的方面,即对中国共产党领导的大众革命及政权,中国共产党人、政治和军事领袖、红军、红区的人和中国左翼作家等形象进行分析,对红区的社会结构与社会关系反映出的人民生存状态与精神面貌进行探究。同时,比较"三S"在书写这些内容上的共性和差异性以及与其他同时代西方作家的不同。

第三章分析"三S""红色中国"形象的生成原因。考察"三S"来中国前在美国激进思潮影响下的政治立场,来中国受到的左翼影响,综合分析他们的"红色中国观"的形成原因。讨论他们在描写"红色中国"过程中的精神、心理、态度的变化和跨文化写作中存在的身份矛盾;对比分析作家在建构"红色中国"过程中对美国的情感与对中国情感变化的过程;考察他们对中国的认识是如何随着中美政治时局的变化和个人境遇的不同而变化的。

第四章探究"三S"作品的文体形式与艺术表达之间的关系。分析"三S"作品的文体特征,他们采用报告文学为主的纪实文体在欧美和中国的时代语境;报告文学体与左翼政治观表达之间的关系。

第五章梳理"三S"作品的接受与影响。比较"红色中国"形象在中美两国不同时期的接受命运;挖掘其在政治上对中美外交关系的影响,在文化上对中美人民交流的意义,在文学上对中美现当代左翼作家的中国观和创作的影响;评价他们作品的文学价值、影响和局限性。

　　下面就书中概念做个说明。首先,在众多对"红区"的指称中,"三S"选择了"红色中国",并对其意义进行了正面建构,使其不仅成为一个丰满、立体的形象,而且是优于西方资本主义体制和苏联社会制度的政权与管理体制,真正实现了西方一直追求的自由、民主和平等的普世价值观。它既是指地理疆界,不过更多的是指区别于国统区的,信仰马克思主义、追求共产主义事业的一批人和他们创造的事物,他们在战争中的生存状态和精神状态,他们对共产主义新秩序的构想和实践。因而,书中"红色中国"即是指他们作品中描写的一切与中国共产党有关的事物。其次,为了论述方便,本书没有对不同时期的共产党统治区进行区分命名,如苏区、革命根据地、边区、游击区、红区、解放区、"新中国"(斯特朗对1946—1947年的延安地区的称呼),而是统称为红区,因为他们对这一称呼使用得最多。红区的概念是意识形态层面的,而不仅仅框定于具体的地理边界和特定的历史时期。红区的中心是革命圣地延安。"三S"在不同时期与延安取得直接联系。1936年斯诺去的保安,被称为苏区,有中央苏维埃政府,抗日统一战线达成后更名为晋察冀、陕甘宁边区政府,指挥中心迁址延安。1939年斯诺才到达延安,史沫特莱是1937年,斯特朗是1946年。

　　在西方的中国形象史上,至少在两个时期"红色中国"是完全积极的。一个是20世纪三四十年代的"红色中国",它是与国民党时期的"自由中国"完全对立的另一种政权和文化,有着自由、平等、民主作风的"中国",这个时期是本书讨论的重点。另一个是20世纪60年代世界左翼思潮复苏的时候,中国是世界左翼人士心中的"红色圣地"。然而,"红色中国"的革命性质和政权性质,一直让"冷战"时期的西方惯以敌视的态度看待。相对于西方资本主义体系而言,"红色中国"所代表的"非我"的意识形态,是需要警惕、杜绝和扑灭的。随着苏联解体、冷战思维的消散,西方敌视态度也随之减弱,中国得到世界各国的认可,加入各种国际组织,逐渐融入世界大家庭中,其"红色"的意识形态色彩淡化,但是这些作品的历史影响犹在。不管人们是以何种口吻在谈论中国,"红色中国"已然成为世界左翼文化顶礼膜拜的偶像,成为一种经典和传奇。而经典的生成、塑造与传播,与"三S"以毕生之力坚持创作是分不开的。

第一章 "红色中国"的历史语境

第一节 红色与国家形象

用色彩喻指国家形象或者某个社会事件是时兴的政治隐喻,也是人类在生存和生产的历史经验中沉淀下来的特定的表征符号,是在自然、文化以及认知心理等多重语境下与语言符号产生对应的指称关系。其中,文化语境对个人语库意指关系的影响尤为稳定而持久①。从社会学角度,颜色喻指意识形态是不言而喻的事情。"三S"征用"红色中国"一词来指称中国与近代文化中生产红色的新的象征语境分不开。

一、西方文化中的"红色"

红色从作为客观物存在的一种单纯的视觉色彩,到文明社会赋予其象征、隐喻含义,经历了一个漫长的历史过程。其象征意义受到人类两个基本经验的影响:血和火。血代表战争。在罗马神话中,玛尔斯是战争之神,身披红色战衣。在各国文化中,战场上的红旗、红色服装、红色战车等意象都象征着军队的强大。火赋予红色更多的是权力和欲望的象征。红色焰火会威胁生命,红色常被联想为邪恶、不可控的力量。在古埃及,红色象征"邪

---

① 魏向清:《双语词典译义研究》,上海:上海译文出版社,2005 年,第 57—59 页。

恶"和"破坏",与荒漠的炙热一样,给人以威胁。在中世纪,官方规定只有贵族才能穿红色外套,因为人们迷信红色可以赋予人以强势和权力。从"血"与"火"的经验来说,战争、邪恶、权力和欲望都是人类对与红色相关事物赋予其能指功能,红色的意象也被人类在文学作品中经常使用,使其意义得以稳定和流传。人类社会不断向前发展,也不断赋予红色更多的文化含义。

由于"血"和"火"之间存在天然联系,也由于人类社会的战争接连不断,而且战争的规模越来越大,"红色"的"暴力性"和"不可预知性"的因素得以沉淀,在世界各文化中便将"革命"的语义固定下来。红旗、红星、红军等都是象征着鲜明革命色彩的事物。

因红色艳丽,红旗是最常见的战争旗帜。从文化象征意义来看,红色旗帜象征着战士的鲜血,象征着激进的革命。正是有这种象征意义,红旗一再地出现在近代重要的历史事件中。1792年雅各宾党人用它象征自由;1834年里昂的缫丝工人用它号召工人团结起来,争取政治权益;1864年共产第一国际成立时,会标是红色,后来成为世界各国共产党人的颜色;1871年,第一国际将红旗和《国际歌》定为左派的象征;1917年俄国革命成功,布尔什维克建立苏维埃联邦共和国,带有镰刀和铁锤的红旗成为苏维埃政权的象征,红旗也普遍成为社会主义和共产主义的标志。在历史演变的过程中,红色的旗帜象征着"自由""工人运动""社会主义"和"共产主义"的意义越来越明确。锤子与镰刀代表着工业无产阶级和农民,成为共产主义的象征之一,红星也成为共产党的标志之一。列宁领导的俄国共产党取得政权后建立了苏军(Soviet Military),因为是共产党领导的军队,所以又称红军(Red Army)。红色在俄语中还多了一层美好的含义。"红色"和"美丽、美好、好、珍贵"同属一个词族。莫斯科的"红场"意为"美丽的广场"。"红"成为苏维埃国家意识形态的主色调。诺贝尔奖得主、德国色彩专家威廉·奥斯瓦尔德说:"色彩蕴含着深层次的意识形态性,色彩运用于艺术时应当是意识形态的产物,是社会意识的基础。"①色彩是国家权力叙事在视觉文化方面的一种表达

---

① [墨西哥]埃乌拉里奥·费雷尔:《色彩的语言》,南京:译林出版社,2004年,第191页。

形式。

"红色"在西方逐渐被"意识形态化",象征着"苏维埃(的)""社会主义或共产主义(的)"①,这一新生的政治语义的所指逐渐与词语能指之间建立了稳定的对应关系,为公众所接受并频繁出现在报刊媒体上,各国无产阶级掀起的一轮轮"红=苏维埃"的认知模式在革命风头正劲的 20 世纪二三十年代被广泛地接受,在东、西方传播的过程中也产生了不同的结果。

红色运动,一度让各国的知识分子向往,20 世纪 30 年代也被称为"红色三十年代",是马克思主义运动的第一轮高潮。自列宁宣布成立"第三国际",将其设为全世界共产党和共产主义的国际联合组织后,"从 1919 年 3 月起到 1921 年初夏,短短的时间里,保加利亚、南斯拉夫、美国、墨西哥、丹麦、英国、法国这 7 个国家,相继成立了共产党,引起了资本主义世界深深的不安。当时的欧洲,各国共产党纷纷成立,革命浪潮此起彼伏:1918 年 1 月 27 日芬兰共产党领导了芬兰革命,芬兰赤卫队占领了首都赫尔辛基的政府机关。翌日,宣告芬兰革命政府——人民代表苏维埃成立。但是,芬兰苏维埃政权在存在了三个月后就被消灭。紧接着,1918 年 6 月 24 日,匈牙利共产党夺取政权,在首都布达佩斯宣布成立工人苏维埃。同年 11 月 3 日德国基尔港水兵在德国共产党领导下起义,升起了红旗,宣布成立苏维埃"②。正是因为红色思潮所产生的广泛影响,各国的产业无产阶级有组织地进行了一些罢工示威活动,导致 20 世纪 20 年代西方世界普遍爆发了大规模的"恐赤症","红色"或者说"赤色",成为一个十分敏感的意识形态术语。"共产主义""共产党"与苏联模式等同起来,成为"极权统治""阶级斗争"以及"反资本主义"的代名词③。随着"红色苏维埃""红色中国""红色撒马尔罕"等相继出现,"红色"成为左派、激进、暴力的代名词,对既存体制和保守文化构

---

① [德]爱娃·海勒:《色彩的文化》,吴彤译,北京:中央编译出版社,2004 年,第 41 页。

② 叶永烈:《红色的起点——中国共产党建党始末》,成都:四川人民出版社,2015 年,第 31-32 页。

③ [美]埃德温·埃默里、迈克尔·埃默里:《美国新闻史——报业与政治、经济和社会潮流的关系》,苏金琥译,北京:新华出版社,1982 年,第 442-444 页。

成了一种威胁,不具有任何的褒义。甚至,西方国家认为在共产党领导下的人民运动是恐怖主义活动,将其归入一些恐怖组织之列,如"红色军团""红色高棉"和日本的赤军等,以乱视听。

既然"红色"有着浓厚的意识形态色彩,其与政治立场的关联不言而喻,通常象征着"左派"("左翼")的立场,指社会主义、共产主义和社会自由主义。英国工党的标志为红色玫瑰花。18世纪末法国大革命时期兴起了政治上的左和右的概念。1791年,在制宪会议上辩论时,激进的革命派恰好坐在议会的左边,而主张温和的保守派恰好坐在右边。于是,人们习惯上将革命派称为"左派",将保守派称为"右派"。在创立科学社会主义理论时,马克思、恩格斯将"左派"引申为无产阶级革命派,"右派"引申为资产阶级反动派。在《共产党宣言》中,马克思、恩格斯断言无产阶级革命将会推翻资产阶级社会,废除私有财产制,创造一个无阶级、无国家的共产主义社会。自19世纪中叶开始,"左派"逐渐指各种形式的社会主义与共产主义。第一国际(1864—1876),也称国际工人联合会,结合各国左派团体和工会组织来对抗资产阶级的国际联合。第二国际(1889—1916)是工人运动的世界组织,以同盟罢工作为斗争武器,但因内部对第一次世界大战的立场相左而分裂。第三国际(1919—1943),又称共产国际,是一个共产党和共产主义的国际组织。它的目标是团结工人阶级和劳动群众,推翻资本主义和帝国主义统治,确立世界范围的无产阶级专政,建立世界苏维埃社会主义共和国联盟,彻底消灭阶级,实现社会主义和共产主义。这三个国际均为左翼立场,红色都是其最重要的标志。在"红色三十年代",鲜艳的色调与激进的政治完成了意义的媾和,因其浩大的规模和深远的影响,既涌现出轰轰烈烈的政治运动,迎来左翼文化和艺术的第一个高潮,又引来反对阵营的恐慌、敌视和镇压。

1946年,因丘吉尔发表的"铁幕演说"产生的极大号召力,共产主义被视为"战争与暴政"的同义词。该演说呼吁西方资本主义国家联手共同遏制苏联共产主义的蔓延,由此拉开了"冷战"的序幕。特别是在美国麦卡锡主义开始泛滥的时期,"红色恐怖"①的意义被媒体大肆渲染,影响空前。1950 年 12 月 11 日《时代》封面上红色的背景画面和铺天盖地的蝗虫表现出强烈的妖魔化味道。这一意象是美国主流媒体故意在民众中营造出一个可怖的、妖魔化的中国形象,带有明显的诋毁和仇视的心理。在东西方两个阵营对峙的几十年间,西方对中国怀有深深的敌意。代表苏联和中国的红色在西方人眼中是"专制""独裁"的代名词。加上这一时期文化交流的封闭,中国很难向西方世界展现友好的姿态,而西方各国政府出于意识形态的差异和威胁考虑故意进行恶意宣传,诋毁中国的"红色政权"。除了 1949 年美国《时代》发表了毛泽东第一张正面肖像后,直到 1970 年,《时代》封面上的中国几乎全是负面形象。

二、中国文化中的"红色"

处于内忧外患的中国在黑暗中看到了俄国"十月革命"所带来的希望的曙光。马克思主义在中国找到了扎根的土壤。1921 年成立的中国共产党,在封建旧势力、国民党反动派扑杀和帝国主义联合镇压的夹缝中顽强地生存,遭遇了一系列重大错误和挫折后,在江西井冈山建立了根据地,并于 1931 年成立中华苏维埃共和国。在大革命后,中国共产党是政治禁忌,被国民党称为"赤匪""共匪",即便在左翼报纸杂志上,也被称为"××党"。中国国民党青睐用"赤"字来形容共产党人,表达"鄙夷和憎恶"。不过,在中国的传统文化中,不管是"红"还是"赤",都表达吉祥的寓意。

中国自商周时期起就崇尚红色。中华民族又称炎黄子孙。炎黄二帝的

---

① "红色恐怖"是美国政府为迫害共产党人和进步人士而制造借口时所使用的一个名词,意指"共产党对美国产生的威胁"。1917 年俄国十月革命后,美国许多无政府主义者、和平主义者、共产党人和改革者被视为"赤色分子"而遭逮捕,1920 年政府借"消除红色恐怖"为名,进行大搜捕,政治迫害达到高潮。第二次世界大战后,随着社会主义阵营的扩大和冷战的加剧,所谓"共产主义的威胁"被无限扩大,先后发生了"忠诚调查"、希斯案等恶性事件,对共产党人和进步人士进行残酷迫害。见杨生茂、张友伦等编:《美国历史百科辞典》(*Dictionary of American History Encyclopedia*),上海:上海辞书出版社,2004 年,第 157 页。

传说都与太阳有关,说明中华民族形成之初就有强烈的"红色崇拜"。在中国人过年传统中,贴红色对联、窗花,点红色灯笼、蜡烛,放红色鞭炮,以吓跑"年"的怪兽。"红色"被赋予辟邪和吉祥的颜色。红色被视为喜庆、吉祥、发达、阳刚、坚强和胜利的含义[1]。隋唐时期,"红"与"赤"在表红色义上基本相同。皇宫的屋顶、平座、栏杆都是红色,是尊贵的象征。宋代开始,"红"开始在民间流行。明代,"红"被老百姓赋予了喜庆的内涵,并一直影响至今。20世纪,红色吸纳了西方文化的内涵。在国际共产主义革命高涨的背景下,这个象征义由苏联传入中国,与中国的红色政治相关联,有了"革命、政治觉悟高"的重要义项。然而,由于国民党的妖魔化宣传,再加上白色恐怖的压迫,"红"意味着"危险"和"坐牢"。而且,受西方文化的影响,现代社会红色具有"警告"和"禁止"的意思,被广泛地应用于社会生活的方方面面。英语中红色象征危险、紧张、残暴、流血,如 red alert, red traffic light, the red rules of tooth and claw。现代汉语中的"红绿灯""亮红牌""亮红灯"等词便是从中衍生出来的[2]。通过红色在中国文化史上演变的过程,可以清晰地看到,由于外来文化的影响,红色自20世纪20年代起增加了重要义项,它一直以来在中国语汇中积极的、正面的象征义被打断,成为一个意义含糊的、具有争议的象征物。在国民党代表的国内反动势力以及国外的保守派看来,它是恐怖和邪恶的象征;而在共产党代表的农工、小资产阶级和国际左翼看来,它是民主、进步和光明的预兆。

中国共产党选择红色作为标志,一是秉承中国崇尚红色的传统,二是受苏联革命的影响。江西瑞金所在的中华苏维埃临时共和国所在地被称为"红都",中国共产党所领导和管辖的区域为"红区",土地革命战争时期,中国共产党领导的武装力量为中国工农红军(简称红军,有说仿效苏联红军),党旗是红色的,军旗是红色的,国旗也是红色的。1949年新中国成立,红色便成了名副其实的中国色。汉语词典中"红"的词条得到了极大的丰富,出现了一系列具有革命意义的词汇,如"红色政权""红色文化""红色经典"

---

① 曲青山:《关于发展红色旅游的战略思考》,《党史文苑》2012年第20期。
② 潘峰、李锂:《红色文化义初探》,《汉字文化》2009年第5期。

"红色旅游""红色记忆""红色歌曲""红色档案"等。撇开国民党和西方媒体意识形态的恶意诋毁，"红色"在中国文化中一直以来是正面的、积极的含义，它是"中华民族最具有代表意义的喜庆、吉祥、庄严、高贵之色；是百年来国家独立、民族复兴的象征之色，是一代代中国人奋发、进取、拼搏的精神气节之色"①。在20世纪中国新旧文化的转型期，红色取代了象征着皇权、尊贵的明黄色，从传统民间文化中的吉祥之色上升到象征着无产阶级的权力和意志，表达了新中国作为世界现代国家中一员的政治诉求，代表着中华民族对自身传统文化的认同和对未来社会、政治秩序的一种展望。

三、"红色中国"之名的由来

历史往往都是由细节构筑的，既然已经明确了"红色"与特定时期和特定的意识形态文化相关联，那么，从词源学的角度来看，"红色中国"这一指称是怎么来的呢？它与"三S"有何关系呢？斯诺作为一位没有任何政治背景的美国记者，在白区生活、工作了8年（1928—1936年），精通中国古代历史，了解现实中国，成为第一位真正走进西北红区的西方记者。上海《密勒氏评论报》于1936年11月14日发表的《毛泽东访问记》是斯诺从红区返回后的第一篇文章。文章中，一系列大写的英文"红色"扑面而来："红军"（Red Army）、"红区"（Red areas）、"红色游击队"（Red partisans）、"红色历史"（Red history）、"红色道路"（Red roads）、"红色指挥员"（Red commander），以及由此汇成的"红色中国"（Red China）。可以说，"红色"构成了斯诺这次红区印象的主色调。随后在1938年翻译发表的斯诺《西行漫记》（*Red Star Over China*）中，"红色中国"指称随处可见。第一章即用"探寻红色中国"来称呼他即将踏足的西北红区。

那么，斯诺是第一位使用"红色中国"的吗？按说，在没有取得合法承认的共产党地区，不管是从辖区面积还是从政治影响上来说，都是非常有限

---

① 黄明秋等：《色彩中的国家权力叙事与民族集体记忆》，《美术观察》2008年第2期。

的,用"红色中国"一词显然言过其实,有着特别的意味。获得"国家图书奖"的美国畅销书《四亿消费者》(1937)的作者卡尔·克劳(Carl Crow),也是第一批来中国的"密苏里派"记者,他这样评价斯诺的《红星照耀中国》:"它只是中国众多图像中的一张,而且只能这样看待。斯诺最杰出的新闻成就是赋予在整个中国的版图中占相对较小势力的西北共产党以重要性。"①将中国与红色联系到一起的,有英国报纸驻京记者辛博森(Bertram Lenox Simpson)的《为什么中国看中了赤色》("Why China Sees Red",1926),后报道汉口"红色政权",发表《扬子江上的赤色波浪》,在租界轰动一时,而持续关注中国共产党的当属急切寻求"同路人"的苏俄报刊。共产国际机关刊物《共产国际》就"五卅运动"发表了《觉醒的中国》,表现出他们发现和认识中国共产党的敏锐性。凭借着强大的媒介,西方世界开始了认识中国的过程,像《群众》《民族》等左翼刊物特别关注中国的革命启蒙,"一些训练有素的西方记者由游行的队列和震天的口号声中,嗅到了一点不祥的气味,也隐隐约约地看到了一面赤色的旗帜"②。《千千万万的中国人》(1928)便是《群众》杂志上推出的介绍中国革命新动态的畅销书。"汉口的红色力量""反动派镇压下的'红色'湖南""赤色地区的崛起"等重要章节都描述了斯特朗早先在中国追逐红色星火的历程。通过采访和观察,斯特朗对中国未来的革命前景进行了理性分析和正确预判。1934年史沫特莱的《中国红军在前进》(Chinese Army Marches)也较早地描写苏维埃时期的反围剿战争,中国共产党和中国红军的生活与战斗,用"红旗"象征红军战斗力的意象多达几十处。斯诺的书在伦敦发行的时候,书名与原文稍有不同,印刷工人犯了一个小错误,原名是"Red Star in China",在印发的时候把"in"误排成"over",因失误而成就了一个经典,因为"over"更加传神地表达了"蔓延开来的辐照"的意蕴。而斯诺原文的介词"in"是否受斯特朗的《红星在撒马尔罕》(1929)的启发,目前没有直接的材料显示两者之间的关系。

---

① Crow, Carl. "Books in the News: China", *The Saturday Review*. March, 5, 1938, p. 13.

② 张功臣:《外国记者与近代中国(1840—1949)》,北京:新华出版社,1999年,第138页。

在斯诺进入西北红区的一年前,1935 年 7 月始,范长江曾以《大公报》的
"旅行记者"身份对西北地区进行了为期 10 个多月的考察,写就了轰动一时
的报道——《中国的西北角》。"西行漫记"一名是为掩护译本的刊发、躲避
当局的搜查而使用的译名,新中国成立后,直译为"红星照耀中国"已经成为
学界的共识。有学者指出,范长江《中国的西北角》是斯诺《西行漫记》的出
场标识。范长江开创性使用"西北"这一地理方位词喻指中国共产党所领导
的红色革命根据地的美学意象,被翻译斯诺一书的编辑们所征用。斯诺书
中采访时拍摄的大量的珍贵照片,还有两帧描绘精致、生动直观的《长征路
线图》和《西北边山区图》,书中"内容的性质便不言自明","正是基于先在
阅读视域的'前理解',当他们刚接触《西行漫记》这一显豁符号,就会不由自
主地联想到,这是一部与西北苏区存有千丝万缕联系的非虚构性文本"①。
这一文本联系的建立是基于读者接受视野的角度为当时的译名翻译找到一
个合理的解释,从文体和大致内容上,读者可能会进行联想,两者内容上的
联系则非常牵强。当时范长江并未真正进入共产党的核心区域;而斯诺的
文本,构建了中国革命的崭新领导者形象和红区的种种具象,并进行创造性
的生动阐释,产生了前所未有的轰动性效应。

不管国民党媒体对红区如何"封锁"和"妖魔化",斯诺的首创意义在于,
他确认了"红色中国"之名的文学、政治和历史意义,承认了红白对峙的权力
之争的政治局面,并开启二元模式的比较书写,这一书写思路被同时期很多
其他作家在创作中采用。而以红色命名模式的书写中国和外国的作品层出
不穷②,红潮滚滚。在以斯诺、斯特朗和史沫特莱为代表的一批国际左翼记

---

① 阮礼义:《斯诺报告文学的多重视域结构分析》,《东南学术》2014 年第 1 期。
② 在斯诺发表《西行漫记》之后,单以"红"(red)命名的书有:Nym Wales' *Inside Red China*, 1939 & *Red Dust*, 1952;Harrison Forman's *Report from Red China*, 1945;Gunther Stein's *The Challenge of Red China*, 1945;Edgar Snow's *Random Notes on Red China*:1936–1945, 1957 & *Red China Today*:*The Other Side of the River*, 1970。下面提到的书除了斯特朗 1929 年的《红星在撒马尔罕》以外,都比斯诺的书要晚。*Red Star in Samarkand*, 1929;*Red Star Over Poland*, 1947;*Red Star Over Cuba*, 1960;*Red Star Over Africa*, 1964;*Red Star Over Bethlehem*, 1971;*Red Star on the Nile*, 1977;*Red Star Over Southern Africa*, 1988;*Red Star Over Hollywood*, 2005。显然,斯诺开创了一种表述左翼思潮和革命的命名结构。

者的建构下,对当时流传的各种有关"红色中国"的谣言进行了祛魅,赋予了更加明晰、积极的内涵,揭示了其丰富的内容,借着国际共产主义运动的高潮在世界广为传播,进而改变了国际上对近代中国"停滞的东方帝国""黄祸""鸦片鬼""苦力""东亚病夫"等负面形象。在相当长的一个时期,中国同仇敌忾抗击日本法西斯的不屈不挠的形象赢得了世界人民的同情和支持。特别是"红色中国"一时间成为香格里拉般的神奇之地,与他们适时而亲善的报道是分不开的。

由于意识形态的不同,西方右派在"冷战"时期煽动的"红色恐怖"情绪,对"红色中国"的敌意达到顶点。中国共产党在国共内战中取得胜利,引起了美国右翼势力的恐慌,而中国参加朝鲜战争加剧了这种气氛。再加上中国在建设社会主义的道路中,出现了一些偏差,政治上的极左导致经济上"大跃进"。"红色中国"遭到西方指责。令人惊奇的是,在西方20世纪60年代左翼思潮即将上演第二次高潮之际,毛泽东的"红色中国"却是西方知识分子和艺术家向往的天堂,尽管有文化和经济封锁,仍然有一批学者访问中国,如杜波依斯(1958年)、萨特和波伏娃(1955年),他们称中国为解决西方问题的钥匙。"毛主义"也激起了东方的热情,在60年代的红色日本,对许多日本青年来说,毛主席是全世界革命青年的共同导师。他们走上街头,举着毛主席的巨幅画像,高呼着反美口号,在东京、京都、大阪和冲绳的大街小巷游行,《毛泽东选集》《最高指示》以及其他文献都是当时的流行读物。但是,1974年法国原样派代表团访华,参观他们心中的红色圣地,近距离接触"红色中国",但他们回国后便宣告中国"红色神话"结束。

改革开放以后,中国在经济、政治、文化领域全面开放,与世界的接触日益频繁,取得了举世瞩目的成就。人们在惊叹一个多样化、多元化的中国时,不禁也在怀疑,中国还是"红色"的吗?"红色"意识形态的意味在消解,但是其文化和历史的印迹依然留存。如红色旅游、红歌、红太阳、东方红、红宝书、红卫兵等依然有明确的语义所指。美国知名作家托马斯·弗德里曼曾在《纽约时报》发表过一篇题为《中国的三种颜色》的文章,猜测未来的中国会出现"三种颜色的混合体",即传统文化上的红色、追求环保的绿色,还有如同2004年乌克兰颜色革命那样的橙色。美国高盛公司高级顾问、"北京共识"的提出者乔舒亚·雷默给出的答案是"淡色"。在《淡色中国》一书中,他用"淡"字融合水与火的矛盾意象来喻指中国对诸多矛盾因素的融合性,"淡"字体现了中国形象面临的一个最具挑战性的问题:人们如何才能真正理解中国这个充满矛盾的国家。当西方的观察家们正习惯性想用一种颜色来定位中国时,意味着世界眼中的中国正在变得越来越复杂,同时也意味着斯诺等人在20世纪30年代所建构的"红色中国"形象已成为一种传统,深深地烙印在世界对中国形象的认知中。世界对"红色中国"的好奇、同情、恐惧、惊奇,到现在的疑虑,都建立在对"红色中国"这一前理解的基础之上。斯诺的"红色中国"形象的突出贡献就在于建构了一个有马克思主义信仰的,撇清了与其他国际政治、意识关联的独立的"红色中国",这在当时就是一项伟大的壮举。

斯诺等人将"停滞的东方帝国"拉入世界革命进程中,并努力向西方世界讲述中国的独特性。在今天来看,历史都是合乎逻辑的,因为历史印证了他们在未知中发出的坚定的信号,但是他们所做的贡献却不容忽视。在一个时期内,他们改变了外界对中国的态度,影响了对华政策,对中国的抗战和新中国建交都产生了极大的影响。不可否认的事实是,"红色中国"的政治色彩已大大弱化,在全球化的今天,任何国家都不可能简单地用一种色彩来描述。认识到事物的复杂性和多变性,本身也是世界观察中国的一种进步。在最近出版的一本论述太平洋海权转换的著作中,美国研究海事领域的两位专家吉原恒淑(Toshi Yoshihara)和詹姆斯·霍姆斯(James R. Holmes)谈到中国在太平洋海权的稳定与全面崛起,会挑战美国在西太平洋近70年的统治地位。该书没有采用现在通用的称呼来指称中国,而是使用"红星"这一有象征语义的词汇,书名为《红星照耀太平洋:中国崛起与美国海上战略》(2010)(*Red Star over the Pacific:China's Rise and the Challenge to U.S. Maritime Strategy*)。这一书名明显是沿用《红星照耀中国》的语言结构,利用斯诺一书所产生的广泛的世界影响。时代大不相同,斯诺的"红星"宛若一盏星火之灯,象征着国际共产主义信念在中国产生影响的历程,烛照着中国共产党及其追随者为建立一个全新的中国而奋战的方向;现在"红星"

俨然指称的就是"大河对岸"①的中国,表达了对中国的一个概念化的认知,"红星"表达对中国政治体制和文化的一种认同,书名体现出斯诺时代对西方世界接受今日中国的历史影响。

第二节　西方记者与"红色中国"

20 世纪上半叶,世界踏上了向现代化迈进的历史新征程。苏联"十月革命"推翻了沙皇专制,开创世界上第一个社会主义国家模式,代表着人类历史上的重大变革。美国自南北战争结束后,经济和社会结构发生巨大变化,直到 20 世纪 30 年代罗斯福的"新政自由主义"形成一种新的社会政治格局。"西风东渐"也促使中国文化和中国社会进入一个重要的转型时期。自鸦片战争以来,面对帝国主义的入侵,中国在焦灼和阵痛中寻找革新之路。这一时期外来人士也加入中国"寻变"的历史进程中。费正清,20 世纪 40 年代任美国驻重庆外交官,在《伟大的中国革命:1800—1985》中提到新闻记者对中国形象传播潮流的扭转。他引用传教士教育家马蒂尔(狄考文)的话,拿 19 世纪 60 年代和 20 世纪初对比说:"那个时候一切都是死的,停滞的,现在一切都是活的,动的。"②新闻记者写着一个新的中国、年轻的中国。那么,在"红色中国"形象的历史建构中,西方记者扮演了什么角色,"三 S"处于什么样的地位,是本节要回答的问题。

一、西方的"中国形象"史

在西方记者大批来华之前,他们对东方、对中国的所有想象都基于西方流传下来的有关中国的传说。13 世纪意大利传教士柏朗嘉出使蒙古,受到

①　斯诺在 1962 年出版的《大河彼岸》(又名《今日红色中国》)一书中,引用"河"的概念,喻指人为地划定国界,讽刺美国对华敌视的政策在美中人民之间制造隔阂。

②　费正清:《伟大的中国革命:1800—1985》,刘尊棋译,北京:世界知识出版社,2000 年,第 131 页。

大汗的接见。1271 年忽必烈建立元朝,教皇尼古拉三世派数名传教士来华。来华的西方传教士都肩负着向中国传播基督教的使命。由于教派不同,传教士们对中国的评价也不尽相同,产生中西"礼仪之争"。1477 年《马可·波罗游记》的广为流传,才真正开启了中国形象西传的实质意义,建立了最初"天朝上国"的形象。西方与中国的进一步接触发生在 16 世纪末,欧洲通往东方的海上商路被打通。处于资本原始积累阶段的欧洲列强纷纷转向东方市场,来华的传教士也迅猛激增。闻名遐迩的意大利传教士利玛窦不仅在华传教获得成功,而且他所著的《基督教远征中国记》最早把孔子介绍到欧洲。之后,德意志的汤若望、法国的金尼阁、比利时的南怀仁等因传播西方的科技知识和技艺受到中国官员阶层的欢迎,出入宫廷,成为"中国通"。17 世纪末,法国国王路易十四向中国增派的文化造诣深、精通天文数学的传教士受到康熙皇帝的信任和器重,委以重任,在皇城拨地为他们建教堂。在华期间,传教士们通过书信、报告等方式向欧洲宫廷和社会介绍了大量关于中国政治、文化、历史、地理等方面的知识,他们也成为最初的汉学家。

到 18 世纪初,随着中国的瓷器、漆器、丝绸、家具等工艺品逐渐传入欧洲,从宫廷贵族到民间百姓,"中国热"风行数十年。在欧洲启蒙运动中,中华文明成为思想家们抨击专制制度和天主教会的有力武器。伏尔泰把中国奉为理想王国,主张法国和欧洲效仿中国;重农学派魁奈把中国看作"世界上最美好的国家";百科全书派狄德罗赞扬中国人的智慧。不过,孟德斯鸠则抨击中国的专制,大力渲染其腐败和黑暗。激进的卢梭也攻击中国的专制制度,讽刺中国人受儒家思想统治,缺乏"斗争精神"。明显的是,法国大革命后,西方先哲们不再看重中国。没落的、停滞的、腐朽的、专制的等消极词成了中国的世界面孔。孔多赛认为中国是"迷信阻碍而难以进步的国家"。黑格尔也持这种观点,中国"只是一个雄伟的废墟而已"。但是,歌德却相信"中华帝国能长期存在下去"①。

在近代,随着西方资本市场扩张的需要,西方对中国的兴趣更多地转向

① [德]黑格尔、康德、韦伯、汤因比等:《中国印象——世界名人论中国文化》(上下册),何兆武等主编,桂林:广西师范大学出版社,2001 年。

贸易和商业利益,列国纷纷争夺在华的势力。1840年鸦片战争标志着西方列强用武力正式入侵中国,划分各自的势力范围,中国陷入长达一个世纪的丧失完整主权的混乱和灾难时期。为了让殖民显得合理化,在瓜分中国的过程中,一方面,欧洲各国政府和政客极力宣扬"文明对野蛮的教化";另一方面,他们散布所谓的"黄祸论",以便自己派出军队,迫使中国政府大力镇压。不过,这些帝国主义的侵略行径也遭到欧洲的社会主义者和进步人士的谴责。英法联军掠夺和火烧圆明园的残暴行为遭到法国作家维克多·雨果的严厉抨击。他把英国和法国比作"两个强盗",比所谓的野蛮的中国人并不好多少。1900年,八国联军武力劫掠中国,中国爆发反抗西方的义和团运动。那些扎着头巾的尚武的中国人被在华的外国人看作"黄祸",内心既惧怕又鄙夷。北洋军阀混战时期,西方列强对中国的争夺向政治领域渗透,他们扶持各自的军队派系以获得更大的收益。在两次世界大战期间,中国成为西方经济掠夺和政治斗争的焦点之一。"三S"笔下的中国既反映出西方作为一个整体,他们对华政策和态度的变迁,又可以看到他们内部间因马克思主义兴起的激进力量与资本主义右翼势力的博弈,以及在民众中普遍存在的对法西斯主义的憎恶和对中国人民的同情。

二、早期西方记者的中国淘金岁月

从中外关系史来看,20世纪30年代起对红区的揭秘是西方对中国的一次再发现。历史上西方对中国的认识是沿着欧洲传教士的足迹与启蒙思想家的想象展开的,而这一次的中国形象建构的主体是西方的新闻记者。那么,20世纪西方新闻记者对现代中国的发现经历了哪些阶段,有什么特点呢?

第一次世界大战后,大批知识分子前往欧洲母体追寻古典文明的关照,一大批前往苏联革命圣地瞻仰象征着人类未来文明的光辉。还有一大批西方人涌入风云变幻的中国。在来华的洪流中,有延续基督教香火的传教士、构筑发财梦的商人们、寻找东方古文明的西方先哲,还有一个新兴群体,就是伴随西方传播业兴起的东驻中国的记者。他们怀揣着各自的任务、情愫和梦想,在中国开始了各自的奇幻之旅。

19世纪末,随着新闻报刊业的兴起,各大报刊为吸引读者和提高报纸的发行量,去异地发掘耸人听闻、富于刺激性的新闻,成为新闻从业人员的一种时尚。20世纪的头十年,美国新闻界掀起了一股揭露财团丑闻、政府腐败、社会黑暗的文学浪潮,涌现出一批激进的报人,林肯·斯蒂芬斯、约翰·里德、基希等报界前辈,对美国和世界新闻探索的精神鼓舞了一大批有志的青年作家加入世界新闻挖掘的行列。在来华西方记者史上,"三S"算不上来华的第一批。20世纪初的中国一片混乱,帝国主义列强纷纷扶持在华势力。在北洋军阀混战时期,先于"三S"来华的第一批新闻记者,并非单纯地从事本行业的工作。他们在中国的活动还带有政治投机性质,有不少参与了中国政治事务,担任军阀的顾问,既沦为军阀寻求外国靠山的工具,又担当本国在中国的政治和经济利益的代言人。

伦敦《泰晤士报》的记者莫里森1912年担任袁世凯的政治顾问,被认为是英国在华的胜利。在袁世凯倒台后,1916年他又任黎元洪的总统顾问,后又转为张作霖的政治顾问,创办《东方时报》,大肆反对刚刚萌芽的中国共产主义运动。著有《"满洲国"真相》一书的美国记者李亚应在孙中山时期担任孙的外国顾问,后在军阀混战时期受聘为北洋政府交通部技术秘书,1935年又转聘为"满洲国"伪满外交部参议。1923年抵达广州的俄国通讯社记者鲍罗廷,实际上是共产国际代表和孙中山的政治顾问。他深受孙中山的信任,与中国共产党早期领导人陈独秀、瞿秋白的关系匪浅。在中国的四年期间,先参与了国民党改组,促进国共第一次合作,后又参加了黄埔军校的创建、莫斯科中山大学的成立、国共联合北伐、建立汉口"红色政权"等重大事件。在这一过程中,他听命于苏联的对华政策,以至于个人对中国革命前景的看法和预判受到局限,大革命失败后灰溜溜地回到莫斯科。外国记者在中国担任顾问的情况,在民国、国民党时期基本上延续并成为一种传统。他们对中国造成了严重、深刻的影响,他们的报道在这一时期是处于无序和非常态的①。

---

① 张功臣:《外国记者与近代中国(1840—1949)》,第133-134页。

　　与此同时,1917 年苏联社会主义十月革命既吸引着一些激进的知识分子到莫斯科去朝圣,又鼓励着一批怀揣革命理想的青年到世界各地去冒险。历史学家罗斯·退尔(Ross Terrill)形容"当时,国际新闻是一种冒险,革命是一种时髦"①。和上一代前来中国采访的西方记者不同,此时的记者不仅仅是追求"荣耀和权势"②,更"追求真理""公平与正义"。这些新生代均有"杀富济贫"、同情被压迫民族、赞助共产主义的自然倾向。为了"寻找名气与运气",他们前来中国,参与了一场"富有戏剧性的冒险"③。甚至有一些记者受国际共产组织的派遣,来中国发展共产主义事业,不过这样的记者在 20 世纪20 年代只占很少的一部分,到了 30 年代才大规模地涌现出来。苏联对国际左翼知识分子的影响是不言而喻的,迈克尔·高尔德在完成他的苏联之行后,把苏维埃比作伯里克利的雅典、莎士比亚的英国、丹东的法国和惠特曼的美国。1919 年去莫斯科访问列宁后归来的林肯·斯蒂芬斯说:"我已经看到了未来,它正在成为现实。"这句话吸引了众多对共产主义向往的西方知识分子,他成为移居国外的美国青年心目中的传奇式人物。本雅明、罗曼·罗兰、纪德、德莱赛、弗里曼、伊斯特曼和威尔逊等人先后到苏联朝拜革命。苏维埃已经成为艺术家、科学家和工人的国度,这个年轻的红色巨人是"世界历史上最伟大的胜利"。与美国第一批左翼知识分子一样,斯特朗投身革命圣地苏联,定居近 30 年。这些游荡在外的理想家跃跃欲试,随时准备着迎接新的革命曙光。1925 年,斯特朗第一次来华报道中国省港大罢工,鲍罗廷将斯特朗介绍给中国共产党总书记陈独秀时说:"斯特朗女士在她的革命中不够幸运。她去俄国太晚了,而现在来中国又太早了点。"斯特朗认为此话

---

　　①　彼得·兰德:《走进中国——美国记者的冒险与磨难》,译序,李辉、应红译,北京:文化艺术出版社,2001 年,第 7 页。

　　②　张功臣:《外国记者与近代中国(1840—1949)》,第 56 页。

　　③　Editor's notes in Peter Rand, *China Hands*, cover page. Peter Rand, *China Hands, The Adventures and Ordeals of the American Journalists Who Joined Forces with the Great Chinese Revolution*. New York: Simon Schuster, 1995. 见彼得·兰德:《走进中国——美国记者的冒险与磨难》。

"富有哲理",期待中国革命"自然而然地发展到全国"①。

来中国历练的还有 1926 年时任美国共产党中央委员厄尔·白劳德,他当时负责《劳工先驱报》,受赤色工会国际派遣,前来中国工作,先后在汉口和上海组织泛太平洋产业工会,任书记处书记。不过,作为共产党"同路人"的斯特朗第一次报道中国也带有浓厚的莫斯科味道。那时她已经在苏联参与建设四年——战胜饥荒和创办约翰·里德公社。她还创办了一家供在苏联的美国人阅读的报纸《莫斯科新闻》。她来中国的目的是观察中国的工人运动的发展。她途经蒙古,去往广州、北京、上海、武汉,发现中国"在外国港口和现代化工业的影响下,从这些农民中分化出来越来越多的人,他们讲着世界工人的共同语言!"②

办英文报刊,大规模地传播中国民主和进步的声音是在 20 世纪 30 年代,到 40 年代中期达到巅峰。史沫特莱的传记作者、历史学教授史蒂文·麦金农(Stephen R. Mackinnon)的《中国报道:1930—1940 年代美国新闻的口述史》(*China Reporting*:*An Oral History of American Journalism in the* 1930*s and* 1940*s*,1987)一书中,将来华的记者分为三类:大多数记者作为通讯社员工、自由撰稿人、研究者或美国战时信息局的雇员。他们没有学习过中文,来到中国纯属偶然。他们认为会中文与好的报道之间没有必然联系③;另一类人是密苏里新闻学院毕业的"密苏里党",他们对中国有一种特殊的"兴趣";还有一类人则是出于"浪漫"。"浪漫"是这些老手描述 1937 年到 1941 年的抗日统一战线时期用得最多的字眼。战时的中国,特别是武汉,在临时国民政府时期举世瞩目。作为新闻从业者的他们齐聚武汉,兴奋于成为"世界大舞台的一部分",成为"正义事业的报道者"。他们中的大部分先前供职于西方

---

① ［美］安娜·路易斯·斯特朗:《斯特朗文集 1》,朱荣根等译,北京:新华出版社,1988 年,第 238 页。

② ［美］安娜·路易斯·斯特朗:《斯特朗文集 1》,第 258 页。

③ 历史学家詹姆斯·汤姆森的观点,见 Mackinnon, Stephen R., and Oris Friesen. *China Reporting*:*An Oral History of American Journalism in the* 1930*s and* 1940*s*. Berkeley:University of California Press. 1987,p.3。

世界的窗口——上海,而后随着抗日战争迁移到大后方重庆①。一部分回到美国后,担任高等院校或者研究机构的研究亚洲的历史学者或中国观察家。在日本全面发动侵华战争前,这些外国记者确实是以上海为主要据点。在去红区之前,斯诺在上海待了 8 年,史沫特莱也在上海开展左翼活动,有了 9 年的生活经历。海伦·斯诺在自传中回忆道:

> 在那些日子里,做一个美国人在亚洲真是生逢其时。犹如当年摩西在红海一样,波涛在我们脚下分水让路,特别在红色的海洋中。我们到处受到欢迎。任何一个美国人的到来可能被看作是仅次于罗斯福本人的大好事。②

在 20 世纪 30 年代,很多来中国的记者来去匆匆,走马观花,禁锢于租界的小圈子中,靠转载国民党和其他报纸的消息来报道中国,缺乏可靠的资料来源,以讹传讹;有的虽然在中国有长期生活的经验,但由于有较强的西方优越感和政治文化立场,在报道中有明显的偏见和不实。像"三S"这样在中国驻守时间之长、接触面之广的,并不是很常见。相比前几个世纪来中国体验的西方人而言,他们的共同之处在于深深扎根于中西文化之中,中国是他们的第二故乡。尽管他们频繁来往于中国、美国之间,中间间或去其他国家,但是都改变不了中国在他们心中的重要地位,中国事件也成为他们创作的最主要的题材,是他们的终生事业。他们积累了大量的客观材料,形成了对中国问题特定的认知结构和表达模式。

三、"红色中国"的发现

尽管中国共产党在 20 世纪 20 年代已经创立,到了 30 年代中期,世界对它仍然所知甚少。即便有很多驻华机构的工作人员、外国商人、办厂的实业

---

① Mackinnon, Stephen R., and Oris Friesen. *China Reporting*：*An Oral History of American Journalism in the 1930s and 1940s.* Berkeley：University of California Press. 1987, p. 3.

② ［美］海伦·斯诺：《一个女记者的传奇》,汪溪等译,北京:新华出版社,1986 年,第 191 页。

家、各种投机分子、长期派驻中国的记者,这些人对中国的接触从时间和亲近度来说,是以往任何时代都无法企及的。但是,摆在世界面前的中国依旧是一个衰败的、落后的、任由帝国主义宰割的对象。

谁是中国共产党?在共产党成立的最初阶段,孙中山积极倡导"联俄联共",向莫斯科申请经济援助,聘请苏联顾问改组国民党。在国际上,很少有人确切知道共产党与国民党的区别。蒋介石上台后实行彻底的"剿共"政策,屏蔽了一切有关共产党人的消息。即便在1935年,一名驻华记者、学者纳撒尼尔·佩弗(Nathaniel Peffer)写道:"我们实际上对共产党运动一无所知。"①

不过,那些原本有着左翼立场的记者成为时代浪尖的弄潮儿,他们带着好奇而执着的态度去挖掘中国革命更多的元素。著名历史学家、汉学家史景迁指出,到了20世纪20年代末期,对俄国布尔什维克革命着迷的观察家,开始将中国放进了世界革命的版图,并以更精确的态度探寻中国的激进因子。因此无论是1921年中国共产党建党、1927年蒋介石的肃清共产党运动,还是随后中共在偏远乡间几乎奇迹式的存活,都使观察家对中国左翼势力产生极大的兴趣②。

斯特朗是最早直接观察到中国共产党的三位美国人之一,比其他西方人提前了差不多10年。她的《千千万万的中国人》被认为是对共产党抱着友好的态度写作的,比起同时期以漠然、敌视、看热闹和仇视的心态来看待中国的工人运动与女性解放运动的西方人,斯特朗简直是个另类。斯特朗让西方认识到"正在觉醒"的中国人民,为酝酿中的中国革命做了预告。然而,她开启的直接报道中国共产党活动的话题,不久被国民党画上了休止符。国民党的"白色恐怖"的血腥镇压,迫使大城市共产党人的活动转入地下,军队转移至湘、赣、鄂的边远地区,建立根据地艰苦求生。外国记者获得消息困难,越来越依赖官方发布的材料,有时根本得不到有关共产党人活动

---

① [美]约翰·汉密尔顿:《埃德加·斯诺传》,沈蓁等译,北京:学苑出版社,1990年,第64页。
② [美]史景迁:《大汗之国》,阮叔梅译,台北:台湾商务印书馆,2000年,第238页。

的任何信息。

很遗憾的是，斯特朗错失成为与毛泽东和红区直接接触的西方第一人的机会。因为她当时工作和生活的重心在苏联。在报道了省港大罢工和揭露武汉国共第一次合作与破裂的内幕后，她继续投身到苏联的社会主义建设事业中。历史的接力棒传到了斯诺和史沫特莱的手中，他们将中国革命的新生元素和力量传播到西方世界。同时期还有许多其他的记者，但是他们更具典型意义。回顾这段时期，美国著名历史学家、作家欧文·拉铁摩尔在 20 世纪 70 年代初说："斯诺是最早描写中国革命进入由中国共产党领导的新阶段的作家；这场以共产党为领导核心的革命运动日益发展，吸引着越来越广阶层民众的衷心拥护。"①事实上，斯诺和史沫特莱都想成为红区采访的第一人。最后斯诺捷足先登，随后去的外国人士也都在延安留下了永不磨灭的足迹。

在斯诺访问西北之后的三年，陆陆续续有外国人进入延安，但是随着国共关系的恶化，国民党在 1939 年之后又对边区进行封锁。僵局在 1944 年被打破，不少外国记者从各同盟国和人民共同对日作战的需要出发，迫使美国向国民党施压，强烈要求去延安考察。"美国与延安的接触，也于 1944 年春由一群新闻记者开创了记录。记者们发现，美国公众对延安情况很感兴趣。"②

大部分记者相当友好地报道了解放区艰苦抗战，实行民主的实情。有的还把这种情形和国民党战场及其统治进行对比，使人看清了国民党的错误决策对抗日战争的危害。外国记者写了数以百计的电讯和通讯，很多记者后来还在美国出书表达他们对中国共产党的好感。他们的报道反映了中国共产党领导的八路军、新四军和游击队在各革命根据地积极抗日的真相，以及在协助盟国抗战事业中的重要地位，使国际舆论出现了一定的变化。1945 年，抗日战争取得胜利，国共因建立联合政府的协谈失败而进入内战。

———————————

① 欧文·拉铁摩尔 1970 年 1 月为杰克·贝尔登著《中国震撼世界》一书作的序言。

② ［美］费正清：《中国之行》，赵复三译，北京：新华出版社，1988 年，第 154 页。

美国在之后阶段扮演了不光彩的角色,因对局势把握失误,以及对共产主义在亚洲扩张的惧怕,表面上支持建立代议制政府,暗地里援助所谓的"自由中国"的国民党"剿共"。1949年,随着国民党的失势,美国国会一片哗然,陷入是谁丢失中国的质疑之中,曾经在中国风光的记者陆续回到美国。美国由揪出国会中的共产党员的调查,马上演变为波及全国的迫害左翼的运动,曾经的中国通和亲共分子都受到不同程度的影响。对亚洲问题专家、曾任蒋介石顾问的拉铁摩尔的审判拉开了麦卡锡运动的帷幕;驻中国大使谢伟思被迫辞职;"三S"的书被下架,斯特朗陷入间谍案的泥潭,史沫特莱被FBI调查,斯诺不得不辞去《星期六晚邮报》的总编职位,被迫出走瑞士;被史沫特莱认为第二次世界大战期间最具文学天赋的作家杰克·贝尔登沦为赌徒、酒徒,开出租车为生⋯⋯因史沫特莱的早逝,"三S"中只有斯诺和斯特朗继续书写"红色中国"。

直到20世纪60年代,斯诺成为再次敲开中国红色大门的英雄,将社会主义中国呈现在世界面前。他描写中国的各项建设事业和人民生活状态,特别针对外界所传的"大跃进"造成的饥荒进行了辟谣。他的报道与在北京定居的斯特朗定期刊发的《中国通讯》,成为外界了解红色中国的主要渠道。在东西阵营"冷战"对峙、西方对中国极尽歪曲的大背景下,他们所竭力了解的真相,在外界看来不过是被"赤化"后对"红色中国"的宣传。但是,他们仍然笔耕不辍,向西方世界展示"今日中国"。正是由于他们的不懈努力,中国向西方世界释放的友好的信号,迎来了尼克松访华的破冰之旅,中美两国在外交上取得突破性进展,两国人民也建立了友好关系。

第二章 "三 S"对"红色中国"形象的建构

第一节 "红色中国"的政党及政权形象

在中国共产党成立的 20 世纪 20 年代,军阀割据,孙中山四处奔走,在国际上寻求外援,西方帝国主义势力侵入中国的政治和军事领域,虽然在大革命中确立了国共合作的目标,但是 1927 年蒋介石和国民党左派汪精卫背叛孙中山"联俄联共"的政策,血腥"清共",迫使中国共产党的活动从地上转到地下。随后,国民党对苏维埃地区的军事"围剿"和新闻封锁,外国媒体也有意或者不负责地混淆视听。中国共产党是否存在?它与国民党有何区别?在北伐战争胜利后,外界普遍认为中国统一在国民党的青天白日旗下。中国共产党和苏维埃政权的"非法性""非正义性"不仅被官方规定,更是被官方媒体肆意渲染,在民间也是谈虎色变。所有关于中国共产党人和红军的消息如同传说一样,既是政治禁忌,同时又显得扑朔迷离。中国共产党人的形象和政权性质是"三 S"正面建构"红色中国"的焦点,也是他们作品中中国形象的核心内容,是外国人第一次深入地去探索中国现代政治的源头。"三 S"在书写中建构了共产党政权的独立性。共产党在政治上的清明、民主和拥护统一战线的形象赢得了访问红区的外国人的普遍好感。延安作为共产党的政治中心,以其"新"的精神乐园的形象吸引着世界的眼球。

一、共产党形象

与外界普遍地对中国共产党要么一无所知要么妖魔化的认知不同,斯诺是第一位让世界知道中国共产党真相,并向世界讲述他们独特魅力的外国人。在此之前,史沫特莱在《中国红军在前进》中描写过江西苏维埃政权,共产党人领导红军英勇反抗国民党军队"围剿"的故事;哈罗德·伊萨克斯的《中国革命的悲剧》描写过大革命和苏维埃政权失败的悲剧;英国传教士薄复礼写的随军纪实文体《神灵之手》写到了与红军的随军之旅。不过,这些文本都不及斯诺《红星》那样的影响力。此外,由于伊萨克斯的托派立场,薄复礼传教士视野,《中国革命的悲剧》与《神灵之手》虽然成书较早,但是并没有广大的受众。《神灵之手》1936 年 8 月已经出版,却于 1985 年夏才被译者无意中发现。

> 陕北已经彻底消灭了鸦片,这是个杰出的成就。事实上,我一进苏区以后就没有看到过什么罂粟的影子。贪官污吏几乎是从来没有听到过。乞丐和失业的确像共产党所说的那样被"消灭"了。我在红区旅行期间没有看到过一个乞丐。缠足和溺婴是违法的,奴婢和卖淫已经绝迹,一妻多夫或一夫多妻都遭到禁止。[①]

这是《红星》中被引用最多的一段文字,向世界报告中国共产党在"红色中国"所取得的最耀眼的成就。读到这段文字,不管是外国人,还是在中国的外国人,他们脑中原有的中国符号,如鸦片、贪官、乞丐、失业、缠足、溺婴、奴婢、卖淫、一妻多夫或一夫多妻等,被斯诺的神来之笔一扫而光。制造这些奇迹的,不是外国人所熟知的蒋介石所领导的中国,而是中国共产党人。

第一,与国统区的治理混乱、人民困苦和绝望相比,斯诺看到红区在中国共产党的组织和管理下,井然有序,人民快乐、满足,积极参与生产、学习和保家卫国。斯诺第一次在红区看到政治工作者和人民亲密结合,最大限

[①] 　[美]埃德加·斯诺:《红星照耀中国》,《斯诺文集Ⅱ》,董乐山译,北京:新华出版社,1984 年,第 207 页。

度地发挥和运用蕴藏在群众中的热情、智慧、爱国心和经济建设的潜力。中国共产党人发动群众行动是依靠创建一大批人民群众的组织,实行自愿的原则,给每个人分配工作,并对那些勉强加入的人施加社会压力。斯诺客观地指出了其中的强制性因素,但也表示与国统区残暴的强制行为有天壤之别。在红区,无须武力执行治安管理。这里的公民拥有自尊和威严,有一种超出狭隘家庭观念去改善物质条件和驱逐日本人的意识。

第二,在政治目标上,共产党的存在有利于强制性地在全中国形成原始的民主动力。斯诺发现,中国共产党人不是密苏里的民主党人。他们对权力有终极追求,无产阶级革命是最终目标。共产党对国民党所做的任何让步,都是根据马克思主义及无产阶级革命的原则,进行审查、讨论、集体做出的决定。建立统一战线为共产党形成了与国民党争夺权力的格局,而这种格局对民主氛围的营造是有积极作用的。斯诺曾提出,如果没有共产党作为反对派的 10 年对峙,期望中的"民主"成就是不可能取得的。而且,凭借民主的口号,吸引了众多的追随者。首先,共产主义思想既要纠正中国封建旧制度中不公正的东西,同时,要消灭外来帝国主义,这两者均意味着解放中国人。其次,共产党人能避免建立纯粹理论意义上的马克思主义统治。中国共产党拟定政策是以响应人民的要求为标准。

第三,中国共产党还赢得世界的尊重,因为他们对抗日民族统一战线的拥护和坚决执行。随着日军肆无忌惮的侵略和德意法西斯势力的急剧扩张,世界的斗争矛头指向法西斯联盟,很多国家纷纷结成"人民阵线",中国也获得各国的同情,中国这个主战场也成为新闻报道的焦点,人们关注中国对日抗战的战况,关心中国抗战的团体。尽管"三 S"的大多数文本材料的共同点在于对共产党人的积极建构是伴随着对国民党人的批判基础上进行的,但是,在建立抗日民族统一战线的历史关头,他们也积极维护中国的整体利益,对国民党的态度缓和得多。在写作中,他们摒弃了原有的"红白二元对立"立场,史沫特莱正面描写了爱国的国民党将军张自忠、五十军的郭军长。"回忆那个晚上,永世难忘。我们长夜交谈,不像一个中国人和外国人,也不像是一个军人和老百姓,而是像追求一个自由、进步、新的生活的两个朋友之间的对话。我又一次体察到中国拥有世界上最聪明勇敢、见识超群的爱国志士。"①"西安事变"将中国以至于世界的目光都汇聚到蒋介石的身上,蒋是"团结有力的象征",成为中国抗日爱国运动的"核心领袖"。《红星》异乎寻常地没有对蒋介石的批评,斯诺还称赞了蒋几句。斯诺从智力、军事和行政等各方面来评估蒋,从蒋的平庸处看到了希望,认为此时蒋大体上尚能与国内的进步力量协调行动。在抗日情绪高涨的态势下,拥护共产党的史沫特莱与拥护国民党的鲍威尔,在此期间也成了亲密的朋友。鲍威尔曾表态宁要"中国的'土匪',也不要那些日本的恶棍"。而且长期以来,即便鲍威尔的《密勒氏评论报》与英国控制的《字林西报》相互敌视,几乎在各个方面互相攻击,但他们都拥护国共结成统一战线。为了不削弱国共联盟,许多记者都撤回了一些评论报道。即便在 1941 年,斯诺仍然赞扬蒋介石,"他的能力之高,远非以前执政的人们所能及,没有一个领袖较他更伟大些,英雄不是天生而是时势所造成的,但中国没有一个人较委员长更能应付时势。委员长自始至终是一个国民党的战士,他所负历史上的使命是空前的重大。他是中国抗战的中心。"②但是,蒋并未像斯诺期望的那样成为国家各种有生力量的中心,斯诺意识到这个国民党领导人不是伟大的政治家,也不是真正的将军,在某些方面还是个平庸之辈,蒋所持的传统保守主义态度因所获得的财富和权力而加强,从而使其社会与政治观点显得更加狭隘。所以斯诺对蒋抱有的热情很快散尽。特别是蒋在"皖南事变"中倒行逆施,在应国际舆论建立联合政府中阳奉阴违,对共产党和其他民主人士实行压制与迫害,彻底让斯诺这些抱有"民主"希望的西方人士梦想破灭。

二、共产主义政权形象

在斯诺进入红区之前,中国共产党领导的工农革命性质主要是由国民党官方媒体和西方的报纸建构的。主要有三种说法,要么如同国民党造谣

---

① [美]艾格尼丝·史沫特莱:《中国的战歌》,《史沫特莱文集 1》,第 262 页。

② [美]埃德加·斯诺:《中国的领袖——蒋委员长》,舒达译,《文萃月报》1941 年第 2 期。

所称的"赤匪""流寇"作乱，要么是受苏联操控的傀儡，抑或是一场没有前途的农民起义。当时，对中国共产党革命属性的认知就成了世界上最大的未解之谜。首先，它是什么性质的革命？反帝的民族革命、反封建的革新还是共产主义革命？其次，如果它是共产主义革命，它与苏联是什么关系？它革命的主体既然不是工人阶级，而是以农民为主，走农村包围城市的斗争路线，这种革命与中国历代的农民起义有何关联？这些问题都是萦绕在当时世界的问题，不管是自由阵营，还是左翼阵营，人们都对中国革命的复杂现象疑惑重重，国民党官方编造的种种谎言已经不能眯住众人之眼，人们迫不及待地想了解"红色中国"到底是个什么性质的存在体。

中国最初的"红色政权"是大革命时期在武汉建立的，工人、新妇女和学生是斯特朗笔下的主角。在同共产党领导人陈独秀、李立三和苏兆征等人会面与谈话后，斯特朗对中国革命的主要组成部分有了预判："有勇气把中国从中世纪推进现代世界的将不会是那些北方或南方的将军们，不会是那些富有而又卑躬屈膝的上海资产阶级，不会是那些胆小怕事的政客和官僚们，而必定是这样的工人和农民。"①在革命遭受挫折，斯特朗回俄国继续等待中国革命消息的时候，斯诺通过一场惊险的冒险故事，将"红色中国"以文学写实的手法公之于世。

对于世界而言，红区是一个不为外界所知的"飞地"。有关红军、苏维埃、共产主义运动的消息，一直遭到铜墙铁壁一样的新闻封锁而与世隔绝，虽有国民党准备的现成的答案，"多年来关于共产党暴行的恐怖故事，层出不穷地充斥于中国那些领津贴的本国报纸和外国报纸……"②之前，无人能从红区活着回来，斯诺将红区塑造成一个巨大的"谜"。为了探明事情的真相，他自嘲只要一个外国人的脑袋去冒险，没有比这更值得的了。在众多对中国共产党人、红军、红区，包括"朱毛"的问题中，他提出一组至关重要的问题，即如何定位刚刚从国民党的五次"围剿"中留存下来的那个群体。

---

① ［美］安娜·路易斯·斯特朗：《斯特朗文集2》，郭鸿等译，北京：新华出版社，1988年，第187页。

② ［美］埃德加·斯诺：《红星照耀中国》，《斯诺文集Ⅱ》，第7页。

中国的苏维埃是怎样的？农民支持它吗？如果不支持,那么是什么力量在维系它的？共产党在他们的权力已经巩固的地区实行"社会主义"达到什么程度？为什么红军没有攻占大城市？这是不是证明红军不是真正由无产阶级领导的运动,而基本上仍然是农民的造反吗？中国百分之八十的人口仍然是农业人口。工业体系即使不说是患小儿麻痹症,也还是穿着小儿衫裤,在这样的国家怎样谈得上"共产主义"或"社会主义"呢？①

同样有着中国情结的斯诺前妻尼姆·威尔斯,在她写的关于延安最早也是当时世界唯一的著作《红色中国内幕》中,也重申了找到这一问题答案的迫切性。

在这么多年的战争中,传说着关于中国苏区的种种最离奇的神话。很明显,一个人如果不能正确地评判使人迷惑不解的苏维埃运动的性质,那么他也就不可能真正懂得中国。然而,从来也没有任何一个外部世界的观察家与苏区深入地接触过。直到1936年,我的丈夫埃德加·斯诺,才第一次突破了长达九年的严密封锁。②

斯诺在1936年访问保安时就对中国共产党有清晰的阐述,他明确肯定中国共产党是有马克思主义理论指导的政党,同时它具备不受莫斯科和共产国际控制的独立性。他对中国共产党与共产国际、斯大林政权的关系,对中俄之间的政治革命进行了区分,这是最早对这些关系的界定,也奠定了今天党史书写的基础。在《红星》中,斯诺写道:

中国共产党的政治思想、策略路线、理论领导都是在共产国际的密切指导之下,如果说不是积极具体指挥下,而共产国际在过去十年中实际上已经成了俄国共产党的一个分局。……由于分享俄国革命的集体经验,由于共产国际的领导,中共无疑地得到了很大好处。但同样确实的是,中国共产党人在其生长发育的痛苦过程中遭到了严重的挫折,也

---

① [美]埃德加·斯诺:《红星照耀中国》,《斯诺文集Ⅱ》,第6页。

② [美]尼姆·威尔斯:《红色中国内幕》,马庆平、万高潮译,济南:济南出版社,2006年,前言,第3页。

可以归因于共产国际。①

　　但是苏维埃运动和中国红军却在纯粹中国人自己的领导下自发开始,事实上,他们并没有得到俄国的什么赞同,一直到第六次代表大会,共产国际才给予出生后的认可。②

斯诺对苏联影响中国共产党的看法,包括中苏革命基础的区别,在今天看来仍然是科学的。在分析这些关系上,他提纲挈领、条理清晰,主要的细节和观点安排在毛泽东传记那一章来呈现。像斯诺这样占据一定理性高度的分析能力,斯特朗是具备的,但是不如斯诺考虑得那么全面;史沫特莱偏情绪化,而且文学家的家底妨碍她如此理性地看待这个政治命题。

早在美国干预中国内战之前,他就预言过中国的革命会取得完全的胜利。他强调中国出现一个共产党领导的政府,并不必然意味着中国沦为克里姆林宫的绝对控制下。斯诺判定"中国将会成为第一个不听莫斯科发号施令的共产党大国。北京最终可能成为一种亚洲的莫斯科、东方的罗马,它传播一种不受莫斯科控制的'亚洲马克思主义'"③。对中国共产党取得内战胜利,美国陷入恐慌,国会叫嚣着"谁丢失了中国",国际上纷纷陷入中国将落入苏联卫星国的焦虑,担心"红色"势力将进一步在世界蔓延,因为中国代表着世界1/4的人口。斯诺站出来重申他10年前已经形成的对中国革命的认识——"中国不是而且也不可能是被任何美国人所'出卖'的。中国从来不曾是我们可以出卖的东西。它在四十年代不曾属于我们,就像今天也不属于俄国一样。中国的革命并不是发生在一个与外界无关的真空中,但是它始终是中国历史的产物,外界的影响只是次要的"④。他给出了七项理由来回应美国领导人的质疑:一是中国的地理政治独特,幅员辽阔,人力和物质资源富饶,拥有五千年完好的古老文化。在殖民地和半殖民地中,中国是共产党赢得了政权的头一个国家。二是中国是俄国之外公开宣称是马克思主义的第一个大国。三是中国革命的成功完全依赖红军,没有苏联援助和

---

①　[美]埃德加·斯诺:《红星照耀中国》,《斯诺文集Ⅱ》,第354页。
②　[美]埃德加·斯诺:《红星照耀中国》,《斯诺文集Ⅱ》,第358页。
③　[美]埃德加·斯诺:《复始之旅》,《斯诺文集Ⅰ》,第477页。
④　[美]埃德加·斯诺:《复始之旅》,《斯诺文集Ⅰ》,第472页。

军事干涉,或者像布拉格那样依靠这种干涉的含蓄威胁,而是完全依靠自己上台执政。四是中国共产党的领袖没有听从任何人或者组织,尽管共产国际要把他撤职,仍能继续当权。五是中国共产党在长期与外界隔绝下仍能独立发展,获得了丰富的经验和充分的信心。它掌握着一支自己的庞大军队,能够很好地抵御外侵、捍卫政党的独立。六是毛泽东的个性反映在党的内部结构中,具有很鲜明的中国特点。七是除了俄国以外,只有中国共产党人敢于公开宣称自己对马克思主义的理论和革命实践做出了重大的新贡献。毛泽东及其追随者首先证明,在半殖民地国家,共产党领导的革命只要把民族解放的任务同反封建的社会改革运动结合在一起,就可以得胜。他们在克里姆林宫领导集团完全没有预见到的情况下证明了不依靠城市无产阶级的暴动,不依靠俄国或世界无产阶级的帮助,而以组织起来的农民作为主力军,这样的革命就可以成功①。

像预言"红星"最终将照亮中国一样,斯诺预言中国也可能在东方构成一道屏障,阻止俄国民族主义以一种延伸的共产主义名义进行扩张,这篇文章恰好发表在麦卡锡主义盛行的前一年。他含蓄地指出朝鲜战争恶化了中国形象,"朝鲜战争造成一种令人感情冲动的气氛,使我们美国人对中国的看法一段时间内模糊了","人们都习惯把中国说成是俄国铁蹄之下的一个傀儡或'奴隶国'不屑一顾,而无视中国发生一场伟大革命的事实。……朝鲜战争使我们的判断力发生了畸变"②。

可以看出,斯诺一直强调中国共产主义政权的独立性,不完全受苏联共产国际或莫斯科的影响,对美国的对华敌对情绪充满批判精神,并且见解深刻,富有说服力。斯特朗也用大量的事实告诉世界没有证据能够证明苏联曾经向中国共产党提供过武器援助,强调中国共产党政权的独立性和独创性。"每当我向极为谦逊的中国共产党人询问莫斯科对土改或战略的某些方面有何看法时,他会惊讶地回答:'我们从不向莫斯科问这些事情。我们

① [美]埃德加·斯诺:《复始之旅》,《斯诺文集Ⅰ》,第473-475页。原文1949年4月9日在《星期六晚邮报》上发表,标题为《中国会成为俄国的卫星国吗?》。
② [美]埃德加·斯诺:《复始之旅》,《斯诺文集Ⅰ》,第478-479页。

只管怎么办对我们自己有利.' "①然而,在西方意识形态的架构体系下,20世纪30年代的激进之风在40年代中期已经越来越势弱,到50年代戛然而止,清除、迫害共产主义的麦卡锡之风盛行,在冷战"排共"的氛围下,中美被人为划界,"大河彼岸"的中国成为敌视的对象。斯诺借用17世纪法国哲学家巴斯卡尔的话讽刺道:"法律正义竟以河为界,多么可笑! ……还有什么事情能比这更加可笑呢:一个人居然有权杀死我,仅仅因为他住在河的彼岸。"②"在居住在本地球的人类之中,再没有海洋的存在,有的是河流而已。"③斯诺想表达的是整个地球的距离没有人们所想象的那么遥远,无须心存芥蒂。他的这种远见、跨文化的包容心态在全球化日新月异而文明的冲突和意识形态的隔阂依然存在的今天仍然是急需的。

三、非西式民主:对自由派曲解的纠正

1944年春,当外国记者团终于获权访问延安时,关于中共政权之谜似乎仍然存在。这些西方自由派很难理解"新民主主义"与"共产主义"之间的关系。他们宁可将它理解为中国的"新民主",大加赞赏红区的民主作风,自觉将红区与国民党统治区进行对比,继续追问着中共与苏联的关系。

有一些外交官和军官,看到红区的民主风气和抗日作战的努力后,倾向于赞许延安的做法,但他们难以接受"共产党"的称号。他们坦承对于美国人而言,共产主义就是"恶魔"。

"你们能不能不要用共产党那个可怕的名称?"

"从众所周知的共产党这个名称的意义来看,你们不像是共产党人,你们只是社会改革者,而且你们甚至还称你们的政治制度为新民主主义。把中国共产党这个名称适当加以改变,会使英美人民更容易理

---

① ［美］安娜・路易斯・斯特朗:《斯特朗文集3》,傅丰豪译,北京:新华出版社,1988年,第270页。

② ［美］埃德加・斯诺:《大河彼岸》,《斯诺文集Ⅳ》,北京:新华出版社,1984年,前言,第4页。

③ ［美］埃德加・斯诺:《大河彼岸》,《斯诺文集Ⅳ》,第480页。

解你们对将来的真正目的和希望,这将促进盟国和你们的军队在抗日战争中合作。因为在他们中间有许多人一听到'共产党'这个词就起怀疑。"①

    中国共产党人是民族主义者。……他们的民族主义不断高涨,看来并不是由于共产国际——它对他们的影响或许远非一般人所相信的那么大——的衰落,乃至最终消亡,而主要是由于延安在1941年实行了新民主主义。这种新的政治制度,看来在很大程度上使共产党人的思想民主化了。这使他们更少地用共产党的"阶级"观念来思考,而更多地用中华民族的整体观念来思考了。②

"社会改革者"是比较符合这些民主人士的价值认同的称呼。"共产党"这个词在1944年已经失去了20世纪30年代的激情与时髦,让这些对中国共产党抱有好感的西方人提出这个中性的词。而且,他们用"民族主义者""新民主主义"等词抵御马克思主义理论中的"国际主义",消解"阶级",强调中国与西方世界的"同"。

费正清的《中国之行》从自由派学者的角度表达对第二次世界大战期间国共两党交势的认识:从原本没有人愿意支持共产主义,到主张不要一党独裁,要容纳政治上的反对派。不过,他认为中国天命转移始于1943年,是蒋介石自己失去了天命,而不是被中国共产党进行"颠覆和窃取"。三篇文章的接踵发表使舆论发生了转向,5月10日赛珍珠在《生活》杂志上、《纽约时报》记者汉森·鲍尔温8月在《读者文摘》上、比森在太平洋研究学会出版的《远东综览》杂志上发表的文章改变了美国一直以来的亲蒋的口气。赛珍珠批判蒋夫人惯用夸张言辞、骄横无礼。军事记者鲍尔温表达了驻昆明美军长期以来的幻灭感。比森认为中国共产党是"民主的",而国民党是"封建的"。

    当时,延安中国共产党的蓬勃朝气和并非做作的平均主义,并非由

---

① [美]冈瑟·斯坦因:《红色中国的挑战》,马飞海等译,上海:上海译文出版社,1999年,第100页。
② [美]冈瑟·斯坦因:《红色中国的挑战》,第424页。

于埃德加·斯诺所著《西行漫记》一书而出名。所有到过延安的人——林迈可、美国领事雷·卢登、医护人员等都证实这幅图画的真实性。于是,延安那遥远的地方就日益令人向往。①

另外,国民党通过实施政治恐吓压制异己、腐化官僚来维持统一,这些倒行逆施的行为使费正清最终意识到在中国无法改良,只有造反。"中国共产党就是这项事业的化身,因而在其信徒生活中,党的形象就像父母一样。"②他1944年回华盛顿时带回的结论是:"中国的革命运动是中国现实的产物,它不是 CC 派的控制或戴笠的秘密警察所能压得下去的。农民解放的理想和科学、民主的要求自五四运动已经提出了二十多年,它的性质是一项爱国运动,而蒋介石就没有任何能与之抗衡的主张。"③国民党既无法真正解决中国内部的矛盾,也无法抵御外敌的入侵,它走向下台是必然的结果。他对中国共产党领导的革命没有赞美,只是定位为一种能解决内外问题的爱国运动。这样的说法也是有意在淡化意识形态之别的异化感,增加国际上对中国共产党的接受度。

这批人觉得红区的民主风气较"共产"风气更甚,或许是因为他们的立场更自由,包括自由派、保守派的传教士,也与当时在红区实行的新民主主义政策有关。这些西方人通过对比国统区和红区,明显对红区产生了强烈好感,他们迫切希望这样的中国能被自己的国家所认识和接受,所以在表述上使用了一些技巧。

尽管这些自由派偏向中共,但是斯诺并不买账。他批评道:"有些一厢情愿的外国观察家,根本不了解情况,仅凭共产党在战时进行的'民主实验'给他们留下的印象,就认为中国共产党已经'放弃共产主义了'。"④他在中国看到的民主与西式民主有着天壤之别。他认为中国人能全盘接受马克思主义,是因为西方民主"只是外国巡捕维护用暴力在中国取得的'权力和利益'"⑤,而且,"民主"的含义在不同时期也不同。在第一次访问红区时,斯

---

① [美]费正清:《中国之行》,第 119 页。
②③ [美]费正清:《中国之行》,第 145 页。
④ [美]埃德加·斯诺:《复始之旅》,《斯诺文集Ⅰ》,第 278 页。
⑤ [美]埃德加·斯诺:《复始之旅》,《斯诺文集Ⅰ》,第 205 页。

诺认为民主意味着把群众从半封建中解放出来;第二次访问红区时,他认为民主是一种智识活动和自由发问的空气,边区政权是最有能力和最民主的行政机构,因为它充分打通了人民和官吏之间沟通的渠道,而且充分调动了共产党人、战士和游击队员高昂的士气;在 1942 年,他把"团结—批评—团结"理解为解决人民内部矛盾的民主做法;在新中国时期,人民民主专政中的民主被斯诺看作让人民参与政治活动的一种手段。

针对国际上恶意的歪曲或者带有同情意味的曲解,斯特朗直接否认那些民主人士的看法。她理解的民主是红区的村、县、省政府有自下而上的投票制度,村民们有权罢免村长。她坚持中国人的独创性:

> 中国共产党人是莫斯科的随从还是西方所说的民主主义者? 答案似乎是:他们两者都不是。他们是中国人。

> 他们采用的是俄国人使用的马克思主义的方法。但在新的条件下,答案是不同的。他们取得了西方赖以建立资本主义制度的同样的"资产阶级民主革命"的胜利,但他们说,一个不同的领导将把这场革命引向社会主义。①

尽管左翼、右翼或者自由人士对中国共产党领导的工农革命有强烈的好感,外界对中国共产党的性质和战斗力的了解仍然是有限的。1945 年,斯诺与罗斯福会面的时候,罗斯福还在询问蒋介石的为人和政治上的作为,他了解到中国共产党在游击区政府的高效率,正在考虑直接向他们提供援助,加强抗日战争军事上的力量,同时也在考虑赢得先机,以排挤俄国势力的入侵。他问斯诺他们是否是真正的共产党人,是否受俄国人操控,他们是无产阶级专政者,还是"土地改革者"? 甚至问到若运送补给品和派联络官到华北地区,共产党会采取什么具体行动。罗斯福的打算是促进这两个政党合作。不幸的是,一个月后他就去世了。斯诺在左倾的罗斯福那里还可以看到美国示好的信号,后来就越来越清醒地觉察到意识形态之别所蕴含的破坏力,"至于美国,我们的领导人固执地坚持这种看法,即只有在为私人利润而生产的制度下,才能有民主与自由。所以,不论是尼赫鲁的手段还是他的

---

① [美]安娜·路易斯·斯特朗:《斯特朗文集3》,第 269 页。

目的,我们的领导人都不可能给予全心全意的支持。正是由于这种偏见,美国最终极有可能不仅在亚洲的大多数国家,而且在欧洲陷于孤立"①。

可以说,对红色政权定位的问题一直是关心中国革命的西方观察家在20世纪三四十年代讨论的核心议题,它关乎着中国的未来,也影响着世界历史的进程。在这个过程中,"三S"坚定地给出了自己的答案。在当时的历史社会语境下,"三S"突破政治禁忌,对中国共产党的革命性质进行大胆描写和正确预判,在今天看来,或许有政治正确的媚俗之嫌,他们对中国共产党的人民观、统一战线理论、新民主主义革命论等文字的表述或许不觉得有什么新鲜,但在当时意识到这些理论的正确性、承认它们的独创性、宣扬它们的合理性,是需要慧眼卓识和勇敢无畏的品质,不盲从于任何党派路线与主流意识形态的打压,抱着尊重中国历史和人民的态度的。

四、延安形象:"红色圣地"

"红都"延安,"那里是中国共产党的根据地,位于中国西北,地理位置同样偏僻"②。延安是苏区、解放区、抗日根据地等所有中国共产党控制区的缩影和象征,是当时中国的有志青年和西方人渴望探究的对象,是继莫斯科后世界红色革命的又一个中心。当中国工农红军驻扎井冈山时,因国民党的层层新闻封锁和军事"围剿",没有任何西方人士能进入苏维埃地区。在中国共产党领导的工农红军完成长征,转移到西北后,对中共的封锁局面被斯诺为首的外国人所打破。1936年7月斯诺和马海德踏入西北时,到了当时中国共产党的指挥中心保安,那里是"中华人民苏维埃共和国暂时的首都——照他官方的称呼"③。随后1937年,史沫特莱和尼姆·威尔斯才先后到了延安。1939年9月,斯诺以"工合"国际委员会代表和记者身份才真正

---

① [美]埃德加·斯诺:《复始之旅》,《斯诺文集Ⅰ》,第470页。

② [美]S.B.托马斯:《冒险的岁月——埃德加·斯诺在中国》,吴乃华等译,北京:世界知识出版社,1999年,第3页。

③ [美]埃德加·斯诺:《抗日民主势力在西北》,《人民之友》1937年第1卷第1期。

进入延安参观访问。下图展示的是 1936—1939 年访问"红都"的外国人和停留的时间。

外国人士	到达时间	停留时间	乘坐的交通方式
	1936 年		
埃德加·斯诺	7 月 13 日	4 个月	卡车、马（马海德陪同）
乔治·马海德	7 月 13 日	几年	卡车、马（斯诺陪同）
	1937 年		
艾格尼丝·史沫特莱	1 月 13 日	8 个月	红军的卡车
海伦·斯诺	4 月 30 日	4 个月	小轿车
维克托·基恩	4 月	1 周	小轿车
厄尔·李夫	4 月	4 天	小轿车
汤姆·比森	6 月 21 日	4 天	道奇车
欧文·拉铁摩尔	6 月 21 日	4 天	道奇车
菲利普·贾菲	6 月 21 日	4 天	道奇车
艾格尼丝·贾菲	6 月 21 日	4 天	道奇车
埃文斯·卡尔逊	12 月 16 日	10 天	卡车、马
詹姆斯·贝特兰	9 月	4 周	卡车、马
	1938 年		
比奥莱特·克雷西	2 月	3 周	汽车
诺尔曼·白求恩	3 月 31 日	3 周（5 月 2 日）	卡车（尤恩陪同）
琼·尤恩	3 月 31 日	2 周（4 月 15 日）	卡车（白求恩陪同）
埃文斯·卡尔逊	5 月 1 日	2 周（5 月 15 日）	卡车（尤恩陪同）
琼·尤恩	5 月 1 日	2 周（5 月 15 日）	卡车（卡尔逊陪同）
乔治·霍格	7 月	2 周	步行、卡车
	1939 年		
路易·艾黎	1 月	2 周	捐赠的救护车
莫得·罗素	6 月 28 日	1 周	卡车
埃德加·斯诺	9 月	2 周	道奇车

　　此后,延安、陕甘宁边区和敌后根据地被国民党又封锁了近 5 年时间。这一封锁于 1944 年春被一群新闻记者所打破,1944 年 7 月后,美军观察组常驻延安。毛泽东在《论联合政府》中指出:"由于国民党政府的封锁政策,很多人被蒙住了眼睛。在 1944 年中外记者团来到解放区之前,那里的许多人对于解放区几乎是什么也不知道的。"①应美国要求和国际舆论,为粉饰国民党的民主形象,蒋介石政府同意"中外记者西北参观团"的 21 人访问延安,这在当时是举世瞩目的大事。其中包括外国记者 6 人,中国记者 9 人。国民党官方指派 2 个领队和中央宣传部派来 4 人。6 名外国记者分别是斯坦因、爱泼斯坦、福尔曼、武道、夏南汉神父和普金科。代表团在延安停留一个来月,除了进行紧张的访问,还参加了一些当地的群众集会。7 月 12 日,记者团中的全体中国记者和外国记者夏南汉离开延安。斯坦因、普金科继续留在延安访问;福尔曼和爱泼斯坦、武道前往晋绥解放区。他们代表着"全世界人民的眼睛",把中国共产党作战的实况告诉世界人民,以增强中国内部的团结和民主。他们大都相当友好地报道了红区艰苦抗战和实行民主的实情,有的还把红区与国民党统治区进行对比,欣欣鼓舞地告诉世界一个崭新的中国呼之欲出。而且,"记者们发现,美国公众对延安情况很感兴趣。有的记者便把延安加以美化,正如以前美化重庆那样"②。的确如此,几乎每个到过延安参观的西方人,都认为延安比重庆好得多。

　　那么,去过延安的外国人留下一个什么样的"延安印象"以及如何呈现的呢?

　　首先,延安是一个完全崭新的世界。他们以主体的身份聚焦延安,毫不避讳自己的主观感受,从各个角度谈着延安之"新"。尼姆·威尔斯说:"对于我来说,这是一次大有发现的旅行——发现了新的思想与新的人民,发现他们正以自己的全部身心,在地球上最少变化的文明古国,创造着一个完全崭新的世界。"③她甚至觉得延安是中国共产党对欧文·傅立叶时代原始的

---

① 《毛泽东选集》第 3 卷,《论联合政府》,最初于 1945 年 4 月 24 日发表。

② [美]费正清:《中国之行》,第 154 页。

③ [美]尼姆·威尔斯:《红色中国内幕》,前言,第 4 页。

乌托邦社会主义者所梦想的公社生活的现实化。史沫特莱写道:"到延安的外国记者感到非常安心,共产党中间没有国民党那一套官场生活的形式主义和客套。提起延安的共产党人,有一个记者说得好:'他们不是一般的中国人,他们是新中国的人'。"①

斯诺离开延安后,于 1939 年 9 月 30 日在西安写信给毛泽东。他说:"我在延安看到和听到的一切,增强了我对未来的希望和信心。这是中国仅有的地方,只有在这里,人们才感受到健全与合理的制度,感到中国人民必将取得胜利。"②

斯特朗 1946 年 6 月对实行新民主主义纲领后的延安进行了全面的考察。她的目标是察看"红色中国"共产主义化的程度。这是内战爆发后,最后一次外国人进入延安。她由衷地赞美道:"延安人民是新生事物的创造者和建设者。他们头脑敏锐,思想深邃,眼界开阔。他们愿意花费很多时间进行解释和讨论。在美国或俄国不会有人这样做。……在延安有的是时间和空间,思想也很开阔。它如同哥伦布发现新大陆,如同'黎明的霹雳声跨过海湾而来',如同青春重返。"③

斯特朗以此为契机写就的介绍毛泽东思想的著作在亚洲和欧洲受到热烈欢迎,印度、日本、南洋、孟买、加尔各答、朝鲜、捷克斯洛伐克、匈牙利、法国、德国、波兰、意大利都对此书产生浓厚兴趣。斯特朗首次提出了"毛主义"这一术语,承接马克思主义传统,并且全面建构延安的政治经济社会模式。"对亚洲的马克思主义者来说,不但学习马克思主义、列宁主义、斯大林主义是重要的,而且也要学毛主义。"④

斯特朗主要从以下几个方面呈现延安式的"新中国"的面貌。在经济上几乎是生活在石器时代;建设中国自己的私营和国营工业;土改模式通过购买、捐款、罚款、社会压力、没收以及其他社会给予支持的各种方式,把土地分到耕田者手中,使许多雇农能够结婚,使妇女的地位发生了迅速的变化;

---

① [美]艾格尼丝·史沫特莱:《中国的战歌》,《史沫特莱文集 1》,第 168 页。
② [美]托马斯:《冒险的岁月——埃德加·斯诺在中国》,第 282 页。
③ [美]安娜·路易斯·斯特朗:《斯特朗文集 3》,第 238 页。
④ [美]安娜·路易斯·斯特朗:《斯特朗文集 3》,第 223 页。

承认男女平等和妇女婚姻自由的权利,有权分土地,有权投票,大约半数妇女至少能读简易的报纸,并开始出现在国际会议的舞台上;人民为选举权自豪,"夸耀自己有权罢免他们的村长,听起来简直不可思议,就像我们当年在西雅图炫耀最富有活力的民主生活一样"①;延大的教育目标使得学生能够"思想活跃";司法清廉、程序简化;监狱让人学习和生产;新兵必须遵行"三大纪律"和"八项注意",尊重老百姓的私有财产;作家、艺术家们在延安找到了精神食粮。多年后,斯特朗坦承延安之行对她的影响。在 1965 年致信给母校奥柏林大学第六十届校友联谊会时,她提到留在中国,不仅是因为她发现在中国有最广大的听众,而且是因为那里始终存在着"延安时期就已激发了我的那种清澈透明的同志情谊和清澈透明的思想意识"②。

其次,延安的精神生活极为丰富。他们鄙弃殖民传统中将被观察者当作"失语"的他者的写法,以对话的方式让被观察者"发声",共同讲述延安美好的一面。

延安的物质水平极为落后,还遭受了日本飞机的不断狂轰滥炸,但这里的农业生产有增无减,环境卫生很好,这里的人民积极在废墟上重建家园。斯特朗曾在延安的窑洞里住过,领悟到延安的奥秘所在。她写道:"在我的一生中,对创造世界的人民大众,我从来没有像在那被围困的、与世隔绝的延安时感到那么亲近。"③史沫特莱在 1946 年给一个朋友的信中表达了更强烈的亲近感:"我以整个的身心爱她。而那些充满物质困难和精神欢快的岁月,是我一生中最美好的岁月。"④牛津大学毕业的乔治·霍格因支持"工合"放弃了合作社记者的工作,直到 1945 年因营养不良和缺乏治疗去世。乔治·霍格把人们所说的延安精神概括为:中国人终于找到了一个"在民族事业中把同志情谊和平等精神看得高于一切的地方。事情就这么简单"⑤。延

---

① [美]安娜·路易斯·斯特朗:《斯特朗文集 3》,第 305 页。

② [美]特雷西·斯特朗、海琳·凯萨:《心向中国:斯特朗六次访华》,王松涛译,北京:解放军出版社,1986 年,第 152 页。

③ [美]尼姆·威尔斯:《忆安娜·路易斯·斯特朗》,黄可凤译。见中国三 S 研究会编:《敬礼,三 S》,第 71 页。

④ 史沫特莱 1946 年 4 月 20 日给雷蒙德·罗宾斯(Raymond Robins)的信。

⑤ [美]费正清:《中国之行》,第 119 页。

安还有文化方面的建设,来鲁迅艺术学院里工作学习的就约有 500 名作家、艺术家、剧作家和作曲家。识字运动在延安非常流行。

身为第一位真正访问延安的美国记者,史沫特莱的延安之行对中共政党形象的建构做出了重要贡献。1937 年 3 月 1 日,史沫特莱在与毛泽东谈话中提到了关于中日和西安事变的问题。将中共为巩固和促进抗日民族统一战线在 2 月 10 日致国民党五届三中全会的电报内容公之于世。毛泽东通过她表达西安事变后统一战线的进展和任务。"和平与民主是保证武装抗日的两个条件。在新阶段中我们有许多任务,但最根本的中心任务是争取民主。"①在延安,她积极参与文化建设活动,在高级军事干部会议期间,她教跳交际舞,后来交际舞成为延安文娱活动一个重要方面。她还创办鲁迅图书馆外文部,将外文报纸分发给各个部门,开展节育和灭鼠活动等。史沫特莱还邀请各大城市的外国人来延安,并为到达延安的记者安排同毛泽东会见。毛泽东会带着一小口袋花生来到史沫特莱的窑洞。他们唱歌、讲故事,一起讨论。与史沫特莱一样,这批外国记者到延安之后,没过多久就宾至如归了。他们感到延安无拘无束,民主的气氛使人舒服。这种气氛和国民党统治区的气氛迥然不同。

总有人反复问斯诺延安是不是比保安好。毛泽东问道:"延安比保安好,是不是?""自从你 1936 年访问我们以来,我们曾竭力在各方面求进步。给我们以时间。如果我们能保持现在进步的速率,到 1945 年我们就可有一些东西给你看了。"②受日军空袭破坏的延安城在斯诺看来支离破碎,残缺不全。但是,所有共产党人对新"首府"是很骄傲的,尽管斯诺仍然觉得城中几乎每一座屋子都被毁坏了。斯诺将其理解为乐观主义,穿在身上的"像一件精神的甲胄"的东西。

> 就我看来,以前西北苏区的生活跟边区政府统治下的生活,主要只是术语上的不同。一切社会的改革依旧。群众组织换了新的名称;政

---

① ［美］艾格尼丝·史沫特莱:《中国的战歌》,《史沫特莱文集 1》,第 163 页。

② ［美］埃德加·斯诺:《为亚洲而战》,《斯诺文集Ⅲ》,北京:新华出版社,1984 年,第 220 页。

府的议会以前叫作"苏维埃",现在叫作"参议会"。①

最后,延安人性化的管理使之成为人民的乐园。除了强调边区独立于国统区,延续原有的政策外,斯诺谈到延安政府对参加前线抗战家庭的特殊政策。如给家属送小礼物;军人家属在戏院和会场可坐在最优越的位置;残疾军人有一笔小额的抚恤金和一块田地。这种新型的兵士与人民合作的关系是对中国传统的突破,体现了尊重革命战士的新意识。而国民党政府也远没有完成这种义务。他列举了一个例子,全国救济委员会1939年度的报告中显示148.5万元的各项总捐款中,用于救济伤兵的只有1807元。更多的是依靠地方,甚至没有政府的帮助,没有各种难民团体特别是红十字会。直到1940年,孙夫人和蒋夫人才组织伤病之友会,推进全国性的慰劳战伤英雄的运动。

结合两次入"红都"的经历,斯诺发现新的指挥中心的变化在于政府更加从容、稳定地建设文化和繁荣生活,将民主选举落实到村,使之成为人民生活的乐园。

> 延安地区原来是世界上最穷、最落后的地区之一,但边区政府经过几年切实的努力,在这里建设了有文化和繁荣的社会生活。实行了免费义务的小学教育,建立了中学、中专和高等院校,包括一所女子大学。成千上万的青年经过敌占区徒步几百英里来到延安求学。……每一个村子和县都有选举成立的行政委员会。边区政府是由普选出来的代表选举产生的,这在中国历史上是第一次。②

总体来说,这两批去延安的外国人都意识到延安是新中国最有朝气的地方,在抗日战争、生产建设和政治民主、文化规划方面有着全面的思考和布局,他们对延安有着超乎寻常的同情与好感。但是,比较而言,"三 S"在政治方面对中国共产党有更强的认同感和尊重中国人民的意志,所以他们在书写中国的时候,既能从大处全面而深刻地讲述中国共产党的政治目标和纲领,也能从微小的细节捕捉到延安的勃勃生机。在思维方式和话语方式

---

① [美]埃德加·斯诺:《为亚洲而战》,《斯诺文集Ⅲ》,第254页。
② [美]埃德加·斯诺:《为亚洲而战》,《斯诺文集Ⅲ》,第408页。

上,他们没有将中国表现为失语的"他者",而是能够表达自我、有着强烈主体意识的说话者。"三S"比起其他自由主义者更加弱化写作主体的位置,让写作对象变成发声的主体,这种主体意识的塑造和转换亦即是一种有意的建构。

第二节　中国共产党政治领袖及军事领袖形象

中国共产党政治领袖及军事领袖是"三S"所接触到的最优秀的中国共产党人中的代表。他们脱胎于旧中国的泥沼,成长为信仰马克思主义者,带领着中国人民走进现代革命。不过,他们被国民党官方媒体"妖魔化"的形象在普通中国人和外国人中显得既可怕又神秘。"三S"拨开迷雾,将他们还原成一个个鲜活的生命,既具个人特色,又心怀国家人民。具有理论家和诗人气质的毛泽东、军事家和农民情怀的朱德、书生造反者周恩来、霸气的贺龙等一个个性情各异又目标一致的中国共产党人形象呈现在世界面前。在"三S"笔下,中国共产党人凝聚了来自各个阶层的人,代表着最广泛的人民的利益。而且,阶层之间具备流动的特征,从前的"红小鬼"可能成长为优秀的红军战士或指挥员,从前的"苦力"可能成长为指挥千军万马的师长。"三S"将他们爱国和"为人民"的政治立场,勇于反抗压迫、坚决建立抗日民族统一战线,为建设一个民主联合政府不怕牺牲、坚毅乐观的形象展现在世界面前。

一、毛泽东形象:理论家与诗人

在宋庆龄和张学良的帮助下,斯诺与马海德进入西北红区。毛泽东最早面世的头戴五角星的照片就是斯诺拍摄的,最初在《密勒氏评论报》上发表。1937年1月25日,美国《生活》杂志创刊两月后,向斯诺支付了一笔极为可观的酬金发表这张照片。《生活》发了一组照片,标题为《中国漂泊的共产党人的首次亮相》。斯诺所拍摄的这张照片成了毛泽东在西方世界的首次亮相,也成了毛泽东的经典肖像,在书籍、报刊和博物馆中都可以看见。毛泽东向世界讲述了他以前没有,后来也不再向任何人讲述的话,斯诺笔下的毛泽东成为撰写毛泽东传记最权威的史料来源。通过与毛泽东10多个晚上的会谈,他了解到共产主义和红军在中国诞生、发展、壮大的历程。回到燕京大学后,斯诺给学生和爱国青年放映纪录片,让外界更多地了解了以毛泽东为首的中国共产党人。

"朱、毛"在传言中是一位神奇的人物,也是中国共产党人的头号重要"土匪"。斯诺率先将这一谣言击碎,讲述两者的区别,将"朱、毛"的关系阐述得尤为深刻而准确。斯诺把毛泽东比作中国共产主义运动事业中的冷静的政治头脑,而朱德是它的心脏。他们之间一个文职,一个武职,相辅相成。

> 我常常在想毛泽东自己对于武力、暴力以及"杀人的必要性"等问题的责任感。他年轻的时候,就有强烈的自由主义的和人道主义的倾向,从理想主义转到现实主义的过渡只能是在哲学上开始的。虽然他出身农民,但在年轻时候,本人却不曾怎么受过地主的压迫,像许多共产党员那样;还有,马克思主义虽然是他思想的核心,但据我的推想,阶级仇恨对他来说大概基本上是他的哲学体系中的一种理性的产物,而不是本能的冲动。他的身上似乎没有什么可以称为宗教感情的东西。我相信他的判断都是根据理性和必要作出的。①

针对外界传言中的"匪首",斯诺就"匪"性和毛泽东的品性进行了区分。斯诺用"自由主义""人道主义"和"理想主义"来描述的青年毛泽东在面对现实问题才转向哲学,凸显毛泽东在信仰选择上的理性,同时注意消弭可能添加到毛泽东身上的"阶级仇恨"的负面概念。斯诺还突出了毛泽东身上中国农民的质朴纯真与锐利的机智、老练的世故的复杂个性,但对底层人民有相当深邃的感情,总结毛泽东是一位精通旧学的有成就的学者、颇有天才的军事和政治战略家。

斯诺还原了一位真实的天才的军事家。毛泽东自小在家庭斗争和父母关系中习得"敌进我退"的战术,这后来成为游击战术的精髓。斯诺讲述了

---

① ［美］埃德加·斯诺:《红星照耀中国》,《斯诺文集Ⅱ》,第69页。

毛泽东的家庭、个人求学及后来参与社会事务的经历,担任长沙劳工组织的组织者,成为共产党创始人之一,曾在国民党的农民宣传部担任要职,从一个共产党员在反"围剿"和长征中成长为政治与军事领袖的角色转变的历程。有学者评价斯诺叙述毛泽东故事的方式才智过人。因为斯诺在以中国革命简史为背景,讲述完毛泽东的身世和思想后写道:"毛泽东的叙述,已经开始脱离个人历史的范畴,有点不着痕迹地升华为一个伟大运动的事业了,虽然他在这个运动中处于支配地位,但是你看不清他作为个人的存在。所叙述的不再是我,而是'我们';不再是毛泽东,而是红军了;不再是个人经历的主观印象,而是一个关心人类集体命运盛衰的旁观者的客观史料记载了。"①这是对中国革命基本性质所做的精练而又深刻的洞悉,斯诺是通过把毛泽东的个人觉悟与中国人民为解放而斗争的集体觉悟相融而完成的。毛泽东把"我"融合到"我们"中,把个人融合于集体,这就是后来所取得的许多胜利的源泉。斯诺看到了这一点,理解了这一点,而其他的美国记者或许做不到这一点。由此他得出一个强有力的预言,认为西北的红星代表着中国的未来②。

从斯诺那里,美国人知道了毛泽东的生平,逐渐认识了这位中国最伟大的农民。《红星》最核心的创举在于反驳了西方观察家普遍认为中国的共产主义是一种移植的观点。在毛泽东的自传中,斯诺解释道:"我意识到这不仅仅是毛的故事,而是共产主义在中国成长的故事,体现了共产主义的多样性和本土性,也了解了它为什么赢得了千千万万的青年男女的忠诚和支持。"③的确如此,彭德怀、徐海东、朱德,还有很多其他人的微型传记,真正的农民、无产阶级出身的将领、忠诚的红军士兵和军官都反复申明这一点。《红星》建构了农民大众和有组织的红军的独立身份。共产党人被刻画为"直接、坦率、简单、光明正大",又正好有"科学的头脑"。

史沫特莱强化了"诗人"毛泽东的形象。毛泽东常到史沫特莱与翻译同

---

① [美]埃德加·斯诺:《红星照耀中国》,《斯诺文集Ⅱ》,第152页。

② 中国三S研究会编:《〈西行漫记〉和我》,北京:国际文化出版公司,1991年,第40-41页。

③ Snow, Edgar. *Red Star Over China*. New York:Grove Press,1968,p. 125.

住的窑洞,三人一起吃便饭,纵谈几个小时,谈印度,谈文艺。毛泽东会为她们朗诵中国的古诗,也会低吟自己的律诗。毛泽东提出成堆的问题,向史沫特莱学英语,唱英文歌,还支持了她在延安的灭鼠运动和教授西方交际舞的活动。她写道:

> 毛泽东以理论家闻名于世,他的一套思想理论深深扎根于中国历史和军事经验之中。中国共产党党员相信马克思、恩格斯、列宁、斯大林的理论。……涌到延安的知识青年,习惯于从苏德等国的少数作家的作品中吸取精神养料,毛泽东则对学生讲自己的祖国和人民、民族的历史和大众文艺。他引用《红楼梦》《水浒传》一类古典文学作品中的故事。他懂旧诗,而且就诗品言也是一个诗人。他的诗具有古代诗家的风格,但诗中流露出他个人探索社会改革的一股清流气味。①

史沫特莱还着重表现毛泽东极强的亲和力和求知欲。在史沫特莱的窑洞的聚会上,毛泽东表现得既活跃又随和。"他们都喜欢毛泽东,都大谈大讲毛泽东的稀奇古怪的传说。他们中间有一个又瘦又长的英国爵士朋友。毛泽东狠狠地开这个英国瘦长个子的玩笑,甚至说他只要留在延安,就可以给他找一个中国姑娘结婚。几个月后,这个英国爵士回到了汉口,他说他永世不忘毛泽东。"②

1946年,斯特朗在延安的窑洞前采访毛泽东。在整个谈话中,斯特朗不时提到毛泽东的小女儿在膝前玩耍的场景,小女孩对自己的行为很有节制。窑洞上方的草丛中有邻家孩子在窥视外国人,也没有发出太大的声音。在斯特朗看来,孩子们表现出来的自律,说明毛泽东对他们言行的影响,也表现了毛泽东的爱和包容,亲切自然,并未因外国人的到来而刻意去做些安排。在刻画出一个有生活细节感的毛泽东之后,斯特朗开始让毛泽东讲述对国共内战的看法。与斯诺一样,斯特朗完全没有想到毛泽东了解世界各国的古今信息的热情与能力。与外界隔离20年,毛泽东居然依靠着清凉山的小收讯机收集情报,还读到了许多国家的书籍和小册子,甚至许多近期出

---

① [美]艾格尼丝·史沫特莱:《中国的战歌》,《史沫特莱文集1》,第158-159页。
② [美]艾格尼丝·史沫特莱:《中国的战歌》,《史沫特莱文集1》,第169页。

版的美国书籍。他还乘机让外国来访者介绍本国情况。斯特朗发现毛泽东对许多正在美国发生的事情比自己还了解。一个拥有世界信息渠道、开放求知的毛泽东形象就这样被建构起来。而且,毛泽东的思想兼容中西、横贯古今。斯特朗发现毛泽东机敏异常,在国际会议上,施展出冷嘲热讽的才智,辩论生动,使一些政客漂亮的词令土崩瓦解。真正令斯特朗印象深刻的就是震惊世界的"纸老虎"的谈话,特别是毛泽东完全是即兴地运用"纸老虎"的说法。

毛笑着用英语说,"蒋介石——纸老虎。"

"等一下,我是一个记者,我能够报道说毛泽东称蒋介石是一只纸老虎吗?"我打断了他的谈话。

毛答道,"不要只是那么说,"他仍然笑着回答。然后像一个力求把话说得十分准确而恰当的孩子一样慢条斯理地说,"你可以说如果蒋拥护人民的利益,他就是一只铁老虎。如果他背叛人民并向人民发动战争——这一点他现在正在做——他就是一只纸老虎,雨水也会把它冲走。"①

毛的直率的谈吐,渊博的知识和诗意的描述使他的这次谈话成为我所经历过的最激动人心的谈话。我从未见过有人使用比喻如此贴切而充满诗意。②

午夜时分……烛光照亮的室内情景使我永远难忘:那拱形的白色天花板,那灰暗的石板地,那粗陋的凳子和桌子,以及当毛谈论世界前途时他那轻松而自信的面容。③

在对话中,斯特朗将毛泽东拥护人民的利益的基本立场与蒋介石背叛人民的立场,用一个贴切而诗意的比喻表现出来,这样的表述,在整个世界语境中是能引起广泛的同情和尊重的。斯特朗在文中始终强调毛泽东对人民的认识,致力于建设联合政府,把中国共产党放在中国和世界的范围内考

---

① [美]安娜·路易斯·斯特朗:《斯特朗文集3》,第252-253页。
② [美]安娜·路易斯·斯特朗:《斯特朗文集3》,第252页。
③ [美]安娜·路易斯·斯特朗:《斯特朗文集3》,第436页。

察。斯特朗请毛泽东读一封来自纽约的信,想告诉毛泽东不要对美国抱有幻想,因为美国的左翼势力并不能产生足够的影响力,现在只能自保。毛泽东的回应让斯特朗倍感轻松,毛泽东认为美国进步人士过高估计美国反动派的力量,英国也如此。毛泽东将美国人民和反动派进行了区分,正式将那些与人民对立的力量称为"纸老虎",这个称呼立即被斯特朗捕捉到并向世界传播,让"一切帝国主义都是纸老虎"的言论传遍世界,斯特朗也随之载入史册。

不过,参照当时参观过延安的自由记者对毛泽东的评价就会发现"三S"的不同。在曾报道1942年中国大饥荒而震惊世界的记者白修德笔下,毛泽东带有宗教领袖气质,带领着人民走出延安,走出西北,走出中国。毛泽东的人格支配着整个延安,一半出于人民对他真实的爱戴,一半是在知识上无可比拟的杰出。他带有圣者的光环,用理论化的思想领导着共产党从一个贫乏的"地下状态"变成了在抗击法西斯战争与国际事务中一支强大的力量。他的领导是理论化的,但是理论一经他的解释和运用就成了有用的东西,而且在实地工作里得到了成就①。同样是对毛泽东的肯定,但宗教气息实在浓厚,实用主义味道弥漫,掩盖了马克思主义对毛泽东的影响。

二、朱德形象:军事家和农民情怀

斯诺塑造的另一位重要人物形象是朱德。"四面八方能够看到百里以外,能够上天飞行,精通道教法术,诸如在敌人面前呼风唤雨。迷信的人相信他刀枪不入,不是无数的枪炮弹药没有打死他吗? 也有人说他有死而复活的能力,国民党不是一再宣布他已死亡,还详详细细地描述了他死去的情况吗?"②在描写人物时,斯诺都是以作者视角为主写的。而在叙述朱德故事的时候,则使用的是人物作为第一人称的视角。在篇幅上,自然是不能跟

---

① [美]白修德、贾安娜:《中国的惊雷》,端纳译,北京:新华出版社,1988年,第259页。

② [美]埃德加·斯诺:《红星照耀中国》,《斯诺文集Ⅱ》,第326页。

毛泽东传记比,因为这部分是斯诺的前妻海伦·斯诺采访朱德的材料,使用主人公为第一人称的视角也巧妙地避开了不是直接素材的尴尬,还创造出多元叙事的效果。而且在写作这部分的时候,斯诺也非常诚实地说明素材的来源——"请容许我再引用威尔斯女士的话"。斯诺讲述了朱德从四川"军阀"到上海寻找共产党,成功戒烟,完成了一个从旧人到新人的蜕变过程。中间起到关键作用的是辛亥革命失败和军阀混战对朱德的打击,还有他"阅读有关俄国革命的书籍"和跟法国留学生的几次谈话。尽管没有亲自采访,但是斯诺牢牢地抓住了朱德跌宕起伏的一生与中国大众的命运不可分割的关系,以及红军成长与奋斗的原因。朱德是稳定的象征,代表着传统和过去与现代历史间的连接点,他扎根于中国大地,熟悉内地从北到南的绝大部分地势,熟悉当地的民情风俗。斯诺绝非把朱德塑造为一个温情的人,而是一个有立场的外科手术医生,为穷人、为中国的人权自由而领导暴力斗争的人。

史沫特莱借群众之口,将朱德的传言描绘得更加绘声绘色。朱德集三国时期众英雄的优点于一身,介于人神之间,被传为"伏魔大帝关云长";老渔翁口中的朱德羽扇纶巾,双目如电,发出一道金光,把敌人吓得回头就跑。还有人插话说朱德能呼风唤雨,力能扛鼎。不过,一位青年农民澄清朱德能眼观四路,是因为他配备了一架望远镜,而且他和毛泽东在外国念过书,懂几种外语,是伟大的人物和学问家①。这些描述,证明当时"朱、毛"确实是不怎么为外界所知。即便是当时懂一点知识的青年,仍然对他们的情况不太了解。在介绍他们的时候,史沫特莱自己也犯了一点小错误。她说毛泽东比朱德小 10 岁,毛泽东真实年龄比朱德小 7 岁。她说两人具有令人吃惊的相似之处,但也有显著的不同,都是受过教育的农民,参加过辛亥革命以来的每一次革命斗争。两个人都勇敢倔强,坚忍不拔。毛泽东是一位文笔具有雷霆万钧之力、观察深刻的作家,时常赋诗填词,是一位政治鼓动家、军事理论家。朱德在政治上有高超见解,更是一位行动家和军事组织家。从风

---

① [美]艾格尼丝·史沫特莱:《中国红军在前进》,《大地的女儿》,《史沫特莱文集2》,袁文等译,北京:新华出版社,1985 年,第 27-28 页。

采与气质两方面来看,朱德比毛泽东更具农民气质。两个人都坦率爽直,和他们所出身的农民一样,讲究实际,但毛泽东基本上还是知识分子,他那与常人不同的深思远虑的思想始终考虑着中国革命的理论问题。不过,有人提出史沫特莱与毛泽东发生了一场大的纠葛。毛泽东给她的印象也不如朱德、贺龙等其他中共领袖那样亲切。事实上,史沫特莱对毛泽东的评价还是比较中肯的。不可否认的是,她确实更加青睐朱德。她写出了一位有着奇特矛盾体的朱德:"在他刚强的外表里,蕴藏着极度的谦恭。这种谦恭的作风并不仅仅出于他贫苦的农民家庭出身,出于他作为一个农民对有文化有学问的人的尊敬,而且,也许还因为做了多年'军阀',不自觉地产生了以赎前愆之感。带着这样的品格和正直感,朱德在会见的一瞬间,立即觉得他遇到的是知心朋友,在今后的生活中,这个人的判断力是可以信赖的。"①美国军官埃文斯·卡尔逊②在红军中待过一段时间,亲见其人,意识到朱德是个"土匪"的说法是荒谬的。他对朱德颇有敬畏,向史沫特莱赞叹道:

> "以前我只见过一位真正身体力行的基督徒,就是我父亲,他是公理会牧师。朱德应当算第二个。"

> "朱德不是基督徒!"我抗议。

> "我指的不是那些只会唱赞美歌、谢主恩的基督徒!"卡尔逊答道。

> "我指的是那些献身于解放以及保护穷人和被压迫者的人——他并不自私自利,抓钱抓权,他力行的是兄弟之爱。"③

正如一千个人眼中有一千个哈姆雷特。"三S"眼中的毛泽东和朱德虽

---

① [美]艾格尼丝·史沫特莱:《伟大的道路——朱德的生平和时代》,《史沫特莱文集3》,梅念译,北京:新华出版社,1985年,第264—265页。

② 埃文斯·卡尔逊(1896—1947),美国海军陆战队军官,驻华武官。中国对他的影响非常大,后来成为史沫特莱的好友。他是第一位深入华北敌后抗日根据地的人,对中国共产党的抗日军事战略和策略非常感兴趣,收集了大量的第一手资料,写作了反映国共联合抗日的著作《中国的双星》(1940年)。回到美国后,以中国集体主义的"工合"精神和八路军的军事策略训练美军,在太平洋战争中采用"游击战"袭击了两个小岛并取得了成功,赢得了巨大的声誉。他曾是美国总统富兰克林·罗斯福的卫队长,为宣传中国抗日战争做了不少贡献。

③ [美]艾格尼丝·史沫特莱:《伟大的道路——朱德的生平和时代》,《史沫特莱文集3》,第426页。

说侧重点不一样,但是整体上的评价是差不多的,且基于同一个立场。早期带着东方主义视角的卡尔逊在去过红区后变成中国共产党忠实的拥趸,因家族纯正和顽固的基督教背景,他把朱德比作一位身体力行的基督徒,对穷人和被压迫者奉行兄弟之爱,这种说法在信奉基督教的人来看,应该是最高的评价了。

三、周恩来及其他军事领袖形象

在建构"红色中国"的政治和军事领导人物时,斯诺在叙述上基本遵循批驳国民党造谣、制造悬疑、解疑的逻辑理路来进行的。史沫特莱则跳过了制造悬疑的这个环节,她是怀着对国民党和帝国主义分子造谣的愤慨而批驳;怀着对"红色中国"人物的热爱和热情而赞美。初来红区的斯诺,一直揣着怀疑和质疑的态度,这也是长期生活在国统区的一位民主中立人士普遍所持的基本立场,史沫特莱和斯特朗都没有这样的先在立场。

刚开始,他对周恩来承诺的通行权表示质疑。他原以为拍照、收集资料和访谈等活动会受到限制,没想到周恩来允诺他自由活动。"他的话听起来太理想了;总归有什么地方会出毛病的……"①

在斯诺笔下,周恩来如其他许多红军领袖一样是一位传奇人物。他个子清瘦,外表上仍不脱孩子气,又大又深的眼睛富于热情。他确乎有一种吸引力,似乎是羞怯、个人魅力和领袖自信的奇怪混合体。他讲英语有点迟缓,但相当准确。周恩来是中国极为罕见的一位书生出身的"造反者",一位行动同知识和信仰完全一致的纯粹知识分子,背弃古代中国的基本哲学——中庸和面子哲学。斯诺设想着一种极端情况,即"周恩来一定是个狂热分子",结果发现他谈吐缓慢安详,深思熟虑。他头脑冷静,善于分析推理,讲究实际经验。与国民党 9 年来宣传共产党人是什么"无知土匪""强盗"和爱用骂人的话,形成了奇特的对照。斯诺与他一起在乡间田埂散步,他似乎一点也不像一般所描绘的"赤匪"。相反,他倒显得很轻松愉快,充满

---

① [美]埃德加·斯诺:《红星照耀中国》,《斯诺文集Ⅱ》,第 43 页。

了对生命的热爱，像是一个大人和"红小鬼"。周恩来面目英俊，身材苗条，像南开大学时期表演戏剧饰演女角的那个青年①。

贺龙也是一个传说，用一把菜刀在湖南建立了一个苏区。他是哥老会"辈分"最高的，他的口才出奇的好，能迅速组织起一支部队来。据说曾经不止一次把一个地方的哥老会全部收编进红军，能"叫死人活起来打仗"②。1928年，贺龙同哥老会的兄弟们策划起义，用一把刀宰了几个国民党收税官，缴获了足够的手枪和步枪来武装他的第一支农民军。

彭德怀指挥3万多军队，被国民党政府军悬赏5万到10万。令斯诺吃惊的是，他散步从不带警卫，司令部也极为简陋。他因一件缴获的降落伞做成的衣服感到得意，显得孩子气十足。他喜欢孩子，许多孩子充当他的勤务员、通讯员、号兵、马夫，并组织起少年先锋队。"他的谈话举止里有一种开门见山、直截了当、不转弯抹角的作风很使我喜欢，这是中国人中不可多得的品质。他动作和说话都很敏捷，喜欢说说笑笑，很有才智，善于驰骋，又能吃苦耐劳，是个很活泼的人。"③他向斯诺归纳"红色游击队战术的原则"，并强调红军是人民的军队，依靠人民而壮大。

在没有见到彭德怀之前，史沫特莱将彭德怀塑造成为人民干革命、献身共产主义事业的起义的"白军军官"。在红军被封锁的最困难时期，彭德怀带领500人上了井冈山之后，是威震中外、艰苦奋斗、最有权威的中国工农红军司令员之一，是一位知识分子，一位训练有素的军事家，一位共产党员，英名传遍世界，是受苦受难被压迫者的英雄，也被各国资产阶级报纸诬蔑为"土匪""强盗"④。而史沫特莱见到彭德怀之后，就不再停留在这些概念层面了，彭德怀咧嘴大笑的憨态被浓重渲染。

其中一个人满面笑容。他身着蓝色军装，嘴巴笑呵呵张得格外大。

在整个八路军里就只有这么一个长着大嘴的人，他要是笑起来两边的

---

① ［美］埃德加·斯诺：《红星照耀中国》，《斯诺文集Ⅱ》，第44-49页。
② ［美］埃德加·斯诺：《红星照耀中国》，《斯诺文集Ⅱ》，第53页。
③ ［美］埃德加·斯诺：《红星照耀中国》，《斯诺文集Ⅱ》，第248页。
④ ［美］艾格尼丝·史沫特莱：《中国红军在前进》，《大地的女儿》，《史沫特莱文集2》，第97-98页。

嘴角都能扯到耳朵根。此人就是我刚才说过会成为亚洲未来最伟大的军事领袖的彭德怀。我还忘记告诉同行的人,如果有机会比赛的话——彭德怀还能当上咧嘴大笑的冠军呢。①

在斯特朗的眼中,彭德怀又具有另一种风采。常跟各国政要打交道的斯特朗看问题更是高屋建瓴。1937 年她在汉口参加鲁迟主教的家宴,主教同彭德怀开玩笑,讲起江西的共产党曾对几位传教士进行过"绑架",实际上是让他们去照顾伤员,后来释放了。斯特朗原以为彭德怀会辩护传教士是"外国帝国主义的代理人",可"这位驰名中外的战略家却像孩子一样地涨红了脸,可怜连说话也结结巴巴了。'我们当时没有经验,而且头脑发热。'他的这种认错态度使人对这位粗壮的汉子感到十分可亲。"②因而,斯特朗认为从彭德怀身上,可以看出中国共产党人态度谦虚,不像那些自以为一贯正确的政客,而是随时准备承认错误。

"大名鼎鼎"而神秘的年轻指挥员徐海东曾经在湖北一个窑厂做过工,被蒋介石称为文明的一大害。初次与斯诺见面的时候,他面露羞色,脸涨得通红,嘴里露出掉了两个门牙的大窟窿,有一种顽皮的孩子相。斯诺称他是"所遇到的共产党领导领袖中'阶级意识'最强的一个人——不论在态度上、外表上、谈吐上和背景上都是如此",是指挥员中唯一的"纯无产阶级","真心真意地认为,中国的穷人,农民和工人,都是好人","而有钱人则什么坏事都干尽了"。③

还有"好布尔什维克"指挥员李长林,是一位讲故事的好手。在他身上,斯诺发现了红军中存在的集体主义,铁一般团结的中国革命军身上一再碰到的特有品质,消除了人的差别,忘了自我的存在,而又存在于他人的共自由、同患难的时候。斯诺这样的理解,恐怕是对集体主义最浪漫的解释。

外貌上属于"典型的苦力"的项英身上系着整个红军主力的命运,他是一个真正的无产者,还实际参加"无产阶级"革命,并获得了高级的军事与政

① ［美］艾格尼丝·史沫特莱:《中国人的命运》,《中国在反击》,《史沫特莱文集4》,孟胜德译,北京:新华出版社,1985 年,第 64 页。

② ［美］安娜·路易斯·斯特朗:《斯特朗文集3》,第 239 页。

③ ［美］埃德加·斯诺:《红星照耀中国》,《斯诺文集Ⅱ》,第 277-280 页。

治地位，非常刚勇与忠实。他从工厂的童工成长为正式的工人，读过俄国革命书籍后产生把同伴组织起来以改善恶劣待遇的念头。又从刚成立的共产党的知识分子那里，懂得了革命的历史与口号，组织了中国第一个铁路工人的职工会，第一个钢铁工人的工会以及别的许多工会，成为千百万工人的希望的象征。他历经了国民党的成立、改组、大革命时期、统一战线，最后被杀害于皖南事变中。在这个过程中，始终坚持建成抗日统一战线。从他身上，斯诺看到一位革命家对真理的坚守和自信，即便是为革命死千百次也不可磨灭的革命斗志。"延安的每个人，"他说，"都以为我是死而复生的，但谁也不觉惊异。我们革命者都有复生的习惯。你看一看朱德、毛泽东、彭德怀，他们都已'被杀了'几十次！当作一个个人，我们没有什么，但当作革命的一部分，我们却是不可征服的，不管中国革命'死了'多少次，他还是要活过来，除非中国本身能被消灭，不然的话，它是决不会消灭的。"①

斯特朗则很少关注谣言类的东西，她犹如一个悬置在高空的镜头，冷静而又有全局观。在叙事上，她缺乏像斯诺那样的勾起读者阅读欲的布局和设置，也不如史沫特莱用热烈情感烘烤出的有热度的文字，她在叙事上有点平铺，但是胜在逻辑性强，分析力度深刻。她具有政治敏锐性，随时捕捉可以上升到理论性的东西。

斯特朗寥寥数笔就勾勒出几位主要人物的差别，"那几顿早饭给我留下了极其深刻的印象——结实、威武的贺龙神气十足地走来走去，嘴上露着若无其事的笑容；有学者风度的、戴着眼镜的刘将军弯着腰从大煤油桶里添饭；和蔼可亲的朱德，嘴上露着斯文、好客的微笑，耷拉着肩膀，从从容容地坐在那儿，双脚搁在桌子下的横档上，为的是使脚能不碰到冰冷的石头地。"②这些领导人朴素而直率，没有架子，不拘礼节地跑来迎接斯特朗的汽车；他们真诚而廉洁，指挥员和士兵都削减了他们的薪金与口粮。而且他们将国民政府供给的给养和薪金，与新入伍的士兵共享，使当时部队的人数增加了将近一倍。贺龙师长级每月的工资五元，朱德六元，连两美元都不到，

① ［美］埃德加·斯诺：《为亚洲而战》，《斯诺文集Ⅲ》，第101页。
② ［美］安娜·路易斯·斯特朗：《斯特朗文集3》，第124页。

只抵得上其他中国指挥官工资的零头。在军事战术和机能训练方面对下属毫无保留,将他们训练得一样的出色。朱德总有时间同农民、外国记者和普通士兵谈话,看上去一点也不"专横"。

红区的共产党政治及军事领袖、指挥员是"三S"笔下具备最新潮、最优秀的思想意识和行动力的中国人。他们用马克思主义信仰武装大脑,虽然性格各异,但是他们身上的群体特质是具有中国大地农民的淳朴气质,他们与人民紧紧团结在一起,无等级观念,不追求物质享乐,而追求穷人和被剥削阶级的生存权益,追求最基本的民主和公正,拥有顽强的革命斗志,不怕牺牲,体现了当时中国最民主地区人的素养和精神面貌。在描写这些人物时,"三S"有意识地植入了一些政治词语,如"布尔什维克""革命""真理""阶级意识""无产阶级""集体主义"等;而带有自由立场的西方人,喜欢使用宗教类意象或者词来比拟,而"民主""自由"等词也受到更多的欢迎。

第三节　红军形象

于外界而言,在20世纪30年代,红军作为中国共产党的主要组成部分,一直是神秘的,在国民党严密的军事、新闻封锁下不为人知。它以各种妖魔化的传言存在于公众的视野。在30年代中期以前,绝大部分国民党统治区的中国人和外国人相信红军"犯下滔天暴行,所作所为比日军更残暴、邪恶"。在日本发动全面侵华战争后,全世界将目光转向中国。中日战争一时成为世界的焦点,人们不仅关注中国抗击日本法西斯的正面战场,也关心共产党根据地的抗战情况,中国战场直接牵扯到欧美列强在远东的利益。因而,西方对中国抗日根据地、边区,对中国共产党及其军队产生了浓厚兴趣。西方记者进入红区后比较客观地描述了中国红军的作战情况,对中国共产党及其军队形象的正面建构起到了积极作用。"三S"的书写不仅建构了红军的合法性,表现了中国最新型的、积极的士兵形象,还表达了他们强烈的认同感和融入感。

一、红军战士：为士兵形象正名

在国外，中国士兵的名声很差。许多人认为他们的枪主要是装饰品，他们唯一打的仗是用鸦片枪打的；如果有步枪交火，都是事先商定，朝天开枪；战局用银洋决定胜负，士兵用鸦片发饷。①

很多人都猜想红军是一批顽固的，不守法和反对政府的暴徒。据我的观察，这是错误的观念。红军大众是由青年农工组织成的，他们确信自己正为着家乡土地祖国而战斗——而大部分事实可以证明这不是假的。……精神和体格上都年轻的军队。他们侵染了很深的理智和责任的观念。他们也极端的爱国。②

从称呼上来说，红军是指中国共产党领导的军队，尽管在不同历史阶段，中国共产党军队的称呼不一，在工农革命军、红军、八路军、新四军、解放军这些称呼中，红军在外国人中的辨识度最高。在"三 S"的作品中，描写过苏维埃时期和经历过长征的红军，在统一战线后改编为八路军和新四军，还有边区政府的人民解放军，以及活跃在敌后的游击队和在前线的战地服务团等。在 1939 年发表的《中国的新四军》一文中，斯诺回顾了红军和新四军的来历，1927 年叶挺指挥的第四军第 24 师由"铁军"在国共合作瓦解后分化，加入朱德、贺龙和共产党的其他兵队，组成了红军，还有 1938 年新四军诞生的过程。中国共产党的武装力量包括八路军、新四军、游击队，还有许多山谷里建立起有力的学生的、劳工的、农民的、商人的和妇女的抗日组织，设立的动员委员会以及组织后备队，像农卫队、自卫军和反汉奸团以及破坏任何傀儡政府的力量。

首先，斯诺在 1936 年的红区之行归来后，就立即发现了红军与国民党正规军的不同。他称他们为"战士"，而不是"士兵"。这一称呼传达出红军与

① ［美］埃德加·斯诺：《红星照耀中国》，《斯诺文集Ⅱ》，第 262 页。
② ［美］埃德加·斯诺：《抗日民主势力在西北》，《人民之友》1937 年第 1 卷第 1 期。

国民党军队兵痞的雇佣性质完全不同。红军参加战斗,是为了保家卫国,是为了坚守信念而甘于牺牲,因而在斯诺看来,红军战士"不愿意把自己称为士兵,喜欢被称战士"。斯诺抓住了这个特点,有意为红军正名。在对这一新型的中国战士描述之前,他用寥寥数笔勾勒出了西方印象中传统的中国兵痞的形象作为对照。在整个抗战时期的作品中,国民党的军队是兵痞的代表,国民党军队中唯一被斯诺认可的是在淞沪会战中进行过认真抵抗的19路军的表现。

史沫特莱亦在书中提到1930年中外报纸对红军所进行的耸人听闻的抹黑。"各大城市的中外报纸,疯狂攻击大肆造谣,说什么红军大烧长沙,把一切外国教会、洋行所有居民房屋都烧光了。红军屠杀了几十万老百姓。……上海英国《字林西报》暴跳如雷地煽动报道说:'早在头面人物撤出长沙以前,下层阶级已同情红军矣,政府军队弃城而走,长沙红旗如海,传单纷飞,暴徒疾呼对资本主义和帝国主义开战!'"①在这些谣言中,没有比红军更可怕的破坏者,他们如同拜伦诗篇中的撒旦,不仅毁灭中华文明,而且摧毁外来文明,还阻碍代表着进步的资本主义的发展。没有什么能比这样的丑化更为恶毒——"红军"的身份不仅仅是暴徒,更卑劣的是,他们扼杀了中国自鸦片战争以来求变、走西方之路的希望。中国国民党政府与外国主流媒体可以说成功地激起了中外大众对红军的仇视和恐惧心理。到20世纪30年代中期,红军仍然是个谜,连思想"左倾"、行为激进的中国学生也说不清,更别说在中国的外国人。

1936年,在中国的局外人都想象不出红军里到底都是一些什么样的人,甚至连俞大卫都不知道。但是学生和知识分子都别无它路可走,即使红军的领袖们不过是"赤匪"——蒋介石一方总是这样称呼他们,还制造了大量谎言说他们犯下了各种暴行,以此来煽动对红军的仇恨。尽管历史上充满了未能改变任何事情的土匪和农民起义,但在当时,几

① ［美］艾格尼丝·史沫特莱:《中国红军在前进》,《大地的女儿》《史沫特莱文集2》,第136页。

乎令人难以相信会有任何中国人去做一个共产党员。①

红军神奇的战斗力也成为被妖魔化的另一个强有力的理由。构成他们"非人性"的主要方面就是与他们装备完全不符的战斗力。传言他们有着超脱出常人的意志力、抗饥饿、抗严寒、抗死亡和战无不胜。这种有意的超人化就是让公众联想到恶魔的另一个特征，即具有不可预知的邪恶力量，最大化地激起人们内心的恐惧和对国民政府、帝国力量的依赖和不惜以一切手段消灭他们的心理。

> 红军就是这样的艰苦转战，走走打打，熬过赣南地区整整三十个日日夜夜。遇到白军打得赢就打小仗，避开强大敌人，有时把敌人诱到山头进行袭击。走过一个山头又一个村庄，遭遇敌人就拼，成千的人牺牲。剩下几粒子弹战斗不止，跌倒在地，毫无怨言，到生命的最后一刻他们有气无力地还在唱国际歌，以安慰自己的心灵。在整整三十个日夜强行军战斗中，没有一个开小差、当逃兵的，没有一个当叛徒的。战士们的嘴里流露出刺耳难听、感人肺腑的简单语言，胸怀着惊人的坚强信念，恨透了国民党、地主和军阀的凶残，超出了毫不怕死的范围以外的深仇大恨。这种深仇大恨，气吞山河，浩浩荡荡一路横扫千军，吓得地主资本家发抖，望风逃窜，使得国民党部队谈虎色变，怕得要死。一提到这支部队就说"红军是不知道怕死的野人"。②

这段画面感极强、用语夸张的文字出自史沫特莱之手，是她在真正与红军遭遇之前，根据从战场上下来的红军提供的材料，构想出来的战争画面。她尽量去重构战争的场景，尽管画面不无夸张的成分。战士死前唱国际歌以安慰自己的心灵；在强行军战斗中，没有一个开小差、当逃兵和当叛徒的；战士们打仗的时候嘴里的语言，内心对国民党和地主军阀的仇恨横扫千军——不得不说，红军战场上的这些细节基本上都是史沫特莱臆测的。《国际歌》是当时左翼圈流行的一个时尚元素，特别在中外有共同政治志趣的朋

---

① ［美］海伦·斯诺：《旅华岁月——海伦·斯诺回忆录》，华谊译，北京：世界知识出版社，1985年，第169—170页。

② ［美］艾格尼丝·史沫特莱：《中国红军在前进》，《大地的女儿》《史沫特莱文集2》，第109页。

友当中,史沫特莱在武汉鲁迅主教的家中与其他外国朋友和中国朋友会面的时候,他们都要一起唱国际歌。事实上,开小差和当逃兵的情况在红军长征路上并不少见,战场上仇深似海的情绪和语言也充满夸张。红军的战术策略、组织和管理都没有被介绍,说明史沫特莱对此并不知情,因为她根本就没有深入接触过红军的高层,她只能凭借着文学家的丰富想象和在左翼文化圈积累的知识对红军战士在战场上的勇猛之举进行浮夸的描写。美国有评论说她的这本书充满不实的报道。其实,史沫特莱这样风格的写作,在某种程度上,并未起到正面建构的作用。在外界不是很了解中国共产党和红军的时候,对红军过度地赋予无产阶级意识,对其战斗力进行言过其实的夸大,起到的作用是适得其反的。在很大程度上,引起外界对红军破坏力量的想象,滋生恐惧情绪。20世纪20年代美国社会普遍弥漫的"红祸"情绪就是一个例证。不过,史沫特莱之后文章的风格向写实发展。

然而,一个常常存在的事实是,对一个事物的极端否定和神秘化反而会激起人们探索的兴趣,"三S"恰恰不愿意接受这些编造和流传的谎言,反而下定决心找出真相。史沫特莱20世纪30年代初期在上海就与中共地下的红军将士接触,后又跟随朱德部队辗转几大战场;斯诺两度前往红区,都与红军待了很长一段时间;斯特朗也曾与八路军在山西朝夕相处过十多天。相处的过程、感受和思考都被他们记录下来,成为描写中国红军正面形象的具有突破性价值的文本材料。

在来华的外国人当中,史沫特莱第一个向世界报道中国工农红军和中华苏维埃的情况。1933年在苏联的疗养院休养期间创作的《中国红军在前进》即是一部关于中国红军的成长史。书中国民党和帝国主义分子勾结,包括英、美、德、法、日,提供财政和军事援助"围剿"工农红军。红军在军事上不仅没有得到苏联的支援,只是通过反"围剿"夺来的武器武装自己。红军在土地革命中巩固了苏维埃政权,赢得了群众的拥护。在文化方面,学校、扫盲班教人学习知识,报纸、墙报、展览馆、剧艺社等丰富人民生活。国民党军官饮酒作乐,压榨钱财,兵痞奸杀妇女,屠戮儿童。假意投诚的国民党第18师师长张辉瓒被清理出来,被砍头。

抗日战争全面爆发后,身着戎装的史沫特莱,跟随朱德军队,辗转华中、华东战场,同甘共苦,一起战斗,被称为"与八路军在一起的美国女人"。虽然身体状况一直不乐观,史沫特莱执意要与八路军一起,有时被担架抬着,有时步行,有时骑马,但这几个月的随军之旅,被史沫特莱言为一生中最幸福的时光。在《中国在反击》中,史沫特莱是高度认同八路军的。这一点,从文前的献词直呼八路军(红军)为"我敬爱的兄弟和同志"("my beloved brothers and comrades")就不难看出。全书以日记体的形式记录了行军的日日夜夜,斯特朗评价道:"这是一个根据个人经历讲述的亲密故事。在途中,频繁遭受着背部的疼痛,一直处于饥饿状态,背上背着打字机日夜行军,到了深夜在没有暖气的小木屋中用冻僵的手指敲出自己的故事。这位美国女人发现与八路军在一起的时间是一生中最幸福的。并非只有她这样的感觉,与八路军在一起的日子,除了困难和危险,是真的幸福。……《中国在反击》表现的不仅仅是偏远地区的原始生活、困难和战士们的献身精神,也令人信服传递出人们全身心地为人类进步而战,为自己民族和世界的自由而战的幸福感。"[1]战争本身是残酷的,但是在史沫特莱的笔下,它具有史诗般的光辉。《中国的战歌》被认为是以亚洲为背景的《战争与和平》,发生在中国大地的抗日战争,汇聚着美国先祖追求自由的荣光,也寄托着史沫特莱早先在美国为追求女性的平等、为第三世界人民独立所做的不屈的奋斗和抗争。

第一位与红军亲密接触的是斯诺,在 1936 年的保安之行中,他告诉读者他所看到的红军战士来自五湖四海,组成人员复杂,兵士是底层穷人,团级以上是黄埔军校毕业生、国民党的军官、留洋的学生,还有基督教学生、牧师、回教徒、苗族人和彝族人、学徒和女婢,并非外界所理解的匪帮,可称得上是"真正的全国性"的军队。但是他们非常团结,内部之间从不打架。他用"快活"一词来形容红军的精神面貌,是一批真正感到快活的中国无产者,在路上几乎整天都唱歌,能唱的歌无穷无尽。他在《为亚洲而战》中比较了八路军与红军的区别,讲述了新时期八路军的战术战略。

---

① Strong, Louise Anna, "With the Eighth Route Army", *New Masses*, Ust. 2, 1938, p.4.

斯特朗在《中国人征服中国》中特别描写了在外界看来的延安大逃离。延安已经初具社会主义规模,是未来中国的雏形,在政治、经济、军事、司法、教育以及生活娱乐等各方面的管理政策均取得成功。在斯特朗看来,难以割舍,也难以迁移。在1946年蒋介石的军队已经胜利在望,把整个华北和160多座城市占领了的形势下,外界都认为共产党这次一定是全面大溃退。斯特朗坚信毛泽东告诉她的战略,人民解放军让出主要城市、军队和人民从延安撤退是仅次于"长征"的第二次战略转移。不仅如此,在她眼中,这是一场平静而最有秩序的"疏散",她借用捷克牙医罗碧澈的话说,"白天我还在牙科门诊所为孩子们修补牙齿,第二天一早就什么也没有了"①。

二、对红军合法性的建构

斯诺对红军的合法性进行了非常积极有效的肯定。置身于红军之间,仿佛在一批学生中间,斯诺感受到红军身上坚决的力量,有了思想武装后不可置信地对抗南京的千军万马。但是他也承认了它不成熟,看起来仍然像"一种有力的示威"和"一种青年运动"。

> 只有当你了解中国的历史在过去四分之一的世纪中所经过的那种突出的孕育过程的时候,这个问题才能得到答复。这一孕育的合法产儿显然就是现在的红军。几百年来,中国的文人一直要努力凌驾于人民之上,跻身于高高在上统治人民大众的一小批官僚阶级之列——所凭借的手段就是把象形文字和仅有的一些知识据为己有,以此来作为控制乡村的愚昧武器,而不是用来启蒙。但是新的孕育却产生了一种现象——这个婴儿不但要同"愚昧的大众"共享知识,而且甚至要把大众理想化。②

国民党和帝国分子否认红军的存在并污蔑为"赤匪"。斯诺的这个回答在当时恐怕是第一个吃螃蟹的人。他承认红军是中国历史的合法产儿,是

---

① [美]安娜·路易斯·斯特朗:《斯特朗文集3》,第433页。
② [美]埃德加·斯诺:《红星照耀中国》,《斯诺文集Ⅱ》,第105页。

改变中国的力量,这样的评价在当时实属罕见。他之所以得出这样的结论,跟他在苏北红区看到的种种景象是分不开的。

第一,中国共产党军队深受农民喜爱,军队尊重与保卫农民的利益,军民关系极为融洽。在军队内部,领袖与士兵之间关系平等,领袖深受士兵拥护,士兵具备作战常识。

起初,斯诺对与中国国统区风格完全不一样的各种红色意识形态的东西非常不适应,也产生与外界一样的想法,即"宣传"遍及苏区的每一个角落,这使斯诺感到很不舒服。渐渐地,他发现中国共产党是真正带给农民新生活的政党,如刚萌芽的扫盲运动让农民得以获取知识的力量和兴趣。后来,斯诺告诉人们:"在大多数村庄中,总有一两个人懂得目前中国政治情势的大概状况,明白日本帝国主义的历史,知道些苏联的事,有些关于英美的大略观念,而跟你讨论××主义和法西主义。"①斯诺带着一种苛责的眼光,也代表着外界质疑的目光来审视在红区看到的一切,这些农民被政治化了。但是,这些社会最底层的人,也是红军想要共享知识和将其理想化的对象,嘴里说出来的对红军的看法,恐怕是斯诺,或者外界不得不接受的。

"什么叫共产党员?"我问道。

"共产党员那是帮助红军打白匪和国民党的人。"一个十岁左右的孩子开腔道。

"还有呢?"

"他们帮助我们打地主和资本家!"

"那么什么叫资本家呢?"这个问题可难住了一个孩子,可是另外一个孩子回答说:"资本家自己不干活,却让别人给他干活。"这个回答也许过分简单化了,不过我继续问:

"这里有地主和资本家吗?"

"没有!"他们都齐声叫道,"他们都逃跑了!"

"逃跑了? 怕什么?"

---

① [美]埃德加·斯诺:《抗日民主势力在西北》,《人民之友》1937 年第 1 卷第 1 期。

"怕我们红军!"

"我们的"军队,一个农村孩子说"他的"军队? 显然,这不是中国,但是,如果不是中国,又是什么国家呢? 我觉得这是不可信的。谁把这一切教给他们的呢?①

斯诺以一问一答对话的方式带读者去了解红军与国民党军队的不同,红军的亲民性、战斗性使红军优于国民党军队的特征立现,农民对红军的认同强化了红区的理想色彩,而在称呼上"我们的"使用,表现出孩子对红军的信任,斯诺适时加入个人的评价,貌似是质疑这种关系,实际上是以一种巧妙的方式表达了中国共产党与红军之间的关系。红区是一个不可思议的理想之所,是与国民党白区有天壤之别的地方,是党、军队和老百姓和谐统一的理想之地。

中国共产党军队中普遍存在的平等、和谐的官兵关系也让来红区的外国人深受感动。他们与战士们同食共寝,体验他们的训练、生活;与军官、士兵、农民们交谈,了解他们的思想;观察部队的一切,包括新四军的组织结构、部队配备、作战方式、日常生活、军队纪律政策、对外宣传、民众对军队的看法等。他们并非不明白,战争本身意味着流血、暴力和牺牲,西方的民主价值观促使他们对发生在中国大地上的暴力现象必须给一个合理的解释。法西斯的行径自然为世界所激愤和声讨,但是国共两党之间战争的胶着状态以及发生在土改中的阶级对抗的暴力,他们对此表现出极大的理解力,认为这是治愈身体而必须要做的外科手术,去掉那些变异的或者腐烂的组织能让中国这个机体生长得更好。在塑造朱德形象时,斯诺就将外界"凶神化身"的称号从战争本身残酷性的角度进行了解构。

阶级战争不知慈悲为何物。关于红军"暴行"的许多传说现在已证明是不正确的,但是,如果认为朱德不会由于"革命需要"而下枪决的命令,那就不免过于天真了。要完成他的任务,他必须完全忠于贫苦无依的人,在这个地位上,他不可能比他要授予权力和服从的群众更加慈悲。因此,除非你认为群众也不能杀人,否则,朱德绝不是一个手上没

① ［美］埃德加·斯诺:《红星照耀中国》,《斯诺文集Ⅱ》,第60页。

有沾血的人,但是,你究竟把这血看作是外科医生的血还是刽子手的血,这就完全要看你本人的世界观、宗教、成见或同情心了。①

在与人民的关系上,斯诺看到了红军与白军作战中取胜很大的一部分原因在于红军依靠人民,获得人民的信任和帮助,他们自我的定位是"人民打击压迫者的拳头"。红军是"一种新型中国战士",有严厉的军事纪律、政治信念和制胜意志,艰苦卓绝,任劳任怨。他们最大的优势在于"相信自己是为一定目的而作战的唯一一方",而支撑他们这个信念的就是人民。红军人员的组成主要是农民,这也是红军意志顽强、无法战胜的主要原因之一。

在统一战线后,农民被纳入抗击日军的有效力量。斯诺感叹"他们是中国动员起来抵抗法西斯恶性病侵略的健康的细胞","我才第一次明白为什么中国人老喜欢用对日'抗战',而不爱用'战争'"②。1940年,华北地区的广大农民都第一次被组织起来,接受革命观念的教导,构成了中国抗战一个比绵延的堡垒和堑壕还要机警与有伸缩性的活的屏障,配合流动的八路军的战术需要。

斯特朗虽然与红军接触的机会不如斯诺和史沫特莱多,相处的时间没有那么长,但是在与红军朝夕相处的十天中,她对他们间深厚的同志情谊留下了深刻的印象。

> 他们之间不存在内部倾轧,没有吵架,也没有残暴的行为;但是,这仅仅是从事情的消极方面来说。我还记得战士们在谈到他们的指挥官的时候,脸上流露出的喜悦神色。我注意到他们用担架抬上他们的伤员,进行长途跋涉的情景。哪一支军队会如此关心普通的士兵? 对八路军来说,每个普通士兵都是宝贵的……完全不存在官僚主义,上下级之间的友情,以及从等级最低的士兵到最高级的指挥员所发挥的主动精神。③

在红军与人民的关系中,史沫特莱和斯特朗还关注到一个特别的方面。

---

① [美]埃德加·斯诺:《红星照耀中国》,《斯诺文集Ⅱ》,第337页。
② [美]埃德加·斯诺:《为亚洲而战》,《斯诺文集Ⅲ》,第274页。
③ [美]安娜·路易斯·斯特朗:《斯特朗文集3》,第125页。

史沫特莱描写了传教士、修女与红军既对抗又妥协的关系,斯特朗则表现的是传教士在了解红军后两者的融合。在史沫特莱笔下,传道士、修女的形象大多数是极为猥琐的伪人道主义者。他们在红军来的时候,表面上顺从,而红军败退、白军来的时候,则马上恢复对白军的拥护和对红军的攻击。他们自有一套言论,宣扬红军"可怕",因为他们恨富人、恨宗教、恨帝国主义、恨官。

斯特朗谈到她在山西遇到的外国传教士对八路军极为友好。他们说:"他们到处受人欢迎。"①甚至有最好的福音传道人和教士放弃他们优厚薪金的职务,去过八路军的艰苦而又危险的生活,因为这支军队成功地激起一种全心全意的自我牺牲精神。这也有来自共产党军队的努力。两者在本质上都不要求有任何酬报,希望为集体的利益牺牲个人的愿意,而目前两者的共同的敌人就是法西斯主义。

第二,中国共产党军队的战略战术机动灵活,军事管理制度公平民主,新兵教育科学严谨,关心伤兵和优待战俘。

在中国共产党使用的军事战略中,他们似乎特别青睐介绍"游击战"这个灵活机动的战略战术。史沫特莱提到新四军采用游击战,昼夜出没在高高的山上,指战员定期讨论"优缺点",互相批评,互相帮助。斯特朗在山西朱德的司令部上了一堂游击战术课,认识到游击战也是军队与人民保持亲密关系的方法,并坦承渐渐喜欢上这支军队。她从朱德那里了解到选择游击战策略的原因,游击战还与美国独立战争、法国大革命、俄国抵御外敌都有历史渊源。经斯特朗之笔,游击战成了具有国际背景和中国本土相结合的先进战略。斯特朗介绍朱德参考了德国的战术,最后在中国的古典小说《三国志》中找到了最好的教科书,经研究用来对付拥有优势军事装备的敌人的一种战术。而且,游击战的中西战术背景在运动战中,在一个广大的区域内协调行动,发挥主动精神可以将部队化成小组分散活动,且下级军官也能发挥主动精神。斯诺介绍中国红军是按俄国军事方针建立的,它的大部分战术知识来自俄国经验,但是遭受接连不断的退却和挫折,所幸的是在持

_____

① ［美］安娜·路易斯·斯特朗:《斯特朗文集3》,第139页。

久的消耗战中完好无损地保存了军队的主力。斯诺从毛泽东的角度谈选择游击战略的原因,是从美国独立战争的历史和华盛顿的游击战略中汲取了重要的教训①。斯特朗和斯诺在游击战究竟是内征还是外引上尽管有差别,但是他们无疑是将其置于世界战术的位置来考量的,而且都强调了它的世界背景,与中国的历史战术的关系或者在现实作战的必然性。这样的言说,给貌似非正式、不具备主力优势的军事组织方式赋予历史渊源和国际背景,无疑是对其合法性和合理性的理性思考与有意建构。他们并非人云亦云,鹦鹉学舌,而是结合中美历史和世界史,把红军纳入正规的军事史中,没有向外界所传的那样是一群四处流窜作乱的农民。

斯诺也强化了政治训练在鼓舞士气、严明纪律上面的重要性。八路军是中国抗战的希望,具有极高度的革命意识。在八路军接受的训练中,40%是政治性质,60%是军事性质。自下而上,每一个单位,除了有一个军事领袖之外,都有一个政治领袖,后者补前者之不足。作战权控制在军事领袖手中。从军到师,每一个单位都有它选举出来的兵士委员会,与政治领袖合作,开展识字、文化俱乐部、游戏和唱歌、民间宣传工作以及"八条纪律"的实行等文化活动。八路军中的"八条纪律"与先前的红军的要求一样,目的是与人民建立友好关系。新兵教育从入伍开始,永不停止。斯诺说"世界上没有军队是这样敏于自己改进的",苦力等级的兵士有机会晋升到指挥官。他讲述了几个农工阶级出身的人从士兵升任到团长和旅长的故事②。

新兵入伍第一个教育就是"三大纪律"和"八项注意",编成歌曲反复唱,还有特别加的一条"不拿群众的一针一线"。对战俘的态度更是写入了"八项注意"中,不仅对日本战俘进行优待,还给他们做思想工作,让他们明白军国主义非正义的本质。这些战俘中很大一部分回去后,变成红军的支持者,在日军内部做思想动员工作或者成为日本左翼分子,以至于日军将这些从红区归来的士兵直接杀害,因为担心他们赤化和扰乱军心。到解放战争期间,解放军直接将国民党军的俘虏转变为自己的战士,一起解放全中国。他

① [美]埃德加·斯诺:《复始之旅》,《斯诺文集Ⅰ》,第 202 页。
② [美]埃德加·斯诺:《为亚洲而战》,《斯诺文集Ⅲ》,第 271 页。

们也明白倘若成了日军俘虏的话,等待他们的将是悲惨的结局。**约翰·鲍威尔**,斯诺在上海报社的上司,《密勒氏评论报》的主笔和发行人,1941年被日军俘虏后,受到残酷折磨。在狱中双足罹患严重的脚坏疽,最后失去行走能力。在香港躲避风头的史沫特莱内心想到的是,"我要是当了日本俘虏的话,丝毫不抱任何幻想"①。斯诺描述过一位被日本人拘留的俘虏,一个不足15岁、最后被虐待至死的可怜男孩。日本的第二十四旅岛本少将的副官,把这孩子锁在一个铁车厢里,看作自己个人的战利品,向外宾展览。他还扬扬自得地问斯诺:"你看,我们对俘虏很照顾,不是吗?"斯诺看到男孩的棉布制服破烂,眼神像一只困兽,等待着死亡。他的腿上、肚子上和头上的刺刀伤口流着血,但上尉熟视无睹。斯诺提出把孩子带到租界去释放。上尉狞笑着,从金牙缝里吸口气,说:"你真幽默。"②通过共产党和日军对待战俘的对比,充分显示了共产党军队的人道主义精神。

与斯诺和斯特朗不一样,史沫特莱十分关注伤员的救助和后续生活。在前往红区之前,她就花了大量时间救治伤兵。在前往战场的途中,只要遇到伤员,史沫特莱都会对他们进行采访,报道他们的伤情。她还在国际上为中国争取国际救援,在前线时对周立波说过:"我们第一个战时报道应该报道伤兵的情况。我将尽我的力量争取国际的援助和志愿援华医疗队前来中国。"③

第三,中国共产党军队表现出对女性的尊重、自律和克制。

斯诺和史沫特莱都描写了中国共产党的军队对女性的态度。斯诺观察到红军与当地居民的亲密关系,特别他们与当地女性说说笑笑的场景,斯诺以为陕西妇女非常开通。显然,这一场景在其他地方是极为罕见的。斯诺很少提到中国的女性,只是顺带描述在饥荒和战后残酷画面中女性的悲惨遭遇。还有一种情况即以猎奇的心态提及中国传统女性的"三寸金莲"和特权阶级妻妾成群的生活。然而,斯诺马上捕捉到陕西女性与红军战士说笑

---

① [美]艾格尼丝·史沫特莱:《中国的战歌》,《史沫特莱文集1》,第461页。

② [美]埃德加·斯诺:《为亚洲而战》,《斯诺文集Ⅲ》,第374页。

③ [美]艾格尼丝·史沫特莱:《中国人的命运》,《中国在反击》《史沫特莱文集4》,第83页。

的场景,归结为当地"开通"的风气。毫无疑问,斯诺想借这一开历史之风气的现象,表现红军与当地人民之间的鱼水之情,红军的到来和深入农民群众中间所带来的民主、和谐之风。

史沫特莱描写八路军与妇女关系的时候,居然脱离了她惯常采用的女权主义的立场。她没有像斯诺那样将原因只归结为红军纪律严明和政治教育,而是从阶级同盟的角度对此问题做出解答。

作为一个女人,我一定得向他讲一讲八路军是怎样对待妇女的。在这个问题上,哪怕是八路军的死对头也不能不承认八路军是无懈可击的。所以我问卡尔逊上尉,难道是"理想主义"才使八路军循规蹈矩的吗? 不是,根本不是。主要原因是八路军来自占全中国人口百分之九十九的工人、农民家庭。他们是工、农的儿子、兄弟、丈夫和父亲。他们通过教育,懂得了自己作为工人、农民的子弟,就是老百姓的唯一靠山。这样的人能奸污、玩弄自己的阶级姐妹吗? 她们实际上不是自己的姐妹、妻子、母亲,就是周围同志的姐妹、妻子或母亲。八路军到哪儿,都有人参加进来;因此,每个部队里都有来自四面八方的战士。谁要是胆敢威逼妇女,调戏妇女,那么连他自己身边的同志都会极力反对,因为这些同志要不是这些妇女的兄弟,就是她们的儿子或丈夫。自古以来,军队从不怎么敢欺负富家子女,倒霉的总是工人、农民的妻女。因此,谁侮辱工人、农民家庭的妇女,谁就是犯了八路军的大忌。

八路军稍有空闲时间,就进行教育或开展娱乐活动。从早晨起床到晚上熄灯,八路军官兵又是工作又是娱乐,一直忙个不停。①

史沫特莱认为主要是出生阶级的同一性决定了八路军在性观念上的纯洁性,再加上,政治学习和娱乐活动等集体活动的开展让红军在思想上与时间上得到了丰满和充实。集体主义的观念和形式使红军表现出来的就是自我克制与纪律性。海伦·斯诺直接将红军这种自律说成"清教徒和斯巴达克式"的,"如果一个女性力图把自己打扮得具有吸引力,就被认为'政治上

---

① [美]艾格尼丝·史沫特莱:《中国人的命运》,《中国在反击》《史沫特莱文集4》,第 223-224 页。

不可靠'。在这个清教徒和斯巴达克式的军队里,罗曼蒂克式的感情纠缠必须规避,他们为了革命,可以牺牲一切"①。

斯特朗也认为"共产党领导的中国军队……是世界上或许是历史上最能够自我控制的部队了。一个外国人要想了解这方面的情况是很困难的。但是埃德加·斯诺经过调查在《西行漫记》中报道说,军队年轻士兵中保持童真的百分比非常高。部分原因是膳食的清苦——每天两餐小米或大米饭加蔬菜,几乎吃不到肉;部分原因是精力已专注于一种事业。同时这也必须归功于军队的自觉纪律,这支军队只有严格尊重中国农村的家庭观念才能生存下去"②。她还提到新四军中的一个青年士兵因强奸罪被军事法庭处死,而事情的起因是那个姑娘主动的,这个事情说明中国共产党军队的纪律是非常严明的。

三、对红军的情感认同

"三S"与红军接触的时间长短不一,但基本上都能把握到红军显在的一些特点,即红军的突出品质。他们三者在不同程度上对红军产生了深厚的情感,从西式个人主义的舒适区走向集体主义的生活,发生在中国大地上可歌可泣的战争或许是最好的黏合剂,将这些有着不同性情、不同教育、出生背景的外国人团结在一起,共同感受和思考着一套完全不同的价值体系的生活。

战争是残酷的,在与八路军一起生死与共的岁月里,史沫特莱一直在思考着生死问题。史沫特莱与他们在一起的时间最长,完全将自己当成普通战士中的一员。"我们站在病房里,看着一长排的伤员,听着他们呻吟、哭喊和咕哝。我整个的心和整个的生命,都充满了对日本军国主义的仇恨。是日本帝国主义造成的这一切,是他们发动对中国的侵略,是他们在折磨和屠

---

① [美]海伦·斯诺:《旅华岁月——海伦·斯诺回忆录》,第264页。
② [美]安娜·路易斯·斯特朗:《斯特朗文集3》,第407页。

杀中国的人民。"①受到八路军英勇献身精神的影响,史沫特莱找到人生的意义和归宿,将自由之中国、没有剥削的新社会作为自己生活的全部意义。这样的人生目标对于一个普通的、爱国的中国人是再正常不过了,但是对于一位外国女性,能同情并理解这些非常规军,同他们共同经历生死,不仅仅是出于极强的人道主义精神。史沫特莱所倾注的情感和热情已经远远超出了一位外来者的身份。她在普通的士兵中找到生命的皈依感,这在所有来华的外国人当中都是罕见的。

> 八路军对空袭已经习以为常,我以为自己也已经如此,其实不然。今天晚上如果一个子弹下来,那我们所有的人都得完蛋。可见,我们总是处于死亡的阴影之中。在过去十年里,八路军这支队伍曾经战斗过千百次,也一直处于死亡的阴影之中。就是在今晚这样的黑暗之中,他们依然在继续向群众发表讲话,教育群众,组织群众,训练群众。他们立场坚定,作战英勇。正是因为八路军有这种精神和它带给人类的信息,我才懂得了跟他们一起站在今晚这个有死亡威胁的阴影里是一种光荣。当我过去待在那些生活上所谓正常的城市里时,我老是担心自己在没有找到八路军,也了解不到它的生活,思想之前就死去。我那时候并不想死。现在我也不想死。但是,人总是要死的。如今,我跟八路军在一起感到心安理得;如有必要,我很乐意死在这里而不愿意死在别处。但愿不要发生这样的事,我也从不做这样的打算。我要做的事很多,我希望自己能活得长一些,能亲眼看到一个自由的中国、一个没有剥削的新的人类社会。②

斯诺第一次在离开保安红区的时候,也产生了离家的感觉。"然后我转身蹚过溪流,向他们挥手告别,很快骑上马跟着我的小旅队走了。我当时心里想,也许我是看到他们活着的最后一个外国人了。我心里感到很难过。

---

① [美]艾格尼丝·史沫特莱:《中国人的命运》,《中国在反击》《史沫特莱文集4》,第56页。

② [美]艾格尼丝·史沫特莱:《中国人的命运》,《中国在反击》《史沫特莱文集4》,第212-213页。

我觉得我不是在回家,而是在离家。"①斯诺的感情不如史沫特莱那么浓烈,也因未为可知的前景而产生伤感。一向以冷静著称的斯特朗基本上不会向史沫特莱那样集中地、浓烈地去表达情感,不过,她在晚年的时候总结中国是"理想之所"。她的情感往往流露在只言片语中,有时在评价写作对象的时候会有所表达。在 1946 年访问延安的时候,她与女作家陈学昭进行了长谈,发现一位资产阶级的小姐居然能在延安找到精神食粮。陈学昭对斯特朗说:"在中国历史上,知识分子从未同人民有过如此密切的联系,也从未使文化如此深入人民,直至最底层的中国农民之中。""陈小姐已经彻底同中国农村居民相结合。她找到了一种满意的生活。""这就是一位成功的作家的家,当然是延安似的。"②这一评价也是对她十多年前对作家身份的思考和质疑的一个滞后的回答吧。斯特朗曾写信给母校第六十届奥柏林校友联谊会。告知之所以要留在中国,不仅是因为在那里她发现了最广大的听众,而且是由于那里始终存在着"延安时期就已激发了我的那种清澈透明的同志情谊和清澈透明的思想意识"③。这种皈依感无疑是与毛泽东延安文艺座谈会明确定位知识分子的身份和创作观后的归属感有关。因而,斯特朗由衷赞赏中国红军为革命事业而英勇献身,也赞赏他们的战略战术,但她并未生出像史沫特莱和斯诺那样的不舍之情。只有史沫特莱的感情是融于红军,化为浓厚的阶级感情。

史沫特莱与八路军同行的日子不仅勾起了她对美好的旧日时光的回忆,也让她觉得"此在"的真正意义:"如今,我跟八路军在一起感到心安理得;如有必要,我很乐意死在这里而不愿意死在别处。但愿不要发生这样的事,我也从不做这样的打算。我要做的事很多,我希望自己能活得长一些,能亲眼看到一个自由的中国、一个没有剥削的新的人类社会。"④没有任何一位外国记者、作家对中国的红军、八路军有她那样深厚的阶级情感、富有激

---

① [美]埃德加·斯诺:《红星照耀中国》,《斯诺文集Ⅱ》,第 368 页。
② [美]安娜·路易斯·斯特朗:《斯特朗文集 3》,第 292—294 页。
③ [美]特雷西·斯特朗、海琳·凯萨:《心向中国:斯特朗六次访华》,第 152 页。
④ [美]艾格尼丝·史沫特莱:《中国人的命运》,《中国在反击》,《史沫特莱文集4》,第 213 页。

情的表达和乐于牺牲的意愿。史沫特莱把自己完全当成这支红色军队中的一员，像个孩子似的表达着内心的依赖之情："离开了他们，我是生活不下去的。"①这种感性的、正面情绪的表达在史沫特莱的家庭、婚姻生活中实属少见，更不用说在她对美国政府、上层阶级、宗教信徒等连讽带刺的常态中的罕见度了。衣衫褴褛的士兵怎会让史沫特莱联想到美国式的民主呢？首先当然是八路军的民主作风给她留下深刻印象。更深层而言，对红军的钦佩和幸福感激起了她幼年与矿工们在一起生活的亲近感，或者说，阶级认同感促使她自觉与战士们生活在一起。

红军中的集体主义让人找到皈依之所，这不是纯政治理念上的志同道合，而是与这些军队将士相处中所激发起来的对一项共同事业的参与意识和个体对集体的情感。

严格地说，史沫特莱并非一位坚定的马克思主义者。信仰资本主义的人将她看成"共产主义者、赤色分子"，美国共产主义者认为她是个人主义者、资产阶级民主主义者。还给她发明了一个新词，"史沫特莱主义"，讽刺她身上极强的个人主义精神。特例出现在中国，她在中国表现出完全支持中国共产党，甚至要求加入，与红军更是生死与共，成为心灵的依托。她与"红军的结合，并不是以马克思主义理论为媒介，而是由于亲身的体验和目睹的感受，是她的祖先为美国革命而斗争的民族信念和行动所焕发出来的动机。当她由波兰进入苏联，看到守卫在国境上的世界上第一个社会主义国家的卫兵时，或者在中国的西北看到在极度困苦中保持着崇高的道德和纪律的中国红军战士时，她就常常想起为自由而战的美国的祖先们的业绩"②。

斯诺虽一再声称"我绝非共产主义者"，但对中国红军表现出强力的支持。而且他在作品中也传达出对集体主义精神的推崇，在描写红军指挥员李长林的时候，说道："有某种东西使得个人的痛苦或胜利成了大家集体的

① ［美］艾格尼丝·史沫特莱：《中国人的命运》，《中国在反击》，《史沫特莱文集4》，第15—16页。
② ［日］高杉一郎：《艾格尼丝·史沫特莱的生平及其著作》，胡有恒译，《文献》1982年第2期。

负担或喜悦,有某种力量消除了个人的差别,使他们真正忘记了自己的存在,但是却又发现存在于他们与别人共自由同患难之中。"①虔诚的基督教教徒的后裔,美国海军将校埃文斯·卡尔逊从"伦理"的角度也表示积极地、善意地支持中国红军。

海伦·斯诺发现自己和同时期在延安的卡尔逊身上所起的化学反应。她将这种作用在她身上的力量称为"集体精神",亦即卡尔逊理解的"工合"精神。为了让读者明白,海伦将它与先前外国人眼中的抱团主义进行了区分,外国人将停滞的、落后的帝国归因为抱团主义。而这种新式的"集体精神",是一以贯之的革命事业的纲领,这项事业凝聚了中国越来越多的各个阶层的人,也吸引了这些近距离观察它的外国人。海伦在回忆录中写道:

> 特别奇怪的是,我自己也变成了这种"集体精神"的一部分;在我和红军战士们一起从延安到西安的十天旅途中,虽然我每天晚上都已精疲力尽,几乎爬不上行军床,然而每天我都忘记自己是多么虚弱。

> 这是一种由高尚的风格和高度紧张所产生的精神力量——要是在古代,就不那么容易理解永不变化的中国了。要说这是因为中国人全都一样,像一群蜜蜂,这就不能解释我是怎样,如我丈夫、埃文斯·卡尔逊、路易·艾黎和其他外国访问者一样,掌握了一些奥秘了。②

在"三 S"和其他外国人的文字塑造下,中国共产党的军队展现了乐观积极的精神面貌,精于战略战术,军民关系、官兵关系融洽,整个军队呈现出民主和谐的氛围。而这种形象是一种集体主义的象征和代表,表现了战争的一种非常态的、罕见的美好的一面。

第四节 左翼作家及鲁迅形象

在全球红色浪潮下,斯诺、史沫特莱、斯特朗等人不仅书写中国的红色

---

① [美]埃德加·斯诺:《红星照耀中国》,《斯诺文集Ⅱ》,第 50 页。
② [美]海伦·斯诺:《旅华岁月——海伦·斯诺回忆录》,第 268-269 页。

革命,还将中国的新文学、中国左翼文学译介到海外,搭建了中国左翼作家与世界左翼作家沟通的桥梁,促进中国现代文学走向世界。"三S"通过创办英文刊物、演讲、写作、翻译等方式向西方介绍中国的左翼作家和文学作品。通过"三S",西方才了解到鲁迅、茅盾、丁玲、陈学昭等作家在中国革命语境下的生活、创作和思想状态。"三S"都认为中国的左翼文学代表着中国文学和文化的主流,是当时中国能产生的最伟大的文学。中国左翼文学既是红色中国革命的一部分,也是世界左翼激进革命的一部分,它不仅具有中国特征,也是中国文学对世界革命的呼应。中国左翼作家遭受国民党白色恐怖下的贫穷与危险,仍然要求反抗压迫;他们在抗日战争中奔波于各个战区,随时有生命危险,但是内心满足和快乐。中国左翼作家的这种达观形象被建构和传播,有同情、钦佩,甚至受到鼓舞的情感态度,反映出他们对中国共产党与知识分子和谐关系的倾慕。

一、中国左翼作家群像:反抗者

"三S"都接触过中国形色各异的知识分子和作家,他们乐于观察和讨论以鲁迅为首的作家对革命的态度,因为他们的作品更深刻地反映出中国人在社会变革时期的思想和精神诉求。斯特朗批判"伪新思想"胡适,史沫特莱和斯诺讽刺"反复无常的自由主义学者"林语堂,都推崇"现代文学之父"鲁迅。斯诺和史沫特莱都在上海居住了相当长的一段时间,活跃在上海左翼文化圈,接触到鲁迅和中国左翼作家联盟中最有前途的青年作家们。当时中国正处于内忧外患、民族存亡的危急关头,也是国民党白色恐怖实施军事"围剿"和文化"围剿"最残酷的时期。与此同时,中国左翼文学运动蓬勃发展。"三S"为译介中国左翼作家和作品做出了举足轻重的贡献。

从时间上看,史沫特莱是第一个将中国左翼作家及其作品介绍到世界的外国人。自20世纪20年代起,斯特朗和史沫特莱的文章开始占据美国左翼文化的宣传阵地,活跃在当时有广大受众的《群众》(后改名《新群众》)、《民族》和《新共和》上。斯特朗的创作在20年代主要是以苏联为题材,也有关于中国的,不过主要与政治事件相关。《新群众》发表过不少史沫特莱有关中国左翼文艺活动的通讯报道。1930年,“中国左翼作家联盟”成立,史沫特莱就向国外报道了《西线无战事》的第二次公演。1931年1月,在史沫特莱的帮助下,《新群众》第6卷第8期上,刊登了《中国作家致世界的一封信》,介绍“中国左翼联盟”在帝国主义和国民党反动派压迫下成立,每一位革命作家冒着被逮捕或死亡的命运在进行抗争。“左联”的目标——“摧毁帝国主义,支持世界革命,保护中国革命,建立共产主义文化”①——随即被世界所熟知。版面上配有一张鲁迅坐在藤椅上的照片,是史沫特莱在上海左翼文艺界为庆祝鲁迅50大寿时拍摄的。图下有一段文字介绍鲁迅是中国最伟大的短篇小说家,全中国左翼作家联盟的领袖。1931年2月7日,柔石、李伟森、胡也频、殷夫、冯铿五位革命作家惨遭国民党反动派杀害。史沫特莱与鲁迅共同起草了一份宣言,题为《中国作家致全世界的呼吁书》,向世界揭露和控诉国民党的残暴行为,经茅盾润色,译成英文。宣言经史沫特莱寄到《新群众》,发表于1931年6月。这一历史性文件在国外发表后,激起了外国进步文化界对国民党政府的强烈抗议。国际革命作家联盟行动起来,发表了《为国民党屠杀中国作家宣言》,有50多位著名的美国作家签名,给国民党恐怖迫害行为施加了强大的舆论压力。斯诺在《活的中国》的序言中也提到左翼文学是因国民党的反动统治而掀起的“革命文学”运动。海伦在评价现代中国的文学运动时指出1927年国民党右派夺权结束了中国的资产阶级革命,“随着这一军事政变,文艺运动的富有生命力的主体急遽地向左转了”②,而且,“1927年的右翼政变使革命知识分子受到挫折,他们对资产阶级的背叛感到极为愤慨,于是,他们就歌颂起农民和工人,同时剖析这一时期的革命学生和知识分子的心理”③。

其实,斯诺和史沫特莱对左翼作家的处境与创作是非常了解的。鲁迅是他们了解中国左翼文化的领路人。史沫特莱提到鲁迅是在她的中国生活中最有影响力的人;斯诺称“鲁迅是使我懂得中国的一把钥匙”。史沫特莱

① Smedley, Agnes, "From the Writers of China", *New Masses*, Jan. 10, 1931, p.23.
② [美]埃德加·斯诺编:《活的中国》,文洁若译,长沙:湖南人民出版社,1983年,第341页。
③ [美]埃德加·斯诺编:《活的中国》,第349页。

自 1929 年 12 月结识鲁迅,直至 1936 年 10 月鲁迅逝世,他们之间建立了深厚的情谊。斯诺与鲁迅最初在 1932 年见面①。为了了解中国的新文化运动,斯诺准备了一份列有几十个问题的清单,对鲁迅进行了专访。

1930 年初,史沫特莱将德文版的《大地的女儿》赠送给鲁迅,并写了英文赠言。她还冒着危险租用上海法租界的荷兰"苏腊巴亚"餐厅为鲁迅庆祝 50 大寿;1932 年"一·二八"事变,她担心鲁迅遇到袭击,冒着炮火偷偷前往鲁迅住处,打算营救;1933 年,史沫特莱与鲁迅一道参加"中国民权保障同盟";1935 年到 1936 年间,史沫特莱与鲁迅帮助被国民党蓝衣社监视的文艺家逃出上海,与鲁迅一起收集、编印德国艺术家凯绥·珂勒惠支的版画;在 1936 年爆发的文学口号之争中,史沫特莱赞同鲁迅"民族革命战争的大众文学"的提法;1936 年 10 月,鲁迅逝世,史沫特莱是唯一一位被列为治丧委员会成员的外国人士。史沫特莱的传记作家认为两人之所以一见如故,是因为两人最大的共性在于都是为了穷人和被压迫者而战斗。

通过鲁迅,史沫特莱和斯诺直接或者间接接触过其他的左翼作家。史沫特莱、鲁迅、茅盾组成的三人帮,经常一起在鲁迅家消磨时光,都认为"帮助和支持为解放穷苦大众而战斗、而牺牲的人们是无上光荣的事"②。他们一起编译、出版凯绥·珂勒惠支夫人的版画集,一起将国民党迫害中国作家的罪行揭露并发表在英美报刊上。史沫特莱请外国朋友将《子夜》译成英文,请鲁迅写序。1930 年底,鲁迅带了三位青年作家去看望史沫特莱,柔石是其中一位。史沫特莱称柔石是鲁迅最有才华和心爱的学生。1936 年,史沫特莱在鲁迅的寓所与茅盾、萧红、艾黎一起听刚完成长征归来的冯雪峰讲述红军路上的千难万险。在 1937 年到 1938 年间的随军之旅中,史沫特莱还与担任卡尔逊翻译的周立波和随军作家舒群朝夕相处;参加战地服务团的

① 安危在《鲁迅和斯诺谈话的前前后后》中讲述了他与斯诺的前妻海伦会见,阅读斯诺手稿原件,对斯诺就中国现代文学问题采访鲁迅的问题单拟定人是斯诺本人还是海伦,斯诺与鲁迅会谈的时间,进行翔实的细节梳理与令人信服的推断,将两人首次见面的时间推前至 1932 年,肯定问题单上的问题海伦做出了巨大贡献,也提出了一些有待历史考证的细节。他还将《鲁迅同斯诺谈话整理稿》翻译发表。

② [美]艾格尼丝·史沫特莱:《中国的战歌》,《史沫特莱文集 1》,第 77 页。

时候,经常与团长丁玲接触。斯特朗也非常关注处于战争时期的中国作家的生命体验和写作状态。1937 年,她在山西采访了为军民表演、宣传抗战的丁玲;1946 年访问延安的时候,专门采访了由资产阶级转变为无产阶级作家的陈学昭。不过,因处在抗战的不同阶段,斯特朗笔下的作家们反抗的主要对象已经不是国民党,而是日本帝国主义者了。为了唤醒民众抗日,"许多作家已走上前线积极为唤醒民众而工作","他们中大多数人由于活动太忙,而无法花很多时间来考虑写作的理论问题",尽管生活十分艰苦,但是在充满危险和死亡的环境中,依然感到快乐,"丁玲就是这样谈了中国的作家和演员的'文学倾向'"①。

　　"三 S"不仅积极接触左翼作家,还将他们的创作和左翼思想意识传递到世界。

　　首先,创办英文刊物传播中国左翼作家反抗压迫的声音。1932 年,史沫特莱担任宋庆龄的秘书,与同为"中国民权保障同盟"的伊萨克斯一起在上海创办了进步英文刊物《中国论坛》(China Forum)。一直到 1934 年,发文介绍中国人民的革命斗争,反帝和支持中国苏维埃运动,发表进步的革命文艺作品。1936 年到 1937 年间,她还与路易·艾黎、美国共产党迈克斯·格兰尼奇、格雷丝·格兰尼奇夫妇在上海租界创办了英文杂志《中国呼声》(Voice of China),以中国革命形势为主题,抨击国民党反共阴谋,反映人民大众的呼声。1937 年 1 月,斯诺夫妇在北京创办英文刊物《民主》。将中国左翼作家的作品选编、翻译结集是另一种传播方式。当时作品译介到西方的一个流行的做法是先由精通英文的人将其译成英文,然后由母语是英文的作家进行润色。譬如,斯特朗与李敦白共同翻译一些中国文学作品,李负责中文翻译,她负责英文润饰。史沫特莱编辑、翻译了左翼作家的作品《中国短篇小说选》(1933—1934),她还选编了一些报道,伊萨克斯取名为《国民党反动的五年》(1932)②。斯诺和姚克翻译的短篇小说选《活的中国》也是按

　　①　[美]安娜·路易斯·斯特朗:《斯特朗文集 3》,第 151-152 页。
　　②　Mackinnon, Jan &Steve, "Lu Xun and Agnes Smedley", Chinese Literature, Vol. 10, 1980, pp.90-96.

照这种模式完成的。《活的中国》是介绍中国新文学的最早选集之一。尽管
20世纪30年代初,伊萨克斯和夫人便着手翻译革命文艺作品,在鲁迅和茅
盾的协助下编成名为《草鞋脚》的集子,鲁迅还专门写了序文《〈草鞋脚〉小
引》,但是,直到1974年才由美国麻省理工学院出版社出版。从影响上来
说,远不及斯诺的《活的中国》。除了鲁迅的7篇小说,《活的中国》还收录了
柔石、茅盾、巴金、沈从文、萧乾、郁达夫、张天翼、郭沫若、沙汀等作家的作
品。斯诺对《活的中国》思想内容评价很高,认为"它是中国文学中抗争和同
情的现代精神日益增长的重要表征,是要求最广泛规模的社会公平的重要
表征",多方面揭示了普通的"中国人的心情思绪"①。

其次,发表介绍中国左翼作家的人物传记,或为他们的文学作品写书
评。1942年,斯诺在美国2月24日的《新群众》报上发文推荐萧军的《八月
的乡村》,标题为"中国最畅销书",对美国读者介绍道:"这是第一本翻译成
英文的当代小说,一本适时出现的可以改变我们对亚洲漠然的态度、驱使我
们为自己而战的小说。……但是萧军是第一位真正成功实现了那个目的的
小说家,搭建了知识分子和普通大众的生活。"②

不过,他们在表达同情和赞扬中国左翼作家的同时,也从美学价值上指
出了左翼文学的不足。斯诺说:"作为文学作品,它并不是常常值得写的,但
是它对不满现状的知识分子是一种很好的教育。"③海伦也认为它的"艺术
性"不足,关心的几乎全是宣传、理论分析和报刊文章。

二、鲁迅形象:精神巨人

"三S"诞生的年代比鲁迅稍晚,他们为鲁迅早期海外传播贡献了股肱之
力。他们对鲁迅的文学地位和作品的评价,对鲁迅的性情、政治倾向、思想
定位基本上与现在的话语相近,奠定了鲁迅在美国接受和传播的基调。美

① [美]埃德加·斯诺:《我在旧中国十三年》,北京:生活·读书·新知三联书店,
1973年,第50页。
② Snow, Edgar, "China's Best Seller", *New Masses*, Feb. 24, 1942, pp.22–24.
③ [美]埃德加·斯诺编:《活的中国》,第12页。

国对鲁迅的译介始于 1930 年华裔汉学家王际真在《远东杂志》上发表翻译鲁迅的短篇小说。而美国对鲁迅的研究始于 1927 年巴特勒特在《当代历史》第 10 期发表的《新中国的思想界领袖鲁迅》，由于意识形态隔阂造成的滞缓，西方研究进程不如日本和俄苏迅猛。进入 20 世纪 30 年代后，斯诺和史沫特莱对鲁迅的译介扩大了鲁迅在欧美的影响。斯诺第一篇研究鲁迅的论文是《鲁迅——白话大师》①，于 1935 年 1 月刊登在美国的《亚洲》杂志上，后来修改后命名为《鲁迅评传》，作为《活的中国》一书的序言。1936 年，海伦的《现代中国文学运动》一文，以尼姆·威尔斯的笔名刊载于伦敦《今日生活与文学》杂志第 15 卷第 5 期。1937 年，斯诺与海伦在《民主》6 月发行的第 1 卷第 3 期上发表《向鲁迅致敬!》来悼念鲁迅的逝世。海伦还写过一篇悼念鲁迅的文章《中国的伏尔泰——一个异邦人的赞辞》②。史沫特莱也写了不少纪念鲁迅的文章③。她的《追念鲁迅》回忆了鲁迅 50 岁寿辰的场面和鲁迅的演讲，提到鲁迅是具有稀缺天才的人，是她"最珍贵的朋友之一"④，并忆及鲁迅去世时，她内心的悲痛之状。在 40 年代发表的《中国的战歌》一书中，她又用了近两万字描写与鲁迅交往的始末以及对鲁迅的看法。

斯诺推崇鲁迅的早期小说，特别喜欢阿 Q 形象，并用西方文学的经典小说《好兵帅克》的主人公帅克比拟之，史沫特莱则为鲁迅的杂文大唱赞歌。在书写鲁迅时，他们主要从以下三个方面表现"现代文学之父"的形象。

首先，鲁迅是中国青年知识界的先驱和导师，突出鲁迅精神巨人的形象。斯诺在《向鲁迅致敬!》一文中对鲁迅的精神魅力的描绘充满诗意。他用《一件小事》来引出鲁迅的体形小，但是他对鲁迅的精神面貌进行了精雕

---

①　[美]埃德加·斯诺:《鲁迅——白话大师》，佩云译，见《鲁迅研究年刊》，西安:陕西人民出版社，1979 年。
②　戈宝权:《鲁迅与世界文学》，《中国社会科学》1981 年第 4 期。先前认为是斯诺著，蕊译，原载 1936 年 11 月 25 日《大公报》，后经考证，确认此文的执笔者是斯诺的夫人海伦·斯诺，参见姚锡佩《斯诺——鲁迅眼中的明白人》，《鲁迅研究动态》1985 年第 3 期。
③　[美]艾格尼丝·史沫特莱:《鲁迅是一把剑》，凡容译，《文化月刊》1939 年第 3 期;《论鲁迅》，黄源译，《刀与笔》1939 年 12 月月刊创刊号。
④　[美]艾格尼丝·史沫特莱:《追念鲁迅》，傅东华译，1937 年 11 月《文学》月刊第 9 卷第 4 号。

细琢，个子的小来衬托思想的崇高：

> 事实是，当鲁迅在场时，你会忘掉有关他身材的一切，而只注意他
> 那雕琢精致的头部曲线，刚毅的面容和眼睛里射出的深沉的光
> 芒。……和鲁迅在一起时，你必须仰视着去领会他那崇高的思想。我
> 认为鲁迅确实是一个精神上的巨人。虽然他的外表很虚弱，他的躯壳
> 只是一张被他内心的炽热的烈火燃烧着的褪色的羊皮纸，但他所具有
> 的迷人的魅力，使你无法区分出这一精神和肉体的差别。①

史沫特莱是一个爱憎分明的人，对于喜爱的人，她表现得像一团火，而
对憎恶的人，则会挖苦讽刺。第一次见面，她毫不掩饰对鲁迅的崇拜和热
爱。她与鲁迅的第一次会面是在 1930 年 9 月 17 日，为鲁迅祝寿的那一天②，
她的脑海中留下了一幅这样的画面：

> 他是我在中国若干岁月中对我影响最深的人物之一，这是我第一
> 次有幸和他见面。他的个子矮、身体弱，穿一件乳白色绸衫，着软底布
> 鞋，不戴帽子，平头短发、整齐直立、像一把刷子似的。脸型和一般中国
> 人的脸一样。在我的脑海记忆中留下了一副表情丰富、机灵生动、为我
> 生平仅见的一张面孔。因他不会英语，能说德语，我们就用德语交谈。
> 他的举止，他的谈话，他的每一个手势，无不显示出难以言表的和谐和
> 他那人格完善的动人处。在他的面前，我不禁自惭形秽、粗鲁鄙野，如
> 同土偶。③

斯诺和史沫特莱都写到鲁迅个子小、体弱，但他们都极力表现鲁迅的内
在魅力。斯诺用鲁迅思想的崇高一面来取代外相的不足；史沫特莱靠贬损
自我来赞美鲁迅。鲁迅去世时，天津《大公报·文艺》副刊，刊发"英美人怎
样论鲁迅"的《纪念专刊》，英国自由派学者、在燕京大学教授戏剧文学的谢
迪克，在《鲁迅：一个赞颂》一文中描绘了一个容貌与神情相矛盾的鲁迅。谢
迪克刻画出一个有着矛盾人格的鲁迅形象，尖锐而犹豫的双眼，倔强的胡须

---

① ［美］埃德加·斯诺：《向鲁迅致敬！》，《民主》1937 年第 1 卷第 3 期。
② 事实上是误记。正确时间是 1929 年 12 月 27 日，参见戈宝权《鲁迅和史沫特莱
的革命友谊》，《鲁迅研究年刊》1975—1976 年。
③ ［美］艾格尼丝·史沫特莱：《中国的战歌》，《史沫特莱文集 1》，第 73 页。

掩饰着眼睛和嘴角的仁善,正如鲁迅作品中所表现出来的犀利语风下掩盖不住对中国人民拯救和唤醒的意志。同样是描写鲁迅的外在,有左翼立场的斯诺和史沫特莱着力于突出鲁迅精神的伟岸、人格的完善,而自由派学者则没有反衬意识,兴趣点在于鲁迅的矛盾处。

其次,他们都将鲁迅置于当时的政治黑暗的背景中,表现一大文豪生存的不易。从私交上说,史沫特莱跟鲁迅是最亲密的,通过鲁迅,她直观而深刻地感受到在"白色恐怖"最残酷、最压抑的状态下中国文人的生存困境。斯诺回忆起初见鲁迅,正患着肺结核的鲁迅使他惊讶,一位伟大的作家居然要避居法国"租界",他的大部分作品也被国民党政府查禁。通过鲁迅和孙夫人,斯诺认识了许多杰出的中国年轻作家和编辑,他们当中的很多人像鲁迅一样,过着避难亡命的生活。他们办的刊物和书籍,遭到了查禁。史沫特莱为鲁迅联系上海最好的西医,并设法筹集医药费,但遭到拒绝。高尔基邀请鲁迅去苏联休养一年,史沫特莱力劝他去,鲁迅以国民党会造谣他接受"莫斯科卢布"而拒绝,坚持"轻伤不下火线"。1930年底,在史沫特莱动身去菲律宾休养前夕,鲁迅、柔石和另外两名作家在她家"消磨"了一晚。而国民党屠杀青年作家的暴行让史沫特莱也产生了忧虑意识,鲁迅为此撰文《写于深夜里》,请史沫特莱翻译并发表在国外。因顾及鲁迅的安危,最终,史沫特莱没有将其发表,一直保留在身边。这篇文章给她极深的印象,在反动统治下,鲁迅的文章是"中国历史上最最黑暗的一个夜里用血泪写成的一篇豪情怒放的呐喊",史沫特莱能深刻理解鲁迅的精神悲鸣。

文章开头的意象"野地上有一堆烧过的纸灰",还有旧墙上的几个图画,"藏着一些意义,是爱,是悲哀,是愤怒……而且往往比叫了出来的更猛烈",发人深省,她向读者解释了纸灰是中国丧葬仪式中特有的习俗,为此她联想到西方文化中的死亡献祭,珂勒惠支夫人木刻画《牺牲》中一位憔悴、哀伤的母亲把垂死的孩子祭献给死神的意象,指出木刻中的孩子就象征着24位烈士。这段描写中史沫特莱用母亲喻指鲁迅,将鲁迅的悲痛和愤怒刻画得淋漓尽致,塑造了鲁迅真心爱护青年的家长形象。鲁迅悲哀的是这些烈士死得悄无声息,过去的统治者临刑前允许死囚开口讲话,"多少是含有一点仁慈、一点恩惠的",而这种暗室中被屠杀而死的寂寞比当众处死更令人胆战心寒,鲁迅用但丁《神曲》的地狱篇来比拟屠杀场景的残酷性。而自由派文人林语堂在《不以成败论英雄》中却大放厥词——对死囚的喝彩或同情要不得,等同于不承认英雄的成功。史沫特莱深深懂得鲁迅的悲愤,她还与鲁迅站在同一战线上谴责国民党当局对鲁迅木刻研究会学生的迫害,批判这种制造恐怖气氛的行为。值得注意的是,史沫特莱没有将鲁迅与青年的关系简单化,她称鲁迅是青年的保护者,但又超越于各种青年派别之上。

最后,斯诺与史沫特莱都认同鲁迅不是严格意义上的无产阶级作家。他们都没有简单地把鲁迅政治化。斯诺认为鲁迅虽然参加了无产阶级革命文学运动,但是仍然有着独立的人格思想。在鲁迅的祝寿会上,史沫特莱批驳了一位青年要求鲁迅充当左联导师的说法,她极为赞同鲁迅所说的创作必须有实际经验,不能只靠无产阶级文学理论虚造想象的体验。史沫特莱认为中国青年知识分子四体不勤、五谷不分。他们的作品多半是无病呻吟,虚构的。对于工人和农民,他们保持一种悲天悯人、寄予同情,但自我超然、鄙视群众。"'无产阶级文艺'的作品多半是一些东施效颦、粗制滥造的俄国式作品。"①鲁迅对无产阶级文学观的理解在这一点上是契合美国的无产阶级现实主义文学观的。

三、鲁迅形象的多面性

在史沫特莱眼中,鲁迅还是创作上的天才和解放女性的卫护者。史沫特莱是美国女权主义先驱,致力于将女性从男权社会的婚姻构架中解放出来。很难在她的笔下看到理想的婚姻,也很少能看到她像赞美鲁迅那样赞美其他男性。"他具有人类中非凡的发展——天才——的各种标志。据我知道,他是中国近百年,也许是好几百年以来所产生的仅有的文学天才。""他具有罕见的深入于中国社会生活、政治生活、文化生活的观察力;这一稀有的深刻的观察赋予他的以描画其所见所知的才能。只消三言两语这么以来,就像一把宝剑似的锋利而且分明,他的作品是那样锋利和辉煌,他的见

① [美]艾格尼丝·史沫特莱:《中国的战歌》,《史沫特莱文集 1》,第 77 页。

地是那样革命,这使我相信中国将来的史家倘不研究他的著作,决不能真实地绘出这一伟大的时代。"①史沫特莱注意鲁迅作品形式的变化。她认为鲁迅为改造国民思想基础而做新思想的传播者。初期是以短篇小说的形式来表达他的思想,后期创立和发展了一种政治短评即"杂感"的写作形式。很多人把鲁迅比作法国的伏尔泰、"中国的高尔基"或者"中国的萧伯纳",但史沫特莱认为都不像,与高尔基比较是因为他们在创作内容方面都反对政治和文化上的反动。高尔基的创作形式与鲁迅有区别,前者的文章更长、更理智,而后者的文章锋利、深刻但精短。她认为鲁迅是个罕见的天才,"道地的中国货色"。她还塑造了鲁迅新女性的卫护者的形象,为中国妇女地位低下鸣不平。她提到鲁迅编印与夫人的书简《两地书》,反映新女性健康的姿态。她认为他们的结合是建立在深深的爱和同志情谊之上。对比《大地的女儿》中女主人公病态的婚恋观,鲁迅的婚姻应该是完美的典范。

斯诺的看法要偏自由派一点。《现代中国文学运动》充分肯定鲁迅小说的开创意义,视其为现代中国文学的杰出代表:"多半是中国最好的小说家,也是一位活跃的知识界领袖,是最好的散文家及评论家之一","在一九一九年的五四运动以前,除了一些实验性质的诗歌和新闻评论之外,几乎没有什么新的创作。鲁迅的《狂人日记》以及随后发表的两个短篇小说《孔乙己》和《药》是先驱。他的小说集《呐喊》(其中包括《阿 Q 正传》)在一九二三年轰动了全国,至今仍是现代中国小说的畅销书。他立即被称为中国的高尔基或契诃夫——各有各的称法。"②这是在英国刊物上首次介绍鲁迅及其创作的文章,以附录的形式收录在《活的中国》中。斯诺将鲁迅的文艺观明确化,认为鲁迅摈弃"为艺术而艺术"的观点,注重宣传,不过他也肯定鲁迅的作品都是伟大的艺术品。以西方人的视角,斯诺读到鲁迅作品的不同意味,尽管有些评价稍显稚嫩,比如将鲁迅作品中的反讽理解为幽默感,将"呐喊"理解

---

① [美]艾格尼丝·史沫特莱:《鲁迅是一把宝剑》,《文化月刊》1939 年第 3 期。
② 张杰:《英国鲁迅研究掠影》,《鲁迅研究动态》1987 年第 10 期。

为对文坛新秀的"大声鼓励"①。斯诺也指出鲁迅小说结构松散,情节不紧凑,但是有着特殊的风格魅力,无法翻译。斯诺还将鲁迅的反讽解释为鲁迅所独有的一种"笑"的天赋能力,蕴含着鲁迅悲伤与欢乐参半的幽默。

比之鲁迅在文学创作上的成功,斯诺更加重视的是鲁迅之于中国社会的意义,鲁迅的影响始于1917年为中国的新文化奠定基础,直到逝世,在思想领域中一直起着主导作用。《中国的伏尔泰——一个异邦人的赞辞》将鲁迅比拟高尔基、伏尔泰、罗曼·罗兰、纪德等,强调鲁迅是中华民族史上为数不多的使自己成为整个民族历史组成部分的伟大作家。他生活于中国革命之中,毕生的经历就是描述那个伟大而又激烈的运动的一部史诗。斯诺问鲁迅是否俄国的政府形式更加适合中国,鲁迅的答复是中国可以向苏联和美国学习,但是,中国革命最终是中国的,也要向历史学习。斯诺倾向于西方传统的、古典的审美趣味,他对中国早期左翼小说的艺术价值评价不高,但是对其主题思想的教导意义却是肯定的。"作为文学作品,它不是常常值得写的,但是它对不满现状的知识分子是一种很好的教育。它从多方面揭示了同我年纪相仿的中国人的心情思绪,使我认识了作者写这些作品时的若干情况——经常担惊受怕,失望与希望交织,几乎常常过着半饥饿的生活。这样一来,我也就从中得到了教育。"②不过,正是它的鲜活性和责任感让斯诺看出中国文学中抗争和同情的现代精神,最广泛的对社会公平的诉求,在中国文学发展史上,第一次确认"普通人"的重要性。斯诺在当时已经预感到了鲁迅的重要价值,"鲁迅之于中国,其历史上的重要性更甚于文学上的。……料想不久鲁迅的名字将广为人知,并成为当代世界最有影响的作家之一"③。在斯诺眼中,鲁迅是不甘于做一个"文人"的,他在实际的行动中表现自己,又是一个自然和社会科学的研究者。

---

① 《编者序言:鲁迅》,原载《亚细亚》月刊,1935年1月号。原文是:"我太老了,不能真正带头走新路。对那些掌握必将到来的新命运的年轻领袖们,我只能用'呐喊'来助威。"——"呐喊"就字义来说就是"大声鼓励"。

② [美]埃德加·斯诺:《我在旧中国十三年》,第50页。

③ [美]海伦·斯诺:《中国的伏尔泰——一个异邦人的赞辞》,《大公报》1936年11月25日。

斯诺在世界文学谱系中审视中国左翼文学,正如他在世界文学体系中关照鲁迅一样。他独具慧眼地提出俄罗斯文学早就在中国产生巨大影响,而这是大多数西方观察家所认识不到的。20 世纪初,"欧洲中心论"的文化立场一直根深蒂固,他们根本没有注意到中国新文学的新趋势,甚至不少中国学者也认为中国现代文学是西方文学影响的产物。斯诺虽然也承认西方文学对鲁迅的影响,但他更强调鲁迅作品的本土特性,是地地道道的中国风格。而且,鲁迅的每一部作品既能保持所处环境的客观鲜明,又丝毫不妨碍他表达对变革中的中国的主观印象。

斯诺认为称鲁迅为"中国的高尔基"是随意的,只是因为"时代接近的关系",应该称他为"中国的伏尔泰",但最恰如其分的称呼应是"中国的鲁迅"。斯诺认为鲁迅与伏尔泰的相似之处在于他们对封建制度抗争中的地位和作用。伏尔泰高喊"反抗"而痛恨"宽容",他燃起了法国革命。伏尔泰笔下的憨第达就是为打破"定命论者",鲁迅也是借着阿 Q 来讽刺中国人的"定命论"将"穷苦""虐政"等合法化。斯诺看到鲁迅精神的实质是在更努力地激发中国大众一起来反抗一切精神上、物质上不可忍受的痛苦。这是二者相似的地方。将鲁迅跟高尔基相比较,仅因为他们都对社会文化领域比对政治方面更为熟悉。就生活和工作而论,他基本上始终是一位个人主义者。他对社会主义政权的信仰,与其说是出于学术上对辩证唯物主义的研究,毋宁说是由于他个人深深意识到群众在经济和精神方面的需求。

难能可贵的是,当别人停留在平面看鲁迅时,斯诺揭示了鲁迅思想的激进化的过程和阶段,这种深刻的洞察力在塑造毛泽东形象的时候也有体现。斯诺呈现了鲁迅的思想成长史,即从一位怀疑的悲观主义者向着有信仰的人转变的思想道路。这要对鲁迅有相当深入的了解,并阅读鲁迅全部作品才能洞悉的。斯诺把鲁迅与五四新文化先驱者进行了对比,其他先驱者会随着年龄的增长而趋于保守,而鲁迅却变成了一名激进者。"激进"一词属于西式话语,斯诺将鲁迅与美国的林肯·斯蒂芬斯比较,斯蒂芬斯做社会决策需要时间,鲁迅也是逐步表达他的激进观点。斯诺指出,鲁迅在后期作品中才恣意地表达自己的观点。斯诺梳理了鲁迅变化的几个阶段:幼时的封建迷信,青年期的愤世嫉俗,中年时的怀疑主义,老壮时的恨意。其中,鲁迅的不宽容被斯诺剖析得深刻入理。斯诺以为鲁迅的遗言"主张宽容的人,万勿和他接近"完美诠释其个性,因为宽容不能带来民族的前进、社会的发展,相反地,它是封建道学家的遮羞布和假面具。而且,斯诺发现鲁迅提倡并推广白话文就是斩断过去的余毒,用白话来建设新塔。尽管斯诺的用语极为夸张,如鲁迅"几乎全都怀疑","甚至怀疑于自己的失望","支配他的则是一种取代不了的恨",但是也让我们有一个新的视角来看待鲁迅思想之变。斯诺评价鲁迅的用语风格,甚至都有鲁迅的印记。"他爱耶稣,但是憎恨基督教,他相信耶稣和列宁一样不能容忍邪恶,而基督教会比魔鬼本身还会宽容罪恶。"①斯诺将鲁迅的"冷酷无情"的性情与他的创作动机、目的和局限之间的关系阐释得深刻而又浑然一体。不过,鲁迅的"冷酷无情"被斯诺诠释得特别温情。他指出鲁迅的主要弱点在于冷酷无情,给他的思想和作品带来偏见,也严重地阻碍了他的才华的发挥。而鲁迅完全知道到这些偏见,还能追溯出它们的历史背景。这样具有罕见坦率品质的鲁迅也就斯诺一人这样去刻画。

这样看来,史沫特莱论及鲁迅的不宽容则要平面一些,没有斯诺那么灵动。史沫特莱认为鲁迅不惧怕、不宽容的本质是因为要"破旧立新":鲁迅的笔像一把宝剑似的去摧毁各种形式的封建主义,政治上的反动和贪污腐化;同时也去捍卫新兴的力量,提倡革命的民主主义,提倡诚实廉洁。史沫特莱完全理解鲁迅自己以及发动其他作家去翻译西方现实主义文学的目的,他想让青年们学习、知道现实主义文学和革命文学的区别,最终借世界文学、文化来革新中国文化的目的,"他希望新中国去探讨全世界的文化,借使本国的文化充满活力并且丰富起来"②。史沫特莱眼中的鲁迅之伟大不仅在于"破旧",更在于"立新"。

史沫特莱和斯诺夫妇对鲁迅的认识都来自他们与鲁迅的近距离接触,他们笔下的鲁迅是中西视域融合的结果。史沫特莱笔下的鲁迅是传播新思

① [美]海伦·斯诺:《中国的伏尔泰——一个异邦人的赞辞》,《大公报》1936年11月25日。

② [美]艾格尼丝·史沫特莱:《鲁迅是一把宝剑》,《文化月刊》1939年第3期。

想的天才创作家,是热爱青年的家长,是新女性的卫护者。在斯诺笔下,鲁迅首先是中国最伟大的思想家、白话启蒙者和疾"旧"如仇的革新者。鲁迅是伟大的文学家、伟大的思想家和伟大的革命家,这是毛泽东在鲁迅逝世时对鲁迅的最高评价。在文学观上,史沫特莱与鲁迅不谋而合,而斯诺显然对于艺术有着更高的标准。相较于斯诺留意鲁迅思想和政治立场的变化,显然,史沫特莱对鲁迅作品的评价比斯诺要高得多,她认为鲁迅是文学天才,斯诺则强调鲁迅思想的伟大,在文化史上的重要作用。史沫特莱强调鲁迅的文学家身份之于社会的功用,并突出鲁迅对文学青年的爱护和影响;斯诺带有辩证性,肯定文学价值,但主要突出鲁迅的社会和历史意义。史沫特莱是通过直接参加左翼文学团体的活动,与文学家们进行直接接触,了解到文艺界的生存状况;而斯诺则是通过与鲁迅对话,在阅读、翻译作品的过程中做出判断。前者与对象互动亲密,有强烈的情感趋同,而后者是带有一定距离的冷静审视。尽管主体自身的差别,以及经历的事件不一样,但是,他们对对象的评判都显示出强烈的问题意识,表达对中国前途的关心,他们也在左翼文学干将身上寻找答案,因为他们有着共同的文化立场和情感立场。

第三章　"三S"书写"红色中国"的原因

第一节　从想象到支持:"三S"的中国观

　　作家对异国现实的感知与其隶属的群体或社会的集体想象密不可分。多数人往往并不是通过直接经验去感知异国,而是通过阅读或其他媒介来了解,结合个人视域来想象的。个体的存在都有具体的社会、历史语境,都会在不同程度地被本土的文化大背景所制约和影响。美国自淘金时代流传的关于中国劳工、苦力、斜眼的中国洗衣工卑微而低贱的形象,吃死耗子和各种动物杂碎的故事成为孩子们街头巷尾嬉戏的唱词,这些关于中国的知识和想象是"三S"认识中国的基点。对于那些没有踏足过中国的西方人而言,不管是在地理空间上,还是在心理上,中国都是一个未知的"他者",更不用说被国民党严密封锁消息的红色"苏维埃"。"在世界各国中,恐怕没有比红色中国的情况是更大的谜,更混乱的传说了。"①即便已经来到中国,若不是摈弃偏见,带着热情深入去了解,也不能捕捉到旧中国的新元素,更不可能对新的元素进行筛选,把握住主要的脉络,对中国历史前进的方向做出正确的预判。

---

　　① ［美］埃德加·斯诺:《红星照耀中国》,《斯诺文集Ⅱ》,第1页。

一、想象：早期东方主义视角

在未曾踏入"红区"之前，"三 S"的中国观是深受西方中心观的影响的。他们的"中国观"经历了两个阶段的变化，一是他们来中国之前，基于个人视域与本国文化交映下对中国的认识；二是来中国但未真正接触中国共产党，没有进入红区之前的认识。这两个时期构成了他们对"红色中国"的前理解。20 世纪初西方作家依据主流文化范式来描写中国，他们习惯于用贬损的态度描写现实生活，但是普遍赞美古代中国文明、历史人物和文化古韵。"三 S"也缅怀中国悠久的古文明，对中国物质生活的低下和生活习性的落后，也表现出不解和鄙夷。在他们来中国之前，笔下的中国形象有点东方主义色彩。直到他们听到有关中国共产党的传闻，接触到中共党员，进入红区，他们离西方话语越来越远，对中国的现实生活以及现实中的中国人进行了深刻而全面的描写。可以说，在未踏进"红区"之前，他们的立足点还是西方的价值体系。虽然称不上东方主义者，但是他们对中国的看法与研究东方学的著名学者爱德华·赛义德所揭示的"西方看东方"的心态并无二致：

> 东方学家与东方之间的关系本质上是一种阐释的关系：站在一个遥远的、几乎无法理解的文明或文化丰碑的面前，东方学研究者通过对这一难以企及的对象的翻译、充满同情的描绘和内在把握而减弱这一含混性。然而东方学家仍然无法进入东方，不管东方表面上看来是多么可得到理解，但它仍然遮隔于西方之外。人们认为这一文化上、时间上和地域上的距离深不可测、神秘难寻、充满性的诱惑：像"东方新娘的面纱"或"神秘莫测的东方"一类的词语已经进入了公众语言之中。①

东方学包含三个方面的含义：一种研究学科、一种思维方式和一种权力话语方式。而东方主义则主要指以西方为中心看东方的思维方式和话语方式。"真正"的东方，不管是历史的存在，还是现实或文化意义上的存在，至

---

① ［美］爱德华·萨义德：《东方学》，王宇根译，北京：生活·读书·新知三联书店，2011 年，第 283 页。

多"激发了作者的想象,但很少能控制其想象"①。对于斯诺而言,不管是
1928 年 7 月 6 日跳下"雷奥诺尔号"游轮,抵达上海,打算在中国这个"古老"
的国家待上六个星期,还是满怀好奇、疑虑和恐惧进入"红色中国"寻找谜
底,中国的神秘莫测和异域之惑始终是他前行的动力。斯诺对中国最初的
记忆源于童年时代洗衣店的中国人形象和马克·吐温小说中的讽刺短诗,
那时他觉得是"可怕的异族"。他回忆起儿童时期在堪萨斯城,认识了一位
在当地的一家杂货铺附近开洗衣店的中国人。他和伙伴们喜欢高声唱念黑
人洗衣妇玛丽教的顺口溜:

> 中国佬,中国佬
> 爱吃死老鼠!
> 老鼠当——饼,
> 嚼碎吞下肚!②

> 如果我们能够激怒那个可怜的家伙,看着他后脑勺甩着长辫子满
> 肚子火地冲出来,对我们破口大骂,我们就会感到很大的满足。后来他
> 学乖了,不理我们,我们对这种恶作剧也就渐渐失掉了兴趣。多年以
> 后,我到中国的乡间时,路上常常有一些小孩儿跟在我身后喊:"洋鬼
> 子!洋鬼子!大、大、大鼻子!"每逢这种时候,我就会联想起那个中国
> 人来。孩子们用中国话喊的这个顺口溜是押韵的。这些勇敢的小家伙
> 们也是用同样的方式向可怕的异族挑战的。③

在斯诺看来,黑人女性玛丽是因为讨厌那个斜眼的同行冤家而编出这
样的顺口溜。不过,"中国佬"的称呼、吃死老鼠的习俗、"斜眼""长辫子"
"鸦片鬼"都是流传于西方的表述"中国人"形象的传统套话,即"社会总体
想象物",描述典型的中国人形象。在西方的中国人社会地位低下,干着洗
衣店、中餐馆、苦力的工作,大多面貌模糊,表情僵硬,无法表达自己,他们的
在场就是失语的"异族"。斯诺生活的年代和地域依然存在着严重的种族歧

① [美]爱德华·萨义德:《东方学》,2011 年,第 29-30 页。
② [美]埃德加·斯诺:《复始之旅》,《斯诺文集Ⅰ》,第 32 页。
③ [美]埃德加·斯诺:《复始之旅》,《斯诺文集Ⅰ》,第 33 页。

视。斯诺笔下的中国男性被处于社会底层的黑人女性所排挤,被白人孩子所讥笑,反映出当时美国华人的生活境遇。无独有偶,史沫特莱的《大地的女儿》中也有一段是描写街上的中国洗衣房,而1956年的中译本将此段删除,因为这段文字塑造了"出言恶毒,没有信仰,行为粗俗不雅"的中国人形象。不过,这段颇具东方主义意味的话语被斯诺缓和,在叙述中,他以孩子的视角呈现美国社会中的种族观,在一定程度上回避了他主观态度上的东方主义色彩。而且,他补充中国小孩对他的戏谑,自称"可怕的异族",可以看出斯诺的机敏。可以说,他巧妙地化解了对他早期思想意识中的东方主义观念的质疑。

即便斯诺到了上海,"东方"仍然是个有着太多迷惑色彩的"他者",斯诺对很多现象表示不理解。他无法辨别中国人"东方"特征的长相,在他看来是一个模样,而他们的书写、打招呼、削水果、回答问题的思维等都与西方相反,这些都让他觉得不可思议:

> 在我看来,他们都是一个模样,是一个没有什么特征的庞大的人群,但有色彩、行动,充满了矛盾。他们书写从右到左;他们是姓在前,名字在后;同人打招呼,不是招手,而是挥手,好像是让人走开;告别时不握手,而是把双手拢在衣袖里;削苹果皮是刀口冲外,而不是冲内;锯木板时,把锯齿向内拉,而不是向外锯;发纸牌是从右到左;先吃饭,后喝汤;还有,他们想要说"是"时却说"不"![1]

荒诞的是,斯诺能够获得去红区的经费是由于赞助机构看中他的目标是"研究中国人的面部表情",因为很多美国人根深蒂固地认为中国人某些行为难以理解。"在美国,有些麦考密克上校之类的人,他们认为所有中国人都是洗衣工,有些心理学家胡思乱想,认为同样是饥饿,中国人脸部的表情却'与众不同'。"[2]然而,事实证明斯诺早期确实受到西方中心观的影响。在他早期常驻上海期间,有人邀请他去汉口一家新开办的英文报纸担任编辑,薪水丰厚,但是他对妈妈吐露,"绝不想埋葬在一个被上帝抛弃的受到斜

---

① [美]埃德加·斯诺:《复始之旅》,《斯诺文集Ⅰ》,第17页。
② [美]埃德加·斯诺:《复始之旅》,《斯诺文集Ⅰ》,第177页。

眼人控制的不毛之地"。他那根深蒂固的西方中心意识表现得非常明显。不过,同时他也非常同情中国大众在外国人面前的卑微地位。在刚到上海所写的日记中,他对外国人把人力车夫叫作"苦力"的行为加以指责。"人们即使把母牛养上一年,也不能继续仅仅称它'母牛'。这样做很愚蠢,而且中国人会以为外国人是傻瓜,当他仍旧如此称呼中国人的时候。"①因而,在来中国的初期,斯诺身上的西方中心主义和人道主义思想是并重的。

1928年底,史沫特莱第一次从苏联进入中国边境满洲里,将中国火车站的无序和苏联的有序进行了对比,特别比较了苏联的搬运工和中国的苦力,将中国称为"中世纪"。

> 苏联的搬运工人帮助我们运送行李,他们默不作声,安安静静地把行李搬到检查站的出口处。那儿一个工人代表坐在桌旁对每件行李要了很少的一点钱,既不要东西又不收小费,不作鞠躬,不阿谀奉承,社会主义制度既保护外国侨民的旅行安全,也维护搬运工人的人格尊严。

> 我扭转身面向中世纪的中国,若干年中间,我总忘不了横眉冷对、紧皱眉头的苏联铁路工人盯着中国苦力托运我们行李的铁青面孔。一群穿得破破烂烂的中国苦力蜂拥而上,搬运我的行李,他们伸手张口,漫天要价……我的四件手提皮箱被六个大汉你争我抢……这时车厢里走过一个中国男列车员,他一见此情此景,随即大喝一声。同时飞起腿脚,连打带踢把苦力们一个个赶下列车的站台下边去了……这是一个"极端个人主义"和以最原始形式进行的"适者生存"的世界。这幕争夺景象在我看来就是中国社会制度的象征画图。②

这段对比表现了苏联火车站工人的庄严感和秩序感,反映了已经初步取得社会主义建设成就的苏联制度的优越性,而当时中国苦力之间的原始争夺,列车员与苦力们的等级差别,让作为乘客的"我"丧失安全感和感受到自然界生存法则的残酷性。通过对比,史沫特莱想表达的是苏联作为第一个社会主义国家是优越的,超越了任何国家形态,起到示范作用,而中国的

① 转引自托马斯:《冒险的岁月——埃德加·斯诺在中国》,第50页。
② [美]艾格尼丝·史沫特莱:《中国的战歌》,《史沫特莱文集1》,第28-29页。

"乱"和"落后"则急需一场伟大的变革。

斯特朗初来中国时认为中国落后的物质条件和不开化的思想观念,跟新建的苏联相比,差了好多个世纪。在第一次来中国前夕,斯特朗闻知广州起义,怀着无比兴奋激动的心情,急切地渴望去目睹。"广大的农民群众在亚洲动起来了……通过荒无人烟的西伯利亚平原,越过半个地球,到革命的广州结识新朋友,何其乐也!"①当时,苏联已然是世界的楷模,一个新闻界的同行认为苏联的势力会辐射到亚洲,"对亚洲人来说,苏联是令人敬佩的!"②斯特朗着眼于工人的出现,亚洲大陆落后的生产方式及家长制、信仰的蒙昧等状态需要更新,当同行讥讽性地提出苏联对亚洲的影响,斯特朗认为"广州"与"莫斯科"一样有着相似的革新需求。当她采访到中国的工人时,更强化了中国工人是世界无产阶级一员的形象,她写道:"我并不觉得他们是异国的黄色皮肤的中国人,他们的面部表情、语言和行动完全与世界上有组织的战斗工人一样。"③可以看出,斯特朗对无产阶级革命欢欣鼓舞,对孕育革命之地充满期待,在她的意识中,同志关系超越了国别和种族。她想表达的观点是:世界的饥饿、愚昧和落后等现象都是制度的原因,那还等什么,让全世界的工人阶级联合起来,一起推翻腐朽落后的制度吧。

二、同情:来华后的转变

斯诺和史沫特莱都在上海生活过相当长的一段时间,对中国社会结构和分层比一般的外国观察家要清楚得多,他们每日目睹底层人民超乎寻常的苦难,内心受到极大震撼后产生深深的同情。当然,史沫特莱对底层人民的关心几乎是发自本能的,租界圈中外国人享受特权的种种现象强烈地刺激着她的神经,而中国普通老百姓食不果腹、衣不蔽体、路有饿殍的场景则激发了她已有的阶级同盟感。斯诺对中国底层人民的同情是源于美国式的

---

① [美]安娜·路易斯·斯特朗:《斯特朗文集1》,第249页。
② [美]安娜·路易斯·斯特朗:《斯特朗文集1》,第250页。
③ [美]安娜·路易斯·斯特朗:《斯特朗文集1》,第279页。

民主意识和人性关怀。

当初到上海的斯诺看到租界内歌舞升平、繁花似锦的假象时，曾错误地以为整个中国都是这样。上海被视为"东方乐土"，灯红酒绿、纸醉金迷，是中外有钱有闲阶级的最爱。斯诺显然不属于这一列，他认为这里不过是"富有吸引力的罪恶的渊薮"，"无数的乞丐和他们赤身露体、肮脏的孩子们苦苦哀求着"。他对建立在弱国人民头上的特权生活充满罪恶，基于自己的人道主义思想，在《红星照耀中国》出版之前，他曾以"施乐"为中文名字，隐含"乐善好施"之意。租界被西方商人据为己有，作为代代相传的不动产，这种无耻行为对斯诺而言，就是嫁接在中国古老文明上的一朵令人恶心的奇葩："十分新的事物和十分旧的事物形成奇异的对照，环境丑恶不堪，各国来投机的吵吵嚷嚷地操着不同的语言，人们直言不讳地宣称金钱就是一切，这种俗不可耐的现象使我感到迷惑诧异。"①在离开美国两年后，到了 1930 年初，斯诺的思想开始与多数美国人（包括他的家庭）所持的传统观点发生冲突，他不再赞成他们对非白种人和"落后"地区的那种偏狭固执、种族主义和家长式统治思想。此外，他现在的新思想和新体验与他在堪萨斯城与纽约时所接受的文化和获得物质成功的观念也有了越来越大的差距②。斯诺在上海看到很多外国人欺压中国人的景象让他越来越不安，他回忆起与旅居中国时间稍长的海伦在一起的状态："当然，我生气的只是她使我感到自己像个多愁善感的傻瓜，而我本希望自己是个英雄。……在上海的白人有一种为自己辩解的理由，他们认为白种人和黄种人本来就不一样。"③斯诺想为中国人抱打不平，结果发现白种人早已习惯这种高高在上的感觉，他感觉在海伦面前就是一个跳梁小丑。

1930 年，斯诺在由门肯办的《美国信使》月刊第 8 期上发表了《在上海的美国人》一文，毫不留情地讽刺了信仰基督教的同胞们只顾赚钱行乐，而对中国饥民的苦难死活置若罔闻，认为这两个种族不属于同一类。斯诺向外

---

① ［美］埃德加·斯诺：《复始之旅》，《斯诺文集 I》，第 17 页。
② ［美］托马斯：《冒险的岁月——埃德加·斯诺在中国》，第 64 页。
③ ［美］埃德加·斯诺：《复始之旅》，《斯诺文集 I》，第 41 页。

国侨民们开火,抨击种种令人生厌的治外法权。文章发表后,斯诺被许多外国人所排斥,被讥讽为"亲华分子",受到孤立。这恰恰说明他彻底与当时租界流行的"种族优越论"决裂,摆脱了西方中心论的偏见。斯诺反对西方人在租界过着优越的生活,揭示了他们贪婪的欲望。外国侨民要求中国政府在任何情况下都不能将战火烧到租界内,企图签订一项新的条约,使得租界成为他们永久的自留地,让他们永远延续高人一等的生活。在他们看来,租界外那些贫苦的人民是不能被称作人的,他们智力低下、无能,吃苦应该是日常生活的一部分,接受优等民族的奴役也是天经地义的。

另外,他接受了《密勒氏评论报》主编鲍威尔的邀请,为该报撰稿。他被鲍威尔收藏的大量的东方学书籍所吸引,一头扎了进去,十分痴迷,敏锐地发现了现代中国的根本问题在于:"十分年轻的中国正在竭力为自己在现代世界中争得一席之地,这和它的悠久的历史构成了富有戏剧性的矛盾。"①1929年和1930年,由于采访报道的需要,斯诺在中国转了一大圈,在太湖、扬州、苏州、南京、山东、北京大开眼界、遍赏美景之后,到绥远灾区和东北一些城镇去采访考察,进入火城萨拉齐目睹的是赤地千里,饿殍遍地。所到之处,"苛捐杂税和沉重的租债不断逼使穷困的农民背井离乡""奄奄一息的人东一个西一个地坐在或躺在自己家门口的台阶上,神情麻木……光着身子,骨瘦如柴的小孩,由于吃树叶和锯末充饥的缘故,肚子胀得像只气球。……年轻妇女,她们瘦得像一家肉铺里挂着的腊鸭。她们的肤色都一样,都衣不蔽体,干瘪的乳房像空纸袋一样垂于胸前。……死人如此之多,只能在城墙外挖一条浅沟掩埋了事,即使这样,要找到有气力挖沟的人也很困难。往往尸首还来不及掩埋就不翼而飞了。有的村子,公开卖人肉。"②500多万人的生命被饥荒夺走,成千上万的儿童死相惨烈。这是斯诺最为关键的转折点。从此这一幕便再也无法从他的脑中挥去,他在书中一再提到,回国后也常常向人讲述这段惊心动魄的经历。自此,斯诺内心生发出一股融入意识的深深的愤怒感,他发出了和鲁迅一样的呐喊:"他们为什么不反抗?"

①　[美]埃德加·斯诺:《复始之旅》,《斯诺文集Ⅰ》,第3页。
②　[美]埃德加·斯诺:《复始之旅》,《斯诺文集Ⅰ》,第9页。

1929 年底,斯诺在与家人的通信中暗示出他对共产党人的兴趣。在此后的几个月里,他根据第二手材料写了几篇文章,其中有一篇描写的是当时还不出名的中国共产主义运动在农村生存、斗争的情况。他敏锐地洞察到,蒋介石不履行自己诺言的行为,为"赤色分子"提供了有效的武器。然而,斯诺还远不是一位共产主义的同情分子。他从上海的熟人们那里了解到蒋与声名狼藉的青帮联盟以及他们在 1927 年血腥清洗共产党人的许多细节。在当时的斯诺看来,蒋的行为似乎是谋求法律和秩序的一个必经阶段。他仍旧与鲍威尔一样,相信最美好的未来掌握在国民党人手中。1932 年"一·二八"事变中,19 路军英勇抗战的行为令亲临前线采访的斯诺感动。而蒋介石带着南京政府官员逃到洛阳,让斯诺联想到八国联军进逼北京时咸丰皇帝逃亡热河的一幕。活生生的事实让他抛弃了对国民党的幻想。

斯诺来中国之前想象着东方的"异域风情",来中国之后见识了帝国主义和中国特权阶级对人民的欺压,人民的麻木激励了他正义的判断,中国底层人民在饥荒中触目惊心的苦难激发了他的人道主义,促使他越来越摈弃西方中心主义观念,将自己融入中国的语境中。中国的灾难,教会他明辨国民党"自由中国"的政治结构、政府作为、工作效率、社会阶层和下层人民生活的悲惨。他对灾难中的人民的同情,不仅仅是来自自然灾难本身所带来的破坏性和毁灭性的苦难,更是因为统治阶层对人民苦难生活的火上浇油、剥削、迫害和压榨。"在每次灾难中,我都看到同样的并吞、同样的肆无忌惮的人间剥削悲剧,看到农民弃家荡产,妇女受侮辱,越来越多的农民失去土地,看到官逼民反。到四十年代中期,情况更为恶化,以至饥荒和起义在中国西部同时发生。在抗日期间,格雷厄姆·贝克就亲眼看到蒋介石的军队大批地开到农村去屠杀饥饿的农民。"[①]斯诺向左转的一个重要契机源于此,他此前读过格雷厄姆·贝克的《两个时期》,从书中接触到中国的共产主义革命是不可避免的观点,而执政当局对人民的悲惨生活、生命的不可思议的漠然、冷酷和迫害使斯诺骤然理解中国革命的必然性,虽然他当时并不知道这个革命会与中国共产党发生关系。

---

① ［美］埃德加·斯诺:《复始之旅》,《斯诺文集Ⅰ》,第 10 页。

史沫特莱来华后,对中国的态度有点耐人寻味。她身上转变的动力,源于她与生俱来的对西方主流意识的批判,也具有矛盾性。如前文所述,她对华裔洗衣工的描写反映出无意识状态下的种族中心观,但在大学期间为反驳黑人种族的劣等性观点,引证"黄种人"的中国古代文明对人类的贡献。来华后,她非常反感过于强势的西方中心主义,经常辛辣讽刺那些有着优越感的外国人和自诩受过西式教育的特权阶层,马上就成为上海租界圈中的异类。若没有接触,她对每一位在华的外国人都无好感,第一次见卡尔逊时,非常敌视,"我听到卡尔逊来了,决定给他当头一棒,采取敬而远之的回避态度。根据我在中国同我们美国驻华文武官员打交道的经验,他们趾高气扬,不可一世,高不可攀,难以接近。他们把中国人看成是为衣食忙的洗衣婆,店老板。称中国人叫中国佬。总而言之,我并不喜欢美国外交官员持的基督教那一套。……特别是日本侵略东北以后,这些美国佬的太太把我看成是……自甘堕落,丧失白种人天下之骄子尊严的美国生番。"①史沫特莱在个人生活方面确实遭人诟病。《大地的女儿》在美国获得巨大成功,彼时她已经到了上海,成为上海的名人。成功让她飘飘然。

史沫特莱在北京的时候,与一群好奇于西方最新思想的作家、活动家和女权主义者交上了朋友,他们是曾经在英美接受过教育的贵族。其中,她最喜欢的是徐志摩,她形容他是一位优雅、富有魅力的抒情诗人,保持着对人类的思考。史沫特莱认为徐在情爱上是革命的,可是在社会观念上是保守的。史沫特莱也不赞同徐"为艺术而艺术"的做派,可是她非常孤独,他俩一起在北京的茶馆、饭店和戏院消磨了许多时光。史沫特莱比徐大5岁,从徐那里,史沫特莱意识到自己的性别是模糊的,因为徐说她年龄太大了,已经不能引起男人的兴趣,使得史沫特莱倍感震惊。她觉得自己才刚刚37岁,甚至感觉自己比在纽约的时候更年轻,她还未准备好成为男人们的母亲。她向好友倾诉她发现自己的情感和年龄之间有一个鸿沟,她觉得在心理上她是一个未成年人。她很好地处理了与徐的关系,成为徐的闺蜜,给他出主意追求漂亮的女性。

---

① ［美］艾格尼丝·史沫特莱:《中国的战歌》,《史沫特莱文集1》,第184页。

1929年5月,史沫特莱与宋庆龄建立了合作关系。她俩早在1927年在柏林见过面,不过在上海两人才变得熟络。那时,宋庆龄刚从苏联回来参加孙中山的纪念活动。她俩最初建立了深厚的友谊,也成为工作上的伙伴,史沫特莱担任宋的秘书兼保镖。宋安排陈翰笙指导史沫特莱尽快了解中国的社会、政治和经济情况。宋还安排郭沫若翻译《大地的女儿》,让他们一起成立一个反帝联盟会,写一些宣传报道。此时,史沫特莱已经与印度民族独立运动的领袖恰托解除了情人关系,但还继续保持工作上的联系,担任柏林反帝联盟会的联络人,编辑印度革命者的宣传资料,给他们分发共产国际国际联络处下拨的经费。不过,尽管史沫特莱为这项工作投入很多精力,但这个组织并不出名。

虽然,史沫特莱的种种行为非常左派,但在公开场合,她从未承认自己是共产党或是苏联地下活动分子,这也是史学界经常争论的疑点之一。1930年8月6日,史沫特莱签署了一份誓词,宣称她不是共产党或者共产党组织的成员,或者任何政治机构的成员。她与国际共产主义也没有任何联系。她否认卷入过任何共产主义活动、布尔什维克的宣传,或者任何颠覆南京政府的活动,她没有从俄国或者共产国际获得任何经费。她从上海收到的包裹中的革命文学册子,不是她要求的,也没有同意分发。而她去顺德之旅被认为是与同志进行共产主义暴动的看法,让她深感震惊[1]。史沫特莱争辩,对她不是一位新闻记者而是一位共产党的指控源自英国情报机构,因为英国一直憎恨她参与印度独立运动。她抱怨,他们一点都不给自由主义和布尔什维克主义喘息的空间,尽管在过去她没有过多地惹怒他们[2]。史沫特莱并没有隐藏她的左翼观点,但是她发誓与共产国际没有任何联系,不属于任何国家的共产党,也没有以任何方式参加任何共产主义活动。她向埃文斯抱怨,如果她有错误,那就是有人寄给她12本小册子。她并没有去索取过,如果有人做梦认为她会在广州分发自由或者激进的杂志就太可笑了。

---

①② Price, Ruth. *The Lives of Agnes Smedley*. New York: Oxford University Press, 2005, p.206.

但是她仍然极其不安,不知道他们会怎么对待她。她向埃文斯坦承罗伊①的死让她在华盛顿失去了庇护,询问埃文斯是否可以向美国民权同盟的罗伯特·莱维特·莫尔斯描述她的困境。她确信在上海的英国当局是造成她灾难的原因,他们想将她驱逐出中国,因为她还在为印度写作。

不过,她很快就找到了自己的事业,即将个体的解放与中国底层人民的解放联系起来。路易·艾黎在《有办法!》一书中回忆了史沫特莱到达中国一年后卷入现实斗争的性质,她要求参观上海租界榨取工人血汗的工厂,对艾黎讲述她在中国看到的不平现象:

> 一群码头工人,在夏季酷热的烈日下,吃力地拉着绳索牵引的手推车卸货。这时过来了一个长着满腮帮大胡子的印度巡捕,用警棍抽打他们热汗淋漓的赤裸脊背,要他们给一辆闪闪发光,里面坐着神气十足的外国官员的黑色轿车让路。这使她觉得,挨那个巡捕打的仿佛就是她自己,她为看到了一个被压迫民族的一员受到另一个被压迫民族的一员如此对待而感到羞耻。她曾暗自思忖,"这里一定是一个有胆识的人可以大有作为的地方。"②

艾黎向史沫特莱表达了唯一的出路在于"根本性的变革",史沫特莱坚定地对艾黎应答道:"那么就让我们来变革吧!"

三、支持:记录红色中国

在"自由中国"所见的权贵们和外国人所享有的尊荣和骄奢的生活与底层人民被凌辱、被压榨的穷困生活,让斯诺和史沫特莱看清中国的社会结构和症结所在。史沫特莱对此的感触更深,对统治阶级更愤恨,更加自觉地投入反抗的行列。但是,斯诺从拥蒋到反蒋确实经历了一个必然的过程。而斯特朗走的距离最短,威尔斯(海伦)评价道:"她的褊狭的思路顺着西伯利

① 吉尔伯特·罗伊是史沫特莱早年在纽约"间谍案"的辩护律师,有着开明的民主思想。欧内斯廷·埃文斯是史沫特莱《大地的女儿》的编辑,为该书做最后定稿。
② [新]路易·艾黎:《有办法!》,简·麦金农、史蒂夫·麦金农《艾格尼丝·史沫特莱传略》,江枫译。见中国三 S 研究会编:《敬礼,三 S》,第 35-36 页。

亚铁路往返于莫斯科和北平之间。她唯一的报道主题是实践中的社会主义。她早就认为社会主义是正确的。"①所以，她一开始锁定的对象就是工人阶级的运动，伴随着对中国革命逐步深入的了解，由中国共产党领导的工农红军这支革命队伍成为她关注的对象。由于她主要的精力还是在苏联，所以在1927—1937年书写中国的主要是斯诺和史沫特莱。

西北之行促使斯诺完成了他政治立场的彻底左转，他对中国共产党由之前的疑虑、好奇转为支持和崇敬，而对蒋领导的国民党由支持、质疑到批判。在告别上海租界高人一等的生活后，斯诺迁到北平，执教于燕京大学新闻系。新闻封锁造就的神秘感、官方新闻报道的片面性和社会上的各种谣言使得斯诺对所报道的"匪"闻越来越疑惑，不管是出于职业敏感，还是为满足内心对"红匪"的好奇，1936年，他带着几百个问题，成功穿越国民党的封锁，进入西北红区，将他所闻的关于红军形象的传闻一股脑告诉毛泽东。他接下来就马上为中国共产党解除形象危机和正名，首先否认自我感官上的"恐惧感"，将他在红区见到的人物一一呈现，然后阐述共产党的统一战线政策和循序渐进推行的"土改政策"及成效，再将红区人的生活和精神面貌与国民党管辖区的进行对照。

这儿不是密苏里，到处是贫困、无知、污秽、残暴、冷漠、混乱和普遍的绝望，七年来，我在东亚看到和感受到的就是这些。至今这一情景仍在我脑海里萦回。

他们热情提倡科学，主张男女平等友爱，坚持民族平等，对未来抱积极的态度，因此，我感到我与他们有共通之处。

应该说，我和红军相处的四个月，是一段极为令人振奋的经历。我在那里遇到的人们似乎是我所知道的最自由最幸福的中国人。在那些献身于他们认为完全正义的事业的人们身上我强烈地感受到了充满活力的希望、热情和人类不可战胜的力量，自那以后，我再也没有过那样

---

① ［美］尼姆·威尔斯：《忆安娜·路易斯·斯特朗》，黄可凤译。见中国三S研究会编：《敬礼，三S》，第69—70页。

的感受了。①

从以上引文可以看出,共产党人的正直、无私、为理想献身的品格,平等、民主和人性意识引起了斯诺的共鸣,他毫不掩饰自己的态度和感觉,"共通之处""令人振奋""最自由最幸福""充满活力的希望、热情和人类不可战胜的力量",这样的表述和字眼在斯诺早期的文章与书里面是看不到的,他并非轻易下结论的作家,而且之后的立场几十年也未发生变化。

斯诺第二次在国际上为中国共产党正名是因为 1944—1947 年一批外国记者和美国军事团进驻延安考察抗日情况,"他们证实那里并没有实行共产主义或社会主义,只是奉行均摊战争负担"②,"土地改良者"或"民主实验"③,认为中国共产党已经"放弃共产主义","永远放弃对马克思和列宁的信仰",而斯诺坚定地认为这是过渡期的实验,是共产党领导这个国家从"联合政府"逐步发展到国家社会主义。而且,在左翼阵营紧跟苏联、右翼阵营保守敌视的情况下,斯诺勇敢地指出俄中革命的不同,一个是共产党先夺权,而后领导的自上而下的革命,而另一个是共产党采取长期、缓慢和迂回的道路,用农村包围城市的策略,斯诺将其比喻为"农民怀着感激的心情给他们拿着鞋拔子",让共产党很容易就穿进国土的"毡底鞋"。他的这种观点既为推行苏联卫星影响的共产主义阵营所不喜,又与持"苏联扶持中共上台"观点的右翼相悖,在这种左右两难的境地下,他依然坚持自己的立场,在 1946 年与罗斯福的两次会晤中,重申并再次肯定了中国共产党的独立性、开拓性和抗日性。彼时,在参议员麦卡锡和参议员帕特·麦卡伦发动蛊惑宣传,造谣"国务院内的赤党内奸已经把中国出卖给俄国人",举行意见听取会,花了很大的代价进行调查审讯,整了十五大册的材料,导致美国左翼力量式微,先前对中国共产党持同情态度的人都遭到怀疑、调查和迫害。也有

① [美]埃德加·斯诺:《复始之旅》,《斯诺文集Ⅰ》,第 211–214 页。
② [美]埃德加·斯诺:《复始之旅》,《斯诺文集Ⅰ》,第 278 页。
③ 持这种观点最出名的是弗丽达·厄特莉,她曾经也是一名共产党员。她在美国写文章和到处讲演,说什么中国共产党人根本不是"真正的"共产党人,他们搞的是"一种土地改良运动","不再是革命的共产党,而是一个社会改良者和爱国者的党"。见[美]埃德加·斯诺:《复始之旅》,《斯诺文集Ⅰ》,第 278–279 页。

先前是共产党员右转,摇身一变为反共斗士,弗丽达·厄特莉就是其中最为有名的一员。她 1937 年来到革命中心城市武汉,与史沫特莱建立了深厚的友谊,也与史沫特莱一起会见了周恩来和其他一些共产党的领导同志,她将自己的经历与中国人民的抗日结合起来,写了《扬子前线》一书,颇有影响。但是,她在麦卡锡时期当上了中国问题顾问,在参议院安全委员会当上了"中国共产主义问题专家",狂热地支持院外援华集团的活动,推动美国对中国革命进行武装干涉。厄特莉指出斯诺在《红星》第一版中收录了批评共产国际和表明中国共产党隶属苏联共产党的章节。她评论道:"在汉口时,我以为斯诺是一位诚实的记者,但是当他在第二版中删除了大量引起苏联共产党不快的章节后,我改变了对他的印象。"①

史沫特莱的参与行为最为直接和最为投入。她花了近三年的时间与八路军、新四军一起南征北战,联系和运送药品到战地,照顾伤员。"从去年进入江南游击区以来,和史沫特莱生活在一起的新四军医院里的人说:'史沫特莱的双手,几乎是时时刻刻都舞蹈于打字机上面。'不过现在,她所写的大部分,皆非通讯,而是向伦敦、纽约、香港、上海等地红十字会说明游击区医院救护等实际情形的报告和建议,因为今天她的职务是中国红十字总会救护委员会的代表,她的使命是要建立起游击区里优良救护组织和医药设备。"②与红军同行,对史沫特莱不仅仅是采访的需要,更重要的是一种信仰树立和心灵净化的过程,她不自觉地考虑着将红军精神与模式用于全人类的解放和新生,为她多年来所遭受的精神困惑、信仰失落找到一个精神寄托,也为她疗治了情感创伤。

> 在行军的时候,我也经常深深地思考,那些具体体现在八路军身上的原则将同样会指导中国、拯救中国,并且能够给亚洲一切被压迫民族争取解放以最大动力,同时也是能给人类社会带来新生的原则。我这

---

① 参见弗丽达·厄特莉《中国故事》(1951)。她指出斯诺批评苏联的文章出现在 1938 年兰登书屋出版的版本中,而 1939 年花园城市出版公司和 1944 年《当代文库》即兰登书屋版的《红星照耀中国》却没有收录该文。

② 易铭:《史沫特莱女士在江南》,《现实(上海 1939)》1939 年第 4 期。

个信念给我带来了平生从未体验过的一种最大的内心宁静感。①

当她完成一项夜晚的急行军任务而不得不在第二天离开后,她倍感失落,"现在我似乎脱离了八路军、新四军那个可爱的人物圈子,陷入黑暗、贫困和压迫的汪洋大海。我沿途所过之处,眼不见希望的标语,耳不闻自信的歌声,人民群众并不积极活跃。"②1938 年,在新四军军部,史沫特莱面对着英国记者杰克·贝尔登的提问,谁能写出中国的如《战争与和平》一样的文学巨著,她的回答是:"只有自始至终亲身参加抗日战争的中国人才有可能写出。"③

可以看出,史沫特莱自觉融入中国的民族解放斗争和红军队伍中,将作家的身份悬置,而切实的融入感让她感受到作为内部成员的幸福与满足,这与斯诺作为观察者的角度还是有区别的。与中国红军在一起的日子,对于史沫特莱来说就如同天堂,因为这种生活是她几十年来在自己的母国或是在思想活跃之地柏林,抑或是其他国度所未曾体验过的幸福、希望、平等和自信,她将个人不自觉地融入集体之中,忘记自己是一个美国人、一个女人,而这种美好和归属感是她在任何地方都无法获得的,因而离开即意味着从天堂跌落到地狱,回到黑暗、贫困、压迫、麻木不仁的现实生活。她甚至向中国共产党迫切地提出入党申请,不过被劝说暂时留在党外。斯诺觉得红区好是因为将其与国民党统治区比较,美式民主是他的标尺,虽然他对中国也有感情,但相较于史沫特莱的融入性和忠诚度,到底还是要显得冷静和有距离感得多。

从最初的"他者"想象到同情和支持中国红色政党的革命,"三 S"中国观的形成与变迁既受到本土文化的影响,又有中国体验的反作用力。早期作为旁观者看中国的距离感和西方中心主义心态被中国的经历对个人人格的成长与丰富的作用力所消解。随着对中国进一步的接触,对中国现实的深刻了解和认知,过了最初的新奇阶段后,他们对中国社会问题的思考才愈

---

① [美]艾格尼丝·史沫特莱:《中国人的命运》,《中国在反击》,《史沫特莱文集 4》,第 94 页。

② [美]艾格尼丝·史沫特莱:《中国的战歌》,《史沫特莱文集 1》,第 327 页。

③ 孟伟哉:《史沫特莱与中国作家》,《出版史料》2007 年第 2 期。

发贴近中国现实社会的真正面貌,感知中国时代发展的诉求。他们跳脱出原来的认知基础,摆脱了西方和在中国的外国人人云亦云的套语。斯诺不再流连于"异国情调"和形形色色的"异",史沫特莱不再将眼光只看向苏联和印度,斯特朗也不再言必称俄国。他们被"红星"放出的光芒所吸引,渐渐地靠近了它。在与中国共产党接触后,他们更加明确了中国的未来孕育在西北的红区。他们自觉地去建构中国共产党的正面形象、增进美国人民对中国的理解,为西方世界认识现代中国"去神秘化"和"去妖魔化"而写作。

第二节　影响"三 S"向左转的美国因素

由于美国资本主义在垄断阶段不断深化的阶级矛盾、第一次世界大战的精神创伤、1929 年经济危机的重创以及马克思主义理论的强势发展,社会主义思潮由最初的声势浩大的社会运动和政治活动扩展到文学界,催生了无产阶级文学。在此之前,苏联文学为世界无产阶级文学的发展营造了浩大的声势和担当了重要的导向。各国无产阶级和革命的文学竞相效仿,形成席卷全球的壮阔之势,"红色三十年代"之称由此而来。最终在 20 世纪 30 年代的美国掀起了一股激进的文艺思潮,造就美国"红色三十年代"的文化盛况,知识分子和艺术家纷纷左转,围绕"无产阶级文学"在创作实践和理论上展开了激烈的论争,成就美国左翼文学的主流态势。美国本土的激进之风,培育着"三 S"政治和文化立场左转的思想土壤。而美国传统中自由精神和民主文化孕育了"三 S"追求新思想、独立精神、人道主义和敢于质疑等优秀品质,为他们选择出走和走向国际奠定了基础。

一、美国左翼政治运动的资源

在美国"红色三十年代"真正到来之前,欧洲的空想社会主义和马克思主义思想已经在美国传播与发展,成立了一些组织和机构,在政治上造就一定的声势,在文化上形成了以纽约的格林尼治村为中心的先锋艺术家们讨论左翼思想和现代主义的潮流。追根溯源,英国的托马斯·莫尔、德国的托马斯·闵采尔和意大利的托马斯·康帕内拉用文学形式阐述社会理想的"乌托邦",对资本主义制度进行尖锐的揭露和批判,启发工人觉悟。进一步探讨社会主义制度可能性的圣西门和傅立叶,以及英国的欧文,以更加坚定的态度对未来社会进行了求实的描绘和天才的预见,他们进行的"合作制"试验,为科学社会主义提供了许多宝贵的思想资源。这些空想社会主义者揭露着资本主义制度的弊端,启发着工人的阶级意识。他们对未来社会的种种积极设想,孕育着科学社会主义思想的产生。1840 年,马克思和恩格斯对资本主义本质的深刻揭露与运作方式的科学判断,标志着社会主义思想从空想发展为科学的理论。《共产党宣言》指出工人阶级革命斗争的作用,明确进行无产阶级革命和建立无产阶级专政的政治目标。19 世纪七八十年代,工人运动在欧洲各资本主义国家开展得如火如荼,社会主义工人党或工人政治团体在德、意、法、英和西欧一些小国先后产生。马克思主义面对各种机会主义流派所向披靡,并以此得到广泛传播,发展社会主义者和发动工人运动的浪潮汹涌澎湃。

美国一方面汲取欧洲的思想资源;另一方面,正如马克思所说,资本主义越发达便越滋养了它的"掘墓人"——无产阶级,美国垄断资本的快速发展激化了阶级矛盾,使得美国的马克思主义迅速发展。19 世纪 60 年代,美国开始从自由资本主义向帝国主义垄断阶段过渡。经过 30 年的发展,美国成为垄断资本高度发展的国家,但资本主义各种矛盾日益尖锐。在 1873 年和 1883 年的两次经济危机中,美国破产、失业工人迅速扩大到数百万之众。80 年代,美国的贫富差距已极为悬殊。占人口 10%左右的富豪掌握了70%~80%的社会资源,资本垄断空前地压榨着工人阶级和其他全体劳动者。这时,绝大多数工人每日劳动时间在 10~15 小时。面对大量的失业工人,资产阶级趁势压榨,广大工人、农民收入水平日益下降,贫困的生活无以复加。正是阶级矛盾日益激化,促成了无产阶级意识的觉醒。在马克思主义理论的指导下,美国的无产阶级发起了一些规模较大的工人运动,获得了一些政治权益。1872 年,纽约取代伦敦成为第一国际总委员会会址,建立北美联盟。1876 年成立美国社会主义工党,参加总统竞选。社会主义工党结合欧洲无产阶级的斗争经验,组建了工会、政党的政治活动。恩格斯说,当时美国工人运动"在这样短促的时间内以这样不可克服的力量开展起来,以野火燎原的速度蔓延开来,并从根部动摇着美国社会"①。1897 年又成立了社会主义民主党,1901 年成立了美国社会党,1905 年成立了世界工人国际。在 1920 年的总统大选中,社会党领袖尤金·维克托·德布斯(Eugene Victor Debs)参与竞选,赢得了近 92 万张选票,可见当时美国社会主义运动影响之大。

《共产党宣言》宣称"工人没有祖国",俄国"十月革命"的胜利以及东欧国家的社会主义革命接连获得成功,鼓舞了国际无产阶级广泛的、群众性的、政治性的革命运动,马克思主义在全世界各个领域广泛传播,20 世纪 30 年代被称为"马克思主义化的十年"。马克思主义对美国的冲击,最重要的表现是对美国文化和政治模式的挑战。美国自建国后的百年间,虽然战争不断,但一直处于资本主义持续发展时期。然而,"美国南北战争结束后,从 1870 年到 1930 年左右是美国的现代转型期,经济和社会结构都发生了巨大的变化","这一转型期的社会矛盾和冲突一直到 1930 年代罗斯福的所谓'新政自由主义'才形成一种新的社会政治格局"②。而罗斯福"新政"在某些方面,确实是参照了某些社会主义思想的,因而一直被冠以左派总统的称号。

"三 S"出生成长的时代正是在这样的大历史背景下,他们都直接或间接接触过社会主义思想。而且,他们都曾到思想最为活跃的商业文化中心纽约接受洗礼。纽约是左翼运动的中心,麦迪逊广场、格林尼治村是当时社会主义活动开展的场所。美国在 19 世纪 90 年代已经完成了文化中心的转移,由带有浪漫和理想色彩的波士顿转移到现实、实用色彩浓厚的纽约,标志着美国完成由传统社会向现代社会的重要转变。随着北部城市工业主义的迅猛发展,外来移民和南部居民怀着美国梦向北部城市大量涌入。纽约都市

① [德]恩格斯:《英国工人阶级状况》英译本美国版序言,北京:人民出版社,1956 年,第 7-8 页。
② 甘阳:《通三统》,北京:生活·读书·新知三联书店,2007 年,第 6 页。

文明迅速发展,各种文学类、生活类的报纸杂志层出不穷,各种形式的先锋艺术实验大胆上演,蜂拥而至的文学青年和艺术爱好者、著名作家和文人们深深影响着这个城市的文化,同时也被都市文化所影响。"三 S"成长为新闻界的翘楚和弄潮儿,都与纽约的历练分不开。在开启域外之旅之前,他们都在纽约经历了最初的职场和思想的洗礼,纽约的开放、兼容和文化激进给他们上了人生最初的一堂课。他们都是在青年时期从中南部相对封闭的内陆城市来到纽约,在经济最发达的现代工业都市中浮沉,在最前沿思想的撞击下成长。纽约是他们人生的历练场,一个重要的驿站,但更重要的是,纽约的思想激进之风或是强化或是影响他们未来政治立场"左倾"化。

他们中的最长者斯特朗 1916 年受聘于《纽约晚邮报》。史沫特莱 1917 年到纽约开节育诊所、求学和参加活跃的社会主义沙龙讨论,后因支持印度独立运动被抓,投入监狱关押了半年。1919 年,史沫特莱成为一家社会主义报纸《纽约召唤》①(*New York Call*)的一名初出茅庐的记者,并担任《节育评论》(*Birth Control Review*)的业务经理。在《纽约召唤》,史沫特莱最初写关于女性或印度主题的小短文。1920 年的"红色恐怖"改变了社会的焦点,她的任务是报道对美国共产党的缔造者本杰明·吉特洛和詹姆士·拉金的审判,这让史沫特莱坚定了成为一名激进分子的选择。美国社会党孕育了两个共产党组织,但是史沫特莱在自传小说《大地的女儿》中表示她一个也没有加入。"尽管她从不过多参与停滞不前的党派活动,不过她的共产党身份是一个西方激进的传统下一个不言而喻的事情,而她一直也独异于其他东部更具理论背景的同志。"②尽管这样,史沫特莱与斯特朗都赶上了纽约第一波红色思潮,感受到激进运动的时代脉搏。

年龄相隔一代的斯诺没有赶上纽约第一波"红色"浪潮的洗礼,他深刻感受的是纽约的市侩之气。斯诺未完成在密苏里大学新闻专业的学业,就已经在堪萨斯城的《星报》和纽约的《太阳报》初露头角。还没毕业,就投奔

---

① 《纽约召唤》是在纽约发行的日报,于 1908—1923 年发行,是当时美国社会党所创办的三家社会主义报刊之一。

② Price, Ruth. *The Lives of Agnes Smedley*. New York: Oxford University Press, 2005, p. 81.

在纽约的哥哥,梦想着在曼哈顿的华尔街出人头地。纽约的世俗化和金钱至上的风气令年轻的斯诺窒息与无所适从。斯诺在一封给父亲的家书中表达了对纽约深深的厌恶感和对异国的向往之情:"我离开学校以后在纽约工作了两年,要做的是同样的事,我尽力踏灭其他爱好的火焰,这些爱好在我自己的打算中更加珍贵。我努力熄灭同商业不相容的可笑的欲望,在那黄色的金钱偶像前我天天烧香。但我感到厌倦了,所作的牺牲与目标相比太大。"[1]非常幸运的是,他投资的股票小赚了一笔。1928 年,有了经济支撑的23 岁的斯诺,踏上了周游世界的冒险之旅。"因此我逃离纽约,我决心花两三年也许是四年时间去尝试另外一种存在。当我从曼哈顿港口出航的时候,我决心忘掉一切与洛克菲勒、卡内基、福特和我在上学时教我崇拜的其他企业巨子竞争的必要性,从阳光灿烂的大海的另一边,有一个更老的神殿向我招手,我想去弄弄清楚。"[2]

斯特朗和史沫特莱在纽约沐浴激进思想洗礼的同时,与斯诺一样,也产生了困惑和迷茫。他们怀着各自的"美国梦"去纽约逐浪,而现实的落空感让"三 S"离开了象征美国精神的纽约,开始了新的探索。斯特朗在纽约工作一段时间后,发现没有太多的新东西,而西雅图的工人运动似乎有更强的吸引力,于是她重新回到了西部,投身工人罢工运动。起初,史沫特莱听说纽约有社会主义组织时,就和她的好友迦琳,即前夫的姐姐,一起参加有知识分子参加的社会主义分部的聚会,却发现无所适从,"我睁大眼睛不知所措地坐在他们中间。当迦琳把我介绍给他们时,他们便机械地伸出一只手,眼睛却看着另外一个人,一边还和别人讲话。把我看成是他们走过时顺手扶一扶的一把椅子。我一再来参加他们的集会,原希望能学到点什么,但是我在他们的世界里,不过是投进一池湖水中的一块石子,并不能留下多少印象。他们使我感到迷乱、无能、自卑,甚至有些怨恨。"[3]她发现这些人完全没

---

① 董乐山:《一个伟大的民主主义者的自白——斯诺家书选择》,选自刘立群、袁志发、包明德编《斯诺在内蒙古》,呼和浩特:内蒙古人民出版社,1987 年,第 60 页。

② 董乐山:《一个伟大的民主主义者的自白——斯诺家书选择》,第 61 页。

③ [美]约翰·汉密尔顿:《埃德加·斯诺传》,沈阳:辽宁大学出版社,1990 年,引言,第 5 页。

有阶级经验,只是一群夸夸其谈的人,根本没有行动力,对工人阶级的真正痛苦一窍不通,"他们之中有许多是属于这样一类天真可爱的知识分子,这些人从远处把工人理想化,相信工人阶级中蕴藏着神奇的力量和才智,时机一到,便会以社会革命的形式显现出来,改变世界的面貌","多半不会理解贫困和无知会把人逼上哪条路"①。她没法跟他们中的任何一人交流贫穷的可怕,例如弟弟由于饥饿而偷了一匹马对于他们而言简直是不可理喻。他们之间横亘着阶级的鸿沟,激进主义只是美国知识分子玩弄的时尚概念,这种感觉让她对组织的兴趣止步,从而更专注于女性和印度独立的问题。而且,史沫特莱碰到了她的第二任丈夫,印度流亡组织的领袖恰托,她全身心投入印度反英殖民主义运动中。这个时候美国与英国是站在同一战线,印度民族运动在美国遭到强烈镇压。

作为"红色三十年代"的前奏,美国媒体在20世纪一二十年代盛行的"黑幕揭发运动",报道社会阴暗面,也为30年代的左翼激进之风打下了重要的基础。林肯·斯蒂芬斯的《城市之耻》揭发市政府一系列的腐败行为;厄普顿·辛克莱(Upton Sinclair,1878—1968)的《屠宰场》(*The Jungle*,1906)揭露大企业对工人的压榨和芝加哥屠宰场的不卫生情况。美国著名左翼作家、记者约翰·里德(John Reed,1887—1920)的名著《震撼世界的十天》(1919)震惊了世界,一个月就重印了4次,三个月销量达9000册。约翰·里德周围很快聚集了一批左翼分子,1919年组建了美国共产主义劳工党。该党于1921年合并进美国共产党。美国共产党严格遵循共产国际的理论指导,在整个20年代几乎都是以苏联为模板展开活动的。此外,苏联的革命也成为文学创作和表达的素材,是学术界讨论的热门话题。一时间,激进艺术成了纽约的文人圈追逐的时尚。正是由于苏联的红色风暴席卷世界,统治阶级感觉到深深的胁迫感。自1917年起到1920年,美国政府制造"红色恐慌","围剿"数以千计的激进分子,里德因叛国罪被起诉,被迫待在苏联,不

---

① [美]约翰·汉密尔顿:《埃德加·斯诺传》,第14页。

久后死于斑疹伤寒。这次政治迫害使得美国社会主义运动暂时转入地下①。"红色恐怖"侵入史沫特莱那一批艺术文人的家园——格林尼治村,破坏了格林尼治村中波希民的生活方式与政治激进主义的混搭而又怡然自得的氛围,造成艺术家们离开的大潮。

"黑幕揭发运动"表明知识分子对社会问题的关注意识上升,批判意识增强。但是他们的声音并不能被听见,他们的呼吁和反叛被镇压。对美国前途怀抱忧患意识的文人和艺术家,无法正视现实,便将目光无奈地投向域外,选择了自我流放。在 20 世纪 20 年代初,大批年轻人涌向欧洲,特别是巴黎,像无根之木到处漂泊,在寻欢作乐中消磨时光,用文学形式来描写战争带来的痛苦与烦恼,表现他们的失落与绝望,形成斯泰因所称的"迷惘的一代"。菲茨杰拉德、海明威和许多其他作家的大部分时间都是在巴黎度过。斯特朗 1921 年奔赴正在建设社会主义的苏联;史沫特莱觉得在纽约也没长什么见识,去过苏联之后,在好友达斯的建议下,1921 年定居德国。作家们把社会主义的苏联看成希望的曙光,从老一代的德莱塞、新闻记者麦克斯·伊斯特曼到年轻的黑人诗人兰斯顿·休斯和评论家埃德蒙·威尔逊等都前往苏联进行访问,公开提出社会主义才是美国的出路。

二、美国文化战线向左转

虽然 20 世纪 20 年代以政治运动繁荣为特点的马克思主义在美国被压制,但依然挡不住暗潮涌动,美国本土的社会主义思想的发展与马克思主义结合为整个左翼思潮打下了牢固的思想基础,而且第一次世界大战对民权的践踏引起中下层阶级的普遍不满,人们的思想容易激变,导致对美国立国的价值理念进行审视和怀疑,先锋艺术家们对传统文化的逆袭和"左倾"文化精英们对文化市场的奋力争夺,簇拥着整个时代走向激进。社会主义思潮经历了从空想社会主义到马克思主义科学体系的漫长进化过程,在美国

---

① 吴琼:《20世纪美国马克思主义文艺理论研究》,北京:北京大学出版社,2011年,第 22 页。

的 30 年代彰显了它强大的号召力,通过一波又一波的工人运动展示其所蕴含的巨大能量,直至不同程度地将社会各阶层都卷入进来,拧成一股强力的文化思潮。

随着马克思主义运动的逐渐深入,产生了文学表达的诉求,并在文学界和文化界掀起了学习和讨论的高潮。这一时期最重要的文化事件就是创立了《群众》(1911—1926)、《解放者》(1918—1924)、《现代季刊》(1923—1933)、《新群众》(1926—1948)四份杂志,标志着马克思主义文学理论与批评的创建。以这些刊物为中心,发表了大量的革命文学作品,也开展了早期的左翼文艺评论。大量关于社会主义的理论构想和虚构小说,成为通俗读物,启发着民众追求广泛的社会平等和自由的思想。美国第一代左翼知识分子基本上都读过爱德华·贝拉米的《回顾》(1888)。该书曾风行一时,在美、英各地销售 100 万册以上,并被译成多国语言。斯特朗和斯诺,还在学校读书时,都曾把这部美国空想社会主义小说当作心爱的读物。斯特朗 1898 年读这本书时,只有 14 岁。书中特设的背景是波士顿一位沉睡了 113 年的青年在公元 2000 年醒过来之后,发现理想中的社会主义已经建立,然后回顾资本主义社会的情形。面对欧美各国来势汹汹的工人运动,贝拉米已然预感到一次震撼资本主义制度的社会革命即将来临。作者在这部小说中揭露了资本主义社会制度的种种冲突和弊病,表达了当时美国一些资产阶级知识分子的苦闷和恐惧,提出了一些空想改良主义政治、经济主张。他写道:"我们感到整个社会正在失去重心,有随波逐流的危险,谁也不知道它要漂到哪儿去,不过大家都怕它触礁。"[①]这段话反映了作者的两面性,一方面,他对资本主义制度的种种不公平现象心生不满;另一方面,又害怕无产阶级真正展开推翻资产阶级的武装革命斗争,因为无法预知和把控。于是他的解决方案是取消了无产阶级争取社会主义前途的暴力革命,宣扬全人类的和平进化,跳过革命风暴的阶段,通过玄想到达一个理想的空中楼阁。

美国左翼文化主体主要有以美国共产党为基础的从事社会组织运动的

---

① [美]爱德华·贝拉米:《回顾》序言,林天斗、张自谋译,北京:商务印书馆,1963年,第 1—3 页。

革命者,信仰或同情马克思主义的"左翼知识分子",他们中既有共产党员,也有自由主义者,还有许多激进的文人和艺术家,他们在政治倾向和文学与文化观念上可能有很大的不同甚至相互冲突,但他们的共同点在于都希望从马克思主义汲取有效的理论营养来滋养现实。马克思主义文论滋生于"左翼知识分子"的阵营,正是在这些具有丰富灵感的文人和艺术家的引领下,马克思主义从社会领域走向了文学艺术领域①。"左翼知识分子"向左转有很大一部分原因在于美国政府对"民主"观念的践踏。众所周知,美国立国基于"民主"和"自由"理念,但美国政府不顾人民的反对,坚决参加第一次世界大战,给知识分子带来深深的困惑和不解。一直标榜的精神信仰瞬间轰塌,对知识分子的自信心和优越感是一个沉重的打击,摧毁了根植于他们血液中的"民主"意识。

斯特朗回顾她一生道路的时候说:"在西雅图的时候,我们当时以为我们的国家已是一个'上帝的乐园',是世界民主的鼻祖。我们也为更完善的民主形式斗争过。虽然取得了一些形式上的胜利,但是我们也看到,我们的国家逐渐发展成了世界上最大最危险的帝国主义。震撼世界的 1917 年俄国十月革命鼓舞了所有的进步人士,我也从遥远的美国来到了莫斯科。而且在莫斯科的三十年构成了我中年生活的中心内容。"②而在当时,对美国国家机器悍然出兵欧洲的粗鲁行径,斯特朗表现出强烈的愤怒和幻灭感。1917年 4 月 6 日的宣战,彻底让斯特朗看清了美国政治。她写道:"没有任何一件事,甚至包括母亲的去世在内,像这件事那样震撼了我的心灵深处……'我们的美利坚'不存在了!……人民要求和平,投机商们要战争——而且已经如愿以偿。"③当时的史沫特莱正在纽约,她不仅反对战争,还参加反战演讲。她的弟弟只有 18 岁,但是因为贫穷的原因,只有参加战争才能解决温饱。她比任何人都清楚战争对穷人意味着什么,她笔下行进的士兵如同向

---

① 吴琼:《20 世纪美国马克思主义文艺理论研究》,第 13 页。

② [美]安娜·路易斯·斯特朗:《我经历过的三种社会》,《参考消息》,1966 年 2月。

③ [美]特雷西·斯特朗、海琳·凯萨:《纯正的心灵——安娜·路易斯·斯特朗的一生》,李和协等译,北京:世界知识出版社,1986 年,第 76 页。

死亡进军,触目惊心:

> 有时候,一排排棕色面孔蓝眼睛的人都变成了一个模样,都像是他,我的弟弟——前进,前进,前进,脚底下踏着无穷无尽的死亡的步伐。伴奏着他们前进的音乐在我耳朵里成了死亡的鼓声。他们手中高举的旗帜仿佛是降了半旗的黑幡。我的兄弟们的面孔不断前进——成千上万个面孔——都是饥饿的面孔,年轻但是被迫害的忧愁的面孔。[①]

纵观"美国左翼文学"的词条,都会强调两个背景因素滋生"红色三十年代":一是"十月革命"成功的政治影响;二是美国经济危机爆发所引发的严重的社会问题,导致人们尝试其他的道路解决资本主义的现实矛盾。1929年的大萧条加速了美国知识分子的集体转变。大萧条让青年知识分子面对着经济、精神和文化的三重危机,他们必须寻找取代资本主义的政治经济体制;寻找支撑新的精神世界的哲学理论;寻找表达新认识的新的文学样式与文学语言。当时苏联的第一个五年计划正在如火如荼地开展,显示了计划经济的良好态势,预示着苏联人可以在新的社会体制下,依靠集体力量完成美国在自由主义的资本主义体制中无法实现的目标。因此,苏联成功吸引了陷入种种思想困境中的美国知识分子艳羡的目光。

在一部分作家和艺术家出走的同时,另一部分固守美国在本土投身于左翼文学创作和理论创建。因《没有钱的犹太人》一举成名的左翼作家、马克思主义批评家、《新群众》的主编迈克尔·高尔德坚持要把《新群众》办成无产阶级的文学刊物,1928年至1930年,他在刊物上推荐了一系列"工人作家"的作品,并将他们的出现视为无产阶级文学时代的到来。1930年,约翰·里德俱乐部纽约支部向每位作家建议:"他自己投身某种行业……这样,当他写那种行业时,他就像内行一样写作,而不是像资产阶级知识分子的观察者那样。"[②]《新群众》强调文学的写实与记录性,特别是工人书写自己的生活;高尔德说事实就是诗歌。从1926年至1933年,《新群众》大量登载

---

① [美]艾格尼丝·史沫特莱:《中国红军在前进》,《大地的女儿》,《史沫特莱文集2》,第 507 页。

② Gold, Michael, "A New Program for Writers", *The New Masses*, Jan. 1930, p. 21.

工人诗歌、短篇小说、新闻报道，法尔考乌斯基、路易斯·科尔曼、约瑟夫·卡拉、马丁·拉萨克、罗伯特·克鲁登、史沫特莱、赖特、康洛伊都是在此时期脱颖而出的。

高尔德提出建立"工人阶级的战斗文学"，并对"无产阶级现实主义"进行界定；卡尔费顿也主张"现实主义形式、广泛的社会内容和集体意识"；希克斯的《批评的危机》（1933）、《革命与小说》（1934）等文章具体地规定了"马克思主义小说"的政治和艺术标准。在文学创作方面也出现了乔万尼蒂歌颂列宁和红军的诗篇，同时伊斯特曼的小说《冒险》（1927）和史沫特莱的《大地的女儿》（1929）等反映阶级意识觉醒的作品获得巨大成功，《大地的女儿》被视为"无产阶级现实主义"的里程碑式的作品。高尔德在《青年作家向左转》（"*Go Left, Young Writers！*"）中再次阐发了作家的身份问题，他说：

> 他是个赤色分子，却没有什么理论。他全凭直觉。他的写作不是有意识地追求无产阶级艺术，而是他的环境的自然结果。他那样写，因为那是他唯一的方式。他的"思想"倾向全都与他租住的房子、工厂、伐木营地和钢铁厂混合在一起，因为那就是他的生活。①

而这些马克思主义批评家也具有一定的独立意识，他们内部对文学是否走"党派路线"也各执己见。事实是，尽管美国共产党想对左翼文艺界进行干预，但表现得非常乏力。这一时期的文艺路线紧紧追随苏联的文艺政策，大部分马克思主义批评家都强调艺术的无产阶级性，把艺术视作革命的武器。不过，除了来自外部批评的声音，左翼作家内部也就美学与政治的关系问题展开论战。他们的批评充满了理性与激情，对文学艺术的性质进行定性，对作家、读者、主题和视角都进行了符合无产阶级文学理论框架下的规约。此外，还驳斥美国大学中的学院派——新人文主义的保守性，为20世纪30年代的马克思主义理论建构扫除了思想障碍。新人文主义是第一次世界大战前美国大学中的主流，宣扬保守的中产阶级的意识形态，其"为艺术而艺术"的姿态与马克思主义的文艺观针锋相对。两者的冲突在20年代末爆发，论争不仅涵括了大部分的马克思主义批评家，而且也吸引了不少自由

---

① Gold, Michael, "Go Left, Young Writers!", *New Masses*, Jan. 4, 1929, pp.3-4.

派知识分子加入。文学的阶级性与社会性、作家的党派性、文学的民族性与社会性等问题成为这次论战的主要分歧点。这次论战不仅对美国文学、文学批评及其相关问题进行了整理和重构,而且还呼应了美国在经济危机时期的民众心理,并为 30 年代美国文化的再次向左转奠定了基础。30 年代初成立的许多组织和出版机构都有左翼背景或倾向。继纽约率先成立约翰·里德俱乐部后,全国陆续成立了几百家这样的俱乐部,成为左翼作家、"左倾"知识分子和"同路人"思想的家园,"无产阶级"或"社会主义"也成了重要的文学命题。1935 年 4 月,在美共的领导下,在约翰·里德俱乐部的倡议下,作家们在纽约召开了第一次美国作家代表大会,成立了"美国作家同盟",沃尔多·弗兰克当选为主席。接受国际革命作家联盟的领导,从此把"分散的、无党派的自由主义人士的力量全部吸收到一个统一的反法西斯主义的'联合阵线'中来"①。这可以看作左翼文学发展的高潮,最辉煌的时刻。弗兰克主张改变美国文化中的无政府状态,加强作家、艺术家与工人阶级的联盟。

三、对美国左翼传统的背离

如果说"三 S"就如同美国本土的大多数左翼知识分子一样随着激进的潮流起起伏伏的话,就不会有后面的中国故事了。美国的两次红色思潮固然在不同程度上滋养了他们的左翼意识,但是,这种影响力产生的效果不一,甚至他们以不同的方式来理解和对待美国的左翼传统。

对于知识分子而言,经济危机给他们的冲击远远低于对资本主义价值观幻灭的痛苦,但他们身上自觉或者不自觉地背负起对美国的责任感。青年斯特朗此时已经经历了三种不同的文化,在苏联、美国、中国之间游历。可以说,在三人中间,她是最早对资本主义制度从本质上思考的人,也根源于博士期间所养成的良好学识和切入问题的能力。出身于传教士家庭的斯

---

① ［美］丹尼尔·艾伦:《文坛状况与文学运动》,见埃默里·埃利奥特主编:《哥伦比亚美国文学史》,朱通伯等译,成都:四川辞书出版社,1994 年,第 615 页。

特朗，继承了父母对神学的虔诚和追求，23 岁时完成博士论文《从社会心理学研究祈祷》，并撰文《实用主义的某些宗教方面因素》刊登在《美国神学》杂志上。一直以来，她对美国人的理解就是"干净、满足、有效率和富裕。美国是'天国'，是没有阶级的国家，是世界上最好、最自由的国家"①。斯特朗的"左倾"早于她的纽约经历，她家境优越，从小就被教育成具有普遍的同情心和好抱打不平。她在很小的时候就觉察到镇上人们对有色人种的歧视，她的母亲主动给黑人打招呼并热情拥抱，这个举动给幼小的斯特朗埋下了善良和摒弃白人优越感的种子。回顾幼年时代，斯特朗在自传中称自己为"住在上帝花园中的女孩"。后来斯特朗时常以记者自称，实际上无论是从她的报刊文章、书籍，还是所擅长的学科来看，她都是一个政治活动家，她的教育培育了独立思考的能力和追根究底地探求事物本真面貌的习惯。如果说斯特朗青幼年时期生活得无忧无虑，在父母的保护下心灵纯洁，而 1911 年在堪萨斯城儿童福利院举办展览的经历让她发现了底层人的生活现实，让她的思考触及资本主义制度的本质。展览开幕式结束后，帮助设计展厅的制图员的工作已完成，斯特朗不得不代表她所在的机构辞退了一位"找工作前景非常暗淡"但需要负担妻子和两个孩子生活的制图员。为此，斯特朗内心非常自责。通过此事，她认清了资本运作的本质，"我不能为他提供工作，我必须'对预算负责'。我们的委员也不能给他工作，因为展览工作已经就绪。谁能给他一份工作呢？我寻遍每个角落……但我找不到，因为这样的工作根本就不存在。整个世界一片混乱，十分可怖，没有一点安全感。人们告诉我的改革方法，没有一个能扭转这种局面。那天夜里我全试过了。唯一能够解救的方法，是创造一个结构完全不同的世界。"②这一事件的本身就反映了资本主义制度的残酷性，斯特朗对待事件的"发现"和追根究底的严肃态度，促使她走得更远。这个世界，就是斯特朗从贝拉米的乌托邦小说《回顾》中所获悉的，她决心成为一个社会主义者。

斯特朗与从事社会工作的好友鲁思·怀特兴冲冲地找到在堪萨斯《星

---

① ［美］安娜·路易斯·斯特朗：《斯特朗文集 1》，第 19 页。
② ［美］安娜·路易斯·斯特朗：《斯特朗文集 1》，第 45 页。

报》工作的社会主义者丹特·巴顿,告知她们的政治诉求,但是被问到是否相信"阶级斗争"时,她们一片茫然。从巴顿处,她们得知阶级斗争的一个重要方面就是"组织工人们去憎恨——甚至去屠杀"①,她们马上犹豫了。正是鉴于她们这种不明朗的态度,丹顿告诉她们没有任何一个社会主义政党会接纳她们。不过,虽然斯特朗在加入社会党这个事情上受挫,但并未影响她的左翼立场,因为她的行动一直与这个词紧紧捆绑在一起,对它的认识也逐渐深刻。

与拥有着幸福而优越的童年,到中年才知道"阶级"概念的斯特朗恰恰相反,身为矿工之女的史沫特莱却是自小就认识到阶级差别,饱尝阶级剥削和迫害之苦。她对底层生活的了解甚于斯特朗和斯诺,每当回顾矿上那种贫苦的生活时,心里充满对社会不公的愤怒,贫困无知使得矿上的工人们麻木不仁,贫困带走了她的母亲,逼迫她的姨母成了娼妓,逼死了她的兄弟,使她从青年时代就疏离了以中产阶级为中坚的美国主流社会。但是,她激进的立场不代表着她注定加入左翼组织。对于组织,史沫特莱是一种近乎发自本能的苛刻的旁观、审视。她这样写道:

> 共产党在纽约成立了,但是我没有参加。我认识他们很多的领导人,他们写的书、论文我也读过。很长的一段时间我对共产党的言论有同感,听取了他们的言论以后,在中国,我对共产党给予了积极的支持。但是我无论如何也做不到放弃我在自己的精神上和生活方面细小的疑问,而去完全信赖领导者。我并非自以为是最聪明的人,但是,我并没有白白地成为认为自己才是掌握真理的唯一钥匙的人们的工具。为此,我受到了来自双方的攻击。信仰资本主义的一些人,把我所作所为,说成是共产主义者、赤色分子,或者是无政府主义者;共产主义者,则认为我是个人主义者、资产阶级民主主义者。有的美国女共产主义者,还给我贴上"史沫特莱主义"的招牌而在私下高兴着。②

《大地的女儿》中提到玛丽在美国的一所学校当教师的时候,当校长探

---

① [美]安娜·路易斯·斯特朗:《斯特朗文集 1》,第 455 页。
② [美]艾格尼丝·史沫特莱:《中国的战歌》,《史沫特莱文集 1》,第 9 页。

听到她是"社会主义者"时,劝她向上帝祈祷,并告诫她社会主义者信奉"公妻"制度,但被她反唇相讥道:"他们也许信奉'公妻'制度,可是共和党人和民主党人却是实行公妻制度的!"①玛丽映射的正是史沫特莱的态度。史沫特莱的这种思想上的激进力量,如其他同时代的美国左翼分子一样,"强有力地挑战了中产阶级的价值观,探索美国生活中那些相对来说未被探索的领域"②,但她始终保持了强烈的个人色彩。可以说,史沫特莱在政治追求上是左翼的、激进的,但是在生活上是个不折不扣的自由主义者。尽管史沫特莱对共产党的言论和革命事业表示理解与支持,她的亲共态度让她成为美国主流文化的叛逆者,但她对任何政党统治层面质疑的态度使其在左翼政党中被视为"异己"分子,对她采取回避的态度。

斯特朗也在自传中谈到她想加入共产党但又不愿意主动出击的矛盾心态。在对待入党的这件事情上,斯特朗表现得既主动又被动,做出了艰难的抉择。虽然她主动向蒂维尔表达入党意愿,但是其实内心期望"他们首先表示要我加入",她感觉自己要求加入有点硬要挤进去的味道。

> 我被培养成一个"希望被人需要"的妇女。一个接一个教授把我培养成"逆来顺受"。我信仰的宗教使我养成虔诚地等待一个"更高"的意志。即使在我童年时代,我就被培养去做一个"好孩子",希望人人都喜欢我,引起人家的兴趣,但不要强求。使自己被父母、一起玩的小伙伴、女大学生联谊会的同学们、男人、编辑们所喜欢、爱戴和需要,已经成为我生活的目的。而主动要求食物,异性或在未被邀请的情况下闯进晚会,都被认为是不合适的。我已被培养成希望有一个上帝,为之效劳的人了。他们把我变成一个多么顺从而又可怜的奴隶啊!③

斯特朗的被动性一览无余,家庭教育、学识和对宗教的虔诚使她从小到

---

① [美]艾格尼丝·史沫特莱:《中国红军在前进》,《大地的女儿》,《史沫特莱文集2》,第476页。

② Shulman,Robert,*The Power of Politics*:*the 1930's Literary Left Reconsidered*,University of North Carolina Press,2000,p19.转引自刘林《美国"红色三十年代"左翼小说论》,《文史哲》2011年第4期。

③ [美]安娜·路易斯·斯特朗:《斯特朗文集1》,第453页。

大循规蹈矩,成为众人眼中的"好孩子"。她从不主动索取什么东西,但唯一的追求就是对真理的追求,小时候受家庭的影响,她一直信奉的是教授众人美德的神;在青年时期,她开始将美国社会的现实与宗教、美国精神结合起来思考,结果发现两者都不能解决现实问题,于是就转向苏联新的政治体制。尽管她内心非常崇拜苏联共产党,将党看成跟她童年时期的"上帝"一样的地位,她把宗教情感转化为政治情感,但在行动上,她永远不可能像史沫特莱那样激进和超然。年轻的时候她和好友还能兴冲冲地找到党的联系人,但是中年的斯特朗却无法更进一步。因而,当她向蒂维尔表达了入党的想法时,已经是她最大的尝试和努力了,但蒂维尔一再问她"是你要加入吗?""两眼突然发亮,随后很快就掩饰了他的情绪,像在明亮的窗子上蒙上了一层窗帘。"①这种克制的态度让她觉得不好意思再提出进一步的要求。这种过于理性的行为让她感到做出最后的决策很难,因为她早已习惯了靠自己优异的表现来赢得认可,而不是主动索取。在这一次,也是唯一一次与党组织靠得那么近的时候,她放弃了,她突然发现她离得很远,心生怨恨:"不,这根本不是上帝:这是一个蚂蚁堆,在那里,人人都受管束。"②

相比而言,青年斯诺与左翼组织和左翼文人圈是离得最远的。他的传记作家说:"与斯诺同一个时代的记者,例如他所喜爱的艾格尼丝·史沫特莱或安娜·路易斯·斯特朗,都是在与对立面的斗争中成长的。斯诺则不然。从年轻时起,他就平静地走他自己的路,因为他作为一名辅祭不愿意失去对天主教的信念。"③斯诺固然不像前两者有那么明显的思想倾向,但他并非一个安静的、顺从的人。他的父母都信奉宗教,但父亲是出自基督教家庭,母亲是虔诚的天主教徒,父亲经常为烦琐的宗教成规感到不耐烦,与母亲针锋相对。斯诺对宗教的幻灭感不是来自双方的教义,而是他发现了礼拜日圣饼根本不是上帝的化身,与普通的饼并没有区别。如果说斯特朗和史沫特莱的左翼立场迟早会促使她们走向国际共产主义,来中国带有一定的历史必然性,那么斯诺的中国之行,就偶然得多。爱冒险固然是斯诺的一

---

① ② ［美］安娜·路易斯·斯特朗:《斯特朗文集1》,第 453 页。
③ ［美］约翰·汉密尔顿:《埃德加·斯诺传》,第 5 页。

大爱好，但历史在偶然中又有一点必然因素。他自幼就佩服先祖们征服西部的伟大历史功勋，也喜欢读马克·吐温的冒险小说。他梦想着像哈克贝里·费恩和汤姆·索耶以及《鲁滨孙漂流记》《瑞士家庭鲁滨孙》和《金银岛》中读到的人物那样，四处冒险。1922年，少年的斯诺说服另外两个好友，一起去割麦子挣旅费，他们乘着一辆T型游览车一路向西，抵达洛杉矶时，他们的钱用光了，只得乘火车回到堪萨斯城。这次旅行途中，他们看到铁路附近有大队大队的警察在围捕全国铁路大罢工的员工。但是孩子们并没有从罢工事件中看出什么社会和政治的意义。"斯诺感兴趣的，是这种艰难的冒险旅行，是他所遇见的普通人民，以及他在晚年经常缅怀的大洋彼岸的珍奇世界。"[①]在斯诺的世界冒险旅程中，正好就有这样的一个工作机会让他与中国结下了不解之缘。斯诺就读的密苏里大学与世界保持着紧密的联系，校长威廉斯通过与驻外的编辑们的各种关系，将优秀的毕业生派往国外的岗位，尤其是到日本和中国。到20世纪20年代末期，有50多名毕业生在远东工作，他们被称为"密苏里新闻派"，以至于1920年，在上海举办了一场120人规模的密苏里联谊会。23岁的斯诺对中国是毫无概念的，他只是迫不及待想要去体验新的旅程，他在给父母的告别信中写道："我所喜爱的生活，现时的幸福就是一个。那就是旅行！！冒险！体验！我想要克服困难——肉体的困苦——享受成功后凯旋的喜悦！我愿意去体验艰难险阻！"[②]这位不甘现状、想要挣脱沦为资本主义齿轮命运的斯诺，终于走上了特立独行的道路，在中国的驻华记者中成为第一个闯荡红区的人。

在世界左翼思潮的浪潮中，"三S"先于他们的同代人，在美国"红色三十年代"之前，怀着对美好社会和生活的向往，他们在自己的国家中孕育出对民主社会的憧憬与想象，奠定了对中国共产党领导的人民革命的同情和支持的态度。同时，他们最初对社会主义者和共产主义者以及社会有了一些接触和思考，但他们都不是盲从者，他们各自的成长经历和阶级背景决定了他们各自的态度，斯诺是一个具有冒险精神的自由主义者，斯特朗是怀着

---

① ［美］约翰·汉密尔顿：《埃德加·斯诺传》，第14页。
② ［美］约翰·汉密尔顿：《埃德加·斯诺传》，第19页。

宗教情怀的左翼分子,而史沫特莱则是带有个人主义的左翼斗士。而美国的"红色三十年代"对左翼文化是宽容和同情的,是知识文人和艺术家追逐的风尚,普通大众也期待了解美国之外的左翼斗争和革命,弥补战争创伤、为本国资本主义的危机寻找出路和宣泄对日嚣尘上的法西斯势力扩张的恐惧的复杂心理。他们书写世界的过程,其实映射的是对信仰、对理想社会的寻找和确认的过程。他们在作品中既表达了汲取社会主义思想时的欣喜,也表达了对美国现实问题的关切和困惑。

第三节　影响"三 S"向左转的中国因素

如果说美国文化在"三 S"前期的信仰和立场上有举足轻重的作用,那么,他们后期立场的选择与坚守就更多地为个人所参与的中国社会事件、所接触的社会圈子所影响了。坦白而言,在众多来中国的外国人士中间,他们三人并非最初就决定要去挖掘"红色中国"的题材。相比过去的文化经历和信仰,他们对中国文化、公共事件的思考,以及他们交往的圈子更能解释后期所持的在中国问题上的基本立场和观点。爱泼斯坦曾在"三 S"纪念会上提出"毛泽东、周恩来、朱德、彭德怀和参加过长征的一些普通战士;而在更早一些时候,还有宋庆龄、鲁迅和国民党统治区内其他一些革命者与进步人士"①对他们中国观的形成起到了重要作用,这些人也成为他们所建构的"红色中国"形象中的一个重要组成部分。本节探讨他们来华后,参与、经历的社会活动和接触的人文圈对他们政治立场与信仰的影响。

一、从美国到中国:政治主体性的凸显

如前一节论述,虽然"三 S"都在美国的左翼思潮中受到滋养,但是他们在不同程度上表现出独立意识,并坚持己见,因而,在向往社会主义的同时,

---

① 中国三 S 研究会编:《敬礼,三 S》,第 18 页。

表现出对于美国左翼政党和路线的怀疑,倾向于亲自探索和寻求问题的答案。在左翼信仰上,相对而言,斯特朗是一位虔诚的马克思主义者,史沫特莱是一位个人主义者,斯诺是一位中间偏左的民主分子。他们的共同特征就是对自己的国家都有叛逆的情绪和到世界探索的欲望。

中国对"三S"政治上的进一步左转起到了关键作用,中国的现实语境提供了他们共睹马克思主义理论中国化和参与其中的机会。美国左翼文化运动对"三S"最重要的影响就在于促使他们从青年时代就疏离了以中产阶级为中坚的美国主流社会的价值观,认同那些处于社会底层、受压迫、受剥削的人们,这构成他们最终选择支持中国红色革命的起点。他们在中国的行动和创作日益凸显身上的政治主体性。

史沫特莱对阶级的看重超越了国家和种族。她自年轻时就认同亚洲被压迫民族和人民,支持他们的独立和解放事业。究其原因,恐怕个人出身和早期悲惨经历对史沫特莱"美国梦"破灭和背弃美国身份所产生的巨大影响,美国的实用价值观在史沫特莱身上并未起到积极作用。她并不觉得美国的现实生活和宣扬的价值口号之间有必然的联系,恰恰相反,科罗拉多峡谷里的那几年闭塞的生活让史沫特莱常常听到男人和女人说"我们是命该如此",所谓的"命定说"不过是掠夺者用来对付那些被他们掠夺的人的一种武器。史沫特莱认为,生活在无知无识的黑暗中是无法了解生活的全部意义的,峡谷里的人是最愚昧无知的,只有逆来顺受,不能主动思考①。来中国后,她立即敏锐地发现,中国地主和剥削阶级对农民也进行着同样的勾当,史沫特莱马上将两者联系起来。美国现世的价值观在她那里是被颠覆的,是虚伪的,也造成了她很早就背离了自己的祖国,追求更公平的分配制度。"她似乎根本不效忠于她自己的种族、民族、性别,甚至她所处的历史时期。和她所效仿的罗莎·卢森堡一样,她的主要罪过就在于她远远地超越了自己所处的时代。对于男人,这可能被原谅,而对于女人来说,却很难被宽

---

① ［美］艾格尼丝·史沫特莱:《中国红军在前进》,《大地的女儿》,《史沫特莱文集2》,第 383 页。

恕。"①但是,回想起挣脱家乡的粗鄙和愚昧的心路历程,史沫特莱的内心还是有种撕扯的情感作用力。

> 我现在回想起那些诚恳粗野、胸膛长着毛、不刮胡子的男人时,心里总是很愉快。我又想起矿区里那些更粗野的不幸的男人以及他们沉默寡言的不幸的老婆。现在想起他们来,我心里总带着一种悲戚依恋的感情。但是在那些年代里,我却一心追求着我以为更完美更高尚的东西,抛弃了这一切,抛弃了我的乡亲和我的家人。我忘记了他们所唱的歌——这些歌现在很少再有人唱了,我从自己的语言中消除了他们的土语,我以他们和他们的生活方式为耻,但是现在——是的,我热爱他们,他们是我的血液的一部分;他们的全部美德和弱点,对于我的人生观的形成起了很大的作用。②

这样的阶级怜悯情感如此之深,即便她接受更好的教育、碰撞更深刻的思想和遇见更优秀的人,曾经努力去抛下、清洗掉那种乡野之气,但是身体中流淌的还是那个阶级的血液,令人羞辱、充满艰辛的童年生活和对种种难以忍受事情的反抗始终深深地刻印在史沫特莱的大脑中。

与斯诺不同,史沫特莱终生都在有意识地流亡。生就一名美国人,她无法选择,不过,她总是提醒自己的同代人注意到美国并非一个了不起的国家。对她来说,美国是这样一个国家,在这里她的母亲过度操劳,几乎饿死;兄弟被征了兵,去打一场不明不白的战争,又在一次工伤事故中死去,仅赔付50美元。史沫特莱本人被关在"人类野蛮的纪念碑"中,像政治犯一样被禁闭,没有一点点可以看见的公民权。这就是她成为作家的生活起点,《铁窗难友》对狱中遇见的病态妇女做连接松散的人物素描,开始了她的创作生涯。后来,中国革命作为一个类似的,由被人们忽略的勇敢的小人物,罢工的煤炭工人和来自农民的纱厂女工所组成的画廊,也为她提供了文学题材。③

---

① 尹均生、曹毓英主编:《纪念史沫特莱》,北京:新华出版社,1987年,第339页。
② [美]艾格尼丝·史沫特莱:《中国红军在前进》,《大地的女儿》,《史沫特莱文集2》,第388页。
③ 尹均生、曹毓英主编:《纪念史沫特莱》,第341–342页。

与斯诺相同的是,史沫特莱骨子里也不服从按部就班的宿命,充满着对未知世界的好奇。

> 要不是我的血液里有一种游荡的欲望——这是我父亲传给我的——要不是我继承了父亲那种拒绝接受上帝所赐予的命运的精神,我说不定也会一辈子住在煤矿镇上,嫁一个工人,替他生下十个孩子,让他们在大地上四处漂流,而我自己也许一过三十岁就进了坟墓。这就是我周围的妇女共同的命运。但是一切固定的事情都是我的仇敌,很快就失去了它们新奇的色彩。未知的事物永远在召唤着我。①

斯诺身上也有中美文化的对接和政治转向的元素。"红色中国"的冒险之旅颇具浪漫色彩,在对其进行正式介绍之前,斯诺极尽可能营造一种神秘而危险的气氛。经过几天有悬念而又平静的旅行后,映入眼帘的是一位身着制服的战士:"我们到达一处平静的水洼,在巨大的石缝中冒出咕咕的溪水,在那里我第一次看到红军战士。他一个人站在小溪的对岸,牵着一匹小马,绿色丝质的马鞍座毡上有一颗黄色的五星。"②在斯诺的眼中,这位红军战士看起来是一种不同的"红"——一种从美国视野下移植过来的意味。顺着这道目光,映射出中国红区的未来并交织着对美国先辈们开拓边疆的怀念。费正清在介绍《红星》时,介绍了斯诺的祖辈们一路向西,从北卡罗来纳州到肯塔基州,再到堪萨斯州的地域。当斯诺1928年去往中国,他的旅行似乎就是美国历史上西进运动在世界版图上的扩张。斯诺马上喜欢上中国的这个边远地区——西北。在旅途结尾,这位来自美国堪萨斯州的人毫无悬念地说服人们他离开"红色中国"就像离开了自己的家园。甚至连中国地形的指向符号也似乎离奇地熟悉。城市化的地区被看成东部,西部象征着由少数民族居住的边远地区。共产党的军队为了找寻乌托邦传说从东部艰苦跋涉到西部③。很多人是为了躲避旧世界的迫害加入进来。斯诺看到的工

---

① [美]艾格尼丝·史沫特莱:《中国红军在前进》,《大地的女儿》,《史沫特莱文集2》,第386页。

② Snow, Edgar, *Red Star Over China*, New York: Grove Press, 1968, p. 65.

③ Lye, Colleen, *America's Asia*, *Radical Form and American Literature*, 1893–1945. Princeton: Princeton University Press, 2005, pp. 204–225.

业带很粗糙,生存条件很恶劣,但是比起上海的工厂里那些小男孩和小女孩奴隶般地站着或坐着,一天连续工作十二三个小时,"这里的生活至少有健康、运动、新鲜的空气、自由、尊严和希望,这样就有生长的空间"①。斯诺向读者确保这里的政治不包括将土地权共产化,而是沿袭孙中山的提法:耕者有其田。斯诺说:"我在西北发现的中国共产主义准确地说是农村平均主义,而不是马克思主义模子下的东西。"②

斯特朗为"美国梦"斗争过,她的"美国梦"不是个人意义上的,而是为了"更完善的民主形式",但是她发现美国逐渐发展成了世界上最大、最危险的帝国主义。因此,她在世界追求真理之旅就此开始。她不属于那种放纵情绪的艺术家,为了宣泄或释放心灵而漂泊,她的目标是更为科学合理的社会制度。莫斯科的红色革命震撼了世界,也照亮了她的左翼梦想。因而,当斯诺和史沫特莱将目光牢牢地锁定在中国的时候,最早来华的她,反而在苏联和中国之间徘徊。

二、从白区到红区:中国红色革命的吸引

不可否认,没有谁一来中国,就抱有天然的使命意识和拯救意识,除非是虔诚和笃定的基督教徒。"三 S"来中国的最初意图是完全不同的。斯特朗来中国的出发点是寻找完整的社会主义革命,史沫特莱是把中国作为去印度开创事业的中转站,而斯诺原计划用六周的时间探索最具东方风情的古老中国,感受世界珍奇。

1928 年 12 月,史沫特莱以德国自由派报纸《法兰克福报》记者的身份,途经苏联来到中国。在东北地区停留一段时间后,一路南下来到上海,在旅途中,她看到中国人民在日本的奴役下,过着奴隶般的生活。他们贫困的程度比之前她读到和了解到的任何贫困现象还要严重,史沫特莱才深刻感受到苦难的真正含义。对中国广大地区种种落后和愚昧的见闻让她觉得如同

---

① Snow, Edgar, *Red Star Over China*, p. 252.
② Snow, Edgar, *Red Star Over China*, p. 219.

行走在"中世纪"一般。在顽固的、腐朽的封建势力和日本帝国主义的双重压迫下，广大底层人民过着食不果腹、衣不蔽体的悲惨生活，他们痛苦而麻木的神情给史沫特莱留下强烈的印象。中国的底层人民与她童年时期的科罗拉多的底层矿工人员一样，让她既心生怜悯，又愤怒，中国的革命语境让她看到希望，因为在中国有翻牌的机会。以一个热衷于调查的记者的身份，"看到了已露端倪的帝国主义对中国的入侵，国民党政府和外国列强相勾结的丑态和在帮助镇压人民方面所扮演的角色。人民大众的极度贫困，尤其是在工厂和矿区，在她和路易·艾黎一同在无锡调查过的那一类缫丝厂中，女工和女童的处境使她感到愤怒。她惊恐地看着女童工被泡着蚕茧的锅里滚开的水烫坏的小手，看着苦力在做非人的工作，手拉，肩扛，在人力车车杠间精疲力竭倒下死去。"[①]已在世界各地展出的一张史沫特莱拍摄的最著名的照片就是揭露这种状态的，一群苦力在上海的外白渡桥上拉着一车堆积如山的货物，至今还能在记录 1949 年前历史的许多著作中或博物馆展示的墙壁上看到。

种种惨况勾起史沫特莱的童年回忆，激起她伸张正义的斗争精神和拯救意识。她选择继续留在中国以揭露人民的惨状，用她的方式为底层人民寻找出路。在报道中，她表达了自己的关切意识："中国赢得了大多数人的同情，当然也赢得了我的关心。"[②]史沫特莱在中国生活的日子越久，尤其是在延安、在战区与当地的老百姓、红军战士亲密接触后，她对中国的情感越深。她将自己在苏联和中国的生活进行了对比：

> 然而，让我离开中国消磨岁月，简直难以生活下去，什么原因我说不出来。生活在苏联同生活在中国两相对比，在苏联虚度光阴可能会自由自在、安逸舒服一些。……中国社会的巨变和个人写作的兴趣在深深吸引着我。并且中国有我许多战友在那儿生活，在那儿斗争，在时刻召唤着我重返中国，去学习、去工作斗争！[③]

---

① 尹均生、曹毓英主编：《纪念史沫特莱》，第 15 页。
② ［美］艾格尼丝·史沫特莱：《中国的战歌》，《史沫特莱文集 1》，第 270 页。
③ ［美］艾格尼丝·史沫特莱：《中国的战歌》，《史沫特莱文集 1》，第 121-122 页。

从起初作品中的"中世纪"中国到"乡土"中国反映出史沫特莱对中国的情感距离在缩短,起到关键作用的就是对"红色中国"的发现。随着在中国见识的增长和经历的丰富,斯诺的视角从"白区"转移到"红区",对中国的情感发生了变化,转变的基点也是在"红区"所看到的一切。

斯诺在任职记者期间,目睹旧中国的苦难,产生了极强的怜悯之心和强烈的人道主义精神。为了完成采访任务,斯诺离开上海去西北和西南广大地区,看到了真实的人间地狱,特别是西北部的萨拉齐"大饥荒"惨绝人寰的场面,强烈地震撼了斯诺的心灵,促使他投身于解决中国现实问题的人道主义行动。这个被斯诺也被后来众多的学者称为"觉醒的起点",是基于战争、贫困、暴力和革命的惨象之上,只是中国的景象是最令人惊骇的。更恶劣的还不是灾荒本身带给人民的苦难,而是激烈的社会矛盾,匪帮、流寇、二流子、流氓等,为非作歹、逍遥法外,致使普通人的生活支离破碎、倾家荡产。而所有的这些问题,国民党政府都不能解决,甚至使情况更糟,大部分的中国人生活在水深火热之中。斯诺身上浓厚的人道主义性情从不允许他置身事外。在北京时,斯诺不仅常常为进步学生和共产党员提供帮助,还掩护邓颖超通过日军岗哨,撤离北平。

斯诺既被中国深厚的传统文化吸引,又被青年学生身上散发的蓬勃生机和勇于接受新思想的精神所吸引。事实上,在来华后不久,他还去东方古国印度游历了四个月,与诺贝尔文学奖获得者泰戈尔、非暴力不合作运动领袖甘地和总统尼赫鲁等进行了深入的交谈,感到索然无味。斯诺认为甘地放弃抵抗的行为就如同成功在望时屈膝投降。而且,甘地对新事物并不怎么感兴趣,对马克思主义所知甚少,对正在中国发生的伟大革命也漠然。斯诺深深感觉到印度已无太大的探寻价值。而北京这个城市所蕴含的古文明底蕴与魅力已然将斯诺深深吸引。斯诺曾写道:"北京是亚洲无与伦比、最雄伟、最吸引人的都市。它是一个具有将近三千年连绵不断的历史文明古国的中心。……然而,这里也突发过暴力行为,勇敢的青年学生喊出了全国性的战斗口号。"①斯诺帮助过中国激进的学生运动,掩护进步学生免遭军警

---

① [美]埃德加·斯诺:《复始之旅》,《斯诺文集 I》,第 141—142 页。

的缉捕。古都文明的魅力和新青年求变的勃勃生机也是让斯诺坚定留下来的原因之一。

"斯诺从留在中国到走进红区的深层原因"一直是"斯诺研究"讨论的热点问题之一。海伦概括了他们思想变化的历程——"人们只有经历过充满了迷信和残忍的僵化,落后的制度,才会赞许共产党人在最基层改造中国,所做的非凡的进步的工作。人们只能根据中国自己的过去评论中国,不能根据什么旁的标准。"①"早在1931年,斯诺已经注意到有关中国共产主义的故事将会是一个可以告知世界的好的素材。"②"用英文写的关于中国的书,没有多少帮助——埃德和我对其中的多数都看不上。我们感到惭愧,离开中国的时候对它的真正问题懂得这么少。我们为什么要冒着生命的危险在1936和1937年去访问中国共产党人,这也是一个原因。"③史沫特莱也认为国民党封锁一切中国工农红军的消息,让西方无法了解真实的中国,误以为共产党人真的是"共匪、赤匪、强盗、暴徒"④。

对中国问题持续的思考,关注政治事态的变化,对未知事物的求知欲和人道精神激发了斯诺对事物的好奇与解决问题的态度,还有美国的价值观培养出他对理想执着的态度。现实回报给斯诺的就是对一个全新的中国的发现,1969年,斯诺写信回复一位美国学者关于他1936年做出对中国共产党有利的判断,是因为这些"赤色分子"比他们的敌人更好。显然,彼时的斯诺已经下定决心要为"赤色分子"正名,把他们推上世界历史的舞台。

三、从国际左翼到中国左翼:中国左翼文化圈的影响

史沫特莱在德国期间,一直活跃在柏林的激进文人圈。来华之前,她已经花了两年时间研究中国革命的历史和现状。她交到一些在"大革命"中遭

---

① [美]海伦·斯诺:《一个女记者的传奇》,第102页。

② Snow, Edgar, "The Strength of Communism in China", *Current History*, Jan. 1931, pp. 521–526.

③ [美]海伦·斯诺:《一个女记者的传奇》,第102页。

④ [美]艾格尼丝·史沫特莱:《中国的战歌》,《史沫特莱文集1》,第164页。

到清剿的、流亡到海外的中国朋友。而且,她有机会参加中德青年共产党员们在柏林举行的辩论聚会,能适时了解中国革命的新动态。适逢《法兰克福报》招聘中国的特派记者,史沫特莱带着孤独又渴望解脱的心情,踏上了中国革命的漫长征程。

史沫特莱早期结识的朋友和激进的行为对她的思想立场和情感倾向有很大的影响。她在美国早期接触的朋友主要有:社会主义者,世界产业工人工会的抗议者,工会组织者,进行地下活动的印度民族主义者,节制生育的支持者和像她一样宣称婚姻是"人类奴隶制度遗俗"的女权主义者,还有一些向左转的作家。为了"红色的"埃玛·戈德曼是否有权对公众发表演说,史沫特莱第一次和警察打交道。1926年,在布鲁塞尔召开第一次大会的时候,正对印度民族独立运动感兴趣的史沫特莱倾听了尼赫鲁的演讲,她还参加了柏林的反帝大同盟,由此开始对社会主义产生热情,知道了正在中国发生的革命。最终,史沫特莱选择前往中国,初衷是为中国人民的民族独立运动做点事情。

史沫特莱来华以后,积极投身中国的左翼文化运动,不仅充当美国左翼文坛与中国左翼文坛的桥梁,也为中共与左翼文坛牵线搭桥。1935年10月,中国工农红军胜利到达陕北后,鲁迅和茅盾联名给毛主席发了贺电,这份电报就是经过史沫特莱发出的。1936年春,史沫特莱在鲁迅家中遇到了刚从西北回上海的冯雪峰,为她描述了一幅幅充满了艰险苦难但又百折不挠的长征画面,当得知红军部队急缺医药物资时,史沫特莱与两位外国医生迅速筹集资金,为红军采购药品。她不单单是一个同情中国革命的政治人物,也不遗余力地向西方介绍中国的红色革命和左翼文化,实际上构成了中国左翼文化运动不容忽视的一部分。从西式民主到契合中国左翼立场,虽然立场都是左的,但是史沫特莱也历经了一个摸索的过程。

初到中国,史沫特莱以为中国缺乏自由,以人民的民主自由为目标,迫切想把人权理论引进中国。她与一些"有真才实学的"中国知识分子谈自由问题,如胡适、杨铨、徐志摩等受过西方教育的知识分子。比如说,"争到一点言论、出版自由,只要能够争取到政治犯的公开审讯,只要能够争取到监狱条件的改善和制止对人犯的逼供暗杀,我们的收获就很可贵了。"①对这些知识分子,史沫特莱一一点评。胡适学识渊博,他在《新月》上发表关于尊重人权的文章令人印象深刻,论证有说服力;林语堂反复无常,讽刺成性,主张用法治对抗专制,虽然他辛辣讽刺官僚制度,但是史沫特莱显然站在鲁迅的一边,认为他不够革命,不敢面对现实政治问题进行斗争。而且,他引导青年愤世嫉俗、脱离政治,写一些无病呻吟、贫乏无聊的文章。而杨铨则具真才实学、名实相副,是一位政治家、一位学者,更是一位组织人才兼行政干才②。

在中国的岁月里,虽与同行交流不多,史沫特莱有独立的消息源,也有获得对事物观点的路径,这些确保了她对事物的独特看法。她说:"我喜欢学者、专家们寻根究底探讨事物本质的思想,也喜欢有些报纸编辑、记者对问题的现实看法。但我特别喜欢同进步的民主人士和革命的共产党人来往。……至于其余的人,则很难足道。在许多外国人和我之间,隔着一道难以逾越的墙。我和我的同行很少交往。"③虽然史沫特莱交友有一定的倾向性,但也看出,她并非一味地以单一的政治标准来衡量,对"民族信念"的坚持和"勇气"是她所看重的。在外国人中间,史沫特莱喜欢为她独立写作权辩护的民主人士约翰·鲍威尔,尽管鲍威尔一直支持的是蒋介石,但坚决反对日本法西斯行径。她还与卡尔逊建立了一生难得的、最忠诚可靠的友谊。据她分析,卡尔逊的德行禀赋深受宗教道德影响,他的处世哲学深深扎根于美国建国初期的杰弗逊式的民主信仰原则之中。"这也许正是他能体验八路军的生活,能呼吸八路军的政治思想、道德教育的空气,并如同自己家里一样无拘无束的根本。他感到探索多少年,走遍天涯海角,终于在这儿找到了中国民主的靠山。他这种看法和其他许多访问八路军的美国记者看法相

① [美]艾格尼丝·史沫特莱:《中国的战歌》,《史沫特莱文集1》,第105页。
② [美]艾格尼丝·史沫特莱:《中国的战歌》,《史沫特莱文集1》,第106页。
③ [美]艾格尼丝·史沫特莱:《中国红军在前进》,《大地的女儿》,《史沫特莱文集2》,第69-70页。

同。"①这段文字,展示了史沫特莱其实是认同美国初期的民主的,而八路军中就洋溢着这种民主风气。史沫特莱与卡尔逊之所以能建立坚固的友谊正是因为二者达成了共识。而且,对在中国的外国人而言,中国的战争语境给他们营造了一个悬置的空间和紧张的心理状态,促使他们在生死混乱的局面中出现了前所未闻的极不平常的友谊,他们来往前线,互通情报。史沫特莱充满诗意地描述道:

> 我们互相接近,互相探讨,彼此追求全人类最好生活方式的心灵和意志。我们所有的旧价值观念似乎消失了,我们不注意物资的东西。谁也不知道明天怎么样。我们像身在大风暴的海洋里快要沉没的船上的旅客,终于发现了彼此的人性,毋须了解的"不言而喻"的友爱,使大家紧紧相连在一起。战争的紧张气氛与诗歌的吟诵逸致在我们中间如花盛开,神奇的光照射在我们的团结友谊上。②

她多次出席一流的宴会,如其他在中国的外国人那样乘坐人力车。不久,她就对凌驾于他人之上的生活方式不满,特别是读了鲁迅的文章后,对中国有了一些清晰的认识。在陈翰笙的引导下,她深入农村进行实地考察,她看清了中国的尖锐矛盾在于中国封建特权阶级对人民的剥削压迫,对中国革命有了最初的直观认识。在路易·艾黎的帮助下,史沫特莱看到资本家对工人残酷的剥削压榨,中国城市工人苦难的生活状况。在对中国农村和城市的底层人民生活有了完全了解后,史沫特莱意识到自己的使命就是为中国的被压迫人民的解放而斗争,从此她的思想与中国革命紧密地联系在一起。

在史沫特莱 20 世纪 30 年代的写作生涯中,对她产生最大影响的人就是鲁迅。1934 年至 1935 年间,史沫特莱同鲁迅、许广平同住在一起约有一年时间。鲁迅的白话式文学和社会现实主义加强了史沫特莱从事写作的信

---

① [美]艾格尼丝·史沫特莱:《中国红军在前进》,《大地的女儿》,《史沫特莱文集2》,第 186 页。

② [美]艾格尼丝·史沫特莱:《中国红军在前进》,《大地的女儿》,《史沫特莱文集2》,第 212 页。

心。史沫特莱还声称被鲁迅的人格所影响①。史沫特莱生前一直同丁玲有通信往来，她的传记作家称史沫特莱在丁玲的帮助下，才能准确而深刻地描写出二三十年代中国妇女所处的环境②。

宋庆龄也对"三S"产生过重要的影响。在"三S"眼中，宋庆龄是中国20世纪最伟大的女性，她坚守孙中山先生的遗愿，代表国民党左派与共产党合作。大革命失败后，她与蒋介石政府划清界限，前往莫斯科。1932年12月成立中国民权保障同盟，她担任临时全国执行委员会主席，蔡元培任副主席，杨铨担任副主席兼总干事执行委员，林语堂、鲁迅担任执行委员。林语堂、伊萨克斯和史沫特莱负责英文版的报道，她还担任宋的秘书兼保镖。"史沫特莱作为美国作家、记者受共产国际委托在中国活动、帮助中国革命和中国共产党，《中国论坛》的创刊史沫特莱和中国共产党都起到了重要作用。"③通过宋庆龄，斯诺看清了国民党的内部分化，知道孙中山的革命追求和未实现的理想，对宋庆龄拒绝与蒋介石政府合作表示钦佩，看到了中国人民为国家民族的独立和民主所做的努力。

斯诺与左翼人士之间的交往与友谊，加强了斯诺对中国文化的了解，并深受他们的影响。中国给予斯诺的教育，不仅仅是在政治与经济的现实世界中当一名记者，而且让他有时间沉迷在自己闲散的阅读习惯中，深受左翼书籍的启发和鼓舞。在北京期间，他在思想家如埃默森和弗洛伊德的书中流连忘返。他订阅了英国新左翼书刊俱乐部的书，特别喜欢萧伯纳的书。他和海伦在一起互相诵读着萧伯纳的《知识女性的资本主义与社会主义指南》。萧伯纳是费边社会主义的积极倡导者和拥护者，这种理论的最终目标是实现一系列关于共产主义的民主。斯诺在真正了解中国的实际情况前，在某种程度上也受到他的影响。斯诺对左派感兴趣的另一个原因是出于对法西斯主义的恐惧和反感。这在20世纪30年代是很普遍的。法西斯主义

---

① ［美］艾格尼丝·史沫特莱：《论鲁迅》，黄源译，1939年12月《刀与笔》月刊创刊号。

② ［美］艾格尼丝·史沫特莱：《革命时期的中国人》，麦金农编，王恩光、许兴邦、刘湖译，北京：中国展望出版社，1984年，序言，第11页。

③ 姜建中、孟祥波：《〈中国论坛〉述评》，《黑龙江史志》2008年第21期。

对斯诺和其他在北京的人有直接的重要影响,他们害怕蒋介石可能真的会参加轴心国联盟而不抗日。蒋介石似乎是个用法西斯警察战术来对付人民的老手。相比之下,斯诺对共产主义产生了兴趣。

中国的革命语境像一个大熔炉,既锤炼着灾难中的中国人,又吸引着以"三 S"为代表的西方人的融入。它或激起他们内心的人道主义同情,或激发他们身上的理想主义激情,或激活他们血液中先祖立国时留下来的最初的民主精神。有趣的是,在《中国的战歌》中,史沫特莱追溯年轻时出走德国,8年之后踏入中世纪般黑暗的中国的原因时,将目光转向了她先前不大留意的美国历史和文化传统,从美国开国先贤的斗争历程中寻求精神激励和支持。在经济拮据、不被人理解的窘境中,开创了美国民主和自由传统的托马斯·杰斐逊成为史沫特莱自勉的榜样。在她此时的认识中,超越民族和国家界限,为受压迫、受奴役人民的自由和解放而战,体现的就是杰斐逊式的民主和自由精神。德国汉学家顾彬正好解释了像史沫特莱的这种返璞归真的状态:"西方人把视线移向东方的目的是想通过东方这个'异'来克服他们自身的异化"①,从而回到"本真"的状态,寻找一种温馨的"家园",一种"前文化阶段"没有异化的人。而第一次世界大战后有相当一大批的西方人从心灵深处多少都抱有在中国寻找精神家园的念头,正是在中国这个"他者"身上,发现了一个理想中的没有分裂的自我。

第四节 "三 S"的身份认同与价值诉求

在实现空间跨越的便利后,现代人对身份的追问超越任何时期。"三 S"的一生都有跨多国文化生活的经历,他们在世界历史巨大变革时期拥抱他国文化和文明。他们在作品中流露出的对自我、本国及他国的丰富情感,反映出他们的理性思考和价值抉择。在"三 S"笔下,美国和中国是主要的书写

---

① ［德］顾彬:《关于"异"的研究》,曹卫东编译,北京:北京大学出版社,1997 年,第47 页。

对象，他们对这两个国家的认识和情感是矛盾的、变化的。在对左翼身份的个人自我认同和社会认同上，也表现出一定的复杂性。考察"三S"的价值诉求、身份认同及背后的文化和国家认同对理解他们塑造中国形象有非常重要的意义。

一、"上帝""民主"和"共产主义"："三S"的价值观

美国传统上的稳定信仰就是宗教。从宗教体验上来说，"三S"都有过与教堂和牧师、异国传教士接触的经历，斯特朗从小到青年时期一直是一位虔诚的基督徒，斯诺小时候经常随母亲去教会，史沫特莱也听从过加拿大来美牧师的传教。然而，他们最终都背离了宗教传统，自觉脱离了"上帝"的掌控，在不同程度上用政治信仰代替宗教信仰，他们是脱离美国宗教影响的离经叛道者。孕育于西方文明的基督教经过宗教改革和普世化，与西方的政治体制相互匹配，劝导教徒们安分守己，顺从命运的安排。传统的基督教徒认为自己背负上帝的使命，将福音传递给世人，对疑神论者、马克思主义者或其他的宗教信徒试图改造或排斥。美国社会的核心价值为"清教精神"和"新教伦理"，18世纪的两大伟人分别代表了这两种精神。清教徒乔纳森·爱德华兹和新教徒本杰明·富兰克林的思想和布道活动为美国性格的道德风范做出了具体规定。克利福德·吉儿茨指出宗教能"把人类行动调整到可预见的宇宙秩序上来，并把它投射到人类经验的水平上"[①]。19世纪中叶宗教权威的式微引发了信仰向着松弛方向转变，通过进步、理性与科学的概念来取代传统宗教，实现人们的物质需求。

到了20世纪的头十年，文化界和青年知识分子在思想上向清教传统发起了大举进攻。攻击主要体现在几个方面：一是要求建立多元的、包容性的城市文化。以布鲁克斯为首，要求建立能够容纳移民、黑人和城市生活的美国文化。二是要求性自由。哈罗德·斯特恩斯写道："清教徒是性机能欠缺

① ［美］克利福德·吉儿茨：《文化的阐释》，纽约：基础图书，1973年，第90页。

者,他无法自得其乐,只能靠干预别人的享乐来得到仅有的满足。"①于是就有了纽约格林尼治村激进左翼之风与先锋派实验之风交织在一起的时尚圈。中上阶级的子女们齐聚一起,研读尼采、马克思、弗洛伊德和克拉夫特-埃宾等,反映出当时知识分子和青年们思想活跃、叛逆和勇于尝试的精神品质。"新民主""新民族主义""新自由""新诗歌"、《新共和》(1914 年创刊)等涌现出来的时髦词语就是人们与传统观念划清地界的标志。用享乐主义以期颠覆勤奋、节俭、修身、力求节制的清教传统。而到了 30 年代,在马克思主义的影响下,艺术的政治化倾向成为一种流行时尚。在丹尼尔・贝尔这样的"新左派"看来,马克思主义文化政治一统局面的出现,最本质的原因出自美国资本市场的"现代化"所引发的精神危机——"现代主义的真正问题是信仰问题。用不时兴的语言来说,它就是一种精神危机,因为这种新生的稳定意识本身充满了空幻,而旧的信念又不复存在了。如此局势将我们带回到虚无。由于既无过去又无将来,我们正面临着一片空白。"②宗教信仰的丢失、传统价值观的颠覆以及精神的虚无滋养了文化和价值的多元选择,现代主义和左翼文学即为当时最艳丽的两朵奇葩。"三 S"的信仰和身份认同就是在这样的文化大背景下发生的,他们都表现出对宗教的怀疑和对社会主义学说的兴趣。

首先,对"上帝"的质疑是他们走出宗教桎梏的起点,也为日后不受各种形式的教条主义束缚奠定了思想基础。因为母亲是虔诚的天主教徒,斯诺在离家前总是去教堂做弥撒,曾经做过天主教祭坛侍者。斯诺在回忆录中用极为童真的口吻讲述了他幼时发现教堂用来做弥撒的饼与普通的饼并没有什么不同,从那时起,便开始对宗教的神圣性产生了质疑。斯诺认为他不受制于任何形式的教条主义源自良好的家教。"我父亲给我灌输了怀疑主义,使我对事物大都能抱理想主义的态度,厌恶任何形式的教条和专制主义。我青年时代受到的天主教教义的熏陶足以使信仰和理智在我身上并存

---

① [美]布鲁克斯:《自信的岁月:1885—1915》,纽约:达顿公司,1952 年,第 487 页。转引自丹尼尔・贝尔的《资本主义文化矛盾》,赵一凡等译,北京:生活・读书・新知三联书店,1992 年,第 109 页。

② [美]丹尼尔・贝尔:《资本主义的矛盾》,第 74 页。

不悖,这种情况持续了许多年。从孩提时代起就渴望和相信有个救世主,而不愿个人承担责任,这种心情苦乐参半,却也不易抛弃。"①史沫特莱则用戏谑的笔触讲述她的信教经历和感受,"我曾经到主日学校和教堂去过三次,他们一再告诉我要爱上帝,并且畏惧上帝。这怎么可能呢——就说我父亲吧,假如我畏惧他,我又怎么能够同时爱他呢。再说,我还应该畏惧魔鬼。上帝和魔鬼在我心中绕成一团。而人家教导我对于二者所应有的畏惧,又都是一样的。这全部事情都是愚蠢的"②。这样的教导让史沫特莱大失所望,非常愤怒。事情起因于从加拿大来劝化美国人信奉基督教三个复兴会的牧师,"他们都长得修长、年轻而漂亮。他们站在我们学校的走廊上,唱着'枫树叶长青'的歌;我也仿佛看见那些黄色的赤金般枫树叶在日光下颤动;微风吹过树梢,带来了许多故事",史沫特莱曾经被"劝化了——至少有三星期",像羔羊一样来到教堂,成了一个基督徒。但自从那个蓝眼睛的牧师走了之后,做基督徒这事情对她而言"太乏味"。从这段描述中,可以看出史沫特莱幼时因缺乏关爱而轻易被蛊惑,仅因牧师的"漂亮"和引人的"故事",就成了基督徒,不过,史沫特莱将这段短暂的信教经历起因和结束如此轻描淡写地呈现给读者,就是对宗教的一种讽刺。即便是在她孤独无助、需要心灵慰藉的时候,也从未向上帝求助,"我若要祈求慰藉和庇护,一向都到沙漠里而不到上帝面前去,我于是仍旧走向沙漠"③。

在有了异域的经历之后,"三S"对宗教的疏离和批判的态度就更加明显了。他们都书写过在中国从事上帝事业的传教士,鲜有正面形象。斯特朗笔下"上帝的囚徒":虚伪的费特勒先生,随意枪杀一个过路的中国人的疯子娜斯特朗牧师,孤寂而绝望的凡达克神父……他们的共同特征就是怀着献身上帝的梦想来中国传教,结果被当地的习俗、哲学理念所同化,封闭而绝望,过着自欺欺人的生活。而中国的新女性则体现了反抗上帝的一面。上

---

① [美]埃德加·斯诺:《复始之旅》,《斯诺文集 I》,第 15 页。
② [美]艾格尼丝·史沫特莱:《中国红军在前进》,《大地的女儿》,《史沫特莱文集 2》,第 341-342 页。
③ [美]艾格尼丝·史沫特莱:《中国红军在前进》,《大地的女儿》,《史沫特莱文集 2》,第 448 页。

过基督教学校的王姑娘因自由恋爱,"触犯了古老道德标准引起的激怒,而站在这一切的对面,是一位姑娘炽烈的青春。她那傲慢无礼的派头,正是古希腊人早就知道是致命的冒犯神灵的自命不凡的人,必须毁灭晨之子撒旦,盗火者普罗米修斯,还有圣女贞德,她以自己的声音昂然面对上帝的僧侣,以自己的质朴的男性装束傲视宫廷的荒淫无耻"①。她昂然赴死,挑战上帝,最后被肢解和屈辱。王姑娘的故事简直就是一个宗教启蒙的缩影,讽刺了美国基督学校将自由的理念传教给人民,没有教会人民顺从,却教会了人民反抗"上帝"。这个结局说明基督教根本无法融入中国,它承载的意识形态在中国只能是以变异的形态出现和带来无法估料的后果。斯诺笔下的"灵魂拯救者"形形色色:自立门户,自称上帝代言人的约瑟夫·布朗;声称信仰包治百病,包括肺结核、梅毒和麻风,最后却贻误病情,致使小儿子死去的天主教夫妇;还有两位声称要像当地人一样生活的苦行僧,因外出传教致使妻子在家被杀;还有鄙视福音传教士的不可知论者,又身不由己成了传教士的罗克……他们打着上帝的旗号去拯救他人的灵魂,而自己和家人的生活却是一团糟。史沫特莱为中国的"异教徒"辩护,鄙夷修道院的道貌岸然,"在欧洲路边上见过许许多多基督圣地,血淋淋地钉在十字架上的耶稣像令人作呕。倒不如中国每个村子里路边上管上不管下的小土地庙里的土地公公婆婆偶像更使人感动"②。三位来自美国南部圣灵降临节教会的修女,其中一位连希特勒都不知道,她们在美国或中国都过着有婢女佣人的生活。青年修女艾敏妮娅德是唯一一个让史沫特莱有好感的,因为她出身于意大利贫农家庭,双手像农民一样粗糙,而且她愿意到中国来服务,但史沫特莱看出宗教对她的束缚,"教规打破了她的个人意志,摧毁了她个人的愿望,她施洗赎罪,积极维护教规"③。还有在被红军占领的村庄中一边享受平等,但内心抵制,口口声声称红军"可怕"的修女,因为红军"恨富人!……他们恨宗教……他们恨帝国主义……他们恨官!……他们相信平等!……他们是无

---

① [美]安娜·路易斯·斯特朗:《斯特朗文集2》,第137-138页。
②③ [美]艾格尼丝·史沫特莱:《中国的战歌》,《史沫特莱文集1》,第341页。

法无天的野蛮人！"①她们的牧师梯尔里做了一面白旗子，上面贴了一个红十字，插在军队能见到的地方，"来的要是红军的话，"传教士解释道，"我们就说我们插旗正是告诉村子里没有白军。来的要是白军的话，我们就说感谢上帝我们插旗子是救兵来临。"②而那些心向红军的农民在他们的口中是"愚昧无知的野蛮人"。史沫特莱擅长于惟妙惟肖地让这些跳梁小丑尽情表演，把他们伪善、两面派、假信仰、真虚伪的本质展现给读者，让读者去评判。

在写《复始之旅》时，为重新寻找美国文化之根，斯诺重读马克·吐温的作品。他发现了这位密苏里作家的阴暗面，特别是他的《致坐在黑暗中的人》。这部才华横溢的讽刺作品中，谈到了信奉基督教的美国，如何为了它自身的利益教化不信教的中国人。斯诺早就认为美国已变成了一个他既不了解也不完全赞成的国家。斯诺在外国时感到自己是一个局外人，"一个在异国土地上的以实玛利"。斯诺称自己为世界公民时，表露的是自从离开密苏里之后所产生的疏远感和世界观。在国共内战中国共产党即将统一中国之际，史沫特莱在美国天天守在收音机旁，内心既期待又遗憾，"我应该身在中国，可是我却停留在这个被上帝抛弃了的国家。我没有参加人类历史上最伟大的革命"③。

美国实用主义在他们身上多少产生一定的影响。起初，斯特朗一直笃定地信仰着上帝，后来改成美国的民主和自由，最后是社会主义。从她大学时代，杜威的实用主义就诱惑着她。美国的低效促使她开始质疑资本主义体制，虽然她转向苏联，由于对信仰的坚守和对新事物开始阶段的挫折，还能容忍，但在新社会建设事业中的种种效率低下和官僚主义行为也令她不满，而中国红色政权在土地革命、在战役中的种种表现，避免了苏联的暴行和过火行为，因而最终转向认同中国的社会主义道路。史沫特莱信仰忠诚受到质疑，她倾其所有支持印度独立，但是被印度流亡组织怀疑她的动机；她想要加入中国共产党，但是被拒之门外。与建立一整套相对可靠的政治

---

① ② ［美］艾格尼丝·史沫特莱：《中国红军在前进》，《大地的女儿》，《史沫特莱文集2》，第149页。

③ ［美］艾格尼丝·史沫特莱：《伟大的道路——朱德的生平和时代》，《史沫特莱文集3》，第527页。

体系和国家统治机构相比,她更看重的是如何摆脱阶级的压迫,帮助困苦的底层人民获得尊重和解放,因而她所有的行动都是为了实际的目标而努力,不管前方的阻力是什么样的权贵,她都勇敢且坚定地朝目的地前进。她可以无任何顾忌地在孔博士的聚会上为抗日战争拉赞助;为了支持工人运动,不惜与宋庆龄翻脸,三番几次私自挪用民主基金;她的行事准则是世俗的、实际的,不太像斯特朗追求形而上的东西。共产主义如同神一样,"多少年来,我把它看作是我的终身老板,时而崇敬它,时而畏惧它。有时,我这样说:'我比大多数党员更热爱党。他们太实际了,把党同工作或一个组织同等看待,但是对我来说,党把我青年时代的所有上帝都糅合、协调到一起了。党的伟大使我不在乎自己的失败,同志需要我的帮助,一种类似我又高于我的思想意识在设计和建设着一个世界。'"①与那些强调无产阶级专政的激进的共产党人不同,斯特朗的共产主义信仰是与进步主义的正义、平等、自由等信念和基督教的福音信念混杂在一起的。

在"民主"观念上,大部分访问延安归来的记者认为,"从某种意义上说,中国共产主义运动是民主的"。斯诺把民主看作政府的最好形式和人类理想的生活方式。"民主"无疑是西方价值体系中最核心的标准,是一种"既定的"或自然而然被人们接受的价值。但是,要对他们所主张的民主的内容加以概括却并非易事。民主的含义因人而异,所有的人都把它视为珍爱的一种重要的理想。实地考察者们轻率而不精确地为中国共产主义描绘了一副民主的形象,内容可以说是无所不包,令人眼花缭乱。"对于埃文斯·卡尔逊说来,民主就是取消社会交往中的等级制度。与其说这是一个理论问题,不如说是一个精神问题。对于艾格尼丝·史沫特莱,民主就是从人道主义出发,关心被压迫者的经济要求,而不是从制度上进行调解,其实质是财产的合理分配。……对于埃德加·斯诺,民主则是有人民广泛参与的决策过程和政府对人民的愿望负责任,这是一个旨在促进好人做好事的政府。……这样说来,民主的内容既可以是心理上的、经济上的、法律程序上

① [美]特雷西·斯特朗、海琳·凯萨:《纯正的心灵——安娜·路易斯·斯特朗的一生》,第454—455页。

的,也可以是组成结构上的。上述这些人是分别从社会、经济或政治的角度来确定民主的定义的。"①

二、多重文化经历下的身份认同

在信仰上的叛离已经动摇了"三 S"的文化之根,在"民主"观念的理解上又存在包容性,那么,有着穿梭于多国多地经历、受多重文化熏陶的"三 S"究竟是如何认同国别文化与政治身份呢？譬如,斯特朗决定在中国度过余下的半生,因为她感觉到"在延安的多次讨论中,我觉得自己的思想开阔了,而在过去几年中我意识到自己的思想在莫斯科受到束缚,变得僵硬。我说：俄国人现在正集中精力建设大俄罗斯,但俄国不是我的国家。中国人仍然在考虑世界革命,而我是属于世界革命的。因为世界包括并超越我的国家"②。"新左派"、女权主义和后殖民理论热议的"身份认同"③概念是对主体自身的一种认知和描述,其基本含义是指个人与特定文化的认同。新左派认为身份认同是权力政治的表征与产物；拉康文化心理学认为是自我对于男性中心文化的认同；德里达的解构视角则认为身份认同是一个旧身份不断分裂,新身份不断形成的去中心过程。从历史演变规律来看,身份认同有三个阶段模式。第一阶段是源于笛卡尔主体为中心的启蒙时期的身份认同,后经康德加入理性因素,认为人是理性的统一体,能实现自我精神世界的整合；第二阶段是 18 世纪末在社会心理学影响下的社会身份认同。强调在自我与社会的二元关系中,社会对于个人存在和意识的决定作用。第三个阶段是后现代去中心身份认同,"主体在不同时间获得不同身份,再也不

---

① ［美］肯尼思·休梅克：《美国人与中国共产党人》,郑志宁等译,长春：吉林文史出版社,1989 年,第 274 页。

② ［美］安娜·路易斯·斯特朗：《斯特朗文集 2》,作者自序,第 15-16 页。

③ 陶家俊：《身份认同导论》,《外国文学》2004 年第 2 期。参见赵一凡等主编的《西方文论关键词》,陶家俊专题介绍"身份认同"概念,北京：外语教学与研究出版社,2005 年,第 465-474 页。

以统一自我为中心了"①。身份认同的矛盾性和变化性被关注。不管是"三S"从自我认同的角度出发,还是外部对他们个人身份的认定,都存在矛盾的方面,因美国政治氛围和中美关系的变化而存在复杂性。

在对待中国时,他们都不是完全的旁观者,都从行动上支持过中国的革命事业,但是,他们也不是完整意义上的中国人,他们始终对母国抱有情感,在思想意识上保持一定的独立性。就连史沫特莱那样讨厌美国的人,在异国他乡也会不时闪现出美国的先祖们建国时期的豪情壮志。然而,史沫特莱阔别美国22载,回国之际并没有近乡的迫切感和亲近感,油然而生的却是无根的陌生感,异国反倒是故乡。途中,一位美国飞行员的问话正好击中她的内心:

> "哎哟,老大姐,你难道不晓得你回美国以后跟那些陌生人一起不会有什么幸福吗?"

> 他的话完全正确,然而我还是决定回去,把中国人民的生活方式和中国人民争自由民主而战的情况告诉美国的同胞。我已成为中国广大斗争的一部分,当我在香港遇见英国人和我们美国人时,开始认识到这个整体与部分,如血肉相连不可分离。尽管在许多方面我依然如故,还是一个美国人。说到底,我已经成了那些到处无家,寄身异国的可怜的人儿之一。②

> 自从我当年离开家乡,一眨眼22年过去。新的一代已经出生,长大成人。流行的一种对人的态度和生活方式使我完全陌生,商业万能主义似乎高过一切,它已深深渗入美国生活和文化的核心。我刚登岸,就来了一个洛杉矶女记者带我到广播电台,希望我对中国发表广播。年轻的电台台长问我的第一个问题是:"您的无线电播音拍卖记录呢?"他在问什么,我真不明白是什么意思,后来我才知道未来告诉我们美国人民一点真相,首先必须推销他们的肥皂、癣药、便秘精。③

---

① Stuart Hall, "The Question of Cultural Identity", *Modernity and Its Future*, ed., S. Hall, D. Held and T. McCrew, Cambridge: Polity Press, 1991, p. 277.
② [美]艾格尼丝·史沫特莱:《中国的战歌》,《史沫特莱文集1》,第461页。
③ [美]艾格尼丝·史沫特莱:《中国的战歌》,《史沫特莱文集1》,第463页。

22 年后于美国盛行的商业万能主义让史沫特莱并未因美国血统而产生一丝好奇感。早已习惯于战争模式,投身于"穷苦和被压迫人民的解放"事业的史沫特莱在离开美国前已经不认为美国是自己的国家。她和家人的悲惨人生,已经令史沫特莱对这个国家充满了不满。"在探索和追求她的理想和目标的奋斗过程中,她参加过美国的社会主义运动,曾为妇女解放运动一部分的节制生育运动积极工作,支持并参与印度独立斗争而忘记了自己不是一个印度人,认同并投入中国人民革命洪流时又忘记了自己不是一个中国人。"①史沫特莱"带着她的阶级仇恨和革命的直觉来到中国","在穷苦的中国农民当中感到了一种手足情谊";出于对全世界的灾难和非正义的愤怒,她认为与中国共产党是同一个阵营的,他们共同的目标是"解放穷人",建立一个"没有剥削的"社会;她将国民党看作对广大群众的福利漠不关心的特权阶级手中的一个工具。对中共,史沫特莱表现出强烈的认同感,旗帜鲜明地在任何时间、任何场合支持中国共产党。她亲眼看到中国的穷人在共产党领导下比在国民党统治下的日子过得更好,坚信只有中国共产党才能够做到这一点。而且,共产主义和民主并非势不两立。她还有一个坚定的信念,即一位土生土长的、领导着一个民族的解放运动的共产党会对苏联保持独立,绝不会成为任何势力的傀儡。史沫特莱很赞成"民族共产主义"这个概念,认为中国共产党是中国民族力量的顶峰。

记者、作家、社会活动家是他们身上最显赫的头衔,而且都办过专栏杂志、演讲、为中国革命四处奔走。斯诺与路易·艾黎创办了"工合",为此到处筹款,促进战时中国工业自给自足;史沫特莱战时为了救治伤员,不仅自己参与,还参与创建中国红十字会,呼吁国际力量对中国的医疗和伤员进行救助。史沫特莱一生的活动,从未局限于任何单一领域。如果说她也有一项专业,那就只能是她自己所说的"穷苦和被压迫人民的解放"和"在此前提下的中国革命"。史沫特莱 1929 年 5 月来到上海,仅在上海一地,就扮演着多重角色:身为德国报纸的美籍记者,而在文化战线上成了鲁迅的亲密战

① [美]麦金农夫妇:《史沫特莱传》,江枫、郑德鑫等译,沈阳:辽宁人民出版社,1991 年,译者序,第 2 页。

友,在政治活动中充当宋庆龄的得力助手,并对周恩来领导下保卫中共中央地下组织的特科和第三国际远东情报局提供了宝贵的帮助;写文章、办刊物,参与合法斗争、从事地下活动;有时是喉舌,有时是桥梁,有时简直是一柄匕首。为追求她所确认的理想,不顾个人安危,牺牲个人幸福,置生死于度外①。而在英、美、日右翼分子心目中,她一直是他们的眼中钉,恨不得处之而后快。在第二次世界大战结束后,她又被美国军方起诉为"共产国际的间谍"。

矛盾的是,尽管每一次史沫特莱都选择一个团体为之战斗,但是这些团体都不情愿接收她作为自己的成员,甚至在她死后,这种接收也是犹豫的。她缺少作为团体成员的主要资格,即缺少对某人或某事不加鉴别地公开表示效忠的意愿。她一再被斥为异端,因为她不愿接受把任何人归入敌人的分类法,只要她认为那个人有良好的动机和道德原则。她为林可胜、鲁迟主教和斯特朗这样一些人辩护并拒绝谴责她的美国、印度和中国的朋友而付出了政治代价。她坚持为自己做出决定这种至高无上的权利,使她成了所有团体和组织的肉中刺。虽然她当众拥护中国共产党的事业,但她公开批评包括毛泽东和宋庆龄等她不喜欢的人物。虽然她赞成节制生育和印度民族主义,但她不把妇女或印度人作为一个群体而加以理想化②。她习惯于极端的斗争精神但是追求妇女解放的努力显得极为困难和充满矛盾。早年在自传中写道以孤独为代价放弃对男性的依赖,但又恨自己在性爱上的需求。她虽不将贫困和被压迫人民的生活浪漫化,但她会美化那些为了献身信仰而受苦受难的人,她有个人英雄主义情结。1949年,虽然她过着被监控、被追捕的生活,被大多数自由派朋友孤立,在被右翼攻击时,她得到了某种满足感。"这种攻击变成了自我完成的预言的一部分,使她更加坚信:为摆脱贫穷和愚昧的斗争是一场名副其实的战争,在这场战争中她自己变成了一个为献身主义而受苦受难的人。"③这有点类似于宗教中的仪式感,她明知这

---

① [美]麦金农夫妇:《史沫特莱传》,译者序,第2页。
② [美]麦金农夫妇:《史沫特莱传》,第471页。
③ [美]麦金农夫妇:《史沫特莱传》,第472页。

样的言行将会引来敌人的攻击,但她依然故我,在潜意识中,她将自己定位
为那个为众人献上自己的耶稣。相比而言,斯特朗一生只是寻找一个可以
跟随的"上帝"。

可是,是否这样就意味着他们被左翼阵营的人接受和支持,并受到保护
呢? 事实上,他们都没有真正意义上加入任何党派组织,尽管在政治立场和
情感上有很明显的倾向性。在西方自冷战以来很长一段时间,人们倾向于
将"三 S"等一批描写中国抗战的作家的作品归入政治写作之流。而与中国
亲近的一些学者则倾向于揭开这些标签,以更细致的眼光来审视他们的立
场。例如,有学者用"密苏里人"的特质来解释斯诺的立场,即不轻信、重证
据①。有研究者称在观照中国时,史沫特莱选择了"越界的旁观者"的身份。
对此,有学者提出质疑,"但其旁观者的外国记者身份使其不可能彻底归化
为中国人"②。

三、左翼政治身份的建构

游历多国的文化经历和体验给"三 S"的自我身份与社会身份认同带来
变化性和多面性,由于他们的作品及社会活动的倾向性,最终确立了左翼的
立场和身份,但是也存在争议——对他们政治身份的争议,他们自己的立场
困惑与外界对他们的评定。"左翼身份"与自由派之惑? 他们是否是共产
党? 是否是托洛茨基派? 是否是接受共产国际领导的"阴谋家"?

美国著名马克思主义学者列昂·胡伯曼做了一个有趣的结论,他认为
斯诺是按照马克思主义理论思考的马克思主义者。不过,他的理论是通过
观察和同情产生的③。没有谁能比他自己更能清楚自己的立场。斯诺写给

---

① [美]玛丽·希思科特:《一个地道的密苏里人》,见中国三 S 研究会编:《敬礼,三
S》,第 95 页。
② 傅美蓉:《"发现"史沫特莱——评〈史沫特莱与中国左翼文化〉》,《中国图书评
论》2013 年第 5 期。
③ [美]玛丽·希思科特:《斯诺教育了我们》,选自海伦·斯诺等著《斯诺怎样写
作》,武汉:湖北人民出版社,1986 年,第 87-88 页。玛丽·希思科特是斯诺的挚友,长期
从事编辑工作。

哥哥霍华德的信中谈到他的政治信仰与写作立场的关系,斯诺坚称对写作对象的叙述立场并非来自任何主义,反映了他对"民主"和"平等"信仰的坚持;在对待个体的自由与集体的民主关系上,他持积极乐观的态度。

（斯诺写给哥哥霍华德的信,1935 年七月二十日,北平)趁我还没有忘记,我想提一个你信中谈到我的政治倾向的一句话。我想你谈过你间接听到我已变得"左倾"或者"共产化"。我很想知道这谣言从何而来。别在告诉我这些事情时隐去了谈话人的姓名。你一定明白,有这样的谣言在传播对我的工作没有好处。美国的报馆主编如果认为我是共产党,就没有一个人会发表我的东西。为满足你们好奇起见,我告诉你,我不是共产党员。我不属于任何政治组织。我不想从任何现成的经济或政治学说——不论是马克思主义的,还是列宁主义的,墨索里尼的,罗斯福的——来解释我所采访到的事实。我的最大弱点是我至今仍相信人人应享有平等机会的权利;相信言论自由、出版自由、集会自由,这种概念基本上是正确的;始终相信最大程度的个人自由(从最广泛的社会意义上来说)不一定与民主的政治方式不相容。①

在这封家书中,斯诺对自我身份的澄清表达了他写作的基本立场是源自现实而非理论,源自他从小养成的西方民主意识,考虑到作品的发表固然有私心的成分,不过对早期的斯诺而言,这种考虑可以理解。客观而言,中国也有学者认为这是多重视域下的抉择,"其之所以与过去自己也与当时主流的叙述视域相诀别,最终选择与左翼趋同的文化策略,提供一个他者视域下的中国镜像,不仅有创作主体发展的必然成因,更是创作主体与左翼文化策略二者双向选择、彼此借重的建构结果"②。斯诺并非一位轻信之人,因为在他接触到红区的领袖之前,他已经访问过国民党的高层、顾问,还有其他国家的领导人物,进行过比较和思考。凭借着史沫特莱给尼赫鲁的介绍信,他有机会接近印度敢于向帝国主义统治挑战的强有力的政治领袖。他在西

---

① 董乐山:《一个伟大的民主主义者的自白——斯诺家书选择》,选自刘立群、袁志发、包明德编:《斯诺在内蒙古》,1987 年,第 58-64 页。
② 阮礼义:《斯诺报告文学的多重视域结构分析》,《东南学术》2014 年第 1 期。

姆拉的首府见到甘地,对甘地没有什么热情,甘地所倡导的节制性欲、非暴力方式和贫困,与斯诺的信仰和实际行动直接抵触。

这是斯诺的政治身份,确切地说,在作品中的立场自我建构的方式,是经历了政治事件后自然而然的一种选择。然而,外界对"三S"身份的认定就要显得武断和受主流意识形态控制的成分居多。在20世纪50年代的美国,他们被认为是左翼阵营的阴谋家,虽然在30年代一度因激进运动的高涨而广泛受到欢迎,但在麦卡锡时期是被严密监控、高度怀疑的对象。在苏联,他们在30年代后期已不怎么受到欢迎。斯诺因坚称中国共产党的独立性受到苏联的冷遇,斯特朗因宣扬毛泽东对马克思主义的创造性发展被莫斯科指控为美国间谍,史沫特莱因个人主义被共产国际所放弃。在中国,他们的左翼国际主义行为得到充分肯定。至今,仍然有仇华分子说他们是为中国共产党宣传的洋鼓手,在政治和文学的影响上与鲁迅平齐。

1936—1945年是"红色中国"形象在世界范围开始被建构和传播的十年,在斯特朗、史沫特莱等一批记者和作家先前发表大量文章的基础上,斯诺及之后的一批作家共同创造并传播"红色中国"形象最有影响力的十年。借助他们作品的影响,在国际上出现一大批同情和支持中国共产党的人。专门研究中美关系的历史学家肯尼斯·休梅克指出,1937—1944年,美国政府与中国共产党没有官方接触。直到1944年7月22日美军观察组的第一批人员到达共产党地区。他发现,以记者为主去延安的非官方人士身份虽然各不相同,"但却毫无例外地带着对中国共产党人的赞美之词,容光焕发地从延安返回"[1]。休梅克说:"权衡而论,中国共产党人是中国所能出现的最优秀的人物。在一块缺少替代物的国土上,他们在跨越难以想象的障碍,为一个新的、更好的、现代的中国打下基础。用来描述中国共产主义运动的形容词构成了一副吸引人的形象的各个组成部分:富有朝气的、充满活力的、斯巴达式的、受人民欢迎的、进步的、民主的、改良主义和爱国主义的。恐怕再也找不到更多的词语了。"[2]他一方面肯定中国共产党人给外国记者

---

[1] [美]肯尼思·休梅克:《美国人与中国共产党人》,引言,第2页。
[2] [美]肯尼思·休梅克:《美国人与中国共产党人》,第235页。

留下的美好印象;另一方面以带有相对论的口吻将原因归结为没有比他们更优秀的人。

波士顿大学新闻、历史和国际关系学荣誉退休教授詹姆斯·汤姆森也谈道:

> 不管是对越来越多的倾向社会主义的记者,还是对其他人来说,共产党管辖地之行都成为最流行的事。……事实上,正是西方记者,尤其是美国记者激发了众人对共产党的同情和好感,当然考虑到重庆国民党当局的腐败,这或许也是可以理解的。同情甚至来自《时代》《生活》杂志的白修德和理查德·劳特巴赫以及《哈泼斯》《大西洋报》《新共和报》和《国家》的记者们,尽管他们的上司都极度亲蒋反共。有时,除了战地记者,他们在国内的编辑也常有左翼倾向,比如《纽约先驱导报》的国外主编约瑟夫·巴恩斯和《国家》的麦克斯维尔·斯图瓦特。①

拥有这样的情绪似乎不足为怪,共产党辖区的确比国民党控制区政治清明,士气昂扬,即便是有强烈自由主义倾向的人也对国民党不满。海明威与当时的妻子葛尔红在第二次世界大战期间因采访需要来到中国,到达了重庆。重庆并没有给他们留下好印象,海明威抱怨妻子在"肮脏的国家干着危险的工作",而葛尔红后来回忆道:"50年的旅途,所经之地,唯有中国令人在长久之后仍感恐惧。"②因同情中国的抗日局势和受中国人的抗战热情所感染,他们并未揭露国民党的腐败现象。对那些持有"相对论"的观点,爱泼斯坦就以"三S"为例进行了反驳。"对于这三位各有其不同根基和履历的美国人,决定性的因素是中国共产党领导的革命。有人认为起决定性作用的,只不过是对于腐败的国民党政权的极度厌恶。然而,单有那样一种厌恶,只能产生愤怒和对受害者的同情。唯有实际发生的革命,才能为他们的积极支持提供一个集中的焦点和对人民胜利的信念。"③爱泼斯坦的答案一

---

① [英]保罗·法兰奇:《镜里看中国:从鸦片战争到毛泽东时代的驻华外国记者》,张强译,北京:中国友谊出版公司,2011年,第284-285页。

② [美]彼得·莫雷拉:《海明威在中国前线》,弗吉尼亚州杜勒斯:波托马克图书公司,2006年,第113页。

③ 中国三S研究会编:《敬礼,三S》,第17页。

击即中,外界看来的共产党相对于国民党更好或者去红区是一种时尚,都淡化了共产党要解决中国问题的根本立场,而且中国问题的解决为世界提供了一种参考。这个革命已经超越了中国从旧到新、从民族压迫到民族独立、从民主诉求到人民解放的个体案例,更是因为它被赋予的世界意义。对于他们而言,中国这么复杂的情况都能找到一条好的出路,那么为什么其他的国家不行?

而右翼分子,尤其是不怀好意者试图从阴谋的角度解释这种颇具"戏剧性"的发现。如约翰·麦卡锡参议员的热心拥护者约翰·弗林的《当你沉睡之时》(1953)和弗丽达·厄特莉的畅销书《中国故事》(1951)。弗林质疑这批记者和作家的身份,他指出有些人是某个共产党的成员或共产党机构的代理人,有许多是"纯粹受蒙蔽者",他们写出有利于中共的报道是由于纯粹的无知、浪漫主义、被引上歧路的人道主义和个人功利主义。开出的颠覆性宣传者名单中包括一大批曾与中国共产党人有过直接接触的人士:克莱尔和威廉·班德夫妇、伊斯雷尔·爱泼斯坦、哈里森·福尔曼、菲利普·贾菲、欧文·拉铁摩尔、埃德加·斯诺、艾格尼丝·史沫特莱、冈瑟·斯坦因、安娜·路易斯·斯特朗、乔治·泰勒、尼姆·威尔斯以及西奥多·怀特。弗林断言,他们"几乎全都积极参与了"国际共产主义运动。1938年在汉口也是积极赞同中共、与史沫特莱交好的厄特莉在评价史沫特莱、卡尔逊和斯诺时陷入两难,因为之前她基本上赞同他们对中国共产党人的评价。她认为史沫特莱一心向着中国共产党人,史沫特莱不是斯大林主义者,而是一个列宁主义式的激进派,像是老布尔什维克中的最优秀分子。对共产党的事业起到了极为有效推进作用的斯诺,她的评价是:斯诺是一个"个人野心家",一个既缺少诚实又不讲原则的伪君子①。

同样持有"阴谋论"的汉学家史景迁认为,斯诺对中国社会中的激进运动具有高度观察兴趣及认同感,是因为他"缺乏布莱希特对共产党及其手段的了解,更少了布莱希特对政治形势的认知",他被掌握大局、视时势而调整策略的毛泽东所利用。斯诺描述毛泽东"讨人喜欢又单纯","斯诺的书成了

① [美]肯尼思·休梅克:《美国人与中国共产党人》,引言,第240-241页。

世上第一份详细评估毛泽东的资料,而这项评估的本质,对于这位共产党领袖在西方的形象有着举足轻重的影响","虽然其中明显有毛泽东斧凿过的痕迹";将毛的军队描写得"快乐""自律"和"一直歌唱";红军根据地的经济结构"必可让马克思认为,那是根据他的乡村平等主义理论所发展出的最完美的模式";"在红区里乞丐完全绝迹了,缠足陋习完全废除了,再也没有人杀婴,一夫多妻也成了历史"①。

"三S"被视为左翼分子,但他们都并非真正的马克思主义者或者共产党人。"同路人"或许是最准确的词来形容他们与共产党的关系。在信仰上,他们选择用实用主义和共产主义解决现实问题,取代了西方长期以来无所不能而又虚无的"上帝"。在价值抉择上,他们放弃了西方崇尚的个人主义和自由主义,尽管在政治立场和情感上有很明显的倾向性,但也表现出强烈的个体独立性和主体意识。他们在异国经历了从个人主义到集体主义的考验,在文化上跨越中西,但是在精神上又都崇拜美国先祖的边疆开拓精神和守护"自由、民主、平等",他们将目光投向他处,在不同程度上,希望借助他国更好的体制来弥补本国制度的缺陷,这一点上,斯特朗和史沫特莱更彻底,她们追求的是"破旧立新"。在脱离本国文化后,他们一方面带着欣喜的目光观察红区人民在新制度领导下昂扬和自信的精神风貌,面对物质匮乏和生命受威胁状态下的乐观与坚持;另一方面,他们又不时地拿西方的价值观来参照和比对,将红区的好化归为西方的价值观的核心,从某种程度上来说,他们是将美国从历时层面中抽离出来,他们背离的是当时美国传统信仰和政治经济体制,填充其中的是中国红区的精神,从本质上说,他们是对美国精神的复归者和坚守者。

---

① [美]史景迁:《大汗之国》,第254页。

第四章 "三S"的文体选择与左翼立场

第一节 纪实文体的选择

  根据伊格尔顿对经典文学的理解，"所谓的'文学经典'，以及'民族文学'的无可怀疑的'伟大传统'，却不得不被认为是一个由特定人群出于特定理由而在某一时代形成的构造物"，经典文学的价值是反映时代精神。好的作品是内容和形式的完美统一。"三S"建构的"红色中国"形象之所以产生巨大的影响，与他们作品高超的艺术形式是分不开的。"三S"创作的时代正值以报告文学为主流形式的纪实文体在国际上风行的时期，堪称全球报告文学的第一个高潮。报告文学的产生主要从两个方面来考量：一个是外部因素，即特定时代决定了特殊的文体来表达文学诉求；另一个是内部因素，即文学审美心理的变迁需要新的文学形式来表达。"红色中国"主题先行，时代的主题等待着被发现和被揭示，"三S"之所以伟大是在于他们成为这个主题的发现者和揭示者，更是一生的追随者。他们采用纪实文体表达"红色中国"的方方面面，既取决于时代，内容决定形式，也取决于他们作为创作主体的思想意识、政治立场和审美趣味。他们文本中对各种事物的描绘、对重大事件和人物线性的勾勒构建出中国历史一幅幅生动的社会画面。他们表达内容的手段，即文本所呈现出来的文体特色，包括叙事手法、技巧、结构和效果等，以及人物和事件的典型性与形象性等都契合了他们的政治、文化立场和艺术观。

一、报告文学的时代性

文学形式是多变的,它会随着社会生活的发展,随着人们的审美趣味与要求的变化而不断变革。文学新形式的出现改变了人们已有的固定的文艺学观念,人们也可以科学地认识并解释它。任何文学样式的出现,自有它的必然性、合理性,也有文学发展的内部原因。一种文学形式的兴衰绝非个人的主观意志所能左右。法国文论家皮埃尔·梅林在谈到文学形式时表示:"表现,现实的形象所取的形式形象所依以构成的方法,这些都是跟各时代的社会发展的程度相适应的。"①

时代呼唤特殊的文体。报告文学不是古已有之的文类,而是近代社会生活的产物,是近代政治生活的产物。报告文学作为一种独立的新文体成型于第一次世界大战之后,并迎来第一个创作高峰。在"十月革命"的影响和鼓舞下蓬勃发展起来的工人革命运动,为文学提供了大量动人心弦的创作题材。德国的无产阶级革命文学和新闻事业由此有了巨大的发展。作为文学主潮,"新即物主义"或"新写实主义"主张直率准确、赤裸裸地把握和反映事物,把这样创作出来的作品称作"报告""事实小说"或"报告小说",后来人们又把这些作品称作"报告文学",即德文 Reportage。在中国,"报告文学"一词于1930年被正式提出。中国左翼作家联盟将报告文学创作主题从宣传抗日发展到文艺要为工农大众服务的方向。反映工农苦难生活的文艺作品的大量涌现,让报告文学成为见证无产阶级登上政治历史舞台的新型文学。老一辈报告文学研究家尹均生认为,报告文学是人民的、战斗的真实记录,且深刻反映时代特征的、富有时代精神的文学。它有如下特点:其一,马克思主义文艺理论的传播使报告文学的产生与发展同无产阶级革命斗争密不可分。因兼具新闻性和政治性,成为及时反映社会革命事件的宝贵的、富有艺术气息的历史文献资料。其二,报告文学因具有"文艺轻骑兵"的作

---

① ［法］皮埃尔·梅林:《报告文学论》,徐懋庸译,原载《文学界》创刊号1936年6月,第293页。

用，必然会在时代旋涡和革命激流中担当思想传播的重任，表达特定时代人民的情绪和愿望，表现阶级思潮的发生和增长，这一切都决定了报告文学具有强烈的时代气息。其三，在国民党军事和文化的双重围剿下，在共产党文艺大众化如火如荼地推进下，生活在动荡不安中的人民必然会在思想意识上觉醒，也必然会促进艺术题材和体裁的开拓①。这一概括总结了报告文学产生的外部因素，即它与无产阶级的诞生密切相关，代表着文学的阶级性、时代性和革命性。这一概括表现了中国报告文学产生的原因和特点，从中也可以窥见世界报告文学诞生时的大体面貌。世界报告文学是中国报告文学产生的先声和前奏，也是"三S"创作文体形式选择的时代背景。

报告文学的诞生可以追溯到18世纪后半期的欧洲思想启蒙运动所带来的文体革新。1789年法国资产阶级大革命为资本主义在欧洲的发展并夺取最后的胜利铺平了道路。为了对民众进行思想启蒙，启蒙思想家在报刊上发表了不少描写普通人民的高尚情操与英雄行为的作品。他们以文学为革新的利器，开创了不少新的文学样式，如哲理小说、讽刺小说、正剧和游记散文等，以此来描写资产阶级革命。其中游记体散文一类，新闻性比较明显，民主性比较强烈，带有浓厚的社会批判色彩，真实而又生动地描绘了那个时代社会生活的一些场景，已经初具报告文学形态。德国作家盖奥尔格·弗尔斯特尔（1754—1794）的《莱茵河下游景色》（1791—1794）、《环游世界的旅行记》（1772—1775）被看作德国最早的报告文学。他的作品记录了旅行途中的种种见闻，对民族主义和殖民主义的劣迹做了逼真而又形象的揭露。另一位德国作家约翰·高特夫利特·帅梅（1763—1810）的《徒步到西：拉库斯》（1802）和《我的1805年夏天》（1805），俄国作家亚历山大·尼古拉那维奇·拉吉舍夫（1749—1802）的《从彼得堡到莫斯科旅行记》（1790），普希金（1799—1837）1829年发表在《文学报》上的《阿尔兹鲁姆旅行记》，英国作家狄更斯（1812—1870）的《美国杂记》（1842）等，都可以看作欧洲早期报告文学的萌芽。这些作品取材于现实，有的对种族压迫和殖民统治的残酷做了大胆的揭露，有的深刻地揭示了农奴制度的种种罪恶。总的来说，这些作品

---

① 尹均生：《国际报告文学研究》，武汉：湖北教育出版社，1990年，第5-6页。

都运用了文学形象化手法,使读者产生了浓厚的兴趣。这些作品尽管在思想上有很大的局限,艺术上比较粗糙,新闻性也不十分突出,但已经与简单的新闻消息和虚构小说有了明显的文体区别。

进入 19 世纪以后,随着资本主义的发展,无产阶级和资产阶级的矛盾逐步上升为主要矛盾。《共产党宣言》标志着无产阶级作为一支独立的政治力量登上了历史舞台。接着,1848—1849 年,民主民族革命的浪潮席卷欧洲各国。1871 年巴黎公社起义。1905 年爆发了俄国无产阶级领导的革命。报告文学也就在无产阶级的革命风暴中飞速发展。

首先,革命导师恩格斯创作了第一批无产阶级的报告文学作品,为文体确立了典范。1848 年 6 月,法国巴黎工人举行了六月起义,马克思和恩格斯极为关注。恩格斯在马克思主编的《新莱茵报》上发表了一组关于六月起义的报道和论文,"力求尽量忠实地向读者描述一下 6 月 23 日起义的情况"①。恩格斯于 1848 年 6 月 25 日到 7 月 1 日,连续撰写了多篇文章。他真实地记录了起义的全过程,生动地再现了巴黎工人英勇战斗的可歌可泣的感人场面,深刻地评论了这次起义的性质及意义。这一组报告文学不仅帮助无产阶级认清六月起义这一重大政治事件,而且振奋人心,鼓舞斗志。这一年 10 月底到 11 月,恩格斯又写了旅途观感《从巴黎到伯尔尼》,以文学笔法叙述了他的见闻和感受。德国无产阶级第一个和最重要的诗人,格奥尔格·维尔特也写了一组报告文学,总题为《不列颠人的社会和政治生活速写》(1843—1848),共 14 篇,以大量的事实描述了英国工人阶级的贫困状态,称颂了无产阶级反抗剥削和压迫的英勇斗争与乐观精神。特别值得称道的是,他刻画的英国宪章运动的领袖人物形象,栩栩如生,感人至深。

其次,在巴黎公社存在的 72 天中,公社战士们在军事、政治斗争中,也十分重视宣传工作,他们在报刊上、传单上发表了一大批战斗的文艺作品,包括一些报告文学作品。流传到今天的有:公社战士、女教师路易斯·米歇尔写的《公社》《回忆录》以及《公社公报》上刊载的《革命的女英雄》(1871 年 4

---

① [德]恩格斯:《巴黎消息》,《马克思恩格斯全集》第 5 卷,北京:人民出版社,1958年,第 130 页。

月 10 日)等作品。他们怀着深厚的无产阶级感情表现了公社的英雄业绩,这些报告文学作品至今还闪耀着无产阶级思潮的光辉。

最后,俄国革命促进了报告文学质的飞跃。19 世纪末,列宁领导下的俄国无产阶级革命运动进入了一个新的历史时期,世界革命的中心转移到俄国。随着俄国革命运动的蓬勃发展,很多作家竞相报道这一伟大的政治事件。美国作家约翰·里德(1887—1920)的《震撼世界的十天》详细描述了最初几天彼得堡发生的一切,以亲身见闻歌颂了俄国社会主义革命的历史功勋。

俄国革命不仅引发了全球的红色浪潮,也将报告文学推上了文学创作的巅峰。高尔基的《一月九日》和《列宁》是这一时期的杰出代表。高尔基用悲愤的笔调揭露了沙皇尼古拉二世在彼得堡冬宫广场残酷镇压请愿群众的血腥暴行,撕开了沙皇"仁民爱物"的虚伪面纱。鲁迅最先将高尔基的《一月九日》介绍到中国,称其为先进的范本。他在《译本高尔基〈一月九日〉小引》中称颂高尔基是底层书写的代表者,是无产阶级的作家。德国共产党的报纸杂志也发表了不少受到工人群众欢迎的报告文学作品。在德国还有马丁·罗肯巴哈编选的《通向奥尔菲德之路》报告文学集。被称为"新集纳主义者"(New Journalism)的捷克著名记者、作家艾贡·爱尔文·基希(1885—1948),1921 年迁居德国柏林,参加左翼报刊工作,写出了很多有影响力的报告文学作品。之后,报告文学对世界各地的文学产生了重大的影响。

报告文学的第二个创作高峰是第二次世界大战期间,在欧洲日益猖獗横行争掠的法西斯纳粹势力,使社会主义和资本主义阵营都如临深渊身临大敌。为了反抗法西斯,一批资产阶级民主知识分子纷纷"左倾",提笔为枪,携笔从戎,在报告文学领域产生了一批优秀的作家和影响深远的作品。史沫特莱的《中国的战歌》即是这一时期的代表,被称为第二次世界大战时期最优秀的报告文学作品。而斯诺被认为是继约翰·里德之后的最杰出的报告文学作家。

可以看出,在报告文学文体诞生的历史脉络中,世界政治事件和阶级兴起都是构成"时代"的因素。还有一个重要的客观因素应该纳入"时代"中,即现代媒介报刊新闻业的兴起。在很大程度上来说,因为俄国"十月革命"

的深远影响,新闻被认为是承载布尔什维克意识形态的工具。当简单的新闻报道无法满足人民对外界环境的求知探索和审美需求时,走在文化前沿的具有创新意识的记者与作家,结合对帝国主义和资本主义的新认知,将创作重心转移到新兴无产阶级的觉醒、生活和战斗上。"印刷术的发明,使意识的范围大大地放宽;新闻杂志是布尔乔亚所创造的;过去的报纸,就是集纳主义(Journalism)和报告文学的一种原始的形态,是布尔乔亚的意识所积聚的经验的交换和传播,同时也是布尔乔亚政权的一种工具。布尔乔亚的笔战的文学,必须采取那种能够立刻影响事实而且广播各界的方法。"①这种看法虽然偏激,但是也表达了报刊业对政治意识传播的极大作用力,同时揭示了报纸是孕育报告文学产生和推动其发展的主要载体。及时、真实、深刻的政治评述,形象生动、富有较强文学阅读价值的诸多特性,奠定了报告文学能够受到广大读者欢迎的坚实基础。报告文学应该是传统文学与现代新闻联姻而生的兼具艺术美和信息量的美丽果实。

二、报告文学的审美性

报告文学不仅紧扣时代主题,反映政治生活,同时也是文学表达的一种方式,一种美学现象。如何平衡报告文学的纪实性和文学性,一直存在争议。纪实性强调对事件本身真实性的倚重,尽可能还原事件的原貌;而文学性则强调人物戏剧性的命运、丰富的内心活动和跌宕起伏的情节以及表现方式的陌生化。导致这一问题出现的原因就在于文学的两大传统:虚构文学和非虚构文学。虚构文学一直以文学性著称,它的审美性在于虚构和想象,而纪实文学的审美性在于有序与真实。

纵观文学史,"抒发和表现""弥补和平衡"是文学在任何时代都具备的两种功能。"抒发和表现"型文学与时代精神和社会文化保持同频共振关系,"弥补和平衡"型文学则与时代呈现逆反剥离关系,能够将这两种功能基

① [法]皮埃尔·梅林:《报告文学论》,徐懋庸译,原载《文学界》创刊号1936年6月,第293页。

本融合在一起的就是现实主义文学。现实主义文学既能呈现虚构与真实，想象与理性，非真实与秩序化等——一对应而又逆反式互补的概念，又不缺完整的故事情节、高辨识度的人物性格、清晰可控的发展脉络和鲜明生动的思想情感倾向。

报告文学的非虚构特点鲜明:"忠实地再现人的活动，人的事件，人的生活状态。她也并不着意于追求虚构文学中那种生动的细节，细腻的人物心态刻画等诸种微观层面对人物的把握。恰恰相反，她是一种远距离地或远景性地观照进入她视野中并且被她所选择的表现对象。这样她的表现对象当然就更多地以轮廓和状态的形式出现。所谓'事件大于人物'，实际上就是这种特定的审美方式所致。这正是非虚构文学的优越性所在。她常常能以虚构文学所不具备的气魄和涵盖力准确、尖锐地把握住生活的总体意义上的真实。"①这样就可以理解，报告文学对于重大政治和社会事件的关注意识与注重在全景展示的背景下讲述人物的故事。它遵循的原则就是"人物小于事件"，强调用典型人物和典型事件重现时代命题，正好与现实中人的非主体性和非典型性形成明显的逆反。以小说为主的虚构文学注重人物形象及命运，事件是为了表现人物的细腻和丰富而设置，是作为一种思维去实现"人物塑造"的目的。

从文学内部发展的规律而言，全球性报告文学热产生的一个重要原因是人们审美需求发生了变化。"非虚构文学的出现还由于人们在艺术自身发展和审美的意义上，对虚构文学产生了一种反叛心理和腻味感所致。"②文学虚构的传统延续了几千年，在20世纪初期更是向"奇""异""怪""乱"等方向演变，文学不再重现生活，而是强调心灵的宣泄，表达对现代生活的压抑和不满，是一种病态的应激反应。意识流、未来主义、意象主义、达达主义等各种现代主义的流派相继出现，在20年代达到顶峰，表达着人在现代社会中内心的异化感、无序感、荒诞感和绝望感，如卡夫卡的《变形记》、乔伊斯的《尤利西斯》和艾略特的《荒原》。这样的文学是采取逃避现实生活的策略，沉溺于病态的宣泄，在建立新的自我方面，仍然是一片茫然。迷惘一代的各

---

①② 吴炫:《作为审美现象的非虚构文学》,《文艺争鸣》1991年第4期。

种现代主义手法的宣泄只是一种权宜,不能滋养人们的心灵。那些流放心灵的艺术家只能在路上继续流浪,他们创作出来的东西只能安慰自己,不能给现实中的人们提供心灵的滋养,帮助人们建立与杂乱生活对话的渠道。面对战争的语境,面对经济危机的困境,人们必须要找到出路。人们特别渴望回归真实、回归一种有序的生活。因而,从20年代开始,文学回归生活,回归现实主义,以纪实文学的方式表现人们面对现实生活的勇气和决心。

从心理层面而言,人类审美自信是建立在充分把握、认知和辩证否定自身的强大心理基础之上。人类自身丑陋的一面或许派生现代主义的审丑与紊乱现象,内心胆怯和恐惧心理或许构造出形态各异、表象不一的虚幻的、荒诞的世界来逃避现实。而倘若是有足够强大的自信的话,人类就会敢于正视自我的劣根性,自强到可以和真实世界对话,文学就不再逃避现实、规避恐惧,反而会成为人们认知、探索、把握世界的工具。有自信去克服自我丑陋的一个重要表现就是去按照事实本身去还原、去记录,而且,在正视自我的理性梳理过程中,通常能看清自我的救赎之路。纪实文学通过真实地描写生活,建构生活合乎逻辑的秩序和规律,把人们与现实世界的距离拉近、建成沟通渠道。它引导人们与现实世界对话,直接参与对未知的探索,提升自信心。

报告文学采取正视现实的态度,引导人们回归生活本身,以认真的姿态去寻找现实问题的答案,最终成了现代主义向现实主义过渡期的文体选择。这就是报告文学在第一次世界大战过后,最终取代现代主义,成为当时的文学主流的深层文化心理。

三、美国文学的新传统

"三S"选择报告文学文体的一个重要背景还在于美国文学的新传统的建立。美国文学新传统的出现与美国文化的两大新变化有关:一是个人主义没落,民主主义的兴起;二是文学有写实主义的倾向。总体上表现出对自由主义传统的重新阐释,美国文化中所孕育的革命传统被挖掘。新传统的奠基人有马克·吐温、厄普顿·辛克莱和杰克·伦敦。赵加璧在《美国小说之成长》中指出:经过 150 多年的发展,历经马克·吐温、霍威尔斯、伦敦、辛克莱、德莱赛、安特生、刘易士、福尔克奈、帕索斯等不同时期的作家的努力,故步于英国殖民地意识上的美国小说,已经进步为一种纯粹的民族产物。美国作家思想的转变在于超越狭隘的个人主义,努力向民族主义和社会主义的写实主义发展,因而他们从根本上脱离英国文学的影响,成为世界文坛上最活跃、最进步的群体。

马克·吐温的作品《密西西比河上》(1883)具有传记和回忆录的性质,其对大河自然景色的描写,对 19 世纪 50 年代美国劳工斗争历史的记载,已经初具报告文学的某些元素。1903 年,作为新闻媒体记者的杰克·伦敦(1876—1916)怀着对无产阶级处境的同情,深入伦敦贫民窟进行社会调查,客观报道英国工人的贫困生活,揭露了英国资本主义制度的腐朽与罪恶,写出了报告文学《深渊中的人们》。他笔下的工人如同马一样劳累,像猪猡一样挤成一堆,吃着粗劣的食物。来自美国下层阶级的作家厄普顿·辛克莱(1878—1968),1906 年发表的《屠场》,淋漓尽致地揭露了美国芝加哥联合屠宰场内资本家剥削工人的种种惊人的丑闻,内容令人触目惊心。这部作品被称为 20 世纪初期美国文艺界"揭发黑幕运动"的第一部文艺作品,先后被译成 17 种文字,畅销达半年之久。过去有不少人把《屠场》当作小说。其实,这部作品写的是立陶宛移民约吉斯·路德库斯一家在美国定居后的悲惨遭遇,屠场老板唯利是图,把腐烂发臭的肉制成罐头销售,都是真人真事,全书又有明显的宣传色彩,具备了报告文学的基本特征。只不过,《屠场》运用小说的手法再现真人真事,给人以误解。这说明随着报告文学的发展,作品的文学性与艺术感染力的提升成正比。他们奠定的文学写实传统,经由俄国"十月革命"的催化,由约翰·里德将美国纪实文学和新闻报道带向了一个新的高峰。他一时成为新闻记者的标杆性人物、效仿的楷模。

这样的文学时代对新闻从业人员"三 S"来说无疑有着重要影响。斯诺一直崇敬马克·吐温,密西西比河又被称为"马克·吐温之河",他为在此河沿岸长大感到骄傲,无论何时何地,他都能熟稔地运用马克·吐温的名言。斯诺对托尔斯泰也很钦佩。在苏联,他重新阅读了托尔斯泰的著作,比原先有了更深的理解。特别是托尔斯泰的小说《一个男子汉需要多少亩地?》。

此外,斯诺对埃默生、杰克·伦敦、萧伯纳、德·托尔维尔、鲁迅也怀有深刻的感情①。他回忆文学启蒙时说:

> 杰克·伦敦曾是我心目中英雄。那年秋天,我回到中学上学,我读了《悲惨世界》,在这本书里我发现了一些"外国的"人物,使我想起了我在夏天的冒险期间遇到的一些工人和失业者。对社会名流来说,他们只是些叫化子,可是我喜欢他们。雨果为我展现了一个充满各种观念以及重大的道德和政治问题的陌生的新世界,使我关注起遥远的动荡年代的历史。在这之前,像《鲁滨孙漂流记》、《瑞士家庭鲁滨孙》以及《金银岛》等一类的小说可能使我产生了想看看异国风情的欲望。只是到了此时,我才借阅读作想象中的旅行,阅读成了我仅次于实际出门旅行的最好享受。我早年的"遨游"及其结果对我以后生活的影响可能比我受过的全部正规教育还要大。②

这段文字反映出美国文学在新旧传统交替时期在一位少年身上所起的化学作用。旧的冒险小说激起了少年漂洋过海的猎奇之梦,而现实主义小说让他思考底层人民的生活、重大的道德和政治问题。从杰克·伦敦到维克多·雨果,预示着少年从稚嫩走向成熟,斯诺到中国来后,他的目光就再也没离开过底层人民,并试图从政治上找到解决问题的出路。

在美国文学新传统发挥影响力的过程中,史沫特莱显得没有斯诺那么诗情画意,显然是继承了第一代"揭发黑幕运动"者揭发、批判的利器。她将写实与批判发挥到极致,被认为是当之无愧的"逐臭之夫"。"逐臭之夫"把资本主义的腐败、军事阴谋、法庭的明知故犯的罪恶,社会上的压迫和剥削等一一暴露了出来,她是现代的最熟练、最大胆的报告文学者之一。在不分国界的统治阶级的残酷压迫下,在殖民地与半殖民地的沉重灾难下,史沫特莱还能将人类的痛苦描写出来,与她被英国情报部、国民党的军警特务及日

---

① [美]玛丽·希思科特:《一个地道的密苏里人》,见中国三S研究会编:《敬礼,三S》,第93页。

② [美]埃德加·斯诺:《复始之旅》,《斯诺文集Ⅰ》,第35页。

本军犬的长期监控和迫害的经历分不开。①

而且,美国在"红色三十年代"对个人主义的否定、对集体主义的提倡,进一步加强了文学写作对现实问题的关照。在论及美国文学 20 世纪 30 年代的走向时,《新群众》的主编迈克尔·高尔德在 1928 年之后,利用这个阵地,一方面同自由派的资产阶级思想家进行斗争;另一方面倡导以无产阶级的集体主义来抵制美国传统中的个人主义。他极力主张无产阶级作家应和人民紧密结合在一起,应抛弃纯美学的观点和波希米亚式的生活,接受纪律的约束。1929 年的经济大萧条,导致美国的许多左翼作家和知识分子都转向了同情社会主义。新的文学形式正在形成,高尔德称之为"无产阶级现实主义"。"革命,及其世俗的表现,如罢工、联合抵制、群众集会、监禁、牺牲、煽动、殉难、组织等,都是值得艺术家做出宗教式的献身的。""如果艺术家以诗歌、故事、图画或音乐来记录那一戏剧最卑微的时刻,他就会比他只关心短暂易逝的个人感受更深刻地认识到生命之意义。"②革命的伟大性和神圣性对艺术家有着特别的吸引力,极端的生命境地让他们更为深刻地体悟和感受生命,而从个人小情绪和个人叙事中跳将出来,主动地去记叙外部世界的变故。批评家保拉·拉比诺维茨(Paula Rabinowitz)所观察到的 20 世纪 30 年代的文体规律是:"在被激进文化点燃的 30 年代,尽管作家的创作文体多样,风格与形式不一,但他们共同的目标是去复制、记录、报道和改变世界。'报告文学体'被很多作家采用,也被众多批评家作为 30 年代的审美标准。事实上,那个时代的每一本文学选集中都有报告文学的专栏。"③除了约翰·里德的《震撼世界的十日》、基希的《秘密的中国》、斯特朗的《中国游记》和《斯大林时代》、斯诺的《西行漫记》都被视为报告文学的奠基之作。

---

① [法]皮埃尔·梅林:《报告文学论》,徐懋庸译,原载《文学界》创刊号 1936 年 6 月,第 291 页。

② Michael Gold, "Towards Proletarian Art", *The Liberator*, Ⅳ (Feb. 1921), pp.22-24. 转引自吴琼:《20 世纪美国马克思主义文艺理论研究》,第 49-50 页。

③ Rabinowitz, Paula. *Labor & Desire: Women's Revolutionary Fiction in Depression American Gender & American Literature*. Chapel & London: University of North Carolina Press, 1991, p.2.

第二节 艺术特征

向往革命和崇尚激进的"三 S",怀着对冒险的迷恋和对本国现实的不满,选择以报告文学为主的纪实文体书写中国,向本国人民报道战时中国,从主观上来说,他们设想着为解决本国问题提供参照;客观而言,他们书写的中国对世界了解"红色中国"产生了无可替代的作用。除了文体的选择具有时代特征外,他们文本的艺术特征也是值得推敲的。无论是从文本在文学形式上所表现出的独特性,还是从文本与历史之间的关联性来说,都具有可探讨的空间,也是这些纪实作家对文学所做的巨大贡献。

一、"史笔"的叙事手法

"三 S"作品的很多特点被研究者讨论。就斯诺而言,他的叙事风格表现在他善于将多种叙事视角交叉并用却不露痕迹。《西行漫记》采用"作者参与"的叙事视角,在叙述中添加了丰富的背景信息,巧妙地将陕北根据地的民风民俗穿插其中,为读者提供真实可信的"第一手材料"的直观感。而且,斯诺巧妙地变换叙述视角,灵活地把叙事聚焦点转移给作品中的人物主体,以此生动地体现出不同视角的事物与人物的本质①。斯诺叙事高超之处还表现在擅长"设置悬念,以替读者揭开谜底的方式叙述。在作品一开头,斯诺就以疑问的方式,毫不避讳地写到了人们对于红色中国的各种疑虑;在行文中还穿插了各种打破以往臆想的经历。在故事的主人公本身就充满神秘感的前提下,这种叙述方式更令人兴趣大增"②。此外,他熟稔运用中国古典小说的章回结构,串点成线,悬念转承,将四个月所经历的见闻生动灵活地呈现给读者。《西行漫记》在人物形象刻画上也体现了叙事的布局。在斯诺

---

① 张瑷:《"斯诺体"的叙事风格》,《外国文学研究》1992 年第 2 期。
② 冯结兰:《〈西行漫记〉的叙事艺术》,《南方文坛》2013 年第 2 期。

细腻的笔触下,几乎所有的红军将领都表现出个性生动真实、鲜明难忘的传奇色彩;而普通的农民、战士和儿童,经由白描人物、细节描写、对话等方式展现,也各具特色。

在写作定位上,在伟大的中国革命面前,"三S"都感觉到自身的渺小和外来者的身份,因而在创作上一再明确写作主体的角色是"记录者""观察员",而真正的创作主体是中国革命的伟大历史,这就是他们在写作中主动使用"史笔"的原因。这里当然也有左翼的叙述策略考虑,强调以个人经历和体验来记录对象,可以吸引更多的读者以客观的心态接受"红色中国"。

> 我跟这些矿工分手之后再一次感到自己不过是个作家,一个写文章的旁观者而已。我眼巴巴地瞧着他们那青筋鼓起的大手,那破破烂烂的鞋子,那赤光的双脚和那沾满污泥的衣衫。我明白了我将永远也不能理解,也无法感受到他们的生活。……中国真正的历史只能由中国的工人、农民自己去写。……至于我所能写的东西,算不上是中国人民解放斗争的本质。它们只是一个观察员的记录。①

史沫特莱经常在写作中进行这样的反思,将个人经历与中国底层人民的生活无缝对接。她强调作家应参与革命和体会底层人民的生活,最好是生命体验。她认为只有经历过那种生活才能写出他们的真实生活状态,她懊恼自己所写的不过是一个观察员的记录,显然她觉得自己所做的远远不够。

斯特朗也自称"革命的记录者"。虽然在20世纪30年代,她在美、中、苏获得巨大成功,成为在"苏联问题"上独当一面的权威作家,然而,作为一个有着革命情结并对美国政治革命不抱希望的左翼分子,她一直四处观察,寻找可以去记录的革命。其实,斯特朗对所谓的"权威作家"的身份是心知肚明的。她并不觉得自己在苏联政治上有多大的参与性,她明显感受到苏联的排外,而资本主义报刊因对未知世界的猎奇,想知道"红色革命"之谜的真相,所以她在美国被认为是"苏联问题"专家。斯特朗把自己比作过路的

---

① [美]艾格尼丝·史沫特莱:《中国人的命运》,《中国在反击》,《史沫特莱文集4》,第134页。

候鸟,因为羽毛鲜明而备受关注。不过,她发现了作家拿到高薪之谜——高稿酬的人是宣传资本主义意识形态的,他们"写各种故事和文章以微妙的方式捍卫资本主义"。她隐隐约约意识到这是一场意识形态之争,在她看来,她写的东西既不可能贴近苏联的内核,但是被美国人认为写的是苏联,要求她的立场代表美方。这种情况引发了她对作家创作自由问题的思考。"按我喜欢的那样去谈话,去写作,去表达自己","我的最早的祖先把自由看作是离开压迫人的社会,争取一个新的艰苦的但却是有希望的境界。"①在政治组织与创作自由之间反复思索之后,她回到美国建国的历史中寻求答案。

正是由于对"史"的重视,他们在书写革命的过程中,注重叙事视角的突破,不单纯以某一个人物或者事件作为聚焦点,而是围绕人物与历史两个焦点同时进行,两者又融合到一起。斯诺在叙述毛泽东的生平时,就是将毛泽东的故事融入摸索中国革命之路的艰难历程之中的。史沫特莱后期的创作也表现出非常纯熟的手法。尹均生对史沫特莱成熟期的创作总结道:"其一,艺术的全景性——历史全景与具体场景交织的表现方法,全景气势磅礴,场景视觉鲜明、简练传神。其二是双重焦点——新史笔叙述结构。其三是多角度、多层次——力求表现人物的丰富性,使人物纪实既有权威的可靠性,又有亲切的立体感。其四是语言风格——质朴、优雅、简洁、准确。"②艺术的全景性即为作品的艺术构思,而双重焦点是对她早期《大地的女儿》"百纳被"式叙事风格的卓越突破。《中国的战歌》只是一个过渡,她最后一部作品——《伟大的道路》集中表现了双重聚焦的手法。在《伟大的道路》中,一方面是用史笔叙述历史事件,另一方面是中心人物的活动。

在《中国的战歌》中有作者个人的和中国历史的两个主题,这是将两者叠加叙述的作品。一方面,以个人成长经历为主线,叙述自己的父母、幼年时期、求学生涯、旅欧岁月;另一方面,围绕中国革命主题,细致地描述中国民族解放战争中可歌可泣的历史故事。这种构架就是把宏大的战争历史与作者本人的经历紧密联系起来去体验、认识,体现了个人与历史是紧密相连

---

① [美]安娜·路易斯·斯特朗:《斯特朗文集1》,第247页。
② 尹均生:《国际报告文学研究》,第175-180页。

的唯物史观，也拉近读者与历史事件的距离，激发读者双重猎奇兴趣。有学者专门探究过"中国的战歌"这一名字的意义，指出书名预示着书的内容。书名"Battle Hymn of China"出自"Battle Hymn of Republic"，第四章结尾部分写到，当史沫特莱听到为民族解放战争而战斗的中国人民的歌声时，在潜意识中将美国民族独立的战争与其融合为同一战争。"尽管是从她个人观点去描述的，但这本书仍可以说是概括的、全面的、叙事诗般的著作。为什么这样说呢？我认为史沫特莱并非单以旁观者通讯员的身份肤浅地观察历史的表面，而是对如同台风涡动中心那样的历史发展的焦点，以满腔热情的献身精神去探求的结果。我看过一些描写战前战后中国历史的书，包括历史和文学方面的书，而像这本眼界如此宽阔的书，在他处还未见过，我认为这本书也可以说是以亚洲历史为主题的《战争与和平》。"①

1956年，《伟大的道路》的英文版由美国左翼阵营的每月评论出版社推出，并由《每月评论》的两位创始人里奥·胡伯曼（Leo Huberman）和保罗·史威奇（Paul M. Sweezy）合写了序言。他们非常看重史沫特莱的"历史观"，认为直到20世纪30年代，外国人创作的有关中国现代历史的作品才开始比较可信。"艾格尼丝·史沫特莱的著作在这一类的书单上应当名列前茅。总的来说，它们对于中国革命的历史是一个可宝贵的贡献。……艾格尼丝·史沫特莱有关南昌起义到第二次'围剿'，以及有关长征的记述，给政治史学者以及军事史学者提供了丰富的材料。……这是英文著作中第一次最全面的记录。"②一般来说，传统传记叙事偏重于围绕人物或事件，采取"单焦点"推进。而《伟大的道路》却在此基础上采用"双重焦点"的写法。一方面，全书贯穿了太平天国运动、义和团运动、辛亥革命以来中国民主革命的历史，将朱德探索中国革命的道路落脚到中国共产党领导的土地革命、抗日战争的斗争之中。另一方面，是人物刻画，朱德生平、家史、性格等。这种写法将个人命运融入历史洪流中，历史沦为背景而又是一以贯之的主线索。

---

① ［日］高杉一郎：《艾格尼丝·史沫特莱的生平及著作》，第88-100页。
② ［美］里奥·胡伯曼、保罗·史威齐：《伟大的道路——朱德的生平和时代》，《史沫特莱文集3》，原著序言，第10-23页。

而且,个人像是新中国历史的合作者与共谋者,不是被动地被历史决定着,史沫特莱开创了"领袖文学"的新写法。新西兰作家贝特兰评论道:"不管评论家们怎么认为,她(史沫特莱)终归使朱德、贺龙、毛泽东,这些她所钟爱的红军指战员们,成为杜塞道夫、底特律等城市工人心目中的实实在在、有血有肉的现实生活中的人。"①书的副题《朱德的生平和时代》亦为"双重焦点"的最好说明,既有历史文献的性质,又有个人悲喜哀乐的文学色彩②。值得一提的是,在《伟大的道路》中,史沫特莱将自己的美国经历、朱德与中国革命历史结合,而斯诺写毛泽东是将毛泽东的个人命运与中国革命的命运结合在一起的,他自己并没有参与其中。

> 朱将军用这种语调叙述当年情形的时候,我的笔时时不由得无法写下去。他便用惊疑的眼光望着我。
>
> "有些时候,"我解释说,"我觉得似乎你讲的就是我的母亲。我们并不曾给封建的地主打工,可是我母亲也是专替有钱人洗衣服,或是在假日中到他们的厨房干活。"
>
> "世界上的穷人原是一家人!"他用粗哑的声音说完后,我们默默地坐了好久。③

二、"二元对立"的叙事模式

在西方描述中国的作品中,"二元模式"是一个亘古不变的深层心理结构,文化冲突和意识形态冲突成为横亘在东西文明交流中的主要症候。当外国记者在描述"红色中国"时,这种东、西对立的思维结构被"红白二元对立"叙事冲淡。他们民主的理想被共产党进步的愿景所激发,他们激进的热情在红区得以挥洒。物质资源极其落后、精神生活极为丰实的红区似乎代

---

① [新]詹姆斯·贝特兰:《中国的第一幕——西安事变秘闻》,牛玉林译,西安:陕西人民出版社,1989 年,第 171 页。

② 尹均生、曹毓英主编:《纪念史沫特莱》,第 224 页。

③ [美]艾格尼丝·史沫特莱:《伟大的道路——朱德的生平和时代》,《史沫特莱文集 3》,第 21-22 页。

表着人类美好的未来,在某些方面是契合了他们对理想社会的期待。而国民党统治的白区随处可见的"恶"与资本主义社会的某些阴暗面暗合。因而,在描写中国的时候,"红白二元对立"模式替代了"东西二元对立"模式,淡化了东西文化冲突,原本确定无疑的意识形态冲突也进行了分化和重组,达到了思想与审美的融合。

> 那是六月初,北京披上了春天的绿装,无数的杨柳和巍峨的花园里,人们很难相信在金碧辉煌的宫殿的大屋顶外边,还有一个劳苦的、饥饿的、革命的和受到外国侵略的中国。在这里,饱食终日的外国人,可以在自己的小小的世外桃源里过着喝威士忌酒掺苏打水、打马球和网球、闲聊天的生活,无忧无虑地完全不觉得这个伟大的无声的绝缘的城墙外面的人间脉搏。①

这样将外国人在中国享受着特权阶级的生活与中国底层人民的悲惨生活的对比模式是斯诺和史沫特莱最青睐的。斯诺初来上海观察到的中国人吃饭、书写的习惯所表现出来的"异",就是处于"东西二元对立"模式下对异国文化现象的判断。史沫特莱还喜欢将现代生活中的美国人与中国人进行实时比较。在《中国的战歌》中一个很明显的例子就是写到她回到美国所看到的平静、奢侈而无聊的、浸润在商业泡沫中的美国生活,与中国战场的那种虽贫困但昂扬的、乐观的、充满希望的生活进行了对比,感到一种无所适从的异样感。

随着涉足中国事务越来越多,了解越来越透彻,潜藏在作者思维中的"东西二元对立"模式被国民党统治的白区与共产党所在的红区显在的对比叙事取代。"二元对立"模式的本质在于对比,衍生出来的表现就是各种形式的比较。如斯诺灵活运用"比较叙事法"的"人物比较""事件比较""印象比较""感情比较",还有"正反比较""新旧比较""内外比较"等写法。在《复始之旅》中,斯诺对保安、包头、上海等的今昔对比是他报道新中国的出色篇章。回到这些故地,他敏锐地抓住新的变化,与原来的旧貌做出具体的比较,指出在新社会中大多数老百姓生活和社会地位的显著进步。在他的作

---

① [美]埃德加·斯诺:《复始之旅》,《斯诺文集 I 》,第 8 页。

品中,精彩贴切的"比较"不胜枚举,随处可见。在描写红军长征中抢渡大渡河时,红军战士的骁勇坚毅与国民党反动派的外强中干对比强烈,饱含了斯诺强烈的情感倾向。

> 一两个小时之内,全军就兴高采烈地一边放声高唱,一边渡过了大渡河,进入了四川境内。在他们头顶上空,蒋介石的飞机无可奈何地怒吼着,红军发疯一样向他们叫喊挑战。①

事件比较:

> 不论你对红军有什么看法,对他们的政治立场有什么看法(在这方面有很多辩论的余地),但是不能不承认他们的长征是军事史上伟大的业绩之一。在亚洲,只有蒙古人曾经超过它,而在过去三个世纪中从来没有发生过类似的举国大迁移,也许对此斯文·赫定在他的著作《帝都热河》一书中曾有记述。与此相比,汉尼拔经过阿尔卑斯山的行军看上去像一场假日远足。另外一个比较有意思的是拿破仑从莫斯科的溃败,但当时他的大军已完全溃不成军,军心涣散。②

可以看出,为了让读者更好地理解长征这一划时代的历史事件,这里不仅仅是简单的比较,斯诺引入中西历史上的最伟大的壮举来比拟长征的伟大,纵横捭阖,诙谐自然,极具才情。

人物比较:

> 蒋和毛之间有着显著的相同点和不同点。两个人都有坚强的意志力。毛在他自己的范围内也许跟蒋一样的坚忍;他是一个有力的进取的和有决断的人,而且是一个能干的政治和军事的战略家。那以孝的传统观念为基础的伦理道德,在蒋是他的哲学的核心,这些话在毛看来也许不过是一种社会斗争双方的宣传表中的参考目录。毛主要是一个社会革命家,蒋主要是一个社会保守家。蒋是一个自是的人,他的脱离群众的性质,常在有意地强调保持中国旧有的权威人物的传统。毛却不大神秘。他决不说没有错误。我曾听到他承认错误,他是不以改变

---

① [美]埃德加·斯诺:《红星照耀中国》,《斯诺文集Ⅱ》,第179页。
② [美]埃德加·斯诺:《红星照耀中国》,《斯诺文集Ⅱ》,第185页。

他的意见为耻的。①

　　蒋介石常常都是一个极度紧张、吝啬的人。毛却仍然很潇洒,行动也很从容不迫,敏于分析说话中微细的差别,眼睛充满智慧。他笑起来会令你受感染,而且对别人的俏皮话也衷心地表示赞赏。他还有开朗的性格。②

　　仔细分析这两段写于不同时期的人物比较,前者是 1941 年出版的《为亚洲而战》,后者是 1962 年出版的《大河彼岸》。这两段都是对毛泽东与蒋介石的对比。在第一段的对比中,对毛和蒋所用的笔墨是差不多的,而且对蒋不是完全否定,只是有一点,就是脱离群众,维护旧传统;而对毛则明抑暗扬。在第二段的对比中,毛蒋的着力点的区别就高下立见了。斯诺对蒋毫不客气地进行道德贬低,映衬出毛的伟岸。为什么作者前后对两人的评价有了这么大的反差? 这里或许有政治上的考虑,1941 年正是统一战线时期,国共正值联合抗日。而且,从后面历史演变的轨迹,斯诺对两人的判断更为准确。不过,也不要忽略了斯诺在经历了麦卡锡风波之后,看到新中国确实给人民生活带来极大改观,左翼立场愈加坚定,为维护新中国领导人所采用的叙事策略。

三、文本的历史与历史的文本

　　1936 年 10 月末,斯诺从陕甘宁边区回到北京后热情地向北大、清华、燕大的青年学生介绍陕北见闻,在临湖轩讲述他的红区见闻,展示他所拍摄的苏区人民生活的照片和小短片,让青年们一睹外界被妖魔化的毛泽东、周恩来、彭德怀等红军领袖的风采。在斯诺看来,"红色中国"无疑是代表着人类进步力量与希望,是中国社会与传统彻底割裂,迈向美国式民主精神的表现,中国共产党领导的红区人民的抗战、生产、学习和生活甚至超越了一般意义上的民主精神,成为人类生存的理想家园。

---

① ［美］埃德加·斯诺:《为亚洲而战》,《斯诺文集Ⅲ》,第 239 页。
② ［美］埃德加·斯诺:《大河彼岸》,《斯诺文集Ⅳ》,第 116 页。

在斯诺的带动下,在华的西方人迅速掀起了"红区热"。这股由斯诺掀起的中国红区探险热,影响空前,对了解中国共产党党史和在抗战中的地位与贡献具有非凡意义。来自正反两个方面的权威都肯定了斯诺作品的史学贡献。从斯诺第一次到达红区开始到第二次离开红区,红区一直是众多在华西方人向往的对象。中间以抗日战争全面爆发为节点,前期主要是"揭秘",主要目的是揭示中国共产党人的真面目,延安的安宁、和谐和乐观直接颠覆了国民党一直苦心经营的"匪"类形象,揭秘的直接结果是西方人毫不例外地盛赞中国共产党及红色政权。这样的结果对于形成国际舆论促进国民党承认共产党的合法性,促成建立中国抗日民族统一战线,起到了重要的推动作用。"红区热"的后期主要是"融合",这个时期有近百人次进入陕甘宁、晋察冀、华中等抗日根据地,他们不仅来采访,还直接参与战斗,有的还牺牲在中国的战场上。如德国记者汉斯·希伯在与敌交战中献出了自己的生命;史沫特莱和斯特朗都有随军经历;斯诺和艾黎创办工合来推动抗战。来访者也不再仅限于新闻记者,还有白求恩、柯棣华等一批外国医生和传教士等。"红区热"进一步扩大了中国共产党的影响,外界对他们的作战能力有了更多的了解,对他们在统一战线中的坚定立场由衷赞叹。

这些从红区出来的记者马上投入创作,一批有影响力的报告文学佳作犹如雨后春笋般随之诞生。除了史沫特莱、海伦、斯特朗这三位女性的优秀作品外,还有贝尔登的《中国震撼世界》、斯坦因的《红色中国的挑战》、福尔曼的《来自红色中国的报告》等一批享有国际声誉的著作。从历史的文本角度而言,这些关于中国的著作都是极其重要的历史史料,为研究中国问题、中国共产党党史、中国文学等都提供了重要参考。美国著名的马克思主义学者、中共党史研究专家莫里斯·迈斯纳在他20世纪80年代研究毛主义的成名之作中,大量引用了斯诺对毛泽东的描述。休梅克说:"斯诺这本书(《红星照耀中国》)令人信服的最重要的原因,恐怕就在于它材料来源的可靠性。"《红星》被列为休梅克写作《美国人与中国共产党人》一书的主要参考书。

除了他们的作品与历史之间的亲密关系,另一个方面的特征就是他们文本之间存在的互文关系。作家贝特兰在谈到史沫特莱作品写实风格的时候表示："在她对于战斗和游击战组织的记述中，到处都是一些相距甚远的地区步行、骑马、照料伤员、为伤员喂食的一个女人的脉搏。有一个时期，我的活动和她的恰相重叠，就像那位美国军事观察员埃文斯·卡尔逊上尉的情况一样，所以，在一定限度内，我可以为她报道的准确作证。"①可以想见，他们三人在当时的一段时间内有同样的见闻，做同样的事情，而这些事情的细节势必反映在他们的作品中。当然，这关乎作者对素材的取舍。从新历史主义的视角来看，历史不仅仅是写实，而在于如何去认识、选择和重组。"从任何有意义的角度看，历史都绝不仅是一堆散乱的材料的总和，而是由以某种特定的方式发生于特定的时间、地点的事件以及我们对这些事件的认识构成的。对历史的正确理解在于重建这些历史事件，并力图解释在可能发生什么事件的背景中究竟发生了什么。"②在做中国形象学研究时，周宁教授也关注到不同文本是如何重复表述同一形象并建构形象类型。他发现的一个重要规律就是，"特定的中国形象在不同文本中相互交织，在历史中反复出现并表现为互文性，在历时性维面上表现为一致性。就共时性维面上表现的互文性而言，我们发现同一时代不同形式的文本经常表述同一种类型化的中国形象"③。

从当时的文学现象上看的确如此，来红区的职业、感情、观点、阶级、政治立场各不相同的西方人，看到一样或者类似的场景，或者类似的精神和生活状态，类似的红军纪律和战略战术，不仅创作了大量的非虚构作品——其中不乏发表于报刊的新闻报告，也不乏数十部长篇著作，而且都不可思议地成为意识高度统一的中共拥护者。从红区离开的西方人，几乎没有对中共的施政纲领抱有敌对态度的。他们的作品中，同样描写到中国共产党、红军、红区人民的优秀，同样描写到国民党的腐败和没落，甚至在细节描述上

---

① ［新］詹姆斯·贝特兰：《斯特朗、史沫特莱、斯诺和〈红星照耀中国〉的写作》，见中国三S研究会编：《〈西行漫记〉和我》，第77页。
② ［美］乌利希·韦斯坦因：《比较文学与文学理论》，刘象愚译，沈阳：辽宁人民出版社，1987年，第66页。
③ 周宁：《天朝遥远——西方的中国形象研究》，北京：北京大学出版社，2006年，第30页。

都有相似之处。比如斯诺和史沫特莱都通过描写延安的交际舞场上的领袖们,通过他们的舞步来表现出性格的差异;他们都会描写红军积极乐观的歌声;都会描写红军剧社……1945年10月,美国学者纳撒尼尔·佩弗在评论文章中,努力探寻是什么激发了"各种各样、地位处境互不相同的人们"的想象力,也试图解答西方记者报道中关于对中共态度如出一辙的问题。他认为,说所有来访边区的外国访问者都受到欺骗性宣传的蒙蔽是根本不合情理的,显然这是不尊重西方访问者智商的浅薄推理。按佩弗的解释:"是中国红军的个性、他们的纲领和爱国主义精神对西方人产生了魅力。"①

佩弗是从写作对象的角度来回答的,因为写作对象所表现出的客观面貌如此。报告文学的文本性质也体现了文本的社会化和大众化,问题意识的导入,在更宽广的研究范围中把文学文本泛化为一种社会文本加以考察,使得互文性、文本性、社会文化结构等等之间的多元决定关系更为明显。巴特(R. Barthes)说:"任何文本都是一种互文。在一个文本中,不同程度地以各种多少能够辨认的形式存在着其他的文本,譬如,先前文化的文本和周围文化的文本。"②互文性特征在报告文学中表现得尤其明显。批评家海因茨·路·阿尔诺德说:"纪实文学是力图突破传统文学的框框的激进尝试,它要求比虚构文学更接近现实,因此也就更真实","信赖历史的形象,生动和理性地洞察历史,它使读者或者观众也成为创作的主体,激发他们个人的想象力","纪实文学打破传统习惯,想通过……完全未经雕琢的现实使读者或观众成为文学、政治上自觉行为的主体"③。阿尔诺德的阐释揭示了纪实文学新的意义,即文本的开放性和包容性,将读者或观众纳入写作的主体规划中,因而这种作者对这种参与意识的纳入和思考使得文本除了有"史"的意义以外,多了一份亲和力。读者带着对历史人物和事件的浅层了解,在作者的撩拨下会探究如外界所说的"赤匪"到底是何人?斯诺很好地抓住这点,将读者一步步带到红区和中国共产党人面前。而且,斯诺的探险话题本

---

① [美]肯尼思·休梅克:《美国人与中国共产党人》,第301页。

② 王先霈、王又平主编:《文学批评术语词典》,上海:上海文艺出版社,1999年,第378页。

③ 转引自尹均生:《国际报告文学研究》,第260页。

身就是建立在众多对"红色地区"意义含混的文本之上,从某种意义上来说,这也是报告文学的历史性所邀约而来的文本间的互动。而后来更多的西方人士走进红区,他们发表的非虚构或者虚构类的作品,同样存在与"三S"或他们之间文本相互照应的事实。

用历史文本对抗西方传统认识中的中国形象的单向性、主观性和片面性。不管报告文学的初衷是社会的、政治的抑或是文学的,它在文学形象上的建构和突破都是划时代的。借着文本的纪实性、开放性和互文性,作家们就着同一事件、同一人物或者同一精神进行多层面、多角度的叙说,或者由于时机或者审美情趣的关系,恰好掌握了其他人所没有遇见的历史,他们共同为一个主题形象发声。更重要的是,他们原有的认识和价值观与中国体验发生视域重合,中国历史的逻辑和声音借助于他们之笔,汇成一股合流,向世界宣告中国是如何一步步从旧中国走向新中国、走向现代中国的。

四、多种文学表现手法

不管是在中国还是在美国,左翼文学因重宣传和鼓动、缺少艺术性而受到诟病。一直以来,左翼文学一直被美国文学界所贬低:左翼作家受命于苏联,受制于共产党,故意凸显文学与政治关系,弱化文学性,因此创作水平低,没有文学价值。随着近年在美国兴起的政治批评,20世纪30年代的左翼文学得到了评论家的反思和重新评价,指出问题的同时也给予充分肯定①。

"三S"文学表现手法巧妙的运用,在作品思想内容的广泛传播和巨大影响的卓著成绩上功不可没。虽然他们作品的新闻性较强,但是仍旧闪烁着文学之光。关于他们作品中文学性的讨论近年来越来越活跃。如斯诺《西行漫记》的华美辞藻、章回体小说、大量比拟手法的运用,史沫特莱《大地的女儿》《红军在前进》《中国妇女的命运》中小说手法的运用,让读者爱不释

---

① 陶洁:《灯下西窗:美国文学和美国文化》,北京:北京大学出版社,2004年,第53页。

手、欲罢不能。总的来说,报告文学是当时左翼文学,也是"三 S"创作的主要文体形式,融新闻性与文学性为一体。它延续了叙事散文的风格,将通讯、速写、特写融于文艺性。它对真人真事的新闻原始材料有着明确的要求,在迅速及时反映生活的同时又必须用文学的方法进行生动勾勒和刻画。报告文学直接描绘现实生活中的各种典型人物和事件,敏锐地提出和回答社会中迫切需要解答的问题①。报告文学的感染力就来源于作品的文学性,一般而言,人物刻画、艺术构思是常用的文学表现手法。

报告文学的艺术构思,主要是指选择一个表现角度的问题,还有围绕中心把一个个生动精彩的细节联系起来的问题。从艺术构思上来说,斯诺是对细节的描绘赋予传奇味道的高手。他的"红色中国"探险故事堪称是现代冒险故事的范本,主人公映射了通过冒险成长的原型。"斯诺本计划在中国最多停留 6 个星期的时间,根本没想到竟然一直待了 13 年,更没有想到自己会在这个陌生的东方国度的遥远的西部找到自己的精神与灵魂寄托。1936年,斯诺在红区待了 4 个月后,竟对这片贫瘠的土地产生了故乡一般的情感。从一个成长于资本主义社会,对世界充满浪漫主义想象的西方青年到认识到共产主义与红色中国的意义,斯诺的'成长'再现的正是'人在历史中成长'这一'现代小说'的基本主题,在某种意义上,斯诺其实是他自己写的一部探险小说中的主人公。"②斯诺被"历史选中",完成了他的"地理大发现",这种巧妙的构思让读者联想到英国作家詹姆斯·希尔顿(James Hilton)发表于 1933 年的畅销小说《消失的地平线》。"同样是西方人无意闯入中国西南部一个名叫香格里拉的地方,同样是一片超现实的飞地,那里的人民过着同样祥和安宁的生活,同样是小说主人公与那里的最高领导人进行了多次交谈,探讨了一系列宗教、哲学问题,建立了某种程度的'心灵感应',同样的如梦似幻的体验,同样的不忍离去。《消失的地平线》出版后在西方掀起的'香格里拉热'也与《西行漫记》掀起的延安热潮惊人相似。"③这种见解联想丰

---

① 胡敬署、王富仁等主编:《文学百科大辞典》,北京:华龄出版社,1991 年,第 23 页。

②③ 李杨:《"记录历史"与"创造历史"——论斯诺〈西行漫记〉的历史诗学》,《天津社会科学》2015 年第 5 期。

富,既贴切而又新颖,充分说明好的非虚构作品产生的影响与好的虚构作品给人的感觉是一样的。从主题上说,它确实勾连起人们对探险主题的想象,也有西方人的探索意识、拯救情怀,但《消失的地平线》中植入了太多的概念,如世界主义与殖民精神、西方人有关乌托邦的梦想,在《西行漫记》这里则有点名不副实、草率。

多种文学手法的运用是报告文学创作必不可少的利器,包括以下方面的内容:作家炽热情感为本色的爱憎分明的、诗情与哲理交相辉映的政治色彩;生动地描写现场,渲染现场气氛,写出现场实感;借用小说的描写技巧,戏剧文学的对话艺术,电影的分镜头叙述方法,以及诗歌的跳跃的表现手法;使用准确、鲜明、生动的语言。针对报告文学的文体特性和文体功能,尹均生也提出报告文学"有自己的美学要求",认为"报告文学作为文学,同其他文学形式一样,既要给人们以巨大的鼓舞、深刻的教育,也要给人们以美的享受"。他从"生动地写出现场实感""鲜明的文学政论色彩""语言鲜明、尖锐、强烈,有一种雕塑美"和"多种艺术手段的综合运用"四个方面高度凝练了报告文学的文学性特征①。尹均生的这些概括或许存在审美要素的不足,但这些方面无疑是造就报告文学美感的基本要素。尹均生从政治与艺术两个维度分析了《西行漫记》的意义。"从政治意义上说,无产阶级夺取政权的第一次英勇尝试——巴黎公社,无产阶级建立第一个苏维埃政权的十月革命,中国工农群众在共产党领导下的反帝、官、封的伟大斗争,是世界工人阶级革命的壮丽史诗。""从文学艺术价值上说,《西行漫记》这部报告文学在形式和风格上独树一帜,它把现场观察和采访事实巧妙地结合,它的高度概括能力和语言表达艺术,它的朴实、清新、幽默、论辩的风格"②,足以证明这部作品艺术表现力极佳,充分体现了报告文学是新闻与文学的有机合成,是事实与艺术的结晶体。斯诺以出色的文学表达形式报道具有世界性意义的重大历史事件,从根本上奠定了《西行漫记》所具有的重要的文学史价值。

---

① 尹均生:《报告文学——新型的独立的文学样式》,《武汉师院学报》1979 年第 3 期。

② 尹均生:《杰出的新闻记者斯诺和报告文学〈西行漫记〉》,《华中师范大学学报》1982 年第 2 期。

斯诺的文章读起来自然流畅,文辞优美,好像不曾费劲推敲一样。"无论是穿越军事防线、热带泥沼,还是漫步于乡间稻田、庙宇殿堂,他强健的臂膀总是像他本人以及他的作品一样,呈现出一种明显而特别的轻松。见过他的人,都会从他的握手和毫不造作的笑容中,悟出他何以能够成为世界上千差万别的著名人物的朋友,获得他们的真实情况并为他们的私事保密的原因。斯诺在书中为我们展示了许多这样的著名人物:布满灰尘的印度戒欲堂中的甘地;崇尚瑜伽、头脚倒立、现身说法的尼赫鲁;出乎自己意料在日本建立了民主制度的麦克阿瑟;惶恐地预言苏联将重新受到遏制的李维诺夫;对有机会在世界旅行的斯诺露出嫉羡目光的罗斯福,以及戈林、佩顿、布莱德雷、德莱赛,以及阿拉伯国王。"①这样的描述突出了斯诺的个人魅力,反映了他对事件和人物游刃有余的把控能力。不过,也有点将所有事件浪漫化和浅层化的倾向,斯诺固然有过人的自信和社交能力,不过,他也将内心的恐惧和纠结真实地展现给读者,初入苏区时对"赤匪"的高度警惕,害怕自己会被"共产",甚至会因为是"反动的帝国主义分子"而遭遇不测。

史沫特莱早期的作品带有很强的现场感和对事件的细致描写。相比而言,她注重结构构思,不仅仅按事件发展和观察顺序进行报道,读她的作品,能非常直观而强烈地感受到她的情感线索与情绪线索,虽然纪实性会削弱文学性,但她笔下的人物形象是饱满的,她从不会在议论中采取直陈的方式,而是非常取巧地轻轻一点,在叙述完事件后,提一个小问题,引发读者的思考。这种方式对史沫特莱来说,是非常不易的,对比她早期的控诉型的情感爆发,在作品中恣意发泄对资产阶级的憎恶,对男权社会的痛恨,在描述中国红军或者新女性时,她的态度往往是谦卑的,情感是有所抑制的。如鲁迅去世事件,她描写鲁迅去世后他人的反应,来烘托鲁迅在中国的巨大影响。"西安的朋友们在鲁迅逝世第二天来到临潼的时候,华清池庙的长老也走进房来同西安人坐在一起议论鲁迅。这个长老是一个四大皆空、接待方外的办事员。听她谈话可以看出这个与世隔绝的乡村方丈也熟悉鲁迅的生

---

① [美]玛丽·希思科特:《一个地道的密苏里人》,见中国三 S 研究会编:《敬礼,三S》,第93~94 页。

平和鲁迅作品。'检查制度能起什么作用呢?'我想。"①再如,对"白色恐怖"中命运多舛、信仰坚定的女共产党员单菲的描写:"她皮肤黝黑,脸面开阔,颧骨很高。她的眼睛乌黑,但这双眼睛里闪闪发光,好像可以看透比中国漫漫长夜还要黑暗的昏天黑地。她身体结实,像个农民,看来很难把她同泥土分开,这是她的命根子,她牢牢地扎根在这片泥土中。说她漂亮不漂亮? 我不知道,但是,难道泥土不漂亮吗?"②

斯诺的文字具有极强的感染力和号召力,语言朴实、幽默、风趣,且流畅易懂。不仅仅是由于斯诺掌握了扎实的新闻学知识,也是由于其背后的文学、哲学、历史学的底蕴,更在于他善于运用丰富的辞藻。从语言形式上说,中国题材的作品中的专有用词丰富了美国文学的内容。索尔兹伯里声称《红星》改变了美国报告文学的写作标准。其中一个重要的特点就是斯诺并不避讳中文名称和方言的使用。以《红星》为例,全书有 140 余处直接运用中文。斯诺往往先音译中文,再附上英文解释。这些引用的中文有:社团组织、报刊名称、古典名著、成语、古诗词及口头语等。匠心独具的语言,一方面给全书增添了浓厚的异国情调;另一方面也向西方读者介绍中国文化、历史和社会风俗。鲜明的民族特色、真实可信的人事报道,铸就了斯诺的语言风格。文体方面,斯诺灵活多变,信手拈来:新闻特写、人物素描、人物小传、书信、游记、日记、评述等,有时还会将这几种文体进行创新性和发挥性融合,使作品朴实无华而又绚丽多彩③。斯特朗也一直在进行文体探索,她曾尝试过打油诗、政论、报告文学、通讯,甚至是电影剧本。

斯诺对场景的描写有过人之处,善于捕捉挖掘人物的细节,平静的叙述中掺杂着厚重的感情色彩,一个个特写镜头,使读者记忆犹新。而且,他驾驭文字的能力极强,用语简洁清晰,用笔生动形象,字里行间还保留有西方记者特有的幽默。《西行漫记》中的战斗场面描写,让读者沉迷于精彩,感叹

---

① [美]艾格尼丝·史沫特莱:《中国的战歌》,《史沫特莱文集1》,第 129 页。
② [美]艾格尼丝·史沫特莱:《革命时期的中国人》,第 176-177 页。
③ 吴松江:《斯诺精神——新闻记者和报告文学作家的镜与灯》,《福州大学学报》2005 年第 3 期。

红军是"有些像罗宾汉似的传奇英雄"①。

与斯诺一样,史沫特莱也对纪实文学创新做了贡献。从 19 世纪末至 20 世纪初,新闻报道发展深化为报告文学,史沫特莱对其发展产生了重要影响。"就史沫特莱三十年代的作品而论,对她影响最深的是中国现代文学之父鲁迅。……鲁迅的白话文风格和社会现实主义使史沫特莱的写作方法得到大有裨益的影响。"②《中国的战歌》中有很多章节都是采用写实的风格,完全脱离了早期的浮夸和戏剧化的手法,白描技巧不加议论、抒情、渲染等任何修饰是她 20 世纪 40 年代写作的突出特点。史沫特莱擅长叙事转向,连接紧密,把感慨、思考留给读者,毫无停顿感,这也体现了与她早期书写中带有强烈的好恶判断及情感泻泄的不同之处。

多重结构及开放形态呈现于 20 世纪三四十年代兴起的"解释性报道"。"三S"在创作上有不同的着力点和立场,在写作上也不断摸索。他们的报告文学作品在文学史上都取得了成功,对 20 世纪 30 年代从事文学创作的后继者都产生了深远的影响,既吸引了大量的作家投入以中国为题材的写作中,又鼓舞着他们参与红色革命事业中,还孕育了美国 20 世纪 60 年代"新新闻"体的胚胎,对中国 20 世纪 80 年代报告文学的再次复兴都有着重要意义。

第三节　左翼立场:意识形态的凸显

中国报告文学的产生既有国际、国内因素,所接受的外来影响成分尤其多。作为抗战时期的主流文体形式,报告文学也是斯诺、史沫特莱和斯特朗采用的最主要的文体形式。"三S"既对中国 20 世纪 30 年代报告文学产生重要影响,又与中国的报告文学一起,汇入国际报告文学的洪流,一起表现中国的左翼意识形态。他们将"红色中国"由外界所传的"农民起义"或者

① 尹均生:《〈西行漫记〉:跨越时空的划时代巨著——纪念〈西行漫记〉发表 60 周年》,《理论月刊》1998 年第 1 期。

② [美]简·麦金农、史蒂夫·麦金农:《艾格尼丝·史沫特莱传略》,见中国三S研究会编:《敬礼,三S》,第 38 页。

"民族解放运动"言说为一场具有阶级性和理论化特征的社会主义革命。

一、中国报告文学体

报告文学因与政治挂钩一直以来饱受诟病。一个主导性的观点认为左翼作家们听命于苏联,受制于共产党,报告文学隶属无产阶级文学,它的文学价值大打折扣。不得不说,这是一种狭隘的文学观造成的。我们不否认它诞生的时代与无产阶级上台密切相关,也不否认它以报道无产阶级觉醒和斗争为主题,但若是就此认为它仅仅是党派文学的话,未免有些简单化。这种逻辑就等同于史沫特莱喜欢写八路军便是共产党。在前文中提过,恰恰是这种文体反映了时代精神,所以不管是党派作家、左翼或者中间偏左,甚至是民主人士,他们自觉地或多或少地用此文体来表达他们对时代事件的关注。还有一个偏见就是报告文学的纪实性使得它在中国研究者眼中缺乏吸引力。中国现代史、革命史乃至新闻史的研究热点始终聚焦在类似《红星》等纪实类作品上,但其文学性却始终鲜能引起中国文学研究者的关注,对于此类领域的研究,"报告文学"因长期以"非虚构文学"为标识,中国似乎更青睐于"虚构文学"较之于"非虚构文学"的所谓"文学性",所以"报告文学"总厕身于"文学"之林。相对于中国"亚文类"的定位所遭受冷遇的境遇,"非虚构文学"的文学属性在西方国家已成为文学研究者的共识。第一次世界大战后,"非虚构文学"和"虚构文学"在美国并驾齐驱,而第二次世界大战后,"非虚构文学"因社会影响力已迅速成为超越"虚构文学"的主要文学门类。斯诺一直是美国文学研究者关注的对象即为最好的例证。

非虚构文学的文学性无须论证。文学的时代性和开放性本身已经做出了最好的回答。所以,首先要做的就是跨越文学的门户之见和立场之见,将这些距离现在和平年代比较遥远的作品视为重要的文本材料,特别作为一种文学和文化现象看待。如果单就"文学性"而言,有学者认为报告文学的超现实主义精神产生的作用,与西方现代主义文学有异曲同工之妙的特质。以陌生化效果实现读者深层精神的震撼是西方现代主义作品的特点,以常人难以了解的事实真相引发读者精神震动是中国报告文学的特质,所以这种特质只停留在感受性,与认知性尚有距离。夏衍创作的《包身工》将社会描绘成只有狼和羊的世界,这类意象产生的影响比好的小说还要大,对人们的精神震悚力也更大、更强烈①。因而,去争论这些文本材料具不具有文学研究的价值是没有任何意义的。

一批批记者、作家,人数更多的政治家、外交人员、医生、护士、教授、社会福利工作者、摄影师等外国人士,来到延安、陕甘宁边区、晋察冀、山东、皖南等根据地或游击区。他们不仅表达了世界人民对中国人民的同情和友谊,帮助抗战,做出了巨大的贡献,留下了丰硕的文学成果。这些作品从不同的角度描写了各抗日根据地的政治、经济、军事、法律、文化和日常生活,既题材多样、风格各异,又内容丰富、文采斐然,有着很高的真实性,成为时代的记录与历史的镜子。这些为数众多的作品和文章,构成了一道生动反映抗日根据地生活的斑斓画廊,以其特殊的光彩同中国作家创作的解放区文学殿堂相辉耀②。

他们共同构造了一个合法又合理的"红色中国",与"白色中国"或"自由中国"产生激烈的对峙。在此之前,无论是中国共产党还是20世纪30年代的左翼虽然也发明"红""白"概念表现正义与邪恶、光明与黑暗,但显然不会在其后连缀"中国",认为自己代表所谓的"另一个中国"。他们的作品无疑是强化了"两个中国"存在的独立性。借用一个学者所言,"这部作品(《西行漫记》)使红军、中国共产党和毛泽东'道成肉身',成为可辨识、可理解的现实政治力量,不仅仅表达和改变了'世界的中国观',而且形塑了一代中国人的'世界'观,并进一步建构了中国人的'国家认同'与'阶级认同'"③。不仅仅是斯诺的作品如此,同样也适用于史沫特莱和斯特朗的作品。

并非所有的西方观察家都一致同意这种预判性的结论,尽管大多数参

---

① 王富仁:《中国现代主义文论》(下),《天津社会科学》1996年第5期。
② 爱泼斯坦、高梁编:《中国解放区文学书系》(外国人士作品编),序二,重庆:重庆出版社,1991年,第7-8页。
③ 李杨:《"记录历史"与"创造历史"——论斯诺〈西行漫记〉的历史诗学》,《天津社会科学》2015年第5期。

观过解放区的外国来华人士的态度都出奇一致地留下好感,并将所见所闻用文字记录下来。他们纷纷对中国的红色革命做出了判断,哈罗德·伊萨克斯并不看好中国的未来,评判这是一场伟大的"农民起义"的悲剧;拉铁摩尔称其为反抗日本法西斯的民族解放战争。他们都模糊了中国共产党在革命中的主体性和阶级性,尽管他们都支持和同情中国的抗日民族战争。斯诺直接称:"1944 年至 1947 年我国的文职外交人员和武官曾在红区生活和到红区很多地方参观过。他们证实那里并没有实行共产主义或社会主义,只是奉行均摊战争负担。"①

中国的报告文学是如何诞生并取得创作主导权与西方文本交相辉映的呢?

中国报告文学诞生受到国际革命潮流和文学思潮的影响。第一次世界大战引发了伟大的俄国"十月革命",在"十月革命"和马克思列宁主义的号召下,中国爆发了五四运动,中国无产阶级在觉醒和组织后,开始登上政治舞台,建立中国共产党。对于进步知识分子而言,中国共产党给予了极大的思想引领和政治导向,在中国共产党的引导下,作家们开始关注无产阶级。再加上,1917 年开始的白话文学革命为白话文学样式的兴起准备了文学上和语言上的条件。于是,报告文学最后告别了它的母体——新闻文体,以一个独立的、新型的文学样式,在五四运动风暴中光荣地诞生。20 世纪 20 年代初,周恩来在旅欧期间写下的长达 20 余万字的《旅欧通信》发表在 1921—1922 年的天津《益世报》上,瞿秋白旅苏期间写《俄乡纪程》和《赤都心史》,都体现了国际事件和报告文学的影响。自 20 年代中期开始,我国一些记者和作家就开始尝试报告文学的写作,如陆定一的《五卅节的上海》(1926)。茅盾主编过我国第一个报告文学集《中国的一日》,称夏衍的《包身工》为标准"论文式"的范本。30 年代,我国老一代新闻工作者范长江写的《中国的西北角》《塞上行》《西线风云》,将二万五千里长征、"西安事变"等国内重大政治事件搬上报刊,第一次在国内公开报道。生动形象的细节描写,语颇隽永的灵动笔触,深厚充实的文学素养,突出其文学性和政论性。与此同时,

———————————
① [美]埃德加·斯诺:《复始之旅》,《斯诺文集 I》,第 278 页。

斯诺、史沫特莱等人的报告文学正在中国流行,一是读者众多,二是从者众多。

20 世纪 30 年代是中国报告文学创作繁荣期,具有里程碑意义,它不再只是一个隐藏在游记性散文与艺术化通讯名目下的亚类,作为当时主流文体之一,华丽地移步文坛前台,迈上了发展之路。当时,报告文学的文体性在建立的过程中,经常在新闻与政治之间游荡,还未成熟。到了 40 年代,中国报告文学迎来了第一个繁荣期,"一切的文艺刊物都以最大的地位(十分之七八)发表报告文学;读者以最大的热忱期待着每一篇新的报告文学的刊布;既成的作家(不论小说家或诗人或散文家或评论家),十分之八九都写过几篇报告。在这样的情形之下,报告文学就成为中国文学的主流了!"[1]"中国人民抗击日本军国主义的八年浴血战斗,曾经震撼世界人民的心弦,在一定意义上,世界人民是从抗战报告文学中认识现代中国人民形象的。他们看见了一个不可征服的伟大民族的凝聚力,看到了中国共产党是振兴中华唯一可靠的政治力量。所以,尽管岁月流逝,这些记录历史的报告文学却取得了永存的价值,成为中国现代文学史上光辉的一章。"[2]

中国报告文学体式的确立有一个向写实主义转向的过程。鲁迅的杂文可以看作这方面的早期探索。早在 1932 年,鲁迅用"琥珀扇坠、翡翠戒指"讽刺讲究华丽的艺术形式多于注重作品的思想内容,他主张文学服务于时代,他写道:"在风沙扑面,狼虎成群的时候,谁还有这许多闲工夫,来赏玩琥珀扇坠,翡翠戒指呢?""而小品文的生存,也只仗着挣扎和战斗的。"[3]杂文言之有物,激烈而热情,他选择以杂文来表现"中国的大众的灵魂",并明确表达了对杂文的喜爱之情:

> 我是爱读杂文的一个人,而且知道爱读杂文还不只我一个,因为它"言之有物"。我更乐观于杂文的开展,日见其斑斓。第一是使中国的

---

① 以群:《抗战以来的报告文学》,见《报告文学研究资料选编》(下),王荣纲编,济南:山东人民出版社,1983 年,第 682 页。

② 尹均生:《烽火硝烟写出宏伟历史画卷——论延安时期的抗战报告文学》,《延安文艺研究》1988 年第 10 期。

③ 《小品文的危机》(1932 年),《南腔北调集》全集 4 卷 441 页。

著作界热闹,活泼;第二是使不是东西之流缩头;第三是使所谓"为艺术而艺术"的作品,在相形之下,立刻显出不死不活相。①

"三 S"在中国报告文学文体确立的过程中也起到了一定的导向作用。随着新文体的"西风东渐",在经历了"五四"个体文学和白话在语言上的革命之后,中国文坛也展开了文体的探索和争论。继早先的白话文小说创作之后,鲁迅对文体形式感的要求发生了变化,他的"小品文"的风格深受史沫特莱的推崇,也促使史沫特莱的文风发生转变,从早期的情感宣泄、场面夸张转变为更加写实。30 年代后期,史沫特莱从前线写给出版社的一封信中,在结尾时她要求出版社给予帮助,她写道:"所以我要求你帮助我编好我的手稿,但是不要把文章弄得'文学气味太浓'。"②"文学气味"这个词在史沫特莱看来是资产阶级的审美趣味,她看重内容,而不是形式。在艺术上,史沫特莱一直极富追求,她始终认为小说中的政治观点应该与现实人物紧密结合在一起,溶化政治观点,丰满人物形象。史沫特莱的写作风格越来越务实,被评论家视为"第一流的战争报告"的《中国在反击》,是用质朴风格写就的坦率之作,这部作品比她之前用虚构的方法创作的作品获得了更多读者的支持和信服。被誉为"以亚洲历史为主题的《战争与和平》"的著作《中国的战歌》,也大获成功,深受好评。《伟大的道路》更是一代英杰的辉煌雕像,成为无产阶级的"史家之绝唱"。

二、左翼意识形态及表现

报告文学在左翼作家的创作实践和理论探索中获得了合法性与冠名权,更是从国际报告文学中获取范本。20 世纪 30 年代,欧美和日本报告文学理论传播到中国,史沫特莱、斯诺等左翼报告文学作家的文本也在中国蔚然流行。周立波就曾以基希《秘密的中国》为例指出报告文学"是一种绵密的社会调查",作者不能做"假意的旁观者",要站在现实的高处,架起望远

---

① 《徐懋庸作〈打杂集〉序》(1935 年),《且介亭杂文二集》全集 6 卷,第 232 页。
② [美]艾格尼丝·史沫特莱:《革命时期的中国人》,第 183 页。

镜,进行全面的观察,反映事件发展的趋向①。考察 20 世纪三四十年代的报告文学文本,它们折射出强烈的左翼意识形态。

第一,从文本描述的对象及所使用的词语上折射出左翼意识形态,表现在文本对社会底层群体的描述上。这里有对骨肉分离的战乱情形的控诉,有对流离失所的难民的叙说,有对底层社会群体生活的直击与揭示。一些文本已经开始反思与批判社会制度以及现代文明中的负面现象。斯诺 1929 年在纽约《先驱论坛报》上发表关于西北饥荒的报道。他对那些国民党报刊中出现的反面词汇进行了深刻的反思和批驳。

> 现在我才知道,饥荒意味着一个赤身裸体的姑娘,胸前却悬着一对似乎是一百万岁的老太婆的干瘪乳房;恐怖意味着一大群老鼠在一片焦土的战场上伏在无人照管、奄奄一息的伤兵身上大口啖着化脓的血肉;反抗意味着愤怒,这是我看到一个孩子被迫充当驮畜在地上爬行时的感受;"共产主义"意味着我所认识的一个年轻农民为报仇而参军。在他的族内由于有三个子弟当了红军,当局认为全族对此都负有责任而杀害了其中的五十六口人;战争意味着被扔在闸北街头的一具被奸污后开了膛的赤条条的女尸;屠杀意味着被扔在卫生部附近一条弄堂里垃圾堆上的一具蜡黄的弃婴尸体;日本的所谓在"亚洲的反共领导地位"意味着就在我眼前的一座被炸毁的孤儿院瓦砾堆里露出来的女孩子的断臂残腿;残酷无情意味着四川街头一群身披绫罗绸缎的游手好闲之辈看着两个乞丐为一口剩饭互相掐脖子争夺而发出的笑声。②

第二,抗争的表达较为全面,有对抗日重大战役的正面直击,有对日本军队暴行的揭露,还有对敌后武装根据地的描述。民族反抗意识在文本中表现明显。此外,很多文本还表现出对主流意识形态压制的批判上。《中国红军在前进》中将阶级对抗意识描写得尤为深刻,集中表现了 1927 年至 1932 年间国共两党浴血奋战。"蒋介石这个谈话,就他所谓的军队'非杀尽良民,无从安心'是彻头彻尾的虚伪,是在为他自己和僚属以及整个的中国

---

① 周立波:《谈谈报告文学》,1936 年《读书生活》第 3 卷第 12 期。
② [美]埃德加·斯诺:《复始之旅》,《斯诺文集Ⅰ》,第 293 页。

统治阶级做辩护。国民党军队的官兵在苏区的确杀尽了千万工农群众……消灭杀光中国老百姓的唯一可靠信得过的是南京政府的官僚、地主、资本家、青洪帮和殖民帝国强盗们。"①史沫特莱将阶级的对峙表现得十分充分，揭露了统治阶级意识形态的扭曲和变态。

　　报告文学文本还表现了处于被压制地位的在野的共产党的党派意识和宣传意识。史沫特莱曾与丁玲一道负责西北战地服务团。该团组织分通讯、宣传两股。通讯股专门采访战事消息、战地各种情景，预备以报告文学形式及各种短小精悍之杂文写作，并提供给国内外报纸杂志。出发前，毛主席致辞，"战地服务团随红军出发前方工作，你们要用你们的笔，你们的口与日本打仗。军队用枪与日本打，我们要从文的方面、武的方面夹攻日本帝国主义……"②不过，最终史沫特莱因病未能参加西战团。在山西的马牧村，斯特朗采访朱德的军队时，正好观看了西战团的表演，并对丁玲以演员战士身份参加抗战产生了极大的兴趣。

　　可以看出，这些报告文学文本因左翼思想意识的存在，不自觉地与中国的文体意识、思想主题与内容出现了共鸣。因此，反抗旧制度的工农运动、揭发国民党政权问题、彰显共产党民主新面貌等主题在文本中大量涌现。如国民党"白色恐怖"在人民群众中造成的恐怖气息：

　　　　车夫想多要几个钱，我们的译员问他："这是你们工会定的价吗？"他们害怕地喊道："别提工会了，你们愿给多少就给多少吧。"这些车夫把译员的无意提问理解为指责他们是工会会员。这是我们首次感觉到的湖南所存在的白色恐怖的情景。往后的日子里，我在长沙每天都见到这种白色恐怖。我曾试图和交涉署的一位秘书交谈。他非常害怕，不敢告诉我这里曾经发生的事情。他面色苍白，几乎在发抖，呷着茶，尽量回避我提出的问题。③

---

　　① ［美］艾格尼丝·史沫特莱：《中国红军在前进》，《大地的女儿》，《史沫特莱文集2》，第7页。

　　② 钟敬之、金紫光：《延安文艺丛书·文艺史料卷》第16卷，长沙：湖南文艺出版社，1987年，第491页（原载于《新中华报》，1937年8月19日）。

　　③ ［美］安娜·路易斯·斯特朗：《斯特朗文集2》，第154-155页。

而描写正在觉醒和萌芽的湖南工农运动,则是满怀信心,将他们书写为把中国从中世纪推进现代世界的中坚力量。

> 从湖南中部的革命片段中,我看见了中国的前途,而这是我从雄辩的演说家和聪明的知识分子的言辞中从未感觉到的。从革命敌人那里搜集到的一些革命插曲也说明了工农群众的现实主义、直截了当和严守纪律的勇敢精神,而这些品质正是中国上层社会所非常缺乏的。在不到六个月中,这些愚昧、迷信、仍处于中世纪的农民,精明地、无谓地、民主地处理了控制粮食、管理政府、行使司法权、兴办教育等问题。①

第三,左翼意识形态体现在文本中的对中国国际主义的关怀,对作者本国殖民主义和帝国主义行径的反思与批判,中国共产党是如何与世界接轨,与西方左翼互动,特别是与马列主义的关系。史沫特莱言辞犀利地批判美国资本家重利和美国人种族中心主义的做法。而且,她将外国殖民主义与国民党勾结起来奴役中国的真相直接揭露出来。

> 同志们,弟兄们!我是一个美国的公民。我们美国给你们的敌人供应物资来杀害你们和你们的同胞。我们反对这个。但人数很少,我们有罪,感到羞耻。但是,美国的企业资本家估价利润高过人的生命,多数美国同胞把你们当做是"洗东西谋生活"的中国佬。②

> 但是,中国劳苦大众却亲身领教了帝国主义是什么东西。城市工人早就知道。穷乡僻壤、边远落后的农村老百姓也不再问"帝国主义是什么东西了"。现在他们知道帝国主义,说到底也就是国民党,国民党说到底就是地主、资本家、高利贷主。国民党、帝国主义挤在一起就是来奴役中国的劳苦大众,变中国为封建殖民地国家。③

作者关注的是人类共同的命运,在世界共同体的框架下去考虑公平和正义、民主与自由。因而,他们是跨越了种族、国家之界,而站在阶级对峙的立场上来思考人类共同的难题。

---

① [美]安娜·路易斯·斯特朗:《斯特朗文集 2》,第 186—187 页。
② [美]艾格尼丝·史沫特莱:《中国的战歌》,《史沫特莱文集 1》,第 267 页。
③ [美]艾格尼丝·史沫特莱:《中国红军在前进》,《大地的女儿》,《史沫特莱文集 2》,第 141 页。

中国是一个贫困落后的国家，老百姓可怜，同印度的贱民一样，不齿于人类进步社会的行列，被人鄙视，受尽侮辱，他们对人谦逊，备受欺凌。但中国是在为世界民主、国家独立、社会进步和人民解放而战。据我所知，有许多外国朋友所见和我的这种看法略同，有的完全一致。在严峻的事实面前，世界上所有彩色路线或种族偏见，对于中国人民不能熟视无睹，但中国现状如何？形势险恶，情况严重。①

"五一节"这天，在井冈山，成千上万的男女心中深深印下了无产阶级革命家的名字——马克思。他的名字被拼成马盖世，列宁的名字听起来像个中国人的名字，被拼成李林。这两个人的教导，红军战士们以后的政治学习天天学。②

史沫特莱没有直接接触过苏维埃时期的红军，但她描写红军政治学习生活似乎完全是亲眼所见的事实。她描绘了苏区军民共同学习国际共产主义领袖的教导，建构了中国红军是用国际共产主义理论武装思想的先进形象。斯特朗亲眼所见红区学生们入学考试的试题，其中关于国家、民族、阶级、革命、民主等时兴概念全部在列。

我在临汾参观了李教授办的大学的入学考试……每个人领一份考卷，上面有五十道题，要在两个小时内答完。"社会的定义……国家的定义……民族……资本主义的定义……社会主义……帝国主义……民主革命的定义……民族主义……社会革命……"③

不仅如此，当时的美国左翼刊物《新民主》在 1933 年 11 月，以引自"敌对方面的证词"为依据，给中国红区勾画了一幅粗略的图画："共产党人保持着一个稳定的政权，发行纸币的银行和军工厂。还有一套教育制度。它在推行普及教育方面有很大进展……国民党军队一到，这一切就都垮了。然而红军跑掉了！……外国记者被邀请参观曾被'共匪盘踞之地'，令人吃惊

---

① ［美］艾格尼丝·史沫特莱：《中国红军在前进》，《大地的女儿》，《史沫特莱文集2》，第442–443 页。

② ［美］艾格尼丝·史沫特莱：《中国红军在前进》，《大地的女儿》，《史沫特莱文集2》，第71 页。

③ ［美］安娜·路易斯·斯特朗：《斯特朗文集3》，第143 页。

的是,即使已遭入侵国军的蹂躏,苏区还是要比军阀统治下的邻区繁荣得多。庄稼收获量要高些。捐税要轻些,甚至河堤也高得多。"①

这些文本从多方面贯穿了左翼意识形态,将被压迫的、被剥削的、被奴役的底层人民、在野党和被殖民的国家对统治阶级与帝国主义的抗争精神和反抗方式及他们的建设成果做了细节化的、全方位的介绍。

---

① [美]安娜·路易斯·斯特朗:《斯特朗文集 2》,第 342 页。

第五章　"三S"作品的传播与影响

第一节　"错位与相容"：在中、美两国的传播

因处在不同的历史时期，他们的作品在中美的传播既有步调一致的时候，也有南辕北辙的时候。"三S"作品的传播和接受大致经历了三个阶段。这三个阶段与中日战争、中美关系、美苏关系密切相关：第一阶段是在作品产生的时代，中国处于被列强瓜分、被日本强行攻占时期，中国受欺辱的形象受到国际广泛的同情。他们建构的"红色中国"军民形象是当时中国最光明的、最有希望的美好形象。第二阶段是在新中国成立后，世界形成冷战格局。尽管国际形势严峻，斯诺和斯特朗仍然坚持自己的立场，在美苏关系恶化、中苏关系破裂的历史语境中，传播新中国的建设成就，将"今日中国"之于"昨日中国"的新形象展现在世界人民面前。美国表现出强烈的抵制，他们的作品被埋进历史的故纸堆中，中国则表现出欢迎和支持。第三阶段是在中美关系缓和后，他们身体力行，担当中美文化沟通的桥梁，为中美建交做出了巨大贡献，中国展开对他们作品的全面研究，美国也有大批学者对他们的中国之行和中国故事产生兴趣。

一、第一阶段：中国查禁，美国欢迎

"三S"作品传播的境遇在中美两国是不一样的。中国国民党政府对中

国共产党的打压、封锁和"围剿",给世界创造了一个最大的谜。对比在早期中国传播的隐蔽性和有限的发行量,"三S"作品在国外可谓是盛况空前,公开受到各界读者的欢迎。美国本土的激进之风,孕育着"三S"政治和文化立场左转的思想土壤,并为他们传播中国无产阶级革命营造了一个宽松的接受语境。最初史沫特莱、斯特朗、斯诺的作品都是直接在海外报纸杂志刊发,书籍在具有左翼背景的出版社和书店推行,如兰登书屋和先锋出版社。刊登他们作品的报纸有《新群众》《新共和》《民族》《亚美》《太平洋事务》《星期六晚邮报》《纽约先驱论坛报》《密勒氏评论》《法兰克福报》等。

当时正处于激进之风高歌猛进的"红色三十年代",他们的作品为左翼分子或者有左翼倾向的人们带来了令人欣喜的中国红色革命的消息,而对于中间派或者右翼分子而言,中国的民族革命也鼓舞了世界反法西斯的士气,因而他们的作品受到广泛追捧。特别是斯诺的《红星照耀中国》的出现,让西方世界耳目一新。《红星照耀中国》自1937年发表后,立刻引起西方世界的轰动。1938年2月,诺曼在《论中国的几本书》中就写道:《红星照耀中国》是"英文的关于中国苏维埃最真实的记录"①;皮克在1938年6月说它是"研究现代中国历史最原始的资料"②;詹韦说它是"报告文学的杰作"③;卡特认为"此书标志着西方理解中国的新纪元"④;美国外交官谢伟思说《红星照耀中国》"为全世界揭开了一个帘幕,使人们第一次看到了未来的中国"⑤。美国国务院把这本书列为美国官员了解中国的20本必读书之一。斯诺这样回忆当时的情形:

> 《星期六晚邮报》率先发表了我写的报道。接着亨利·卢斯把两篇附有照片的长篇报道发表在创刊不久的《生活》杂志上。此后索要文章的报刊很多,使我应接不暇。伦敦的《每日先驱报》在头版连载我的报

---

① [美]诺曼:《论中国的几本书》,《亚美》1938年2月。
② [美]皮克:《关于"红星照耀中国"的评论》,《美国历史评论》1938年6月。
③ [美]詹韦:《东方红》,《民族》1938年第8期。
④ [美]卡特:《评"红星照耀中国"》,《太平洋事务》1938年3月号。
⑤ [美]谢伟思:《斯诺是中美人民间的活桥梁》,见刘立群主编:《纪念埃德加·斯诺》,北京:新华出版社,1984年,第72页。

道，并提升我为该报远东的首席记者。不久之后，《红星照耀中国》问世了，它立刻轰动了英国，在数星期内就销售了十万册以上。纽约兰多姆出版社的这部书的销售量，比迄今出版的任何描写远东的非小说作品都大。后来我又出版了几本畅销的书，但是这部书的成功使我喜出望外。《红星照耀中国》会在国外"大受欢迎"是我始料不及的。①

1937 年 10 月《红星》英文本由伦敦维克多·戈兰茨公司出版，它一问世，就在世界上引起了巨大的反响。这本书第一版在最初几周就销售了 10 万余册，至 1937 年底共印刷了 5 次。后来陆续被译成中、法、德、俄、日等数十种文字出版。直到 1938 年 1 月，美国兰登书屋才出版了《红星》，第一次即销售 23500 册。7 月再版，新增章节"旭日上的阴影"，销售量立刻在非小说作品中位居第一，成为全美有关远东的最畅销书。美国《时代》周刊记者白修德评论"斯诺对中国共产党的发现和描述与哥伦比亚对美洲的发现一样，是震撼世界的成就"，并赞誉斯诺"是我们这一世纪中做出最伟大个人贡献的新闻记者"②。1938 年 3 月，赛珍珠也在评论中提到斯诺报道的种种事件和消息，栩栩如生地展示了令人难以忘怀的人物素描，他所记述的每一页都意义非凡。

斯诺的《红星》出版后，在国际上并非一致的赞和声，令人不可思议的是，反对的声音居然是出自左翼阵营。当时美国共产党内就有一些人对《红星》不以为然。美国共产党主办的《新群众》杂志拒绝刊登此书的广告，工人书店不准销售此书。《共产党人》发表评论说斯诺的书"将中共的失败归咎于共产国际的失误，使读者陷入托洛茨基主义的沉沙堆中"。为此，斯诺写信给美国共产党总书记白劳德解释说："要知道我不是共产党员，没有理由要我像共产国际代表那样写报道。""中国和共产党军队需要的是从各方面来的同情和帮助。我主要关心的是对中国的帮助。"③

然而，在中国，《红星》就没有那么明目张胆了，书名进行了伪装，译成旅

---

① ［美］埃德加·斯诺：《复始之旅》，《斯诺文集 I》，第 230 页。

② Mao's Columbus, *Time*, Feb.28, 1972, p.45.

③ 武际良：《报春燕——埃德加·斯诺》，北京：解放军出版社，2015 年，第 310 页。

游传记类的名字——《西行漫记》，以躲避审查。1936 年秋，斯诺从陕北回来，将一部分整理好的资料交给王福时，王马上组织了几位青年进行翻译，加上后来收集到的毛泽东与史沫特莱的谈话以及韩蔚儿对四川红区的报道。在斯诺夫妇的帮助下，冒着很大的危险，以上海丁丑社名义秘密发行，署名为《外国记者西北印象记》。此书先后多次秘密翻印，被国民党列为禁书。国民党宣传部门一方面封锁消息，禁止有利于共产党方面的言论发表；另一方面，还鼓动反动文人对报道共产党的作家和作品进行人身攻击与肆意抹黑。如称斯诺是周恩来的酒肉朋友，在延安因饮食不习惯，"天天为周恩来家中的座上宾"①。史沫特莱被称为"美国女间谍"，"一度被捕下狱，两度堕过胎，抗战时期在上海活跃，麦克阿瑟说她是上海间谍'交通总站'的负责人"②。

> 《中国的红星》之原著者斯诺氏，他是诚意地捧过中国共产党的过去之史绩与未来之成功的一个外籍记者。斯诺氏所以称誉中国共产党，其原因是与一般人同样的受了骗！……又因共产党二万五千里长征，多少经历了些艰险困苦，所以大家在同情中，不免对共产党付以殷切的期望。③

> 好些美国人对中国共产党军队表示同情，这实在有点奇怪的。……其实这种现象，一部分还是斯诺造成的。我认识斯诺君，钦佩他的写作天才，可是我总觉得他如果继续在此时以偏袒的心理，单单表述事实的一面，他就是做了一件真正对不起中国的事了。④

> 一般外国的驻华记者，对她不大开心，因为外国记者大半都是坐在上海大旅馆的安乐椅上写"战争报道的"，她却到前线去混，这也是一种醋的作用，她写过好几本关于中国的害，什么"中国反攻"哩，"中国的命

---

① 秋水：《第一个跑到延安的外国记者，斯诺周恩来是酒肉朋友》，《海潮周报》1946 年第 8 期。
② 《麦克阿瑟重翻旧账的美国女间谍：史沫特莱发表荒谬反对中国言论》，《新闻世界》1949 年第 1 卷第 1 期。
③ 凌霄：《斯诺的警句》，《上海旬刊》1940 年第 1 卷第 8 期。
④ 迅铃：《评坛：斯诺之过》，《国防周报》1941 年第 1 卷第 1 期。

运"哩，"中国国军之前进"哩。文字粗陋，纪事琐屑，简直够不上"报告文学"的水准。①

虽说官方漫天铺地制造烟幕弹，通过舆论控制或者军警干预来实现信息的封锁，但是依然有不少正面的声音。在《西行漫记》出来不久，就有人预见了它划时代的意义，"我见到了的宜称为是一种奇迹：在深蓝幽邃的夜空中交织起金红色披着火艳羽毛的响箭，那是真理的号角。它会飞遍中国，也将穿流于全世界"②。

斯诺关于红区的第二本书《为亚洲而战》，中译本名为《中国见闻录》，1941年在香港出版，6名译者署名为星光编译社，也是为了避险。有书评写道："新闻的封锁，常使我们很难明白时局的内幕，有时他们大放乐观主义的论调，拿着不会结实的鲜花来欺骗大家的耳目；有时则滥造'情报'，想把'摩擦'的罪过套在别人身上，表现出自己'反'得名正言顺。……中国见闻录就恰正是这样的一部书，它正像一座照妖镜，可以让我们从镜头中，看清狐狸尾巴究竟藏在什么地方，叫它原形毕露，明白国内时局的症结所在。……某些人正在高唱××党另建'国家中心'。在陕甘宁边区，×后抗×民主根据地实行'共产'。这本书将有很多事实告诉我们，他们实行的不是'共产'，却正是实施真正的三民主义的民主政治的温床。"③从书评可见国民党官方控制新闻传播的卑劣手段。因而在谈到共产党、红区时非常谨慎和隐蔽，也刻意去弱化共产主义的概念，书评作者是有很多顾忌的，采取迂回的方式表达了对斯诺书的肯定。不过，也有大胆的、直接表达正面看法的：

他用轻松活泼的报告文学，把当时的中国政局忠实地报道出来，他不怕顽固分子们对他仇恨，毫不留情地暴露，使我们明白了那种阴霾政局的内幕，给歪曲反动的宣传一个有力的打击，起着不小的澄清作用。④

当时全国人民虽然渴望能了解一下中国共产党的历史和政策，可

---

① 《麦克阿瑟重翻旧账的美国女间谍：史沫特莱发表荒谬反对中国言论》，《新闻世界》1949年第1卷第1期。

② 李茂才：《读西行漫记》，《华美》1938年第1卷第23期。

③ 晞明：《批评介绍："中国见闻录"》，《学习》1941年第4卷第11期。

④ 建华：《推荐"中国见闻录"》，《知识与生活》1941年第1卷第12期。

是国民党把它们完全封锁起来,而且经常在世人面前诬蔑中伤,造谣欺骗。这书的中译本出版不久,就被国民党当局查禁了。如今我们把它在这里重版,是因为它还有介绍给读者的价值,因为从这里面,我们可以见到伟大的中国共产党的成长和发展,见到它所经过的道路。①

可以看出,围绕着对"红色中国"有关作品的评论,国民党与共产党在宣传阵地上进行了激烈的争夺。斯诺报道"皖南事变",时任中国驻美大使胡适在华盛顿坚持在《先驱论坛报》的显著位置刊登一则讲话,污蔑斯诺的报道纯属捏造,中国根本没有共产党的军队。自蒋介石上台,对中国共产党的存在就一直是军事"剿灭",对外严防死守,否认他们的存在。

不仅如此,国民党政府对外国记者在新闻发布方面的管理也是相当严格的。外国记者的文章在寄出之前要接受国民政府新闻管理机构的检查,在符合要求的情况下才能发到有关的报社。对违反国民政府新闻检查法的记者,重庆国民政府视情况轻重来处理。社会影响小的会斥责其新闻失实,要求他们纠正。社会影响大的则取消其记者资格或驱逐出境。伊萨克斯因屡次在重庆秘密拍发漏检新闻,内容涉及军事机密及批评蒋介石的言论,被取消外国记者资格②。由于"三 S"对延安情况和中国共产党的军队做了大量正面报道,国民党政府对此非常不满。斯诺因在《星期六晚邮报》上报道了"皖南事变"的真相,被迫回国。1941 年,史沫特莱前往香港,既有身体的原因,也有受到严密的监视,没有太多言论自由的考虑。

而在此之前,斯诺、史沫特莱等秘密通过关卡访问延安,他们的采访手稿、影像资料的带回过程也是一波三折。斯诺访问保安后的资料藏在行李中躲避层层关卡,经历了丢失的风波,幸好将其找回。在"皖南事变"发生之前,周恩来将国民党破坏统一战线的有力证据交给斯特朗,叮嘱她先不要报道,等待时机,斯特朗将资料夹带回美国,离境的时候有惊无险。史沫特莱在上海与共产党过从甚密,一直受到军警的监视和威胁。她在西安现场直

---

① 《西行漫记:本书的作者是美国名记者斯诺》,《学习生活》1948 年第 2 卷第 1-2 期。

② 敦枫、赵婷:《抗战时期重庆国民政府对外国记者的管理刍议》,《东南传播》2010 年第 10 期。

接用英语向世界公开报道"西安事变"，震惊世界，她更是成为国民党政府严密监控的对象。

1948年，蒋介石召开国民大会，制定新宪法。在审议宪法期间，仍然在消灭政治上的异己。名义上已取消的中国书报检查制度在此期间公开查禁了两部外国书籍，冈瑟·斯坦因著的《红色中国的挑战》和白修德、贾安娜合著的《中国的惊雷》。后一部曾是美国每月一书俱乐部推荐的书籍。美国记者哗然，怒而写道："你总不能对思想开枪。"[①]国民党对报纸、刊物、书籍、短篇小说和剧本加紧了控制，差不多回到了战前的程度。茅盾在一个非正式的场合对重庆的外国记者说，他和别的中国作家都无法写出什么值得读的作品。他抱怨严厉的审查制度，使创作的灵感随着战争的爆发而干涸了。茅盾说，正直的作家无法使任何反映现实的作品通过检查。他们要谋生，就必须在艺术的糟粕、饥饿和另外工作之中做出抉择，同时也为将来有一天能发表他们的创作做准备。那时，许多人为了生活而奔走，既无时间也无心情去搞创作，许多年轻有为的作家不再能为中国文学出力[②]。爱泼斯坦回忆道："在采访过程中，我所有的电讯报道都要通过重庆发出。尽管我这些电讯都是发给很有名气的《纽约时报》的，仍然免不了国民党新闻检察官的乱删乱砍，即使无关紧要的细节也难以幸免。"[③]

20世纪40年代初期，斯诺和史沫特莱回到美国时，还过着比较风光的生活。演讲、访谈、写书、声援抗战成了他们的日常生活。斯诺1941年回美国后，曾担任《星期六晚邮报》(后改为《邮报》)的主要记者和副主编长达10年，该报是有着浓厚美国色彩的发行量巨大的杂志之一。"斯诺倾向于认为自己是某种媒介，沟通了他的祖国美国和革命力量的联系，他感到自己对这种革命力量已经逐渐有所认识和理解。就此而言，他身上的确体现出美国

---

① 伊斯雷尔·爱泼斯坦：《中国未完成的革命》，陈瑶华等译，北京：新华出版社，1987年，第435页。

② 伊斯雷尔·爱泼斯坦：《中国未完成的革命》，第145-146页。

③ 伊斯雷尔·爱泼斯坦：《爱泼斯坦回忆录：见证中国》，沈苏儒等译，北京：新世界出版社，2004年，第6页。

式理想主义和亚洲式激进主义的紧密结合。"①可以说,40 年代的斯诺是功成名就的,他在中美之间的这种媒介作用,比斯特朗当年在美苏之间的媒介地位过之而无不及。

二、第二阶段:中国悬置,美国严控

到了 20 世纪 40 年代后期,反法西斯战场取得节节胜利,原来美英法与苏联的联盟关系随着盟军的胜利告一段落。对于法西斯的恐惧逐渐转化为对红色集权的恐慌,中美关系发生了微妙的变化。更确切地说,是美国对华政策出现了摇摆,由原来的扶蒋抗日到扶蒋联共抗日转为扶蒋。在美国看来,苏联极权主义威胁着美国的安全,必须采取果断的行动来阻止共产主义的扩张浪潮。法西斯的威胁已经解除,但是苏联官僚化、集权制、大清洗所带来的恐怖情绪经由美国政府的引导,在群众心里造成了一定的恐慌。特别是在国共内战中,共产党战胜国民党,美国国会和主要媒体问责"谁丢失了中国",这也是麦卡锡议员等跳梁小丑登上政治舞台的前奏。最为严峻的是,"三 S"的中国立场不仅被美国右翼敌视,在左翼那里同样受到排挤。在世界认为共产党依附苏联,在经济上得到苏联援助,思想紧跟苏联的党派路线的时候,他们澄清中国共产党的独立性,既得罪了苏联,又惹怒了紧跟苏联党派路线的美国共产党。他们的书籍在美国被抵制,斯特朗被苏联诬陷为美国间谍。在麦卡锡时期,史沫特莱被监控、调查、被迫上庭澄清她不是苏联间谍;斯特朗被剥夺写作权利,成为地产中介商;斯诺在美国读者群流失,被迫出走瑞士。

1941 年,回到阔别 22 载的美国,史沫特莱的命运更是显得捉摸不定。大战期间,美国和中国是盟国,史沫特莱经常被邀请做有关中国问题的演讲,但仍然生活在贫困之中,因为每次她都将所有收入寄到中国以救济战争中的孤儿。从 1947 年起,美国对华政策有很大转变。凡是同情新中国反对蒋介石的人,都遭到了暗中迫害。史沫特莱的文章和讲演受到很大的阻挠,

---

① [美]托马斯:《冒险的岁月——埃德加·斯诺在中国》,第 5 页。

甚至她在耶德庄的住处也有联邦调查局侦探的踪迹,在这种压迫下,她离开了耶德庄到新泽西州的奈耶克村朋友家里居住①。她在生活上几乎失去全部收入而不得不仰仗朋友。尽管如此,为了完成《伟大的道路》,只好寄居在朋友家中。

在麦卡锡主义的疯狂迫害中,美国一些进步的亚洲问题专家先后被麦卡锡主义所吞噬,拉铁摩尔首当其冲。1949年2月10日,美国陆军部发布了一份由麦克阿瑟司令部制造出来的有关索尔格间谍网的报告,指控史沫特莱自20世纪30年代以来一直是苏联间谍,成为轰动一时的报纸头条的新闻。斯诺挺身而出,在《民族》杂志上发表文章为她辩护,并为她打官司多方奔走。史沫特莱走上法庭对质,军方因没有充分的证据,只有撤诉,撤销声明故意在报纸上用极小的版面刊登。但是在全美充斥着歇斯底里的反共政治气氛中,史沫特莱仍然被人诬陷为共产党或者颠覆分子。这种处境使她不可能继续在美国生存下去②。史沫特莱成了美国反共大旗下的祭品,连她的朋友也遭到迫害。在她所寄居的朋友家中,母亲和儿子的职业受到了很大的威胁,处境非常危险。她不得不从朋友家中搬出来,到了纽约。她打算租一间房屋安身,但是房东们一听到她的名字就马上回绝了。她只能花高价住进旅馆里。那段时间,她的胃溃疡毛病时时发作,深受其苦。《伟大的道路》的写作受到了一些阻碍。曾出版过《中国的战歌》一书的一家美国第一流的权威出版社和她协商,要求她在结尾部分加上诬蔑新中国的文字,史沫特莱立刻拒绝了出版社的要求③。史沫特莱深以为耻,觉得美国的言论自由出了洋相。在一封致朱德的信中,史沫特莱对当时美国的政治风气进行了说明。在她看来,美国的左派形同虚设,不仅在美国境内没有进行真正的政治斗争,也没有任何国际主义的行为:

---

① [日]石垣绫子:《回忆史沫特莱写〈伟大的道路〉的时候》,选自《伟大的道路——朱德的生平和时代》,《史沫特莱文集3》,第532-534页。
② [美]简·麦金农、史蒂夫·麦金农:《艾格尼丝·史沫特莱传略》,选自《敬礼,三S》,第44-45页。
③ [美]艾格尼丝·史沫特莱:《伟大的道路——朱德的生平和时代》,《史沫特莱文集3》,第532-535页。

您一定知道美国的左派运动已经被逼进死胡同,几乎完全同广大人民群众隔绝。自从战争结束以来,报刊、广播及其他公共舆论机构都在毒化美国人民的思想。任何进步的、甚至自由主义或中立的活动都被叫作共产党活动。即使美国人民不相信这类事,他们也不敢对此说一句话。这样一个高度组织化的工业社会是有很高的效率的,它同一个半封建社会不一样,几乎没有任何漏洞可以使人民躲避。大规模的工会运动完全受反动派领导,它们的一些领导人是天主教徒。目前在进行的大罢工有两个:五十万钢铁工人举行了罢工,另外五十万钢铁工人可能很快也要罢工;还有将近五十万矿工也举行了罢工。但是工人们罢工纯粹是为了经济利益,为了不足以养老的退休金。我国的劳工运动没有为任何政治利益举行过一次罢工。在中国内战的全部岁月里,我国的工人甚至一次都没有走出来拒绝往船上装运武器给腐朽的蒋介石政权。我国的工人甚至没有举行过一次罢工来反对为第三次世界大战生产武器。他们为金钱而继续劳动下去。他们的领导人已经将左派从绝大部分的工会领导中驱逐出去。①

史沫特莱的分析正好印证了斯诺所言的美国不具备中国革命的条件一说。斯诺的原意也是在批判美国共产党没有独立思考,不具备独立自主方针,最终得付出惨重代价。而且,史沫特莱犀利直爽的性格也显露无遗。她毫不避讳地批判美国政府对舆论的诱导,也毫无隐藏地揭露美国左派的破产和名不副实。与史沫特莱有长达 10 年友谊、对她十分了解的丹麦小说家卡琳·玛格丽丝在 1923 年写道:"史沫特莱是我所碰到的最不愿妥协的人,但同时也是最可爱和自我奉献的人……她是一位见过就不会忘记的人……尽管她年轻,但她断绝一切:声誉、个人幸福、舒适、安全,只有一件事情除外,就是为一项伟大事业的全情投入。她从未考虑加入任何政治团体因为她不想被清规戒律约束。她过自己的生活,当发现公平和正义时,独自参战。她所特有的这种顽固的蔑视没有人和没有什么可以让她放弃。不过,

---

① [美]艾格尼丝·史沫特莱:《伟大的道路——朱德的生平和时代》,《史沫特莱文集3》,第 523 页。《史沫特莱女士致朱德总司令的信》1941 年 10 月 1—2 日。

她仍然是最亲切和最可爱的人。"①这段话就既表明了对史沫特莱真性情的肯定,也说明史沫特莱绝不可能服膺于某个组织的领导,特别是没能真正代表底层人民权益的组织。

日益紧张的政治形势迫使史沫特莱做出离开美国的决定,她打算去往英国或意大利,却被当局拒绝批准护照。日本秘密警察指控她在中国从事反对日本的间谍活动,美国陆军部指控她是间谍,美国政府利用该指控指责她违反美国法律。护照局的官员甚至咬定她是一名共产党人,理由是她写了关于八路军的书。这是扣发护照的又一理由,而且还要对她进行一些调查。不过,史沫特莱很快就发现"共产党员"这个借口是靠不住的,因为很多美共领导人已经拿到护照出国旅行。美国共产党主席威廉·兹·福斯特获得护照去东欧旅行,正在写作一本关于东欧的书。美国的作家及其他共产党人拿到了护照去出席巴黎和平会议,或者去欧洲旅行,甚至定居。而且,不久前,有一位美国共产党的女中央委员拿到的是长期性的护照,才从巴黎旅行归来。"我的朋友们和我都认为,我之所以拿不到护照,是因为我做的工作和我对中国所持的立场;还因为美国政府怀疑我打算到中国去,而他们不想看到那样的事情。他们不肯发给我去欧洲的护照,就是因为我可能从那里前往中国。"②在美国,她的名字有许多年一直是被嘲笑和侮辱的对象。1956 年,倾注了史沫特莱全部心血的《伟大的道路——朱德的生平与时代》由每月评论出版社出版时,几乎没有引起任何注意。到了 20 世纪 60 年代,史沫特莱几乎被遗忘。

类似的事情也发生在打算从苏联来中国的斯特朗身上,由于她坚持中国的立场,被苏联污蔑为美国间谍。在美国各类新闻史和文学史的书籍当中,斯特朗的名字出现得不是特别频繁。西方一些评论家认为斯特朗在报道苏联和中国的事件中有很多地方扭曲了事实,因而并不看重她的中国写作。

---

① Price, Ruth, *The Lives of Agnes Smedley*, New York: Oxford University Press, Inc. 2005, p.113.

② [美]艾格尼丝·史沫特莱:《伟大的道路——朱德的生平和时代》,《史沫特莱文集 3》,第 521-522 页。

有左翼背景的《国家卫报》，报道了 1949 年 3 月前对斯特朗的独家专访，当时斯特朗代表《卫报》去往苏联，"报道称她从未被告知对她的指控。但是，她知道去共产主义中国的努力已经引起一些莫斯科官员的不悦。斯特朗小姐确信她被驱逐的责任在于美国，因为美国的出版界营造恐怖的癔症，在这种氛围下，很容易理解美国人寻求有关间谍的爆炸消息。工人党的报纸《劳工行动》坚称安娜·路易斯·斯特朗的案子是俄国帝国主义与中国共产主义需求直接的无声斗争的结果。根据这种说法，苏联担心中国式铁托诞生，因此渴望破坏世界共产主义友好对待中国共产主义领袖的影响"①。而且当时关于斯特朗的案子在左翼圈中引起轩然大波，因为《卫报》站在斯特朗的一边，因而被威胁"继续包庇这位'臭名昭著的间谍'"，共产党将不得不毁掉《卫报》和进步党，而已经陷入孤立的共产党可能将进一步被孤立。斯特朗也察觉到自从被莫斯科驱逐回来以后，她在任何左翼人士中的出现，都是一种"酸性试验"，可以验出在场的人是否是共产党员。"普通进步人士总是友好地向我致意，并且对我很满意，因为我虽然在莫斯科被捕，可我没有说过任何反苏的话。共产党员则避开我，特别是党的干部。确实如此，一般党员常常倾向于相信我的善意，但是一遇到这样的情况，他们就马上被上面直接来的命令浓缩制止。"②而且，她在帕洛阿尔托举办中国问题讨论会所发生的类似情况，在其他地方也一再发生。即便是在危地马拉，她与总统阿本斯及高级官员谈话，也没有遇到什么困难。但是那里的一家共产党小报却指责她在莫斯科被当作间谍被捕的事实。在斯特朗的"间谍"事件中，美国左翼人士组成的远东政策委员会却没有为她辩护。斯诺退出了这个团体并和其他一些人在致苏联大使的抗议信上签名。他还在《星期六晚邮报》上还原斯特朗间谍案的始末，将原因归结为斯特朗的新作《中国的黎明》因肯定毛泽东创造性地发展了马列主义，触动了莫斯科敏感的神经。"毛泽东对马克思主义的新发现，中国共产党在理论和实践上代表了共产主义的新发展，毛为马克思主义第一次增加了'亚洲形式'，在马克思、列宁和斯大林的

---

① "Left of Center", *New Republic*, Mar. 21, 1949, p.21.
② ［美］安娜·路易斯·斯特朗:《斯特朗文集 2》,第 373—426 页。

基础上发现了新的内容。……即便是后来删除了内容的版本，莫斯科明显判定该书充满危险的思想。所有的书都从苏联及其卫星国的书架上撤了下来。"①

这两件事情说明，为了坚持中国革命的立场，史沫特莱和斯特朗与美国共产党分道扬镳。美国共产党比她们更容易被美国所接受。斯特朗被遣送回美国后，申请来中国的护照被拖延了整整10年。

斯特朗没能躲过麦卡锡的瘟疫，除了外界的打击，她还遭遇了亲人的疏离。1948年，斯特朗的妹妹跟她断绝了来往。自父亲和丈夫死后，斯特朗以为妹妹是她最亲近的人。可是斯特朗发现，妹妹跟她关系疏离是由于政治气候变了的缘故。先前妹妹的孩子凭借斯特朗到莫斯科留学，以她的身份为傲，现在害怕她激进的名声有害于丈夫的职业。斯特朗理解为"冷战日益加深，而在美国的阶级斗争也尖锐起来了"②。而且，斯特朗找不到地方能出版关于中国的新书。一年多来，美共机关报《工人日报》没有一篇社论提到过中国革命。最后，一位中国朋友推测原因在于美国共产党对中国没有兴趣。斯特朗马上意识到美共也表现出在苏联她所注意到的那种对中国的冷淡的态度。事实上，斯特朗的这本书已经被七八个国家接受，她找到一位党代表头头协商，直截了当地说："我就要回中国去了。我离开延安时，毛泽东亲自叫我特别要把中国的革命情况带到美国来……但是唯独在美国却找不到一家出版社？"③最后同意她若把材料缩减到原来的三分之一的话，可以出版一本比原书薄得多的书。

在冷战思维萌芽之际，1947年2月，斯诺的《斯大林需要和平》一书由兰多姆出版公司出版。他在书中明确表达了对美国新的外交政策的看法：不要以核武器威吓盟国，放弃"漫无目的和临时凑合的"旧政策。他写道："要汲取这样一个明确的教训，即外部和平与其他国家的繁荣，是同我们自己国内的和平和繁荣不可分割地联系在一起的。"美国社会对此书褒贬不一。美

---

① Snow, Edgar, "Mao and Marx", *The Saturday Review*, Nov. 19, 1949, pp.18-19.
② ［美］安娜·路易斯·斯特朗：《斯特朗文集2》，第373页。
③ ［美］安娜·路易斯·斯特朗：《斯特朗文集2》，第374页。

国"好书征集俱乐部"把它作为入选书。美国名记者哈里森·索尔兹伯里在《纽约时报》上著文称这本书是"迄今出版的书中对苏联进行了最精辟的分析"的一本。美国不少人对这本书持否定态度。一家名为《实话》的反共刊物发表题为《红星照耀独立广场》的文章,散布谎言,由此掀起了一场反斯诺运动。耐人寻味的是,斯诺从苏联驻美使馆官员处获悉,他在《邮报》发表的系列报道,是"极不能令人满意的"。苏联政府拒绝发给斯诺重访莫斯科的签证。斯诺踏上了一条布满荆棘的道路,麦卡锡运动严重危害了斯诺的生计。在经历了数年对世界各地的革命报道生涯后,斯诺带着病体回到了故乡。个人灾难以及对自己国家抱有的信任感的崩溃连在一起,使斯诺和一些美国人大为震惊,几乎无法承受。对斯诺来说,信任危机想必更加可怕。然而,个人生计的丧失已经危及妻子和两个年幼的孩子。当《星期六晚邮报》成为冷战的鼓吹者时,他辞去了副主编的职位。自 1951 年至 1959 年,斯诺一直遭受到美国国内反共和敌视新中国的反动势力的迫害。他的名字被列入"一批成分复杂的共产党人和自由主义分子"之中。尽管他很愤怒,有时脾气未免暴躁,可他从不沮丧消沉。1959 年,他携儿带女举家迁往欧洲。①

新中国成立后,斯诺 3 次访华的书稿,在美国也没有得到友好的对待。只能说当时的政治气候与 1936 年比大为不同。在 20 世纪 30 年代,日本侵略中国的战争期间,罗斯福总统和普通的美国人民希望听到中国共产党抵抗日本侵略的好消息;到了 60 年代,艾森豪威尔等美国当权者希望听到的是新中国的坏消息。而斯诺希望告诉美国人民的是新中国比旧政权更具优势、更光明的消息,但这在美国并不受欢迎。人们仍然继续相信中国在饥荒中死了数以万计的人,新中国政府显然应该对此负主要责任。他们片面而固执地认为一切关于新中国的好消息都是宣传。美国历史学家、斯诺的传记作者伯纳德·托马斯认为《大河彼岸》一书以丰富多彩的纪录片风格,生动而热情地描述了从领导到普通老百姓等中国各个阶层的人物,对中国人的生活和中国社会的各个侧面都提供了大量材料,并严肃地讨论了中国的

---

① [美]玛丽·希思科特:《一个地道的密苏里人》,见中国三 S 研究会编:《敬礼,三 S》,第 96—97 页。

政治和经济问题，积极地关注着新政权所取得的社会和经济成就，对中国最近几年所遇到的挫折、失败和它所面临的问题也给予了某些注意。他也指出关于中国 20 世纪 50 年代末 60 年代初的自然灾害，发生饥馑的报道，斯诺没有反映出事实真相。托马斯将责任推给中国方面。面对西方媒体有关中国饥荒问题的大量报道，斯诺试图从北京的外国朋友那里和他的官方熟人去了解事实真相。然而，这些人了解国家保密的规定，如果以为他们会把这些情况，特别是对中国不利的消息告诉别人，尤其是一个西方记者，无论他是否友好，那无疑是很天真的。人们对斯诺的多数提问，要么是从不回答，要么像路易·艾黎那样，只谈些无关痛痒、大而化之的消息，避而不谈那些残酷的事实。为了在书中如实介绍中国的农业问题及成就，1962 年 5 月，斯诺在给爱泼斯坦的信中说："由于缺乏任何具体资料，因此很难回答艾尔索普和其他人有关中国饥馑和挨饿的报道。"他恳求："一定要把真实情况告诉我。"[1]斯诺想为美国读者带来新中国的最真实的消息，他想坚守自己在政治上的独立性；另外，新中国的采访情况令他深感不安和困惑，他始终觉得自己没有直接而真实的消息来源，但从情感上又亲近和信赖这些往日的朋友，他的内心是焦灼而矛盾的。

　　尽管在 20 世纪 60 年代也有声音力挺斯诺所报道事物的重要性，麦卡锡之风也在消散，但是冷战寒流依旧，再加上中越和中美朝鲜战争的爆发使"恐红"心理持续恶化。1961 年 1 月 31 日，美国《展望》杂志发表周恩来同斯诺的长篇谈话。编者在前言里写道："他们所说的大部分事情可能易于被标以'红色中国的宣传'……然而我们感到对美国人民和政府来说，尽可能地去了解这些人和他们的态度是极端重要的。"斯诺在《关于出版周恩来采访记和其他材料的声明》中写道："我与这些中国人，彼此都非常熟知。他们并不指望我发表他们所喜欢见报的那种报道。他们知道，我或许会报道他们不喜欢或希望最好不提的事情……然而他们确实相信我不会歪曲事实。不会杜撰编造，不会孤立地报道某件事，不会脱离历史深度和背景。不做比较

---

① ［美］托马斯：《冒险的岁月——埃德加·斯诺在中国》，第 378-388 页。

地、片面地对事物进行阐述。"①显然,在当时的氛围中,斯诺的任何陈述都被视为一种狡辩。

三、第三阶段:中美破冰后的复苏

因为国共内战和社会主义建设初期政治运动的关系,国内没有进一步翻译他们的著作。虽然有一些零星的再版和翻译,但是几乎没有进一步的译介。不过,鉴于他们对中国共产党和中国人民的友好关系,中国官方对他们的认可度还是相当高的。"文化大革命"重点关注的是国内形势,但也展示了一个排外的形象。红卫兵袭击了外交部,烧了英国和印尼的使馆,将排外情绪发挥到了极致。有一段时期,只剩下黄华这个唯一的驻外大使。斯特朗在1958年来华后一直被视为外籍专家,她还采访了西藏。1962年,斯特朗担任《中国通讯》的主编,宣传中国政策,反映中国动向,每月一期,共出版69期,源源不断地将新中国的消息告诉给全世界,成为封闭时期外界了解中国的最主要的读物,也是美国白宫20世纪60年代了解中国的必读刊物。直到中国通过斯诺释放友好信号,原来在中美关系上保守派的尼克松来华进行破冰之旅,斯诺又成为热门人物。可惜,斯诺已经看不到这一幕。

斯诺逝世后的第3天,尼克松访华。一时间,斯诺的早逝与尼克松访华成了热门话题。曾经不肯刊登斯诺关于访问毛泽东、周恩来的谈话的《纽约时报》,此时称斯诺有先见之明,能预测到中国革命。在斯诺侨居的瑞士,《洛桑日报》发表的怀念文章称斯诺是"最了解中国和毛泽东的人"。意大利《国家晚报》称斯诺"是我们时代威望最高的新闻记者之一。他为世界新闻树立了效法的典范"②。而就在尼克松决定访华前夕,《红星》一书再版,两个月内就销售了一万多册。美国的一些主要传播媒介,都争先恐后地向斯诺紧急约稿。斯诺花了一个星期的时间,为美国《生活》杂志写了一篇题为《尼

---

① 安娜·路易斯·斯特朗档案,北京图书馆存。转引自武际良:《报春燕记事——斯诺在中国的足迹》,第396页。
② 转引自武际良:《报春燕——埃德加·斯诺》,第452-453页。

克松心向紫禁城》的文章,而编辑部却改成《中国人期望从尼克松的访问中得到什么》,还把文中有一处压缩成周恩来谈话而"毛听着",并在"中国从未放弃武力收回台湾"一语中加上"公开"一词。斯诺对他的美国同行此时仍然想对新中国、对毛泽东进行歪曲,而在文字上做小手脚的伎俩嗤之以鼻。1971 年 7 月,斯诺在给路易·艾黎的信中说:"全世界现在看到毛主席是个伟人,他当然是。但我的任务是,使人们看到他不是妖怪而是人,这样做很有必要,因为在那些常常是文字拙劣的宣传中,他的作为使人觉得是有威胁性的。"①他的态度还是如同 1936 年访问保安红区一样,要让世界认识一个常人毛泽东,坚决抵制任何形式、任何意图的歪曲。

在史沫特莱去世时,美国没有任何机构悼念她,只有中国隆重报道她的死讯。中国的报纸以显著地位刊登丁玲、茅盾等友人悼念她的文章。这些文章后来又和史沫特莱的部分作品编成纪念文集单独出版。到了 1970 年斯特朗去世,大多数的美国报纸都把斯特朗描绘成一个世界共产主义的宣传者,说她"美化"了苏联和中国。甚至在她曾经扬名一时的西雅图,《西雅图时报》把她与约翰·里德和大比尔·海伍德一起称为"地地道道的红色神话中的圣人",并在一篇社论中悲叹道,"她如果不是那么早就皈依并且一生信仰共产主义,她这样一个充满才华和公共事业心的妇女给她的本土或她的城市西雅图做出多大的贡献啊"。还有评论说,斯特朗的文章都是经过了政治审查的,就如同她在苏联一样。"她表示需要一位'导师'来审查她的文章,给美国朋友的信细述了中国的社会问题,包含了不要公开的警告。……斯特朗的中国名字的意思是'对历史尤为了解',不过,相反的意思也是正确的。尽管做了大量的调查,特雷西和海伦仍然避免可能的结论:斯特朗的一生是政治和道义上的灾难。她是一位从历史中什么也没学到的女性。"②也有支持她的言论。曾在 1949 年后的中国农村工作过的威廉·欣顿在《国民前卫》上发表了他的纪念文章。文章一开始就抗议《纽约时报》把斯特朗称为"一个狂热的辩护士",文章说:"如果我们能把一万个'辩护士'对世界看

---

① 爱泼斯坦:《宋庆龄传》,北京:人民出版社,1992 年,第 610 页。

② Klehr, Harvey, "A Fellow Traveler Forever", *New Republic*, Mar. 19, 1984, p.40.

得像她那样清楚,并像她那样有效地宣传他们的知识,那该多么好啊。"在雄辩地总结了斯特朗"致力于世界工人、农民、被压迫者和被剥削者的事业"之后,欣顿问道:"有哪个美国人或世界上其他什么人能比斯特朗有更加清楚的远见和更执着的信念呢?"①

到了 20 世纪 80 年代,中国成立了"三 S"纪念会,全面译介他们的作品。《华盛顿邮报》1988 年 5 月 31 日版报道了北京"三 S"的纪念活动,称三位在生前被自己的国家流放和忽略的美国作家,中国成立了一个专门的组织,纪念他们对共产主义革命的贡献。在美国的学术界,从新闻学、历史学和政治学角度来讨论他们作品的研究一直不断。史沫特莱的作品成了研究女性文学的经典,斯诺的作品被奉为文学和史学的经典,斯特朗的作品成了研究中国和苏联问题的史料。自 80 年代起,美国就不断有学者为他们著书立传。目前为止,斯诺的传记有 5 本,史沫特莱的有 2 本,斯特朗的有 1 本。

回顾他们生前的最后阶段,史沫特莱在英国临终前还惦记着回中国;斯特朗在美国充满敌意的氛围中苦苦支撑,不得不临时做起了地产中介,虽然收入不错,但是只能以教会的朋友为伴;斯诺在异国做着回美国的梦。对于他们而言,20 世纪 30 年代的意气风发,主动去追逐红色浪潮的盎然劲头此刻依然未变,但是也蒙上了岁月的尘埃。而美国不乏左翼理想幻灭者,意志消沉、艰难度日,当然也有变节、倒戈相向者。史沫特莱、斯特朗和斯诺虽然意识到政治风气发生了变化,对此有愤怒、有无奈、有失望,但是,他们不得不在自己的国度中再次放逐自己的灵魂。他们忽略了问题的严重性,他们与美国人民有了彻底的隔阂。他们因亲历了中国红色革命,已经将那些美好的品质,自由、民主、进步的观念根植于自己的血液之中。而美国人民始终是无法感知的,他们或许在法西斯入侵时,萌发解放全人类的人道主义怜悯之心,但是,更有可能的是,他们容易被意识形态和主流媒体所带动与操控,特别是在和平年代。亨廷顿一语道破:"对一个传统社会的稳定构成主要威胁的,并非是外国军队的侵略,而是外国观念的侵入,印刷品和言论比

---

① [美]特雷西·斯特朗、海琳·凯萨:《纯正的心灵——安娜·路易斯·斯特朗的一生》,第 8 页。

军队和坦克推进的速度更快、更深入。"①正是惧怕共产主义观念进一步在美国蔓延,美国保守主义开始清除共产主义观念的影响,特别是在罗斯福总统去世、杜鲁门上台之后。美国对"红色中国"的惧怕追根究底是因为"红色威胁论"。

中美意识形态有着截然的不同。美国的主导意识形态体现在两个方面:对内是根植于自由理念上的个人主义,对外是欧洲中心论,即白人优于其他一切种族。维护这一稳定意识形态并不断催生和谐因素的手段即为宗教。宗教伦理构成了美国文明和意识形态的核心价值。这样的价值结构对内继续宣扬个人自由,对外势必推广美国模式,强调美国制度的优越性。共产主义和社会主义即为自由与幸福的"最大威胁",因为它强调的是集体和专政。从西方到东方,"三S"实现的不仅仅是地域的跨越,更是意识形态和价值观的跨越。他们以及母国人民身上西方培育出的自由和平等、人权和同情弱小的品质让他们以积极的态度书写中国,并在特定的时期赢得了母国的同情,一旦战争形势有变,加上意识形态的不同和舆论导向,他们因在红区生活的经历,因在不同程度认同中国的价值观而不喜于母国,而被边缘化和排挤自是常态,他们的作品也被视为红色宣传。事实上,他们的跨国和跨文化经历所产生的对异国的情感与对母国的情感发生融合,在意识形态和价值观上既无法完全脱离于母胎,也无法完全接受异国另一套价值体系。然而,国家之间的交往关系的亲近与否,并不完全取决于意识形态的差异,趋利性有时候是超越这些差异的决定性因素。因而,在美国对华政策调整后,尼克松的破冰之旅改变了中美关系,才让"三S"及他们的作品重新受到母国热情的关注。

---

① [美]塞缪尔·亨廷顿:《变化社会中的政治秩序》,上海:上海三联书店,1992年,第141页。

第二节　"三S"作品的地位及影响

"三S"的成名作——史沫特莱的《大地的女儿》、斯特朗的《我改变了世界》和斯诺的《红星照耀中国》，都是在世界对"共产主义"充满期待和好奇的语境中获得巨大的成功。他们通过战时一篇篇通讯报道、一本本著作打破了西方主流文化对中国的"集体想象"，将用在国民党中国身上的"民主""自由"的概念转移到"红色中国"。"三S"作品开创性地言说中国共产党和红色革命，既在文学表达形式和内容上引领潮流，又产生了强大的国际舆论引导作用，改变了当时中国和世界的中国观。在新时期也为促进中美关系正常化和中美人民的互认互识做出了重要贡献。

一、文学史地位

从影响力来说，《红星照耀中国》的声誉是最大的，为美国了解现代中国打下了坚实的基础，是一代美国人对中国共产党人的知识、印象和想象的主要来源。他对现代中国形象的传播不亚于获得诺贝尔奖的赛珍珠。《红星》的影响力也许仅次于赛珍珠的作品《大地》，但不能否认斯诺是在世界范围内影响了对中国看法的人物。《大地》使美国人第一次真正了解中国大地上的农民，而斯诺的书破坏了旧的中国形象，建立了新的形象。拉铁摩尔比较了斯诺与其他作家的区别，"如果你想要了解经历种种磨难，最终上台的中国共产党的话，埃德加·斯诺仍然是你不得不读的人。……他从不像文森特·希恩那样炫耀他的冒险；也不像赛珍珠那样在写作中东方化中国；也不像其他外国记者那样西方化中国"[①]。斯诺既摧毁了认为中共是"土匪"的观

---

① Lattimore, Owen, "Edgar Snow's China: A Personal Account of the Chinese Revolution Compiled from the Writings of Edgar Snow", *The China Quarterly*, Mar. 3, 1983, pp.162 -163.

念,将他们提高到朝气蓬勃的马克思主义革命者的地位,还驳斥了认为中共只是莫斯科驯服的傀儡的看法:俄国的影响可能更多的是精神和意识层面的,而不是直接参与它的成长。他笃定中共已经发展了一种独特的、土生土长的共产主义。相比赛珍珠小说的文学虚构性,斯诺的作品更具写实的特点。

斯诺一直在写作中强调自己并非杜撰者,而是一位客观的记录者:"在这里我所要做的,只是把我和共产党员同在一起这些日子所看到、所听到而且所学习的一切,作一番公平的、客观的无党派之见的报告。"①"读者可以约略窥知他们成为不可征服的那种精神,那种力量,那种欲望,那种热情——凡是这些,断不是一个作家所能创造出来的。这些是人类历史本身的丰富而灿烂的精华。"②赛珍珠曾这样评价斯诺:"斯诺对他所报道的事件了如指掌,因为他到过现场。当他报道一件事时,他一定目睹过它。"③

史沫特莱也说:"至于我所能写的东西,算不上是中国人民解放斗争的本质。它们只是一个观察员的记录。"④斯特朗也曾在自传中表达了尽管她是俄国问题的权威作家,但是内心依然憧憬担当伟大的"革命记录者":

> 但是在内心里,在下意识中,我却正在寻找一个成功的革命,以便我可以发挥相当重要的作用……在德国、墨西哥、中国这些地方,我也可以成为"革命的记录者"。⑤

从创作风格来说,国际左翼文学在 20 世纪 30 年代最重要的潮流就是"写实",要真实反映无产阶级小人物工作的场景和被压榨的生活状态。1929 年,《新群众》的主编迈克·高尔德在一篇文章中呼吁要产生一种新的"红色"作家:他必须具备工人阶级的第一手材料;他的写作没有明显的无产阶级艺术观的限制;尽管是天然的,他代表着行业的权威,代表着美国贫民

---

① [美]埃德加·斯诺:《红星照耀中国》,《斯诺文集Ⅱ》,中译本作者序,第 2 页。
② [美]埃德加·斯诺:《红星照耀中国》,《斯诺文集Ⅱ》,中译本作者序,第 1 页。
③ [美]赛珍珠:《亚洲书览》,《亚洲》1938 年 3 月号。
④ [美]艾格尼丝·史沫特莱:《中国人的命运》,《中国在反击》,《史沫特莱文集 4》,第 134 页。
⑤ [美]安娜·路易斯·斯特朗:《斯特朗文集 1》,第 248 页。

区、工厂、伐木场和钢铁厂的生活经验①。这种文学观强调以几乎纪实的方式来描写生活的能力比传统的依赖于想象、内省及文体复杂性的方法有更高的价值,因此一个无产阶级的作家不论是在内容上还是在形式上都应当保持朴素,应当以简单易懂的情节、朴实的语言以及明确的革命热情来表达现实的生活。作家应具备无产阶级身份和经历,浑然天成地描写他经历的生活,同时作家应具有狂热激情,情感自然流露,没有雕琢的痕迹。这些标准放在史沫特莱身上是再恰当不过的,《大地的女儿》获得如此大的成功,在美国文坛炙手可热,应该是与当时的美学标准是完全契合的。这部小说得到左翼评论界的极高赞誉,称赞这部作品为无产阶级现实主义小说的扛鼎之作。史沫特莱的出身阶级与作家身份、艺术才华与创作主题浑然天成,完全符合当时"理想作家"的标准。而且,史沫特莱也是通过写作治愈内心的痛苦和精神分裂。爱丽丝·沃克说:"贫穷和苦难赐予她艺术的天赋,像一根救命绳,将她拯救出苦难。"②在《大地的女儿》出版之前,《新群众》将它与厄普顿·辛克莱的《煤王》(1917 年)和约翰·帕索斯的《北纬四十二度》(1930 年)一起介绍给读者,评价这部作品与辛克莱的《丛林》和杰克·伦敦最好的作品有同等重要的地位;她是女性作家的先例,没有任何小说像它那样用痛苦与美丽的生命纤维所织就③。

《大地的女儿》在美国、德国和荷兰出版,好评如潮。虽然也有质疑这本书是小说还是自传的问题,也提到书的下半部分缺乏视角,但是《纽约时报》将她书中的主人公玛丽比作托马斯·哈代笔下的苔丝;《纽约先驱论坛报》宣称这本书是绝无仅有的美国女性的杰出之作;《新共和》宣告该书记载了真实的、强烈的经验,当读者一读到它就被立刻点燃了,去思考人类的坚韧

---

① Gold, Michael. "Go Left, Young Writers!" *New Masses*, January 1929, No.8, Vol. 4, pp.1-2.

② Walker, Alice. "Another Singing Tree", *Daughter of Earth*. New York: The Feminist Press. 1987, Foreword, p.3.

③ Carmon, Walt, *New Masses*. August 1929, No.3, Vol.3, p.17.

品质,还产生一种对人类残酷和不公的深深的憎恶感①。史沫特莱没有预判到1929年10月的华尔街股市崩盘与随之而来的世界经济大萧条加速了政治气候的左转。她也没有意识到自己的作品正处在美国一股受苏联和德国影响的新的美学之风中,她被树立为美国左翼文学的女性标杆,被称赞为美国"女性文学激进主义之母"和"第一部真正的无产阶级小说"②。

对她作品女性文学意义的深层挖掘始于20世纪70年代,美国女性出版社对这部小说一版再版,再选取其他著作中关于女性主题的短篇编成册子。在进一步研究政治与女性的关系时,史沫特莱的作品变成了重要案例。她是女权主义的领军人物,早期与玛格丽特·桑格开展的妇女节育运动,她《大地的女儿》中对底层妇女痛苦命运轮回的揭示,为对抗父权社会发出声嘶力竭的呐喊,这些都为她在女性文学界奠定了不朽的地位。因而,在政治运动如火如荼的30年代,史沫特莱对中美女性命运的关注,使得她既是美国30年代"无产阶级文学"的典范,又是女性文学的先行者。她对女性命运的关怀纯发自天然,是一种本能的救赎。

相比而言,斯特朗早期的创作就没有这么幸运了,她早期的宗教和儿童展示类图书都是非常专业的,受众面小。她的作品很为当时美国文艺界重视③,产生比较大影响的作品是她署名为"安妮丝"的打油诗,讽刺美国社会的各种不平等,为工会运动造势。当斯特朗的第一部也是最早描写中国的书——《千千万万的中国人》面世的时候,《新共和》对它的评价是相当积极的,它认为"中国革命已经经历了最初的阶段","最终它比俄国革命还要伟大","大众的觉醒是目前中国最有必要和最有意义的大事":

    没有任何一本书像这本书一样,如果没有它,即便所有的书拼凑在

---

① "A Gallant Rebel", *New York Times*, Mar. 24, 1929; Robert Morss Lovett, "The Frontier of Life", *New Republic*, April 3, 1929; Lewis Gannett, "Books and Things", *New York Herald Tribune*, Sep. 30, 1933.

② Rabinowitz, Paula. "Women and U. S. Literary Radicalism", *Writing Red: An Anthology of America Women Writers*, 1930–1940. New York: Feminist Press of the City University of New York, 1987, p.21, p.28.

③ [美]安娜·路易斯·斯特朗:《毛泽东的思想》,孟展译,香港:光华书屋,1947年,第2页。

一起也是不完整的。它的主题和思路自成一体,作者独具匠心——受过大学教育,有着记者天赋和经验,对美国和苏联工人运动有直接经验,熟悉"人民的权力",也知道谁在使用它。如同约翰·里德的《震惊世界的十日》,这本书也是新闻历史。同样也给我们提供了观察未来的实体。它刻画了中国革命的片段——工人和农民工会的迅速崛起……亮色就是学生和妇女们联合起来促进组织工作,一些领导和成员的粗略而悲惨的命运。……斯特朗小姐的材料让读者确信,未记录的、未觉醒的社会底层的千百万大众才是这个国家的未来。①

不管是美国当时流行的文学批评标准,还是作家的自我定位,包括读者的评价,都可以窥见 20 世纪 30 年代文风的特点及他们取得成功的原因。《千千万万的中国人》受到欢迎最根本的原因在于打破传统以帝王将相为主人公的写法,将中国作为潜在的模仿对象,为美国的左翼运动造势。从两者发表时间顺序上看,斯特朗的书早于史沫特莱的,两者都具有写实特点。相比而言,斯特朗更让人想起约翰·里德的新闻史诗,她已经将视角转移到普通的大众身上,而史沫特莱以小说的形式将大众凝练为主人公玛丽的故事,通过极强的艺术感染力和情感渲染将底层人物的觉醒与崛起过程描述得栩栩动人。

二、"中国观"的改变

尼考拉·布朗杰在《东方专制制度的起源》中还在分析自 1763 年起西方对中国印象走向负面的原因,认为主要是中国古老的制度制约了它的进步和发展,提到除非有新生的革命来结束中国的古老制度,否则将会一直处于落后地位。他的预言是正确的,20 世纪 30 年代的西方人捕捉到了中国革命的新元素,即是由斯诺之笔开创的"红色中国"时代。"斯诺的《红星照耀中国》就像焰火一样,腾空而起,划破了苍茫的暮色。书中介绍了人们闻所未闻的,或者只是隐隐约约有点感觉的情况。那本书里没有什么宣传,只有

---

① Ward, Harry F. *New Republic*. Vol. 58, Issue 743, 1929, p.52.

对实际情况的报道。原来还有另外一个中国啊!"①

斯诺成功访问陕北苏区平安归来,鼓舞了当时在华的许多外国记者、作家,甚至美国军官争先恐后地奔赴延安。前面的章节已经梳理过这些西方人的延安之行,斯诺对他们新的中国观的确立产生了重要影响。他们怀着对延安的无限向往先抵达重庆。延安曾经汇集过一批最优秀的外国记者,他们采访中国的消息,并努力用斯诺的眼光去看中国。种种无稽之谈因"红星"的传播烟消云散,许多外国人都感到对"中国的性格,有了一个全新的概念"②。《红星照耀中国》在很大程度上消除了对中国的误解,这些任意歪曲和恶意诽谤被那些八卦的环球旅行作家、小说家、电影导演和自认为高人一等的驻华的观察家。它将证明中国的农民并不被动,不胆怯。"③

卡尔逊是第一个被批准去延安的外国军事观察家,也是第一个被斯诺所影响的外国人。他见识了红军游击战深入敌占区消耗日军的奇迹、红军的军事训练和政治教育。红军勇于牺牲的精神、指挥官高尚的道德品质和精明能干都给他留下了深刻的印象。回美国后,他将游击战策略用于建立海军陆战队近战兵,在训练中将斯巴达式的体育锻炼制度与他在八路军中体验到的纪律融为一体。谁能料想1925年初次来华的卡尔逊是一位彻头彻尾的西方中心主义者,他的目的是在华建立法治和秩序。他在军队中学到的有关中国的备忘录充满歧视:中国到处是暴民,中国的国家法律是草菅人命的;中国人没有管理自己的能力。1927年3月21日,上海的工人爆发了第三次武装起义,市民们反帝情绪高涨。此时本来就对中国充满鄙夷的卡尔逊,给家里写信时完全就是典型的东方主义口吻:"唯一奏效的政策是教训中国人一顿。除非我们占领汉口、南京、天津和上海,并且严惩那些公然

---

① [美]费正清:《红星照耀中国》修订版序言,纽约:格罗夫出版社,1968年;欧文·拉铁摩尔于1970年1月为贝尔登《中国震撼世界》一书作的序言。
② 中国三S研究会编:《〈西行漫记〉和我》,第34-35页。
③ Yakhontoff, A. Victor, "China's Communists in Action", *New Masses*, Jan. 25, 1938, p.22.

反抗的所有人们,这个民族就不会忘记他们对外国人应有的尊敬。"①

斯诺把《红星》一书的英文打印稿给卡尔逊看,并向他介绍毛泽东、朱德率领的中国红军长征胜利到达陕北、北上抗日的情况。不久,又得到八路军首战平型关打败日军的胜利消息,他深受鼓舞。卡尔逊决心亲自去看一看由红军改编的八路军是如何打击日本人的。他在著作《中国双星》中回忆了与斯诺的谈话。他问斯诺毛泽东、朱德、周恩来等中共领导人到底是什么样的人。斯诺回答说:"他们是谦虚而诚挚的人,说话办事都老老实实,一丝不苟。拿中国人总是'爱面子'这个习惯来说,他们就要破除这种习气,欢迎批评与自我批评。逃避和拖延是他们的主要敌人,他们总是及时而又积极地处理当下的问题。"②对此,卡尔逊半信半疑,觉得听起来有点乌托邦化,但是他相信斯诺是诚实的。

斯诺写信给驻上海、武汉的八路军办事处负责人,介绍卡尔逊去延安访问。卡尔逊在 1937 年 12 月至 1938 年 2 月,直接赴华北敌后,会见了朱德,在前线考察了 50 多天之后,完全变成了红军的忠实的粉丝。"在中国的其他美国军事观察家都讥笑他的这种热情。特别使他们受不了的是,他认为任何一个中国人都有我们可以学习的长处。"③

1938 年 6 月卡尔逊从汉口写信给斯诺说:"我无须告诉你那是写得多么好的报道,或者说那是最重要的因素,让西方世界尊重中国共产党的地位,中国共产党当之无愧应该受到尊重。"④卡尔逊生前曾写信给斯诺说:"您知道我是多么感激您给我打开了通往共产党地区的大门。我第一次去那里的旅行是一次启蒙经历,是给了我生命中新的追求目标的一次旅行。"⑤斯诺也

---

① [美]米契尔·布赖克福特:《卡尔逊与中国》,刘山等译,北京:生活·读书·新知三联书店,1985 年,第 133 页。

② Evans Fordyge Carlson, *Twin Stars of China*, New York: Dodd, Mead & Company, 1940, p. 35.

③ [美]埃德加·斯诺:《复始之旅》,《斯诺文集Ⅰ》,第 238 页。

④ 《中国之友卡尔逊诞辰一百周年纪念文集》,沈阳:辽宁人民出版社,1996 年,第 98-100 页。

⑤ [美]埃文斯·卡尔逊致斯诺的三封信,舒暲译。转引自武际良:《报春燕——埃德加·斯诺》,第 282 页。

特别诧异自己文章的影响力,特别是在政治上的感召力:

> 我惊异地发现,一个人的文章和言论,在一定情况下可以唤起人们,甚至陌生外国人,使他们行动起来,视死如归。我个人感到,有许多中国人是受了我有意或无意的影响而把个人的安危置之度外的。当我听到我的一些朋友和学生在战场上牺牲时,我开始意识到我的写作是有政治行动的性质。①

哈里森·索尔兹伯里极其崇敬斯诺,特别是斯诺写的有关长征的章节深深地震撼了他。第二次世界大战期间从未来过中国的索尔兹伯里将书写"长征"作为他的目标。在新中国成立后,他多次申请来华被拒,还请求斯诺给中国有关部门联系,批准他来新中国参加访问。这一愿望终于在 1972 年达成,他成为尼克松访华团中的一员。1984 年,他背着打字机,怀揣心脏起搏器,一路踏着斯诺书中红军长征的路线,领略着斯诺写作时的心路历程。"长征在人类活动史上是无可比拟的。也许,在长征途中发生的一切有点像犹太人出埃及、汉尼拔翻越阿尔卑斯山,或拿破仑进军莫斯科,而且我惊奇地发现,还有些像美国人征服西部:大队人马翻越大山,跨过草原。但任何比拟都是不恰当的。长征是举世无双的。它所表现的英雄主义精神激励着一个有十一亿人口的民族,使中国朝着一个无人能够预言的未来前进。"②很明显,索尔兹伯里对长征的描述完全是斯诺式的,即用西方的典故来比拟中国的事物,让西方读者迅速明白长征的伟大意义。他还在《照耀世界的"红星"》中谈到,"红星"是一个前所未知的大陆,带来了"红色中国"及领导人毛泽东、周恩来、朱德、彭德怀、邓小平、杨尚昆等许多人的消息。即便在中国,也是斯诺的著作第一次证实了日后成为现代世界最有力量的政治运动中中国共产党人的存在。在斯诺之前,有不少人不屑一顾地称他们不过是"赤匪"而已。斯诺的报道有着非同寻常的效果,受众广泛,政治学家、历史学家、普通读者都想知道这个惊人故事的细节。

---

① ［美］埃德加·斯诺:《复始之旅》,《斯诺文集Ⅰ》,第 231 页。

② ［美］哈里森·索尔兹伯里:《长征——前所未闻的故事》,过家鼎、程镇球等译,北京:解放军出版社,1986 年,第 5 页。

阳早、寒春从青年到中年,再到老年,把他们宝贵的一生都留在了中国大地上。1972 年,斯诺的前妻海伦·斯诺重返中国问他们为什么要留在中国,阳早对她说:"我们今天所以留在中国,是因为读了斯诺和你的书,改变了我们的整个生活和思想。你们当年访问延安抓住了新中国的精神,而我们则在实践中体验了这种精神。"①2003 年 12 月 25 日,86 岁高龄的阳早因病去世,在他的讣告上有一句评语:"为全人类的解放而奋斗。"

谈到"三 S"作品所产生的深远的影响,爱泼斯坦曾总结道:

> 他们的著述把真相和由此产生的希望带给千千万万中国青年男女和许多国家的外国读者。而在个人接触方面,他们的联络范围极广,尤其是在后来的中日战争以及世界性反法西斯战争时期。史沫特莱不仅影响过左派人士,而且影响过这样一些具有民主思想的第二次世界大战中的将领如史迪威、卡尔逊。她赢得了他们的钦佩之情。斯诺也对他们俩有过影响。他(还有卡尔逊),通过直接写信和交谈,使罗斯福总统对中国解放区获得了某种同情的了解。通过斯诺,毛泽东向尼克松敞开了访问的大门,并恢复了中、美两国中断了二十二年之久的关系。而斯特朗,则在美国社会有广泛影响的非官方人士中有广泛的接触。②

《西行漫记》不仅在战争年代影响了一代中国青年走上革命道路,而且对新中国青年的思想启蒙仍然发挥着作用。画家嘉蔚与新中国同龄。他在《西行漫记》出版 50 周年之际,创作了一幅巨型油画《红星照耀中国》。在这幅历史画卷中,他创造了 100 多位头戴红星帽栩栩如生的人物,他们是中国革命中名留青史的红色战士,个个面带微笑,斯诺和他的妻子海伦也在他们中间快活地微笑。嘉蔚坦承这幅油画的创作是受到《西行漫记》的启发。在"文化大革命"的动乱年代中,嘉蔚当过"红卫兵",他在迷惘苦闷的时候读到了《西行漫记》,并开始了最初的反省。他写道:"30 年前,斯诺写了这本书,是为了向全世界同时也向全中国人民公开被严密封锁的秘密——中国红军

---

① 武际良:《报春燕——埃德加·斯诺》,第 309 页。
② 伊斯雷尔·爱泼斯坦:《应结合广阔背景研究三 S》,见中国三 S 研究会编:《敬礼,三 S》,第 18 页。

的真相。30 年前的国统区青年,通过这本书才认识了另一个世界,一个光明的世界,并且一直朝它奔去,不再回头。可是斯诺做梦也想不到,30 年后,与新中国同龄的一代青年,竟会同他们的父辈一样,通过这本书来认识那个光明的世界,并且对比出世界的黑暗。看清了被扭曲得变了形的革命……《西行漫记》再一次担当起启蒙的角色。"[1]

不仅如此,《西行漫记》对主要历史细节的叙述,还有助于还原历史真相,树立正确的民族史观。美籍华人女作家聂华苓回忆说:"我父亲曾在桂系,在 1934 年去贵州当了 8 个月不大的官。红军长征经过那里,在兵荒马乱的岁月里。谁分得出他是桂系嫡系,就把他当作蒋家的人办理(处死)。1949 年我亡命台湾。当时我怕革命,怕共产党。后来我跳出个人恩怨,重新认识历史。1970 年,我读了斯诺的《西行漫记》和对中国现代历史的研究,如红军的长征,对于我'由怨到爱'的转变有很大的影响。我明白了几十年来国民党向我宣传的'匪'是些什么人。他们为了几万万人民,为了建设一个合理的社会,什么艰险也不怕。爬雪山,吃皮带,是真正的理想主义者。"[2]

三、政治意义和国际影响

"三 S"大胆而准确地预测了新中国的未来,将一个新的政权的蓝图描绘给全世界。他们成功地缔造出中共领袖的光辉形象,特别是毛泽东形象,为"毛主义"产生世界政治影响打下基础。

早在 1927 年报道武汉的红色政府,去湖南追寻革命之火的斯特朗,首先识辨出毛泽东的《湖南农民运动考察报告》的重要性,是"毛主义在政治和意识形态舞台上出现的标志"[3]。1927 年,毛泽东发现革命创造力的源泉不在党内,而在自发的农民运动中。毛泽东很早就意识到评判农民是否具有革

---

① 嘉蔚:《五十年后的回声》,选自《〈西行漫记〉和我》,第 129 页。
② 萧乾:《湖北人聂华苓》,《一本褪色的相册》,香港:生活·读书·新知三联书店香港分店,1981 年,第 253 页。
③ [美]莫里斯·迈耶斯:《马克思主义、毛泽东主义与乌托邦主义》,张宁、陈铭康译,北京:中国人民大学出版社,2004 年,第 167 页。

命性不是由党决定,而是要看党在农民身上的作用力,农民是否能快速行动起来。斯特朗在关于中国的第一本书中,就谈到了农民是中国未来的希望。20 世纪 60 年代中期,毛泽东对一位来访的美国作家谈他对中国革命的看法时说:"难道共产主义就只是用砖一块一块地砌起来的吗? 在人的方面就没有工作可做?"①这种垒墙说被评价毛主义的专家所引用,讨论未来中国这座大厦的性质。

1936 年,斯诺将 43 岁的毛泽东从经常死里逃生、大难不死的神人还原成一位常人。有关"朱、毛"的神话也是源于斯诺的著作。这种认识无疑与国民党的五次"围剿","朱、毛"在长征中的九死一生的神话有关。斯诺被称为第一个研究毛泽东的"颇有洞察力的学者",因为他预见到毛泽东在运动中的巨大作用,还质疑毛泽东能否赢得中国上层知识分子的敬仰,因为他身上有农民的习惯。不过在经历了万里长征艰苦跋涉而活下来的人中更多地表现出对毛作为先知者的信赖,相信他能把他的忠诚的追随者带到目的地。"长征不仅是毛泽东获得中共最高政治权力的一个时期,而且也是给他的革命使命赋予神圣色彩的一段经历,从长远来说还导致出现了毛是无敌的这一信念,人们相信他注定能成功地完成历史所赋予他的使命。出自长征的故事和传说,就像《摩西》和《出埃及记》这样的圣经故事一样,经常被人们传颂着。"②斯诺没有神化毛泽东的形象,用质朴的语言表达了毛泽东的领导对中国共产党在抗战中获胜的关键作用。离开延安后,他于 1939 年 9 月 30 日在西安写信给毛泽东:"我在延安看到和听到的一切,增强了我对未来的希望和信心,这是中国仅有的地方。只有在这里,人们才感受到健全与合理的制度,感到中国人民必将取得胜利。"③不过,斯诺一直保持对事物两面性的立场。他一方面对毛泽东的领导和成就大为赞赏;另一方面,他从延安时代早期就隐隐担心的民间出现的对毛泽东的个人崇拜,很快就通过一些正式的活动得到强化。

---

① [美]安娜·路易斯·斯特朗:《和毛泽东的谈话笔记》,北京图书馆,1964 年 1 月 17 日。

② [美]莫里斯·迈耶斯:《马克思主义、毛泽东主义与乌托邦主义》,第 164 页。

③ [美]托马斯:《冒险的岁月——埃德加·斯诺在中国》,第 282 页。

　　从世界政治形势来说，他们笔下的"红色中国"形象对世界抗击法西斯战争具有重要意义。特别是红军在艰苦卓绝的条件下，坚决和坚持抗战，他们的精神鼓舞了世界反法西斯斗争。从整个世界局势来看，世界并不太平，法西斯轴心国的一系列侵犯他国的卑劣行为让爆发新一轮的世界大战的可能性越来越大。意大利占领埃塞俄比亚、日本侵占满洲、德国慕尼黑事件，以及日本发动的全面侵华战争，战火越烧越盛，给全世界人民带来前所未有的心理上的危机感。而且法西斯轴心国将其侵略行径美化为是对共产主义、对赤化的抵制，是在遏制"布尔什维克的赤化浪潮"，这样的无耻言论使人迷惑。不过，面临法西斯强势的军国主义侵略之势，原来的政治派别和敌对势力进行了力量重组。各国纷纷结成抗击法西斯的人民统一战线，把原来的保守派、自由派和激进派团结在一起。《红星照耀中国》《红军在前进》《千千万万的中国人》等讲述共产党人及其领导的人民革命的书的出现，无疑让遭受巨大心理威胁的人们看到，有一支独立的战斗力量在顽强抗战，它与先前听说的中国形象完全不一样。"三S"的作品告诉世界，共产主义运动具有极大的包容性和极强的战斗力。延安红都的乐观与和谐，西安事变中的国共和解，中国的抗日民族统一战线的成立，游击队的机动作战等都具有世界历史意义。"三S"的作品有助于让美国以至世界人民了解共产党作为盟友参加反抗法西斯侵略斗争的重要地位，也是对那些惧怕法西斯的人有力的精神鼓舞。

　　他们在政治上的贡献还表现在新中国时期继续为冷战格局中的"红色中国"正名，努力打破僵局，重建中美对话通道，将新中国的建设成就告诉全世界。斯诺用著作告诉人们，"冷战"思维和逻辑的可笑性，他在《大河彼岸》中讽刺美国当局对中国敌视的政策，主张撤掉横亘在中美两国人民之间的人为藩篱。斯诺以无与伦比的"责任"感试图帮助中美两国之间"架起若干沟通的桥梁"，一心想通过书中介绍的情况"消除"美国同胞眼中的中国人的负面形象。美国的中国政治形象的演变被亨利·卢斯基金会副主席特瑞·罗兹(Terrill Lautz)总结为："美国人对中国的感情是一个爱恨交织的历史循环，我们对中国的态度是充满矛盾的。每次当中国国力衰弱、疆土分裂之时，中国在美国的形象往往比较正面，反之，当中国强大起来并开始具备向外发展的潜力时,美国的中国形象则趋于负面。美国人对中国的这种不确定的、自相矛盾的看法将深刻影响到日后中美关系的发展。"①这种貌似正确的结论截取的只是很短一段时间——1931年至1945年间美国的中国形象来评判,倘若将时间稍微往前推一点,就马上发现这个结论是靠不住的。试想一下,晚清和民初的中国形象在美国绝不可能使用正面一词来形容。但是,从另一方面来说,这样的推论也有可取之处,即所谓的"中国威胁论"的确是深刻影响到中美关系的发展。特别是当中国共产党在国共内战中成为获胜方之际,"三S"既秉承了原有的左翼立场,同时在中苏和中美之间,仍然选择了中国,仍然在积极营构中国共产党人的积极形象。为了缓和美国国内的仇华情绪,1950年,斯诺写了一篇文章发表在具有自由主义倾向的杂志《民族》上,斯诺认为:新中国的诞生是中国革命发展的合乎逻辑的必然结果,与一个独立统一和现代化的中国发展互利关系,符合美国长远的国家利益。他建议美国政府制定新的外交政策,立即承认中国共产党领导下的新中国。

> 民族主义并不是人类发展中的一个特别吸引人的阶段——别人的民族主义尤其是这样——但是它显然也是通向区域组织的一个不可避免的过渡阶段,而区域组织本身则是向世界秩序迈出的一步。②

现在看来,斯诺关于"民族主义"的看法是超前的,他考虑的是世界秩序大框架下的民族、国家以及区域组织之间的关系和国家对外政策的制定,希望美国采取务实的对华态度,不要一味夸大并陷入"民族主义"的情绪泥沼。可惜的是,斯诺的声音被淹没在当时反共的历史洪流中。

经典作品既是时代的产物,又超越时代。他们的作品一度被埋没,与特殊年代的国际政治形势有关,在今天看来,虽然我们远离了战争语境,但是他们有关民族、国家和人类命运等命题的思考依然有着重要的参照作用,这也是我们今天一再涉足、研究这段历史、这些作家和作品的主要原因。不过,要深刻了解他们作品的全部意义,我们还是要回到历史的现场。总的来

---

① 《美国人眼中的中国政治形象》,《华盛顿观察》2003年7月31日。
② [美]埃德加·斯诺:《复始之旅》,《斯诺文集Ⅰ》,第483—484页。

看,他们建构的"红色中国"向世界昭示着新中国的华彩,是20世纪上半期最积极、最乐观的革命精神的象征。他们的作品让饱受战争和侵略之苦的人们看到了希望,也激起了西方世界的普遍同情,还争取到世界对中国抗战的支持。他们的作品当时在国际上主要产生了以下几个方面的影响。

第一,建构中国共产党的正面形象,争取到国际舆论的积极支持。他们的作品向世界人民讲述共产党人和红军的故事,多视角、多层面地将共产党领导下的中国人民的革命汇集成一个完整的故事,对建构中国共产党人的正面形象起到了决定性的作用。通过解惑和祛魅,破除国民党的新闻封锁和舆论妖魔化,肯定红色政权的合法与合理。通过大量的史实和材料展示中国红军在抗日战场上的贡献,肯定红军为正义事业抗争的英雄形象。通过对比国共两党在抗日民族统一战线中的态度,肯定中国共产党的主要领导人为爱国事业顾全大局,立场坚定,一以贯之的形象。

第二,直接为中国的抗战事业争取国际物质援助,协助中国抗战。斯诺和路易·艾黎一起在国统区和抗日根据地创办了工业合作运动,声势浩大,奠定了新中国工业的基础。他们专程到中国香港、印度尼西亚和马来西亚去筹集华侨捐款。在宋庆龄女士的大力支持下,他们开办了很多小型的工厂,直接在物质上支援中国人民的抗战事业,对资源紧张的中国抗战有了很大支持,并且对于发动中国人民支持抗战提供了参考借鉴。史沫特莱救治中国伤兵,争取到国际红十字会的药物捐赠,并呼吁外籍医生来华救治伤员。她协助白求恩和几位西方医生来华。

第三,实现中国红色革命的对外宣传和传播,改变世界的中国观。在新中国成立前,"三S"突破国民党的新闻封锁,将革命根据地军民生产、生活和斗争的情况介绍给外界。新中国成立后,斯诺和斯特朗将新中国的建设与成就告诉全世界人民。不管是在战争年代的办刊、创作还是演讲,他们对红色中国和红色革命的描写都吸引了一批批的国内外的青年怀揣梦想,迈入红色圣地。从很大程度来说,1944年的外国记者团的绝大多数记者做出了有利于中国共产党的报道也是受到1936年斯诺文本"先在"的影响。有人曾问爱泼斯坦在中国印象最深刻的事件时,爱泼斯坦回答说:"在中国的采访中,令我最难忘的是1944年初夏的延安之行。因为这是影响我一生走上革命道路的一次重要访问。我看到中国的未来。当时我就坚信反动派不能统治中国,新中国一定会在中国共产党的领导下产生。"①随后派驻美军观察团一事本身也印证了红色革命的国际影响力,而且,毫无例外地,这个观察团也给美国国会递交了对共产党极为友好的报告,表现了共产党为抗击日本侵略战争的积极态度和坚定毅力,为维护统一战线所付出的巨大努力。而且,斯诺们的这种影响是无可估量的,宋庆龄曾深情地写道:"中国人民和他们的子孙都会世代感谢埃德加·斯诺。"②大多第一代、第二代美国新闻从业人员的后代现在担任研究中国问题的专家,他们就是受到父辈的影响。专门研究美国记者史的史学专家彼得·兰德就是一个典型的例子,他的父亲曾在第二次世界大战中因读到有关红区的书,便冒着千辛万苦来中国担任记者。外交官谢伟思的儿子现在从事着与中国文化有关的贸易。

第四,促使中美关系正常化,营建和谐的大国关系。在新中国时期,"三S"的国际影响主要表现在两个方面:一方面是斯诺和斯特朗对新中国建设成绩的介绍,在新旧中国的对比中建构社会主义中国的新形象。二是在影响中美关系上,斯诺贡献了股肱之力。当然也是由于他特殊的地位和影响力。在政治上,他的立场不如斯特朗和史沫特莱那么左,而他靠《红星照耀中国》积攒的超高认可度足以让一般的人接受他看问题的视角。从目前的研究状况来看,斯诺对中美关系的影响已经开启③。已经有一部分学者投入斯诺的中国活动及作品对中美关系影响的专题研究中。斯诺在 20 世纪 30 年代对红区的诠释和解读,开启了西方了解中国的全新时代。美国总统罗斯福因《红星》成了斯诺迷,曾一度调整了对华外交策略,由原来的"扶蒋"改为"扶蒋联共",并打算对共产党进行直接援助。从这点看,斯诺成了中共领袖与美国总统沟通的桥梁。斯诺访问新中国的作用更为切实和明显,特别

① 伊斯雷尔·爱泼斯坦:《中国未完成的革命》,第 483 页。
② 陈鲁豫:《心相约》,武汉:长江文艺出版社,2003 年,第 202 页。
③ 孙华:《斯诺与中美关系》,《中共党史资料》2009 年第 1 期;张注洪:《斯诺访问新中国与中美关系的发展》,《北京党史》2001 年第 1 期;陈龙娟:《斯诺的三次访华与中美建交》,《石油大学学报》1998 年第 4 期。还有周洪钧《〈西行漫记〉与中美关系》、陈秀霞《斯诺与中美关系》、孔东梅《斯诺中国报道对美国政要的影响》等。

是他最后一次。1970 年斯诺在国庆节登上天安门城楼,与毛泽东一起,向世界释放和平信号,这一举动为后面美国乒乓球球队的来访和尼克松访华,实现中美关系正常化奠定了基础。事实上,斯诺 3 次来访新中国,都向世界表达了中国在外交上的友好态度,却因为意识形态的隔阂致使中国与世界一直隔离开来。在很长一段时间,西方认为新中国是"神秘的,郁积着闷火的红色东方巨人。在西方人民享受着战后经济急速高涨的时候,它却热衷于把惩罚性的、狂热的意识形态纯洁性准则强加于它的人民"①。不过,斯诺坚持不懈,担任中美两国文化的使者,为增进两国人民的相互了解和改善两国关系,做出了巨大贡献,其政治意义和历史意义将被载入史册。

第三节　"红色中国"形象的文学影响和局限性

在"三 S"笔下,"红色中国"形象反映了 20 世纪中华民族在寻求民族独立和民主精神的革命历史进程中,经历屈辱与抗争、分裂与团结、绝望与新生等种种矛盾中所迸发出的历史必然的、带有鲜明的左翼政治色彩的形象,同时又洋溢着浪漫和理想气息。"三 S"以中国题材为主的纪实类作品曾在历史上产生过重要而特殊的影响,体现了报告文学在中美现代文学史上独特的审美价值。相对于小说而言,这样的纪实文本可能会显得琐碎,在人物塑造上显得粗糙,情节上显得平铺和简单,但是其文学价值不容忽视。在意识形态有别、文化文明宗教冲突激烈的当今社会,对理解国家或民族之间冲突、减少争执,以文明开放的接受心态和科学理性态度看待各种矛盾,仍然有着巨大的启示。

一、"红色中国"形象的文学影响

彼得·兰德说:"斯诺引起震动的关于共产党游击运动的报道《红星照

---

① 苏文杰:《跨越太平洋——中美关系》,北京:中国物资出版社,1998 年,第 26 页。

耀中国》,以文学想象所具有的魅力,写出了在神秘禁区里的旅行,至今仍散发着同样的气息。"①《红星照耀中国》的成功给许多追求进步的爱国青年极大的激励和启示。他们怀着强烈的正义感尝试着拿起笔去揭露、展示种种社会矛盾。他们中的很多人都曾是斯诺的朋友或者读过斯诺的书,敬重、喜爱他的为人和作品。在他们所写的通讯和报告文学中,不难发现斯诺的影响。这些人有茅盾、夏衍、丁玲、邹韬奋等。刘白羽曾把斯诺的作品奉为学习的经典。刘白羽读过"三S"的作品,自称是他们的学生,他特别感谢斯诺对他新闻创作的影响,"我带上几本斯诺的书,到前线去,一面看书,一面写"②。他后来读史沫特莱写的朱德的传记,还回忆起1939年在太行山跟着朱德队伍采访,为朱德留存传记资料的往事。1946年,朱德问他是否可以将他写的书稿送给史沫特莱做素材,他同意了。但是,可能是因为材料是中文的原因,史沫特莱最终没有使用。刘白羽最后写就了报告文学《大海》来纪念朱德和"老朋友"史沫特莱。丁玲在"三S"纪念会上表达了对他们国际友谊、抗战时期对中国的实际支援和声援行为的肯定。"三S"改变了她对外国人的印象,史沫特莱在上海"英勇"地帮助中国共产党的地下活动,帮助左联和共产党的同志,参加游行示威。斯特朗跟着队伍跑,斯诺教她唱国际歌、红军歌,这样的场景使她感受到国际共产主义的温情。不过,丁玲很自责的是在斯特朗被苏联指控为间谍时,由于"左倾"思想作祟,她们在苏联对斯特朗的到访并不理睬③。

《红星》成功地树立了长期效仿的楷模,对美国新闻事业成长赋予了一定的规范。《红星》因写历史的手法与众不同,成为继约翰·里德写出的关于1917年彼得格勒的布尔什维克革命又一部经典之作。斯诺为报告文学和历史所树立的规范,大大超出了当时存在的概念。正是《红星》的深度和复杂性,使它有了活力和权威性,为优秀的报告文学写作提供了一本蓝图。斯

---

① ［美］彼得·兰德:《走进中国——美国记者的冒险与磨难》,第169页。

② 刘白羽:《〈感谢你们,三S!〉——在中国三S研究会大会上的发言》,1984年,第23页。

③ 丁玲:《〈感谢你们,三S!〉——在中国三S研究会大会上的发言》,1984年,第21-22页。

诺作品独特的文体风格与艺术风貌成为许多中国作家与记者效仿的对象。斯诺的创作将新闻与文学巧妙地结合起来,创造了富有活力和审美价值的新的文体形态——"旅行通讯",他的作品便是融文学因素于新闻报道的极为生动的例子。他还对这种报告文学体有了理论上的认识。他强调作家丰富的人生体验和阅历对增强作品现实感的帮助,而新闻是文学的预备阶段。他还强调:"新闻和文学并不是两码事,狄更斯、萧伯纳都当过记者,如果他们没有这段经历,恐怕也写不出后来那么多作品。"①斯诺的这种认识也是研究报告文学的重要理论资源。

因为特定的历史背景,在《西行漫记》《伟大的道路》的影响下,中国作家潜心学习完善写作。黄钢说:"我在提笔写作在前方酝酿已久的《我看见了八路军》之前,先是安安静静地坐下来,静读了一遍斯诺的《西行漫记》——这在我当时,至少是第三遍读这本书了……斯诺是在抗战的前夜向世界介绍这一未被了解的旧中国之中的新世界,以及这个旧中国之中新世界可以预见的未来;而我自己当时的任务呢,则是从一个中国共产主义信仰者的角度,去向人们集中地说明这一支共产党领导下的武装力量不可战胜的本质。"②

萧乾在燕京大学新闻系当学生时,在1933年至1935年听了斯诺两年的新闻课程,从中获益匪浅。斯诺的"特写——旅行通讯"课程影响了萧乾的人生理想和创作道路。他当新闻记者与斯诺的影响不无关系。1944年,他作为随军记者报道欧洲战场,在莱茵河畔,与同在战地采访的斯诺相遇、两人追忆起当年翻译《活的中国》的往事。在《斯诺与中国新文艺运动》中,萧乾用颇有意趣的文字描述了两人偶遇、把酒闲话当年的场景。1933年春,杨刚赴沪,参加左联,结识史沫特莱。她曾与萧乾一起协助斯诺做编译工作,并应斯诺的要求,将个人出走封建大家庭,参加革命的经历写成一篇自传体小说《肉刑》,以"佚名"署名编入《活的中国》。20世纪40年代,她奔赴江

---

① 张媛:《斯诺与中国现代文学》,《广播电视大学学报》2006年第1期。

② 黄钢:《我是怎样写作报告文学的》,见《报告文学研究资料选编》(下),王荣纲编,第1116-1118页。

西、福建、浙江几大战区采访,写下通讯和报告文学,结集《东南行》。她还写了另一部报告文学集《美国札记》。她的散文之所以显得与众不同,独树一帜,在很大程度上是因为她的散文独具有报告文学的美学品格,表现出对社会与现实的深刻洞察和认识。

二、"红色中国"形象的局限性

从文学形象的角度来说,"三S"将中国左翼文化和红色革命介绍给世界,时空广阔,内容纷繁,五光十色,还原了一个铁血烽火、风云激荡的时代。他们的作品构成了世界左翼文学的一部分,从书写对象到文学形式都是对中美左翼文学的丰富。何谓美国左翼文学?除了思想激进和艺术上的实验性两大标准以外,近年来又有学者提出,"左翼文学包含的内容非常丰富,应该重新审视那些描写罢工、造反、群众运动、工人斗争、政治审判、妇女运动、国际主义、反种族主义等,并以此为基础重写美国文学史"①。在此维度下,"三S"与当时一批作家的描写革命和战争题材的作品应该受到文学史与批评史的重视,而且,他们作品中所反映出来的超越阶级、超越国界、超越文化的国际主义精神更是值得当代文学创作学习。他们描写中国革命的文学作品,取材于中国,创作于中国,既是中国文学不可缺少的一部分,又是跨文化文学书写的典范。他们建构的"红色中国"的人物洋溢着不屈不挠、生机盎然、乐观向上的精神面貌;红区有着自由、平等的民主制度;中国共产党的军队有着严明的纪律和机动灵活的军事策略;红区人民有着崇高的民族主义和积极的世界主义心态。这样的"红色中国"不仅仅是特定时期的历史产物,也不仅仅是特定时期的典型形象,它既是一种现实存在,也是一种文学虚构,它超越了西方千年来有关中国的传说,不管是高高在上的"天朝上国",还是劣等的、停滞的"东方帝国"。从形象本身而言,"红色中国"形象的书写丰富了西方对中国的认识,是 20 世纪中国留给西方最令人深刻的

---

① [美]萨克文·伯克维奇主编:《剑桥美国文学史》第 6 卷,张宏杰等译,北京:中央编译出版社,2009 年,第 206 页。

印象。

从作品本身而言,他们的纪实文本与其他的左翼文学文本一样,显得比较机械、幼稚,有刻意雕琢的痕迹,如斯特朗在早期描写中国女工和工人运动时,对人物的设定会比照着美国、苏联的无产阶级的表现来描述,说他们与世界上其他的工人并无二致,都说着布尔什维克的语言。而且,由于文体的限制,他们不可能停留在人物的精雕细琢、情节的跌宕起伏上,他们更多关注的是对事件真相的还原,把握事态的发展,洞悉其中的原因,尽管他们也使用了很多的文学表现手法,注重叙事安排,也极具语言表达的天赋和感染力,但是,与虚构文学相比,因缺乏更多的"文学性"而难以给读者带来深层的阅读快感。

因左翼立场,他们看待中国革命的视角显得单一,从情感上偏向共产党,因而积极建构共产党在反法西斯战争中的英勇乐观的形象,丑化正面战场上国民党的形象,对战争的美好进行史诗般的描写在前面部分章节论述过。史沫特莱描写的战场上的血腥画面远没有中国作家描写得那般残酷。与斯诺同期的畅销书作家卡尔·克劳批评斯诺的"红色中国":"在最近几年出现的关于远东的很多画面中,其中最闪耀的就是《红星照耀中国》,有关西北的中国共产党共产主义实验的英勇努力的第一手故事。不过,它只是整个中国画面中一个部分。"①他提醒人们不要过于夸大斯诺一书的影响,"红色中国"建构的只是中国众多画面中的一幅,不能以偏概全。从真实性的角度而言,有些事实细节与实际存在出入,有些明显是因为对中国具体的地名或时间、人物弄混淆,或因为文化上的差异,存在一些不符合中国情况的诠释,不过是无关紧要的细枝末节。但是,有一些与事实相去甚远的区别却能反映出作者的思想立场和情感态度。《红星照耀中国》在取得空前成功之际,也受到来自全世界的几百篇文章批评,斯诺积极应对来自各方的刁难和质疑,有些非难完全是无稽之谈。针对诸多非议,斯诺有理有据地一一驳回。

---

① Crow, Carl, "Books in the News: China", *The Saturday Review*, Mar. 5, 1938, p. 13.

这些左翼作家观察事物时显得浮光掠影,无法深刻揭示真相。他们的作品中或多或少都提到一些活跃在延安、根据地、解放区的左翼作家。斯特朗还专门在延安采访了作家陈学昭,赞叹"陈小姐已经彻底同中国农村居民相结合"①,得出结论:在这里,作家的生活是十分令人满意的。事实上,陈学昭在土改中也受到过审查,被迫天天写交代,"我惋惜自己没有可能把时间和精力用在研究一种学问上,或者看点书也好,而把时间和精力消耗在这种莫须有的可悲而又可笑的对质中了"②。可惜,这些现象并没有被斯特朗所发现和揭示。

在文学观上,他们也倾向于文学服务于政治的观点,在写作中会根据党派路线进行一定的妥协和调整。当然有些是为了增加阅读量的技术性调整,如有人就指出《红星照耀中国》的局限性:"由于这本书读者对象的广泛性和作者世界观的局限性,它自然也不可避免地存在着一些缺陷。如写到一些枝节性的、非本质的材料,有迎合读者趣味的地方。"③

史沫特莱有关中国的前3本书《中国人的命运》《红军在前进》《中国在反击》都集中描写阶级矛盾,在共产党与国民党的对峙中凸显共产党人的优越性,而到了《中国的战歌》创作的背景是国共合作抗日的统一战线时期,她的写作立场进行了调整,继续书写共产党光辉形象的同时,也描写了国民党的爱国将领。"告诉你的同胞"表现了国民党第十一集团军铁军师长钟毅少将与史沫特莱谈论诗歌小说、文艺戏剧,讲故事、饮酒的热闹场面,最后钟毅在战场上光荣地自杀殉国。他托付史沫特莱告诉美国同胞"我们有我们自己的信念";"有良心的将军"中刻画了第三十三集团军张自忠将军在国民党复杂的政治局势下坚持爱国、为国牺牲的壮举。书中依然有对国民党军官和士兵的负面描写,但是相较早期的书,已经是重要的突破。还有人指出史沫特莱态度发生变化始自《中国在反击》,已经将"国共对抗"模式转向"联合抗日","如果认为这本书仅仅是表现八路军的话就错了。……中国的口

① [美]安娜·路易斯·斯特朗:《斯特朗文集3》,第294页。

② 钟桂松:《天涯归客——陈学昭》,郑州:河南人民出版社,2000年,第283-284页。

③ 周胜林:《高级新闻采访与写作》,上海:复旦大学出版社,2006年,第253页。

号是抵抗和重建。史沫特莱主要表现抵抗,但我们必须记住,这场战争的主角不仅仅是八路军和新四军,而是全部中国人。"①"全部中国人"这种说法是不准确的,史沫特莱将战争的对立面转向日本军队。

斯特朗因对政治信仰的虔诚,会自觉或不由自主地追随党派路线,被西方右翼人士称为中共的"传声筒"。早在苏联的时候,她就接受莫斯科以"党和集体的利益"的名义对她的文章进行修改。有学者认为,斯特朗自 20 世纪 40 年代就开始配合中共的宣传。1946 年的延安之行让她心灵受到洗礼,她开始把自己看成中国革命的一部分②。共产党从延安的大撤退被斯特朗描写为共产党领导的第二次"长征",它不是一场失败,而是即将胜利的前奏。这些都反映出斯特朗是下意识地在配合党派行动。

"红色中国"形象的局限性表现在文学审美趣味的相对贫乏,形象内容相对单一、重复,文学形象的典型性、层次性和深刻性相对缺乏。即便如此,"三 S"建构的"红色中国"形象仍然是 20 世纪最耀眼的光辉形象,依然不能否认他们的作品能够成为中国现代历史的见证和参照的意义。

---

① Duckering, Hugh, "The Unconquerable Living", *The Labour Monthly*, p.190.
② 张威:《晚年斯特朗:挣扎和妥协》,《名人传记》2015 年第 9 期。

余论:以史为镜

　　美国左翼作家"三S"因"红色中国"而闻名于世,"红色中国"美好光明的形象也因"三S"举世闻名。在"三S"的笔下,中国共产党人和红军成为引领现代中国的新人,在战争的绝境中,在物质资源极其匮乏的情况下,他们一直是积极的、乐观的、自信的,散发着昂扬斗志和勃勃生机的新人。凝聚在他们身边的工人、农民、知识分子等,也因同情、支持和参与而大放异彩,红区军民的和谐、军队的自律、政治上的民主、经济上的自足、文化上的丰富等方面受到世界的同情和支持,也奠定了一代代左翼知识分子和左翼思潮乌托邦化中国的基础。他们言说中国的方式打破了第一代外国记者的陈规,启发了同时期作家的创作,也影响了中外后继作家书写中国现代革命史的方式。在新中国成立之前,他们的作品在国民党统治时期受到管制和禁止,传播的情况比较复杂;在新中国成立之后,他们的作品被整理、翻译、多次再版,对他们的研究从新闻、政治、史学领域走向文学领域。因为东西方在文化和意识形态上的巨大差异,"三S"的作品在西方的传播和接受,受国际形势、美国对华政策的影响,他们曾经在新闻史上和文学史上轰动一时,斯诺的《红星照耀中国》进入新闻史的经典,史沫特莱的《大地的女儿》在美国左翼文学史和女性文学史上堪称奠基之作,斯特朗因自传《一个美国人的转变》在新闻史上昙花一现。在第二次世界大战期间,他们有关中国的创作吸引了世界的眼球,让世界人民关注中国战场,同情和支持中国共产党领导的军队参与的民族解放战争。不仅如此,从人类的发展史来说,他们的作品以写实的风格延续了世界的乌托邦传说,点燃了一批批有着革命激情的中外人士来红区追逐左翼梦想。而且,在世界视阈内,不管是在抗战期间正面的"红色中国"，还是在新中国成立后被妖魔化的"红色中国"，"三 S"的作品都为"红色中国"形象提供了大量的、丰富的细节素材，为世界人民了解现代中国、了解中国共产党、了解中国特色社会主义道路提供了重要的参照。然而，如今他们的大部分作品寂寂无闻，具体原因有三：一是他们写作的对象和题材难以激起美国本土人民的热情，况且距离当下相当遥远。在世界战争形势下，人们表现出更多的关注和阅读需求。二是他们的左翼立场一直受到自由派和右翼的攻击与排斥。在冷战形势下，官方对他们进行公开的排挤和压迫，并制造恐怖舆论，迫使他们背井离乡。三是他们的作品以写实为主，与纯粹为了娱乐和消遣的艺术作品相比，确实是缺少些"文学性"。但是，任何文体都有其表达特定内容的优势，任何作品的理解都不能脱离时代语境，这是不言而喻的事情。

在认知中国的早期阶段，他们不可避免地将中国置于与本土认同、情感体验和经验相关的原型之中，用种种模子来套用中国的状况。斯诺起初将中国置于东方化的视角之下，与其他众多来华的外国人一样抱着历险和体验异国风情的心态走进旧上海，在日积月累的好奇心的驱使下，去陕北的红区更是充满着传奇色彩。身为资本主义社会精英，斯特朗本身对政治体制和意识形态有着理性而清晰的识辨能力，经历了对本国体制的不平等和效率低下所带来理想的幻灭，反对美国参加第一次世界大战的立场又与美国主流社会的态度显得格格不入，在她参与的工人大罢工运动遭遇失败后，与她那个时代的社会高级知识分子一样，对新建立的苏联共产主义模式充满向往。她在苏联度过了人生中三分之一的时间，向美国的读者介绍苏联的革命事业和建设成就，也与苏联普通民众一样，加入他们热火朝天的建设工作中。早期来华，她对中国工人运动、国民党左翼势力的作用、中国共产党管理辖区的模式的报道，不自觉地将中国苏联化。史沫特莱出身卑微、受教育有限、家庭的贫困和悲惨过早地教会她懂得什么是社会底层、什么是阶级仇恨。她是美国文化的叛逃者，美国教会她唯一的一件事情就是反抗。她是带着美式激进主义色彩融入中国左翼文化的。史沫特莱的阶级出身让她同情旧中国的女性、工人和农民，对发生在他们身上的各种悲剧感同身受。她常常忘记自己是美国人，这种性情让她早期比斯诺和斯特朗更快地理解与自觉加入发生在中国的红色革命。

他们的生平和写作反映出一代美国知识分子对重大社会问题与人类问题的观察、思考、回应的态度、思想立场和方式。他们对自己的时代、自己的国家都有契合、背离、超越的方面。面对史上轰轰烈烈的第一次左翼思潮，他们都没有回避，不约而同地选择去体验和经历这股浪潮。文学介入现实。他们不单单是同情中国革命，在中国和国际上传播中国共产党领导的革命，而且是深深融入中国左翼文化中。史沫特莱是一个无畏的勇者，一个地道的行动派，敢于直面任何权威，反抗和革命是她人生中的主题，她是一个天然的无产阶级的化身，但又是最没有纪律观的人。在东部纽约的闯荡中，美国当时最时髦的左翼文化圈为她上了人生中马克思主义的第一课。她加入当时最受欢迎作家的沙龙、出席文化活动、研究美国的马克思主义运动，但是渐渐发现这些人都是口头派，没有实质的行动，这让她非常不安和苦闷。1918年她因煽动罪被捕入狱，牢狱之灾使她的思想和行动更加激进，而且激发了她对印度独立运动更大的献身精神。中国革命的洗礼帮助她实现个人主义、女权主义与政治信仰的融合，完成了从一个西方的女权主义者向社会主义革命者的转变。尽管有时候也有一些矛盾的因素，但总的来说，她最终完成了多重身份的转变。

斯特朗被西方右翼认为是向世界兜售共产主义的人，倾其一生都在为共产党唱赞歌，不管是苏共，还是中共。《纽约时报》说"她并非是一个报道新闻的记者，而是一个热情主义者，有时是一个拼命想改变世界的狂热的传道者"①。在信仰上，她的确表现得最为虔诚，她像信奉上帝一样信奉共产主义。而斯诺的独立性则是研究者们津津乐道的一个话题，为他赢得了声誉，斯诺在新中国成立后的3次访华都拒绝中国政府的资金资助，并且在访问了规定路线后，坚持要求可以增加一些没有"准备"的访谈。

他们的主要贡献在于为中国的共产主义早期运动的合法性正名，以个人的行动和作品揭示他们认识"红色中国"的过程，使得中国共产主义的正

---

① ［美］特雷西·斯特朗、海琳·凯萨：《纯正的心灵——安娜·路易斯·斯特朗的一生》，第243页。

面性和正义性为西方所了解。随着报道的进一步深入,他们建构的毛泽东传统的主体性凸显,并为世界人民所知,鼓励了世界人民对中国共产党带领的民族民主革命的同情和声援,也促成了美国对华一些重要决策的改变和实行。他们创作的纪实性使得人民更容易接受对中国共产党和红区生活的正面描写;他们作品中频繁对比红白阵营的各个阶层人物和人民的生活境况,来凸显中国共产主义革命事业在中国存在的合法性;他们在作品中有意识地批判在华外国人的特权生活和先天优越感、传教士的迂腐丑陋以及美国文化中的阴暗面,为"红色中国"的模式由延安推广到全中国的合理性奠定了舆论基础。

在学界反思当代中国的文化传统时,发现有三种传统并存。一是以"市场"为中心的概念和理念,如自由和权力等;二是追求平等和正义,成为当代中国的一个非常强势的传统;三是数千年形成的文明传统或儒家文化,即存在于人们日常生活中的人情世故和伦理道德规范。如果与美国对比的话,美国的自由和平等的传统非常强烈,即上面的第一种和第二种传统,两者之间的张力构成了美国的基本国情,但他们没有第三种传统,没有人情和乡情的概念,也不能理解背后的一整套文化传统和文化心理①。抛开当代改革以来的新传统,运用这个说法倒推回去,"三 S"来中国的年代正处于晚清瓦解到中国现代革命的转型期,旧的文化传统尚未打破,新的机制正在摸索和有待建立,他们在年轻的共产主义文化和美国文化之间很容易就看到了两者的共通之处,称共产党人为新人;而他们与尊崇传统伦理文化近乎顽固的蒋介石自然没有交集,因为双方完全缺乏沟通的基础。

从文化心态而言,他们在中国漫长的生活经历,特别是抗击日本法西斯战争和抵制国民党反动统治的经历,使得他们对中国共产主义文化事业有着更多的认同。他们搁置了"红色中国"落后的生活环境和细节,将中国共产党的自由、平等、民主的价值理念融入美国的价值体系中,因而对中国共产党和红区的生活表现出更体恤的宽容心态,他们将理想的中国社会放到未来中,带着期许的目光看待红区的一切,因而红区被认定为代表着进步的

---

① 甘阳:《通三统》,第 3-4 页。

方向,也确实如此,不过他们的这种认同从某种程度上来说,也有夸大和赞美的主观成分。这种惯性一直持续到他们后期对中国的态度和写作中。新中国成立后,"红色中国"被妖魔化的形象一直是西方媒体的主流,充斥着各种关于"大跃进"、饥荒、动乱、偶像崇拜等大量夸大其词的负面报道。而此时的斯诺和斯特朗依然对中国怀着理解和包容的心态。斯诺来新中国观摩了中国的人民公社和"大跃进",他的报道基本上都是充满着对新社会的赞美,对旧中国的批判,并为20世纪60年代的偶像崇拜辩护,认为是新中国复杂政治运动的需要。斯特朗在60年代报道社会主义建设的成就时,在公开场合,不管是口头上,还是她的写作中,都无法看到她曾经对美国和国民党时期的中国的那种鲜明的批判意识。斯特朗个人也坦言:"我连自己都不能说服。我在通讯中有许多破绽,我把它们遮遮盖盖,使文章显得很有道理。"①但是,她内心的痛苦和纠结,以及作为一个新闻从业人员的羞辱感却也是不言而喻的。

从有机会见证新中国建设的斯诺和斯特朗身上,我们可以看到他们前期对红色中国的情感认知已经牵制了他们对极左时期中国的进一步了解,宽容心态使得他们的写作蒙上一层虚幻色彩,也是为西方同行所诟病和排挤的因素之一。但是,对给中国人宣传民主、平等和自由的美国,他们表现出强烈的批判意识、苛责的心态,而这恰恰又是美国立国时期传统的价值观根植于他们内心的结果,他们认同社会主义文化也是希望这种新的体制能将人类带入更光明的前景,所谓爱之深、恨之切,体现在他们身上就是对美国要求得越多,就越希望今日美国能秉承祖辈建国的价值准则,解决现存的社会危机。他们在潜意识中希望通过引入中国共产党人艰苦卓绝励志的故事,为美国解决现实问题提供一个好的参考方案。因而,从这一点来看,他们是深深地热爱着自己的祖国的。对社会主义中国的乌托邦化,恰恰映照出他们对理想社会的迫切追求,他们强烈的人道主义、人本主义的诉求超越了他们的时代,因而他们为理想奋斗、锲而不舍的精神必将被世界所铭记。

① [美]特雷西·斯特朗、海琳·凯萨:《纯正的心灵——安娜·路易斯·斯特朗的一生》,第356页。

揭示他们的文化心态也能理解每一个游走在不同文化之间的他者,跨越文化的追求和向往。

在东西文化交流中,不管是在认知层面,还是在实践层面,我们见过太多的"东西方对立""中心与边缘""自我与他者"的二元模式,大多炮火浓浓、硝烟滚滚。中国新闻史学泰斗方汉奇也曾谈到意识形态、价值观对于新闻报道的曲解与刻意扭曲,他使用"妖魔化中国"一词来形容目前西方对中国的某些丑化报道。他认为第一批到中国的西方记者,斯诺的"红色中国"是"一个柏拉图理想国的复制品",在20世纪前期光彩照人。而改革开放后来中国的记者们眼花缭乱,完全无法想象出中国的新景象。于是他们笔下的中国就如同当年的马可·波罗一样,有了一些带有猎奇性和牧歌式的报道①。这样的评价肯定了斯诺他们对中国正面形象建构的历史贡献和影响,但是,将其等同于柏拉图理想国和马可·波罗天朝上国的复制,在彰显他们作品文学性和思想性的同时,则有点降低了他们作品的史学意义。不过,他的重点在于指出外国记者在改革开放后对中国报道的不良趋势是因为意识形态之别。

政治价值观是西方对中国诸多诟病的主要原因之一。尽管史沫特莱和斯诺这样的有着跨文化经历的先驱们都一直表现出对共产主义与民主这一对貌似对立概念的包容性,也表现出国际主义的视野和思维。绝大部分西方人却并没有表现出这种包容性和理解力,在主流意识形态的引导下,他们再明白不过,中国是一个"异类",是实行社会主义专政政体的。而苏联的解体让社会主义成为一场泡影,人们一直在观望,在等着看一场好戏。国际关系教授丹尼尔·奇洛特(Daniel Chirot)就写道:"共产主义所到之处不仅毁灭了经济,基础设施建设陈旧过时,社会信任遭到破坏,机构功能失常,而且造成玩世不恭盛行和腐败泛滥。"②

20世纪90年代中后期,李希光、刘康等人开始使用"妖魔化"一词来形

---

① 方汉奇:《美国记者的爱恨中国情结——对100年来美国记者有关中国报道的回顾与反思》,《国际新闻界》2002年第2期。

② Daniel Chirot & Almantas Samalavicius, "Ideology Never Ends". http://www.eurozine.com/articles/2012-05-22-chirot-en.html

容西方媒体丑化中国的现象。英国广播公司 BBC"只对诬蔑中国感兴趣
……BBC 的路线就是:'除非我们能够给中国抹黑,否则就别提中国。'"①李
希光认为,美国传媒妖魔化中国主要服务于以下目的:宣扬欧洲中心论和一
体化,霸权主义,仇华,分裂中国,制造虚假幻象,阻止中国的发展,宣扬西方
自由主义,和平演变,利用中国整顿美国政党,重回麦卡锡时代等②。

这种思维恐怕是冷战时期意识形态敌对化和臆想的畸形产物。里克福
德·格兰特回忆起童年时代美国在冷战模式中所构筑起来的对大河对岸红
色的恐惧,后来有机会读到《红星》时,才知道在意识形态的歪曲下造成了多
么大的误解。

在我童年,思想不是很愉快的。那时处于冷战。事物无非是红色,
要不就是红色、白色和蓝色。对于孩子来说,不是恐惧就是仇恨。而我
却恐惧胜于仇恨。因为我对于那些让我去恨的国家一无所知。当我迈
进少年时期,我对中国就比过去知道得更多了一些。不幸的是,我从杂
志、电影所得到的知识是支离破碎的。小红书,小红书,小红书! 那就
是"中国"。千千万万青年携带着小红书准备向世界进军。……这就是
美国新闻媒介所告诉我的。

一个完全崭新的景象展现在我的眼前。这是我第一次了解到中国
发生的真实情况。第一次我读到了热爱祖国的人们是英雄而不是魔
鬼。我第一次感受到由于苦难而带来了革命。我读了这本书,知道人
们为了增长才干而读书。我了解到人们在生活中第一次认识真理。我
也了解到来自不同地区和社会背景的男男女女同志式地团结在一起。
我看到了一个新的中国。自从我读那本书之后对中国的兴趣更加增
进。我希望每人都读《红星照耀中国》,因为我深信他们的生活也会因
此而改变,如果过去我早读完这本书,也就不致在无端的恐惧和误解之

---

① 李希光、刘康:《妖魔化中国的背后》,北京:中国社会科学出版社,1996 年,第
135 页。

② 李希光:《中国有多坏?》,南京:江苏人民出版社,1998 年,第 382-388 页。

中浪费这么多年了。①

事实上，冷战只是形式上结束，在思想上仍然根深蒂固。西方仍然在想象着未来世界的大同景象是用民主体制一统全球。他们用体制来划分敌我，用西方的普世价值，自由、民主和人权对世界上所有国家进行是非评判。中国之崛起对美国带来的挑战和威胁远比其他实行民主政体的国家要大得多。

邪恶的一幕仍然在现实中上演。目前仍然存在的反对中国共产党的领导的敌对势力认为"三S"是中国共产党的"洋奴"、红色笔杆子，专门为中共在国际社会塑造美好形象而服务。史沫特莱被诬陷为共产国际间谍，在"中国民权保障同盟"任英文秘书时，以此名义联络国内外的红色势力包括反对暴力革命的萧伯纳等国际名人制造舆论，混淆视听。她是共产国际策划多时的"西安事变"的参与者。在完成红色宣传任务后，才得到去延安的邀请。更有甚者，有人拿出1937年宋庆龄写给在莫斯科的王明的一封信，说史沫特莱秘密潜入延安，以此证明宋庆龄、王明和史沫特莱都是共产国际的"间谍"。斯诺被污蔑为共产国际"间谍"的亲密战友。而且，他们三人都为第三国际在中国篡夺政权，颠倒黑白，抹黑国民党政府，美化"苏区共匪"，他们的作品是扭曲真相的红色宣传，其中以斯诺的《红星》效果尤甚。这种看法，基本上是顽固拥护国民党统治的残余势力企图颠倒黑白的。

我们很明显地看到，在坚持意识形态差异化或将他国意识形态化的做法只能造成隔阂、误解，甚至仇恨。在"非我族类"的狭隘思想的误导下，对中国不怀好意的攻击从未削减。虽然"三S"一直力图建构"红色中国"的正面形象，但是它在美国不同时期的接受充分反映出美国接受中国的心理。美国的中国形象演变的规律也说明中国的政治形象越好，他们越是敌视。"三S"虽然隶属左翼阵营，但与人们想当然地在头脑中勾勒出的他们的文学斗士形象不同。从本质上而言，他们是超越国别、超越文化、超越阵营之说的人道主义者，他们始终选择的是与人民站在一起，为人类追求进步与正义

_____

① ［美］里克福德·格兰特：《我希望人人阅读〈红星照耀中国〉》，见中国三S研究会编：《〈西行漫记〉和我》，第157-158页。

的事业而奋斗,他们所宣扬的是"文化共存""多元文化主义"的立场,为促进中西文化的对话和共存贡献了自己的一生。他们的作品有力地说明了早在大半个世纪之前,中西文化是能实现平等对话的,尽管有时候历史会走上一些岔路。或许,可以这样说,"三S"用他们的方式早已经为我们这个全球化时代的融合和发展给出了答案。

"三S"身体力行地告诉人们应该如何克服狭隘的民族观,站在"国际主义"的视角,共建人类的美好秩序而非某一国受益的秩序。作为一名国际主义的先行者,斯诺曾说:"说真的,如果说我写了一些对中国有用的东西,那只不过是因为我倾听了中国人自己的意见。我把这些写下来,尽量做到坦诚直率——因为我的信念是大家都是一家人,我与中国人都是人类大家庭的成员。"[①]他们看待中国问题的方式给今人以启发,以古今对比、横向对比来看待中国出现的新问题、新变化。虽然也有一些不尽如人意的地方,但是始终坚持以发展的眼光来看问题,来理解中国。同时,他们的作品也是映照中国历史的一面镜子,参照这面镜子,我们可以看到中国共产党已经带领人民渡过了一个个难关。因此,在新的时期,我们应该满怀自信面对新的困难和新的征程,不轻易地被来自外界的各种敌视、污蔑、攻击或者消极的言论所左右。"三S"的经历和创作最好地诠释了超越国家与民族的国际主义,对我们今天理解习近平总书记提出的人类命运共同体的指导思想,并从中获得一些经验和启示也有特别重要的意义。

---

① 中国三S研究会编:《〈西行漫记〉和我》,第160页。

参考文献

中文图书

（一）"三S"作品

［美］埃德加·斯诺：《红色中华散记》，南京：江苏人民出版社，1992年。

［美］埃德加·斯诺：《前西行漫记》，王福时等译，北京：解放军文艺出版社，2006年。

［美］埃德加·斯诺：《复始之旅》，《斯诺文集Ⅰ》，宋久等译，北京：新华出版社，1984年。

［美］埃德加·斯诺：《红星照耀中国》，《斯诺文集Ⅱ》，董乐山译，北京：新华出版社，1984年。

［美］埃德加·斯诺：《为亚洲而战》，《斯诺文集Ⅲ》，北京：新华出版社，1984年。

［美］埃德加·斯诺：《大河彼岸》，《斯诺文集Ⅳ》，新民译，北京：新华出版社，1984年。

［美］埃德加·斯诺编：《活的中国》，文洁若译，长沙：湖南人民出版社，1983年。

［美］埃德加·斯诺：《我在旧中国十三年》，北京：生活·读书·新知三联书店，1973年。

［美］艾格尼丝·史沫特莱：《革命时期的中国人》，麦金农编，王恩光、许兴邦、刘湖译，北京：中国展望出版社，1984年。

［美］艾格尼丝·史沫特莱：《中国的战歌》，《史沫特莱文集1》，袁文等译，北京：新华出版社，1985年。

［美］艾格尼丝·史沫特莱：《中国红军在前进》，《大地的女儿》，《史沫特莱文集2》，袁文等译，北京：新华出版社，1985年。

［美］艾格尼丝·史沫特莱:《伟大的道路——朱德的生平和时代》,《史沫特莱文集 3》,梅念译,北京:新华出版社,1985 年。

［美］艾格尼丝·史沫特莱:《中国人的命运》,《中国在反击》,《史沫特莱文集 4》,孟胜德译,北京:新华出版社,1985 年。

［美］安娜·路易斯·斯特朗:《斯特朗文集 1》,朱荣根等译,北京:新华出版社,1988 年。

［美］安娜·路易斯·斯特朗:《斯特朗文集 2》,郭鸿等译,北京:新华出版社,1988 年。

［美］安娜·路易斯·斯特朗:《斯特朗文集 3》,傅丰豪译,北京:新华出版社,1988 年。

［美］安娜·路易斯·斯特朗:《毛泽东的思想》,孟展译,香港:光华书屋,1947 年。

［美］安娜·路易斯·斯特朗:《俄国 1949 年为什么逮捕我? 它可能与中国的关系》,陈裕年译,北京:生活·读书·新知三联书店,1982 年。

(二)相关著作

孟华主编:《比较文学形象学》,北京:北京大学出版社,2001 年。

周宁:《跨文化研究:以中国形象为方法》,北京:商务印书馆,2011 年。

周宁:《天朝遥远——西方的中国形象研究》,北京:北京大学出版社,2006 年。

周宁:《中国形象:西方的学说与传说》,北京:学苑出版社,2004 年。

周宁编:《世纪之中国:域外中国形象研究》,南京:南京大学出版社,2006 年。

刘立群主编:《纪念埃德加·斯诺》,北京:新华出版社,1984 年。

刘立群等编:《斯诺在内蒙古》,呼和浩特:内蒙古人民出版社,1987 年。

裘克安:《斯诺在中国》,北京:生活·读书·新知三联书店,1982 年。

王荣纲编:《报告文学研究资料选编》(下),济南:山东人民出版社,1983 年。

武际良:《十个美国人的中国情缘》,北京:华艺出版社,2000 年。

武际良:《斯诺与中国》,北京:中国社会科学出版社,2005 年。

武际良：《报春燕——埃德加·斯诺》，北京：解放军出版社，2015 年。

孔海珠：《左翼·上海》（1934—1936），上海：上海文艺出版社，2003 年。

尹均生主编：《二十世纪永恒的红星》，武汉：华中师范大学出版社，1998 年。

尹均生、安危：《埃德加·斯诺》，北京：人民日版出版社，1996 年。

尹均生、曹毓英主编：《纪念史沫特莱》，北京：新华出版社，1987 年。

尹均生：《国际报告文学研究》，武汉：湖北教育出版社，1990 年。

周胜林：《高级新闻采访与写作》，上海：复旦大学出版社，2006 年。

袁成毅、荣维木等：《抗日战争与中国现代化研究》，北京：国家图书馆出版社，2008 年。

胡文仲：《跨文化交际学概论》，北京：外语教学与研究出版社，1999 年。

叶永烈：《红色的起点——中国共产党建党始末》，成都：四川人民出版社，2015 年。

贺立华：《现代文学的重要课题：左翼文学研究》，北京：商务印书馆，2015 年。

尹均生、曹毓英主编：《纪念艾·史沫特莱》，北京：新华出版社，1987 年。

张伏年、罗莹主编：《史沫特莱百年诞辰纪念文集》，上海：上海三联书店，1995 年。

胡敬署、王富仁等主编：《文学百科大辞典》，北京：华龄出版社，1991 年。

王先霈、王又平主编：《文学批评术语词典》，上海：上海文艺出版社，1999 年。

丁晓平：《埃德加·斯诺：红星为什么照耀中国》，北京：中国青年出版社，2013 年。

丁晓平：《记者之王：埃德加·斯诺在中国》，北京：新世界出版社，2005 年。

孙华、王芳：《埃德加·斯诺研究》，长沙：湖南师范大学出版社，2012 年。

孙华：《埃德加·斯诺：向世界见证中国》，北京：北京大学出版社，2011 年。

李辉：《在历史现场：换一个角度的叙述》，郑州：大象出版社，2003 年。

陶洁:《灯下西窗——美国文学和美国文化》,北京:北京大学出版社,2004 年。

甘阳:《通三统》,北京:生活·读书·新知三联书店,2007 年。

葛桂录:《跨文化语境中的中外文学关系研究》,上海:上海三联书店,2008 年。

吴琼:《20 世纪美国马克思主义文艺理论研究》,北京:北京大学出版社,2011 年。

中国三 S 研究会编:《〈西行漫记〉和我》,北京:国际文化出版公司,1991 年。

中国三 S 研究会编:《敬礼,三 S》,北京:中国新闻出版社,1985 年。

赵荣声:《沿着斯诺的足迹》,北京:气象出版社,1996 年。

陈周旺:《正义之善:论乌托邦的政治意义》,天津:天津人民出版社,2003 年。

张功臣:《外国记者与近代中国(1840—1949)》,北京:新华出版社,1999 年。

肖黎等:《影响中国历史的一百个洋人》,广州:广东人民出版社,1992 年。

戈宝权主编:《中国抗日战争时期大后方文学书系·外国人士作品》,重庆:重庆出版社,1989 年。

刘小莉:《史沫特莱与中国左翼文化》,杭州:浙江大学出版社,2012 年。

王予霞:《苏珊·桑塔格与当代美国左翼文学研究》,北京:中国社会科学出版社,2009 年。

王予霞:《20 世纪美国左翼文学思潮研究》,北京:中国社会科学出版社,2014 年。

龚文庠主编:《百年斯诺》,北京:北京大学出版社,2006 年。

周立波:《周立波文集 4》,上海:上海文艺出版社,1984 年。

艾晓明:《中国左翼文学思潮探源》,北京:北京大学出版社,2007 年。

茅盾:《我走过的道路》,北京:人民文学出版社,1984 年。

吴德才:《国际女杰史沫特莱传奇》,武汉:长江文艺出版社,1993 年。

新华时事丛刊社编:《史沫特莱——中国人民之友》,北京:新华书店,1950 年。

赵一凡等主编:《西方文论关键词》,北京:外语教学与研究出版社,2006 年。

姜智芹:《傅满洲与陈查理:美国大众文化中的中国形象》,南京:南京大学出版社,2007 年。

姜智芹:《文学想象与文化利用——英国文学中的中国形象》,北京:中国社会科学出版社,2005 年。

朱小雪主编:《外国人眼中的中国形象及华人形象研究》,北京:旅游教育出版社,2011 年。

杨松芳:《美国媒体中的中国文化形象建构》,北京:北京师范大学出版社,2011 年。

苏文杰:《跨越太平洋——中美关系》,北京:中国物资出版社,1998 年。

伊斯雷尔·爱泼斯坦:《中国未完成的革命》,陈瑶华等译,北京:新华出版社,1987 年。

伊斯雷尔·爱泼斯坦:《爱泼斯坦回忆录:见证中国》,沈苏儒、贾宗谊等译,北京:新世界出版社,2004 年。

[墨西哥]埃乌拉里奥·费雷尔《色彩的语言》,南京:译林出版社,2004 年。

[德]卡尔·曼海姆:《意识形态与乌托邦》,李步楼等译,北京:商务印书馆,2014 年。

[德]爱娃·海勒:《色彩的文化》,吴彤译,北京:中央编译出版社,2004 年。

[德]顾彬:《关于"异"的研究》,曹卫东编译,北京:北京大学出版社,1997 年。

[德]黑格尔、康德、韦伯、汤因比等:《中国印象——世界名人论中国文化》(上下册),何兆武等主编,桂林:广西师范大学出版社,2001 年。

[美]埃德温·埃默里、迈克尔·埃默里:《美国新闻史——报业与政治、经济和社会潮流的关系》,苏金琥译,北京:新华出版社,1982 年。

［美］史景迁：《大汗之国》，阮叔梅译，台北：台湾商务印书馆，2000年。

［美］史景迁：《文化雷同与利用》，北京：北京大学出版社，1990年。

［美］乔舒亚·库珀·雷默等：《中国形象：外国学者眼里的中国》，北京：社会科学文献出版社，2006年。

［美］爱德华·萨义德：《东方学》，北京：生活·读书·新知三联书店，2000年。

［美］马森：《西方的中国及中国人观念：1840—1876》，杨德山译，北京：中华书局，2006年。

［英］麦高温：《中国人生活的明与暗》，朱涛、倪静译，北京：时事出版社，2006年。

［英］雷蒙·道森：《中国变色龙——对于欧洲中国文明观的分析》，常邵民、明毅译，北京：时事出版社，2006年。

［美］阿奇波特·立德：《穿蓝色长袍的国度》，刘云浩、王成东译，北京：时事出版社，2006年。

［美］罗斯：《变化中的中国人》，北京：时事出版社，2006年。

［美］明恩博：《中国乡村生活》，陈午晴、唐军译，北京：时事出版社，2006年。

［美］兰斯·班尼特：《美国政治的幻象》，北京：当代中国出版社，2005年。

［美］苏珊·兰瑟：《虚构的权威：女性作家与叙述声音》，黄必康译，北京：北京大学出版社，2002年。

［新西兰］詹姆斯·贝特兰：《中国的第一幕——西安事变秘闻》，牛玉林译，西安：陕西人民出版社，1989年。

［日］石垣绫子：《一代女杰——史沫特莱传》，陈志江等译，北京：光明日报出版社，1992年。

［美］乌利希·韦斯坦因：《比较文学与文学理论》，刘象愚译，沈阳：辽宁人民出版社，1987年。

［美］哈罗德·伊萨克斯：《美国的中国形象》，北京：时事出版社，1999年。

[美]约翰·汉密尔顿：《埃德加·斯诺传》，沈蓁等译，北京：学苑出版社，1990年。

[美]海伦·斯诺：《我在中国的岁月》，安危、杜夏译，北京：中国新闻出版社，1986年。

[美]海伦·斯诺：《一个女记者的传奇》，汪溪等译，北京：新华出版社，1986年。

[美]海伦·斯诺：《旅华岁月——海伦·斯诺回忆录》，华谊译，北京：世界知识出版社，1985年。

[美]尼姆·威尔斯：《续西行漫记》，陶宜、徐复译，北京：生活·读书·新知三联书店，1991年。

[美]尼姆·威尔斯：《西行访问记：红都延安秘录》，华侃译，北京：中国青年出版社，1994年。

[美]洛伊斯·惠勒·斯诺：《"我热爱中国"——在斯诺生命的最后日子里》，董乐山译，北京：生活·读书·新知三联书店，1978年。

[美]洛伊斯·惠勒·斯诺：《我的丈夫和中国》，废名译，香港：广角镜出版社，1977年。

[美]洛伊斯·惠勒·斯诺：《斯诺眼中的中国》，王恩光等译，北京：中国学术出版社，1982年。

[美]哈里森·索尔兹伯里：《长征——前所未闻的故事》，过家鼎、程镇球等译，北京：解放军出版社，1986年。

[瑞士]勃沙特：《神灵之手——一个西方传教士随红军长征亲历记》，严强、席伟译，济南：黄河出版社，2006年。

[德]卡尔·曼海姆：《意识形态与乌托邦》，李步楼、尚伟等译，北京：商务印书馆，2014年。

[美]简·麦金农、斯·麦金农：《史沫特莱——一个美国激进分子的生平和时代》，北京：中华书局，1991年。

[美]特雷西·斯特朗、海琳·凯萨：《纯正的心灵——安娜·路易斯·斯特朗的一生》，李和协等译，北京：世界知识出版社，1986年。

[美]特雷西·斯特朗、海琳·凯萨：《心向中国：斯特朗六次访华》，王松

涛译,北京:解放军出版社,1986年。

[英]保罗·法兰奇:《镜里看中国:从鸦片战争到毛泽东时代的驻华外国记者》,张强译,北京:中国友谊出版公司,2011年。

[美]肯尼思·休梅克:《美国人与中国共产党人》,郑志宁等译,长春:吉林文史出版社,1989年。

[美]托马斯:《冒险的岁月——埃德加·斯诺在中国》,吴乃华等译,北京:世界知识出版社,1999年。

[美]彼得·兰德:《走进中国——美国记者的冒险与磨难》,李辉、应红译,北京:文化艺术出版社,2001年。

[美]费正清:《美国与中国》,北京:世界知识出版社,2002年。

[美]费正清:《伟大的中国革命(1800—1985)》,刘尊棋译,北京:世界知识出版社,2001年。

[美]莫里斯·迈耶斯:《马克思主义、毛泽东主义与乌托邦主义》,张宁、陈铭康译,北京:中国人民大学出版社,2004年。

硕博论文:

王颖:《抗日战争时期国际友人视野中的国共两党》,东北师范大学2006年硕士论文。

彭春凌:《"另一个中国"的敞开——抗战前夕大众媒体的西行记(1935—1937)》,北京大学2006年硕士论文。

赵玉岗:《抗战时期外国记者在华新闻活动研究》,山西大学2007年硕士论文。

高月波:《他者的观察——抗战期间海外人士及国内民主人士眼中的陕甘宁边区》,山东大学2007年硕士论文。

李晓华:《抗战期间西方记者在华活动研究》,江西师范大学2010年硕士论文。

张钰:《抗战时期美方人士对中国共产党的报道和宣传》,重庆大学2010年硕士论文。

帅巍巍:《文学作品中的中国国家形象及其当下建构》,江西师范大学2011年硕士论文。

李嘉树:《西方人眼中的红色中国——访问延安的欧美人士对中共和根据地的报道》,安徽大学 2011 年硕士论文。

王赟:《抗战时期来华的三位美国左翼女记者研究》,山东大学 2011 年硕士论文。

韩伟:《抗战时期外国友人对陕甘宁边区的考察研究》,吉林大学 2013 年硕士论文。

周维:《史沫特莱新闻精神研究》,湘潭大学 2013 年硕士论文。

许程:《埃德加·斯诺在华新闻活动研究》,湘潭大学 2013 年硕士论文。

高学芹:《埃德加·斯诺与中共关系研究》,延安大学 2013 年硕士论文。

姜晓燕:《抗战时期来华美方人士对中共的传播》,重庆大学 2013 年硕士论文。

杨蓉:《埃德加·斯诺笔下的中国形象》,湖南师范大学 2013 年硕士论文。

晁姝蝶:《斯特朗在华新闻活动研究——以抗战前后美国左翼记者群体为考察视角》,安徽大学 2014 年硕士论文。

姜辉:《"红色经典"的叙事模式与左翼文学经验——20 世纪 20—60 年代革命叙事的互文性考察》,暨南大学 2010 年博士论文。

朱蓉蓉:《抗日战争时期的民间外交研究》,苏州大学 2010 年博士论文。

龙丹:《重述他者与自我——赛珍珠、史沫特莱和项美丽与民国妇女的跨文化镜像认同研究》,北京外国语大学 2014 年博士论文。

任中义:《史沫特莱与中国共产党关系研究》,郑州大学 2015 年博士论文。

Grunfeld, Adalbert Tomasz. "Friends of the Revolution: American Supporters of China's Communists, 1926-1939", Ph. D., New York University, UMI Dissertations Publishing, 1986.

Zhao, Yifan. "Agnes Smedley: An American Intellectual Pilgrimage in China", Harvard University, Ph.D., Proquest, UMI Dissertations Publishing, 1989.

外文书目：

（一）图书

Strong, Anna Louise, *China's Millions*, New York：Coward – McCann, 1928.

—*China's Millions, the Revolutionary Struggles from* 1927 *to* 1935, New York：Knight Publishing, 1935.

—*I Change Worlds：the Remaking of an American*, New York：Henry Holt and Company, 1935.

—*One – Fifth of Mankind：China Fights for Freedom*, New York：Modern Age Books, 1938.

—*China Fights for Freedom*, London：Lindsay Drummond, 1939.

—*China's New Crisis*, London：Fore Publications, 1942.

—*Tomorrow's China*, New York：Committee for a Democratic Far Eastern Policy, 1948.

—*Dawn Comes Up like Thunder out of China：An Intimate Account of the Liberated Areas in China*, 1948.

—*The Chinese Conquer China*, Girard, Kansas：Haldeman – Julius Publications, 1949.

—*The Rise of the Chinese People's Communes*, Peking：New World Press, 1959.

—*The Rise of the People's Communes in China*, New York：Marzani & Munsell, 1960.

—*When Serfs Stood Up in Tibe*t, Peking：New World Press, 1960.

—*China's Fight for Grain, Three Dates from a Diary in* 1962, Peking：New World Press, 1963.

—*Letters from China, Numbers* 1 – 30, Peking：New World Press, 1963 – 1965.

Smedley, Agnes, *Daughter of Earth*, Foreword by Alice Walker, Afterward by Nancy Hoffman, New York: The Feminist Press, 1987.

——*Portraits of Chinese Women in Revolution*, Ed. by Janice R. Mackinnon and Steven R. Mackinnon, New York: The Feminist Press, 1976.

——*The Great Road: The Life and Times of Chu Teh*, New York: Monthly Review Press, 1956.

——*Chinese Destinies: Sketch of Present - day China*, New York: The Vanguard Press, 1933.

——*China's Red Army Marches, also published as Red Flood over China*, New York: The Vanguard Press, 1934.

——*China Fights Back: An American Woman with the Eighth Route Army*, London: Victor Gollancz Ltd., 1938.

——*Battle Hymn of China* (republished *as China Correspondent*), New York: Da Capo Press, 1975.

Snow, Edgar, ed., *Living China: Modern Chinese Short Stories*, New York: John Day Book, 1936.

——*Red Star Over China*, New York: Grove Press, 1968.

——*The Battle for Asia*, New York: Random House, 1941.

——*Far Eastern Front*, New York: H. Smith & R. Hass, 1933.

——*People on Our Side*, Random House, 1944.

——*Stalin Must Have Peace*, Random House, 1947.

——*China, Russia, and the USA*, New York: Random House, Inc., 1962.

——*Red China Today: The Other Side of the River*, New York: Vantage Books, 1970.

——*The Long Revolution*, New York: Random House, 1972.

——*Journey to the Beginning*, New York: Random House, 1958. Memoir.

Nies, Judith, *Nine Women: Portraits from the American Radical Tradition*, California: University of California Press, Ltd., 2002.

Jespersen, T. Christopher. *American Images of China*, 1931-1949. Stanford:

Stanford University Press, 1996.

Price, Ruth, *The Lives of Agnes Smedley*, New York: Oxford University Press, Inc., 2005.

Mackinnon, Janice R. and Mackinnon, Stephen R., *Agnes Smedley: The Life and Times of an American Radical*. California: University of California Press, Ltd., 1988.

Mackinnon, Stephen R. and Friesen, Oris, *China Reporting: An Oral History of American Journalism in the* 1930s *and* 1940s, Berkeley, Los Angeles and London: University of California Press, 1987.

Farnsworth, M. Robert, *From Vagabond to Journalist: Edgar Snow in Asia* 1928–1941, Columbia: University of Missouri Press, 1996.

Shewmaker, Kenneth E., *Americans and Chinese Communists*, 1927–1945: *A Persuading Encounter*, Ithaca, New York: Cornell University Press, 1971.

French, Paul, *Through the Looking Glass: China Foreign Journalists from Opium Wars to Mao*, Hong Kong: Hong Kong University, 2009.

Buck, Pearl S., *The Good Earth*, New York: The John Day Company, 1949.

Fairbank, John King, *The United States and China*, Harvard University Press, Cambridge, Massachusetts, 1948.

Mackerras, Colin., *Western Images of China*, Oxford University Press, 1999.

Mosher, Steven W., *China Misperceived: American Illusions and Chinese Reality*, A New Republic Book, 1990.

Said, Edward, *Orientalism*, New York: Vintage, 1978.

Said, Edward, *Culture and Imperialism*, London: Chatto & Windus, 1993.

Leitch, B. Vincent, *American Literary Criticism: from the Thirties to the Eighties*, Columbia University Press, 1988.

Lyons, Eugene, *The Red Decade: The Classic Work on Communism in America During the Thirties*, Arlington House, 1971.

Aaron, Daniel, *Writers on the Left: Episodes in American Literary Communism*, New York: Harcourt, Brace & World, Inc., 1961.

Foley, Barbara, *Radical Representations: Politics and Form in U. S. Proletarian Fiction*, 1929–1941, Durham: Duke University Press, 1993.

Hicks, Granville, et al., eds., *Proletarian Literature in the United States: An Anthology*, New York: International Publishers, 1935.

Homberger, Eric, *Writers and Radical Politics*, 1900–1939: *Equivocal Commitments*, New York: St. Martin's Press, 1986.

Nekola, Charlotte and Rabinowitz, Paula, *Writing Red: Anthology of American Women Writers*, 1930–1940, New York: the Feminist Press, 1978.

North, Joseph, ed., *New Masses: An Anthology of the Rebel Thirties*, New York: International Publishers Co., Inc., 1969.

Rabinowitz, Paula, *Labor &Desire: Women's Revolutionary Fiction in Depression American Gender & American Literature*. Chapel Hill: University of North Carolina Press. 1991.

Weigand, Kate, *Red Feminism: American Communism and the Making of Women's Liberation*, Baltimore: The John Hopkins University Press, 2000.

Bisson, T. A., *Yenan in June* 1937: *Talks with the Communist Leaders*, Berkeley: the Regents of the University of California, 1973.

Wales, Nym, *Inside Red China*, Beijing: Foreign Languages Press, 2004.

Yoshihara, Mari, *Embracing the East: White Women and American Orientalism*, Oxford: Oxford University Press, 2003.

Hemingway, Ernest, ed., *Men at War*, New York: Crown, 1942.

Isaacs, Harold R., *The Tragedy of the Chinese Revolution*, New York: Atheneum, 1966.

Klehr, Harvey and Radosh, Ronald, *The Amerasia Spy Case: Prelude to McCarthyism*, Chapel Hill and London: The University of North Carolina Press, 1996.

Powel, John B., *My Twenty-five Years in China*, New York: The Macmillan Company, 1945.

Rand, Peter, *China Hands: The Adventures and Ordeals of the American Journalists Who Joined Forces with the Great Chinese Revolution*, New York: Simon & Schuster, 1995.

Strong, Tracy B. and Helene, Keyssa., *Right in Her Soul: the Life of Anna Louise Strong*. New York: Random House, 1983.

Snow, Helen Foster, *My China Years*, A Memoir, New York: William Morrow and Company, Inc., 1984.

Service, John S., *Edgar Snow: Some Personal Reminiscences*, Berkeley, California: Center for Chinese Studies, University of California, 1972.

Hamilton, John Maxwell, *Edgar Snow: A Biography*, Bloomington: Indiana University Press, 1988.

Thomas, S. Bernard, *Seasons of High Adventures: Edgar Snow in China*, Berkeley: University of California Press, 1996.

Dimond, E. Grey, *Edgar Snow Before Paoan: The Shanghai Years*, Diastole Hospital Hill, Inc., University of Missouri-Kansas City, 1985.

Farnsworth, Robert, *Edgar Snow's Journey South of the Clouds*, Columbia: University of Missouri Press, 1991.

Farnsworth, Robert, *From Vagabond to Journalist: Edgar Snow in Asia* 1928 -1941, Columbia: University of Missouri Press, 1996.

Snow, Lois Wheeler, *Edgar Snow's China - A Personal Account of the Chinese Revolution*, compiled from the writings of Edgar Snow. New York: Random House, 1981.

Farnsworth, J. Stephen, *Seeing Red: FBI and Edgar Snow*, Journalism History, 2002's fall issue.

(二)报刊

China at Forum [N], Shanghai: China Forum, 1932-1934.

The Nation [N], New York: The Nation Company, L. P., 1929-1946.

The New Republic [N], New York: The Republic Pub. Co., 1929-1944.

The New Masses [N], New York: 1929-1941.

The China Weekly Review [N], Shanghai: Millard Publishing House, 1929-1941.

Voice of China [N], Shanghai: The Eastern Publishing Company, 1936-1937.

后　记

　　人生每个段落临近尾声的时候,总会心生感慨。纵然时光飞逝,可是身在学海中的每一日的幸福与煎熬依然历历在目。满满的幸福感是在于结婚生子后能回归书海的世界,踏上学术之路,找到个人毕生之灵魂伴侣和兴趣所在。恩师王本朝先生对学术之热爱早已深深震撼了我的心灵。他的誓言——"做学术的守灵人"——引领着一代代的青年学子们义无反顾、默默地跟在他的身后,只问耕耘,不问收获。这种引领和崇敬或许是支撑我在学术之路上笨拙而执着前行,一步一步往前挪动的最大的动力。战战兢兢的煎熬感源于自身薄弱的"家底",每当读到高质量的论文、学术观点,在兴奋、景仰的同时,便会审视和苛责自我学识之浅陋,思维之狭隘。好在有恩师导我于狭路,示我以坦途。本书之撰写,自课题选定至资料搜集,自整体结构至细枝末节,皆得本朝先生悉心指导。而师母兰友珍老师蕙质兰心、温润如玉的关怀每每抚平了我内心的焦躁,让我重整旗鼓,重新出发。

　　回顾 2016 年在美国罗格斯大学(Rutgers)一年的访学生活,美国左翼文学方向的导师 Barbara Foley 教授深厚的学术造诣、严谨的治学风格于我亦是典范。她鼓励我在阅读最原始资料的基础上抛开陈见、勇于开拓,对我很多学术观点的形成和良好治学习惯的养成皆有帮助。感谢罗格斯大学的图书馆工作人员,耐心帮我收集、借调大量的文献资料,回答我的种种技术问题。

　　感谢新诗所向天渊教授、熊辉教授学识渊博的精彩授课和指导,感谢文学院寇鹏程教授、李永东教授开题时的关键启发和帮助!

　　感谢我的先生、长辈常年对我的支持和理解,让我有时间和精力追逐自己的梦想!特别感谢我的好闺密陈玮博士在学术之路和人生之路的陪伴,患难与共!

感谢外国语学院的同事和领导对我读书期间的支持和帮助!

似乎要到了告别一个阶段的时候,有太多的不舍。好在不用离开西大,依然可以欣赏文学院门前的银杏叶绿了又金黄,依然可以感受雨僧楼前的国学大师吴宓雕像日日守护着文学院的"文"和"灵",依然可以在恩师的鼓励和指导下继续前行……